Mily Roquefort

LES FILLES DE COURTMAN HOUSE

Les événements et personnages évoqués dans ce roman appartiennent au domaine de la fiction.

Couverture : © Nathalie Thomas
https://atelierdenoono.wordpress.com

ISBN : 978-2-9576626-0-9
Dépôt légal : Février 2021
Mily Roquefort Auteure EIRL
https://milyroquefort.fr

AVANT-PROPOS

Ce roman, que je souhaitais écrire depuis près de vingt ans, est une fiction basée sur une situation initiale vécue. Pendant une année universitaire, j'ai habité Courtman House avec mes nombreuses colocataires, dont certaines comptent désormais parmi mes meilleures amies…

Là s'arrête le parallèle, car mon but n'était pas de rédiger une autobiographie. Les personnages ont été créés, et leurs histoires personnelles également, même si je les ai affublés de certains traits de mes anciennes camarades.

Il en va de même pour la maison : j'ai gardé son nom, elle existe à Chelmsford, mais tous les détails de son passé sont fictifs.

Je me suis renseignée et j'ai appris qu'elle n'appartient plus à l'université, mais à un propriétaire privé qui l'a transformée en appartements. Elle a échappé de peu à la démolition il y a quelques années, et doit son salut à une association de riverains qui défendaient sa valeur historique. Je les remercie, car j'ai passé dans cette maison une année exceptionnelle, riche d'expériences et de rencontres, et j'ai l'impression d'y avoir laissé une part de moi-même. À chaque voyage à Chelmsford, je vais la voir, comme on rend visite à une vieille connaissance…

Pendant que je vivais à Courtman House, je savais que je finirais par écrire à son sujet, mais aussi sur cette colocation unique. J'avais besoin d'un lien solide pour ficeler l'histoire. J'ai trouvé l'élément manquant début mars 2020, quelques jours avant le confinement, et j'ai mis à profit ce temps particulier pour m'évader en Angleterre depuis mon bureau…

J'espère pouvoir vous transporter outre-Manche pendant la découverte de ce roman !

Afin de vous donner des repères visuels, ou vous aider pendant la lecture, j'ai ajouté dans les prochaines pages un plan de la maison par étage incluant les noms de ses occupantes.

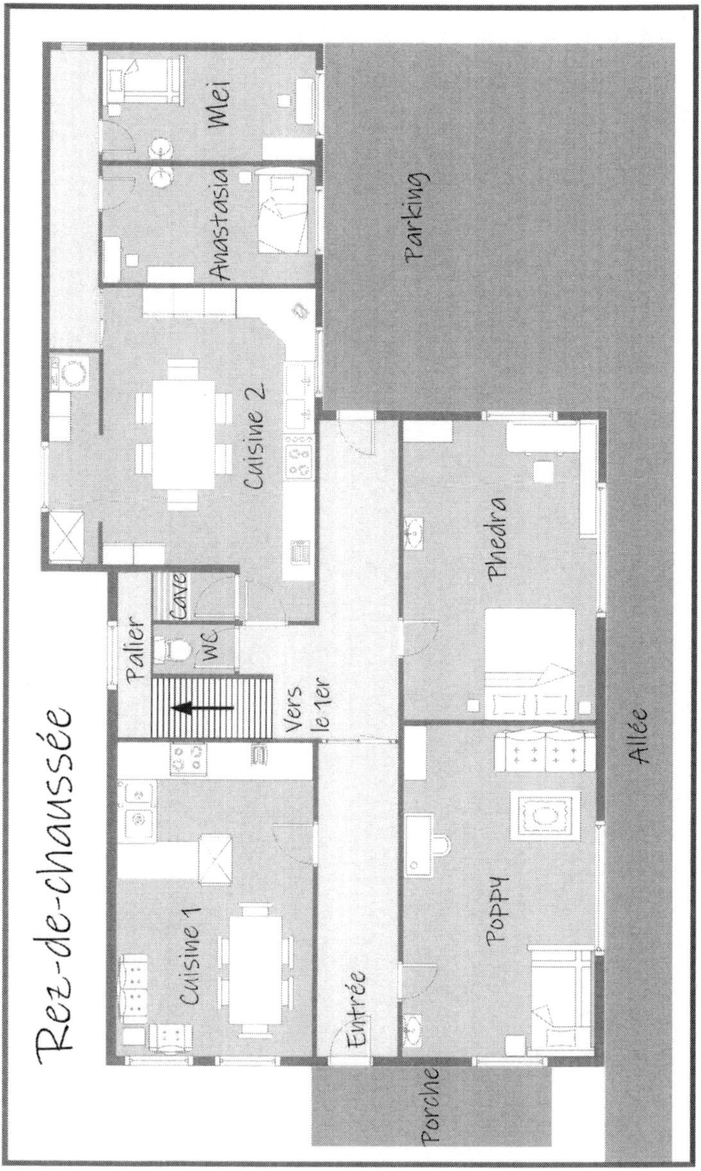
Rez-de-chaussée
Mei
Anastasia
Parking
Cuisine 2
Cave
Palier
WC
Vers le 1er
Phedra
Cuisine 1
Entrée
Poppy
Allée
Porche

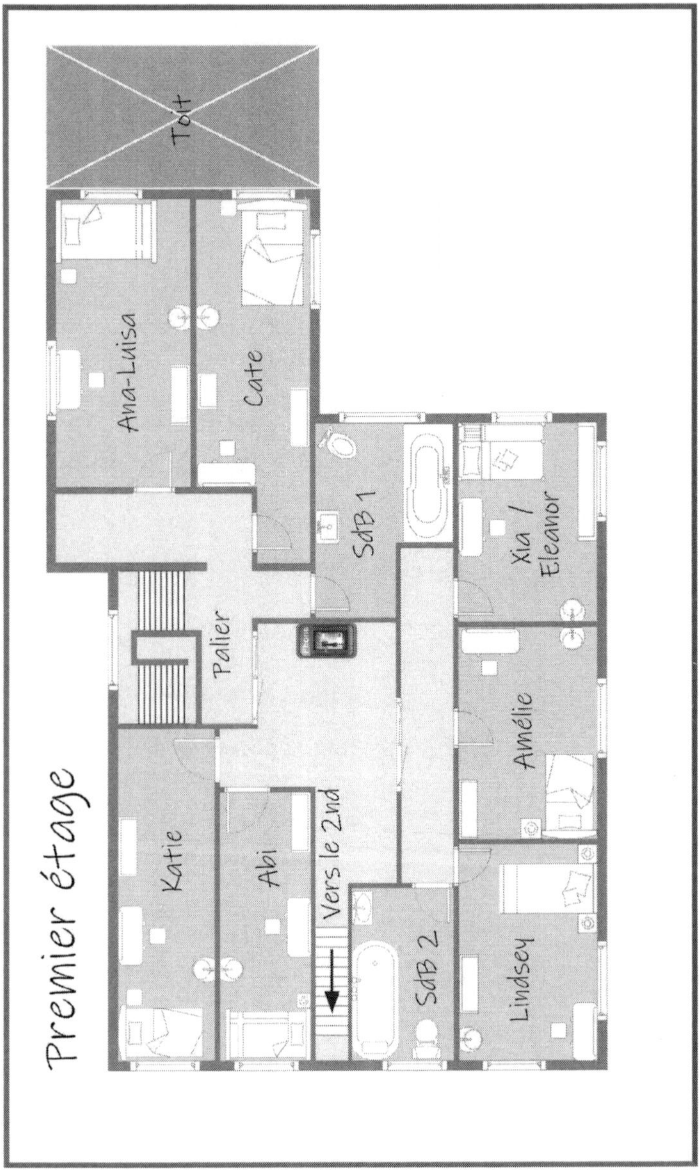
Premier étage
Toit
Ana-Luisa
Cate
SdB 1
Xia /
Eleanor
Palier
Amélie
Katie
Abi
Vers le 2nd
SdB 2
Lindsey

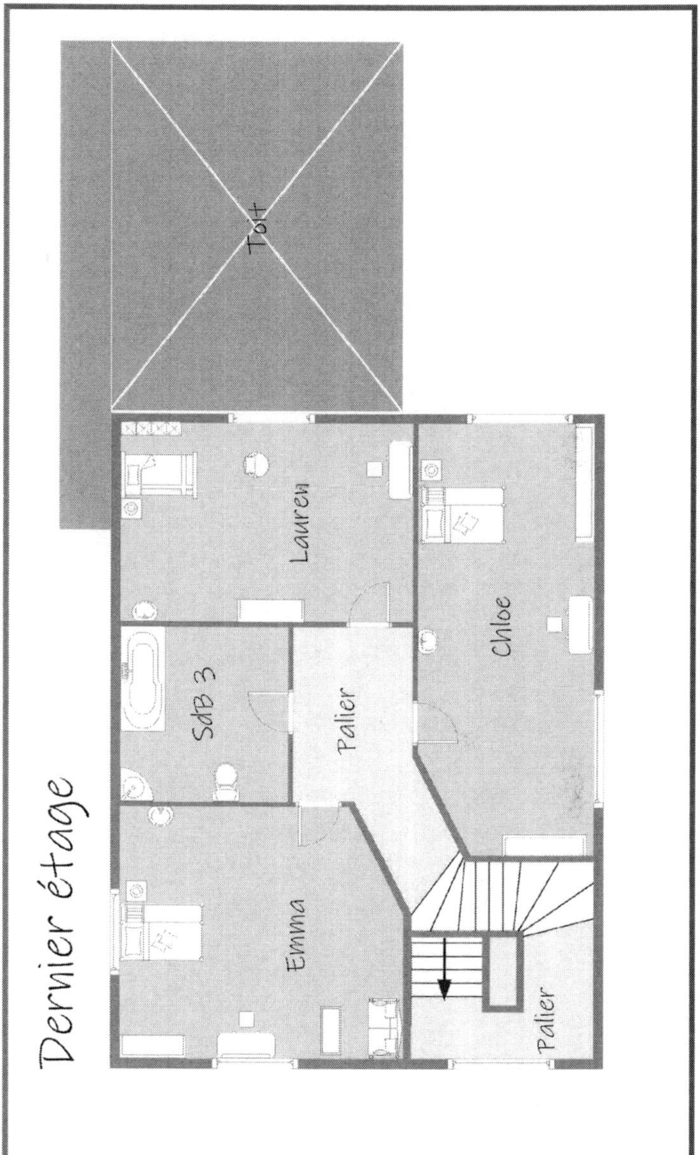
Dernier étage
Toit
Lauren
Chloe
SdB 3
Palier
Emma
Palier

Aux filles formidables avec qui j'ai partagé
une année inoubliable.

Première partie

Chapitre 1 : Amélie

Ma première visite à Courtman House eut lieu par un jour ensoleillé de début septembre. Je venais d'être acceptée à l'université de Chelmsford pour entreprendre une formation de professeur et enseigner le français ensuite. Malgré leur réticence à me voir partir, mes parents m'avaient accompagnée pour m'aider à m'installer dans ma ville d'adoption. Ils me soutenaient dans mes choix, même si ma décision de demeurer en Angleterre après l'année d'assistanat fut parfois perçue comme une trahison par le reste de mon entourage.

Les confirmations d'admission avaient été envoyées tardivement, aussi ne trouvai-je pas de chambre sur le campus lors de mon premier passage au bureau d'accueil. On m'informa qu'elles étaient toutes réservées. J'avais ensuite épluché les annonces dans les journaux locaux et exploré un nombre considérable de logements douteux, surpeuplés, ou aux antipodes de mon lieu d'études… Mon budget serré ne me permettait pas de rêver au luxe d'un appartement spacieux, ou bien situé. J'avais atteint le summum de la consternation au cours de ma dernière visite. Le propriétaire insistait pour accueillir uniquement des jeunes femmes dans son foyer ; son regard lubrique ne requit aucune traduction auprès de mon père ! Je refusais formellement d'habiter avec un tel pervers !

Découragée par cette tentative infructueuse, je débarquai au service des logements étudiants en déclarant sans ambages que, si ma notification avait été envoyée dans les temps, je ne me serais pas retrouvée dans une position aussi précaire. J'ajoutai que toute ma famille résidait de l'autre côté de la Manche et serait dans l'incapacité de m'héberger. Si l'université m'avait acceptée dans ses rangs, elle devait me donner un coup de pouce pour résoudre ce problème ! L'une des employées prit un trousseau de clés et le secoua nerveusement dans ses mains.

— Il y a bien Courtman House, hasarda-t-elle d'un air contrit.

— Ce n'est pas possible, s'insurgea sa collègue, c'est trop vieux !

Elles se regardèrent avec des grimaces évocatrices, se tournèrent vers moi et me dirent avec la douceur caractéristique des Anglais désirant atténuer une mauvaise nouvelle :

— Je crains que toutes nos chambres ne soient occupées, sauf à Courtman House… C'est une bâtisse vétuste, qui aurait du charme si on la nettoyait un peu. Allez voir si ça pourrait vous convenir.

— Et le loyer ? demandai-je plus prosaïquement.

Elles consultèrent le registre, et m'indiquèrent une somme nettement inférieure à celles exigées pour les taudis visités ces derniers jours. Avant d'y arriver, j'aimais déjà cette maison !

Mes parents se réjouirent de cette nouvelle possibilité, nous suivîmes les directions que la secrétaire avait griffonnées à la hâte sur une feuille d'imprimante. Courtman House se situait dans une impasse cossue dont les demeures rivalisaient de splendeur. Les jardins étaient entretenus avec un soin méticuleux, et avaient ce charme typiquement britannique, qui donne l'illusion que des bouquets de fleurs diverses ont jailli d'impeccables carrés de gazon, semblables à une moquette. Nous arrivâmes devant la grille qui portait le numéro indiqué sur le bout de papier.

Je n'en crus pas mes yeux. Courtman House était une maison victorienne en briques de deux étages, dotée d'un porche en bois blanc, et d'une cloche en fonte en guise de sonnette. Je m'approchai timidement, incapable d'admettre que ce que les employées de l'université dédaignaient si ouvertement était cette élégante demeure, qui avait dû abriter une famille bourgeoise au temps de la reine

Victoria. L'auvent verni était dallé de tomettes noires et ocre en damier.

Je m'avançai vers la porte et fis tourner la clé. Derrière moi, j'entendis ma mère commenter :

— Heureusement qu'il fait beau... Avec du brouillard et de la grisaille, on pourrait imaginer qu'elle est hantée.

Je ris, car j'avais entretenu des pensées similaires en pénétrant dans la courte allée qui menait au porche. Je me promis de prendre une photo digne de sa description si je devais habiter ici.

Une grande jeune fille brune et élancée apparut au détour du couloir d'entrée dans une longue robe fleurie aux motifs sans âge. Avec un sourire immense et une formule de politesse qui nous charma, elle nous souhaita la bienvenue. Elle s'appelait Poppy et nous confirma qu'il s'agissait de la bonne adresse, elle me désigna sa chambre avec désinvolture. Située au rez-de-chaussée, elle bénéficiait d'une jolie fenêtre en avancée que Poppy avait déjà emménagée en coin lecture avec des coussins multicolores, des bougies et des rideaux de mousseline claire. J'admirai son talent pour donner une impression d'intimité à peu de frais.

Elle nous invita ensuite à visiter les lieux, en expliquant qu'elle avait été la première à s'installer. J'en déduisis qu'elle avait pu choisir sa chambre, ce qui représentait un véritable privilège, étant donné qu'elles ne se valaient pas en superficie. Elle me désigna celles qu'elle savait libres, mais elles étaient toutes verrouillées. Nous commençâmes par la cuisine à gauche en entrant, elle était encombrée de cartons et de vieux chiffons crasseux, les rideaux orange criard et les fauteuils de salle d'attente d'un beige passé constituaient autant d'indices démontrant que les emménagements dataient de plusieurs décennies. Une épaisse couche de poussière prouvait que cette pièce n'avait pas servi récemment. Poppy me le confirma en me guidant vers la deuxième cuisine, plus modeste, où trônait une bouilloire en inox. Dans ce pays, un tel objet faisait la différence entre une habitation et un foyer.

En enfilade, un couloir étroit distribuait deux chambres, et un recoin où étaient installés la machine à laver et le nécessaire de ménage. Nous ressortîmes pour accéder aux étages. Je contemplai l'imposant escalier, bordé d'une balustrade en bois massif et éclairé par un immense vitrail vertical situé sur le palier qui formait un angle à mi-hauteur. Sur la gauche, un niveau intermédiaire desservait deux pièces face à face. En gravissant quelques degrés supplémentaires, nous découvrîmes une salle de bains pourvue d'une fenêtre à guillotine.

À l'abri de portes coupe-feu anachroniques dans ce décor, cinq nouvelles chambres s'articulaient autour d'un dégagement, et d'une autre salle de bains, coincée sous les marches menant sous les toits.

La clé qu'on m'avait prêtée ouvrait l'une des pièces du dernier niveau : incroyablement spacieuse, elle était meublée d'un bureau, d'une chaise, d'une armoire assortis en formica marron, et d'un lit pour une personne. L'espace central aurait permis d'y placer un canapé et sa table basse. Le mobilier datait d'un autre âge, mais la moquette avait un aspect relativement propre et je m'imaginai bien passer les prochains mois dans un tel décor.

Incrédule, je vérifiai le tarif inscrit sur la feuille, et je compris que je venais de me loger pour un prix dérisoire. Dans l'enthousiasme du moment, je suivis Poppy en sens inverse tandis qu'elle m'énumérait les caractéristiques du lieu : trois salles de bains, deux cuisines au rez-de-chaussée pour un total de quatorze chambres réparties sur les trois niveaux. Ce détail fit tiquer mes parents : quatorze, c'est trop nombreux pour une colocation ! Je balayai cet argument en leur rappelant qu'on ne m'avait envoyée ici que parce que j'avais insisté. Il y avait fort à parier que tout l'espace ne serait pas occupé. Poppy raconta qu'à son arrivée, elle avait croisé une ancienne résidente, venue récupérer du courrier. Celle-ci l'avait informée que seules quatre personnes avaient habité là l'année précédente, et qu'ainsi que le stipulait le règlement, les locataires étaient obligatoirement des filles.

L'immense bâtisse avait certes besoin d'un grand ménage, mais elle semblait confortable, et c'était ce que j'avais trouvé de mieux. Le quartier tranquille rassurait mes parents, et se situait à moins d'un quart d'heure de marche du campus !

Je décidai d'aller entériner mon choix et d'effectuer les démarches auprès du bureau de l'université. À ce moment-là, je dis au revoir à Poppy qui s'esquiva si vite que je ne la vis pas partir. Avant de remonter dans la voiture, je fis le tour du bâtiment et je découvris la cour arrière, qui pouvait accueillir plusieurs véhicules. Encore un bon point !

Je jetai un coup d'œil curieux à travers les fenêtres de la chambre qui jouxtait celle de Poppy. De belle taille, elle jouissait d'une orientation vers le sud qui la rendait plus lumineuse. Mon père me suggéra d'essayer de l'obtenir, mais je pressentais que, située au rez-de-chaussée et donnant sur le parking de la résidence, elle bénéficiait d'un confort tout relatif. Je m'imaginais plutôt au dernier étage, où la salle de bain n'était partagée que par trois occupantes !

Je m'acquittai des formalités dans la journée, ce qui nous permit de revenir à Toulouse avec de l'avance. J'avais en effet d'autres obligations en attendant la rentrée universitaire anglaise : je devais effectuer ma soutenance de mémoire afin de mettre un point final à mes études françaises. La date était fixée au mardi suivant, ce qui me laisserait assez de temps pour des corrections de dernière minute.

J'avais la satisfaction du devoir accompli et la certitude d'avoir trouvé le meilleur compromis pour mon logement. Et secrètement, j'étais ravie de vivre dans une maison si spectaculaire !

Le succès de ce voyage prenait aussi un goût de revanche et d'indépendance. L'année précédente, j'avais occupé un poste d'assistante de français dans un collège de la banlieue nord de Londres. L'accueil avait été si chaleureux qu'en seulement deux mois, certains de mes collègues étaient déjà passés au rang d'amis. J'avais rejoint un groupe sympathique, qui ne manquait aucune occasion de sortir s'amuser. Il se composait de trois membres du département des langues étrangères, et les autres enseignaient chacun une matière différente : anglais, théâtre, sport et sciences. J'avais tout d'abord apprécié cette diversité, puis je m'étais rapprochée du professeur d'allemand, Maximilian, que tout le monde appelait Max.

Pourtant, lors de notre première rencontre, je l'avais trouvé brusque et revêche. Son regard bleu glacier, qui semblait me transpercer, m'intimida. C'était mon premier jour au collège, et mon emploi du temps avait été échangé avec celui d'Ulrika, l'assistante d'allemand. Max, à qui je n'avais pas été présentée, m'aborda dans sa langue maternelle qui prit des inflexions agressives quand je ne sus répondre. Les élèves me regardaient avec une curiosité croissante et ce fut l'un d'entre eux qui, en traduisant pour son voisin, me tira de ce mauvais pas. J'informai Max que j'étais là pour le français, et non pour l'allemand ! D'un ton martial, il m'indiqua une salle à l'extrémité du couloir, dont Ulrika ne tarda pas à s'extraire, l'air tout aussi perdu que moi.

Cette impression négative fut vite gommée par la sortie du week-end suivant, où il montra l'étendue de son sens de l'humour. Martin, le professeur de théâtre et complice de toutes ses blagues, se comportait en ami d'enfance. Max vivait en Angleterre depuis six ans et, à l'image du mien, son parcours avait débuté par l'assistanat dans cette école. Il s'était marié deux ans après et avait divorcé, à seulement trente ans, peu avant mon arrivée. Je tenais ces dernières informations d'Ulrika qui, contrairement à moi, ne se retrouvait pas frappée de mutisme dès qu'il entrait dans la pièce…

Au fil des mois, je pris de l'assurance et une complicité particulière se créa entre nous. J'avais aussi subi une rupture douloureuse juste avant mon départ, ou plus précisément *à cause* de celui-ci. Mon ex n'avait pas voulu tenter dix mois de relation longue distance, même s'il savait que, pour mon avenir professionnel, cette expérience pouvait se révéler un tremplin inestimable… J'avais passé l'été à me morfondre ou à essayer de le faire changer d'avis. En vain.

L'arrivée en Angleterre s'était avérée moins idyllique que ce que j'avais imaginé en postulant, mais elle représentait une décision majeure, que je fus loin de regretter par la suite. Max et moi avions tous deux des blessures au cœur, nous avions quitté notre pays d'origine et opté pour l'enseignement, même si de mon côté, je ne possédais pas encore le diplôme. Tous ces points communs, et nos sorties hebdomadaires aidèrent à notre rapprochement. Des rumeurs circulaient à notre sujet, et quelques élèves allèrent jusqu'à me demander si nous devions nous marier ! Un malaise s'emparait de moi à chaque remarque de ce genre. Je les jugeais de nature à éloigner Max plutôt qu'à l'encourager.

Je fus prise de court quand, lors d'une soirée organisée par le collège, une semaine avant la fin de mon contrat, en juin, il m'entraîna à l'écart, soi-disant pour me montrer quelque chose. Le doyen des professeurs, un alcoolique notoire, qui avait fini tous les verres à sa portée, avait passé son temps à m'expliquer en termes crus à quel point je lui plaisais… Mal à l'aise, écœurée, j'avais cherché une échappatoire et Max avait volé à mon secours.

Il m'avait entraînée vers l'arrière du bâtiment en me tenant fermement la main. Ce contact rassurant m'avait conduite vers une cage d'escalier, je me retournai pour lui demander si je devais monter. Je n'eus pas le temps de formuler ma question : ses doigts s'entremêlèrent aux miens et m'attirèrent contre lui. Le souffle coupé, je le vis s'approcher avec l'intention manifeste de m'embrasser… J'avais attendu ce moment depuis des mois, mon cœur s'affolait, mais mon corps refusait de bouger. Ses lèvres s'emparèrent des miennes avec avidité. Il glissa sa main contre mes reins et m'emprisonna entre lui et le mur. Je me sentis fondre et j'oubliai tout : le lieu, les collègues, le fait que j'allais partir pour ne revenir qu'en septembre… Je me laissai emporter par la passion du moment et je répondis à son baiser. Jamais je n'avais été embrassée avec une telle intensité ; et je compris – ou crus comprendre – que Max faisait partie de ces personnes qui exprimaient leurs sentiments en actions plutôt qu'en mots. Quand nos lèvres se quittèrent, ce fut un déchirement, comme si je devinais que ces instants seraient les derniers.

Dans la confusion de la fin de soirée, nous fûmes séparés. Le lendemain, j'attendis vainement un signe de sa part, mais il avait recouvré sa posture professionnelle. Il se montra sérieux, distant et l'occasion de se retrouver en tête à tête ne se présenta pas. Il agissait comme si notre baiser avait eu lieu dans un rêve. Que j'étais la seule à avoir fait !

C'était vendredi, la majorité des collègues prit la direction du pub le plus proche, mais Max quitta le collège sans explication. Le week-end se mua en torture, car il ne répondit à aucun de mes messages. J'entamai ma dernière semaine, le cœur lourd. J'appris par Ulrika, qui jouait parfois le rôle de confidente, que l'ex-femme de Max avait passé les deux jours avec lui ! Frappée de stupeur, je compris que je n'avais représenté qu'une distraction et que face à elle, je ne signifiais rien.

Le mardi, je reçus la lettre de convocation à un entretien pour l'université que je visais, à Chelmsford. Mon examen écrit avait été couronné de succès. Cette nouvelle aurait dû marquer l'apothéose de cette première année, puisqu'elle validait ma décision de rester en Angleterre pour y finir mes études et y travailler. Je ne pus me montrer enthousiaste, je sentais mon cœur se déchirer, lentement, après chaque jour d'indifférence. Je regagnai la France, en fin de semaine, avec un bref email de Max qui suffit à anéantir tous mes espoirs : « Désolé, je n'aurais pas dû te toucher. Tu ferais mieux de tout oublier. »

Pourquoi ?

Il n'eut pas le courage de me le dire en face, j'appris tout par des connaissances communes.

En rentrant chez lui en fin de soirée, il avait trouvé un message de son ex-femme sur son répondeur. Ils se rencontrèrent le lendemain et elle lui révéla qu'elle était enceinte au moment de leur rupture. Elle avait quitté la région en se leurrant sur les signes qui auraient dû l'alerter, et quand elle comprit enfin, il était trop tard pour avorter. Elle ne s'était pas présentée au jugement de divorce pour cacher à Max qu'il était père. Elle avait accouché, et avait passé les premiers mois chez ses parents à essayer d'élever le bébé. Et, lors d'une sortie avec ses amies, elle avait aperçu Max. Il dansait avec moi et offrait l'image du bonheur. Elle avait éprouvé une jalousie qui avait remis en question ce qu'elle s'était efforcée de construire depuis leur séparation.

Max rencontra son fils le lendemain de notre baiser, et à partir de là, il se convainquit qu'il devait demeurer auprès de sa famille. Mon été en France lui facilita les choses.

À mon retour, pour la recherche d'appartement à Chelmsford, loin de m'aider, il me signifia qu'il n'y avait aucune place pour moi dans son existence. Ce fut plus brutal que les interminables semaines de silence impénétrable qu'il m'avait infligées. Son attitude désinvolte par rapport à mes sentiments me mit dans une colère froide, qui me donna l'énergie de ratisser la ville pour trouver un logement, et écrire un nouveau chapitre de ma vie, dont il venait de s'exclure.

Presque tous mes amis anglais étaient d'abord les siens, aussi, je n'osai pas les contacter et je me contentai d'éplucher les annonces. Courtman House devenait d'autant plus attirante : j'allais y nouer des connaissances, autres que celles de Max !

Les quelques jours de septembre où je dus retourner en France se transformèrent en une succession de préparatifs, de démarches, et d'obligations pour mener à bien mes deux projets : ma soutenance de maîtrise et mon installation en Angleterre. Je passai des heures à faire imprimer et relier à la hâte les documents à présenter, et le papier tiédissait à peine quand mon directeur de recherche l'eut en main !

Le mardi suivant, je me rendis à mon oral. J'étais nerveuse, mais je me détendis vite quand je réalisai que le jury n'avait d'autre objectif que de valider ma connaissance du sujet. Les questions les plus délicates provenaient surtout de divergences d'interprétation sur l'œuvre choisie. Je défendis mon travail avec la confiance que me donnait la certitude d'avoir un avenir florissant en Angleterre. J'obtins une note très honorable et je ressentis une grande fierté : mes études françaises se soldaient par un succès que j'avais hâte d'annoncer à mes proches.

Une fois à la maison, le bruit de la télévision m'indiqua une présence. Mon frère, et l'un de ses amis, hypnotisés par un film catastrophe, occupaient le salon. À l'écran, un avion fonçait dans la tour nord du World Trade Center avant de se désintégrer au travers des fenêtres. Aussitôt, des volutes de fumée épaisse furent recrachées par le gratte-ciel et une boule de feu s'enroula sur elle-même. La partie supérieure de l'autre bâtiment était déjà envahie par le nuage noir d'un incendie déclenché au préalable. Je levai les yeux au ciel, agacée par la surenchère d'explosions et d'effets spéciaux dans les films américains.

Soudain, le visage grave du journaliste traditionnellement chargé de présenter l'édition de vingt heures apparut.

C'est ainsi que j'appris que ce n'était pas de la fiction…

Les images avaient été capturées par un vidéaste amateur témoin de l'attaque. C'était le mardi 11 septembre 2001 ; ces scènes allaient être diffusées en boucle pendant les prochaines semaines, et s'ancrer dans la mémoire collective comme le jour où les États-Unis avaient vacillé, pour devenir victimes des terroristes…

Tout à coup, le journaliste changea de ton, la note de panique dans sa voix révélait une poignante sincérité. L'effroi augmenta encore quand il annonça qu'un troisième avion avait été détourné et s'était crashé dans la façade du Pentagone. Parmi nous, un silence atterré se propagea. Je compris que les morts se dénombreraient en milliers.

Mes jambes se dérobèrent et je tombai dans le fauteuil le plus proche, dans le même état de fascination morbide que mon frère et son ami. Moins d'une heure plus tard, vissés au canapé, sidérés, nous vîmes les tours s'effondrer, l'une après l'autre, étage après étage, dans une terrifiante lenteur, et ne laisser d'elles qu'un immense nuage de fumée, qui, un instant, prit la forme spectrale de l'édifice disparu. Des caméras capturèrent la panique des passants, poursuivis par cette poussière qui semblait douée de vie, et déterminée à les ensevelir.

C'était une scène qu'aucun scénariste d'Hollywood n'avait envisagée, et pourtant, elle s'étalait sur les écrans de la Terre entière ! Pas un son ne franchissait nos lèvres, nous avions conscience d'être témoins d'un événement sans précédent. Un frisson me parcourut. À l'image des vitres des deux tours, le monde paisible que j'avais connu jusque-là venait de voler en éclats…

Je pris un avion en direction de Londres quelques jours plus tard. Les normes de sécurité aéroportuaires venaient d'être durcies en raison des événements récents. Sur les tableaux lumineux, les vols vers les États-Unis étaient tous suivis de la mention « annulé » en lettres rouges. Il me fallut des heures pour accéder au hall d'embarquement. J'étais encore sous le choc des images terribles de New York sous les cendres, des milliers de victimes, et l'idée de m'installer à Courtman House me rassurait. Sans pouvoir l'expliquer, je m'étais sentie chez moi dans ses grandes pièces aux plafonds hauts. Lors de ma première visite, un sentiment de plénitude s'était emparé de moi, comme si j'avais enfin trouvé ma place… Et j'avais hâte de l'éprouver à nouveau.

Chapitre 2 : Phedra

Ce soir-là, je fêtais mon dix-huitième anniversaire. Depuis l'obtention de mes *A Levels*[1], tout s'était emballé : j'avais été acceptée à l'université de Chelmsford, au nord-est de Londres ! Moi qui ne rêvais que de quitter le trou de bouseux où j'avais grandi, j'allais être servie ! Mon existence de campagnarde allait se transformer en vie trépidante ; si près de la capitale, j'allais me retrouver au centre de l'action !

J'invitai quelques amis à faire la fête dignement. Nous prîmes la direction de Brighton, la ville la plus proche de chez nous. J'adorais Brighton, pour la promenade face à la Manche, ses rues en pente aux belles demeures victoriennes, mais aussi parce que les groupes de musique émergents s'y produisaient. Et toutes les tendances vestimentaires audacieuses naissaient là !

J'avais passé la journée avec mes amies d'enfance : Katie et Gemma. C'était l'occasion de célébrer ensemble notre succès aux examens avant que chacune ne prenne la direction qu'elle avait choisie : Gemma allait suivre une formation d'esthéticienne tandis que Katie et moi allions étudier à l'université. J'aurais aimé pouvoir fréquenter l'établissement prestigieux qui allait accueillir Katie à Oxford, mais mes résultats scolaires n'égalaient pas les siens !

---

1 *A level* : équivalent du bac, les candidats obtiennent un niveau par matière évaluée.

Cette journée avait débuté sous le signe de l'excès. Je m'étais offert un relooking digne de ma nouvelle vie : la coupe au carré stricte de Natalie Portman dans *Léon* et surtout la couleur blond-platine dont je rêvais depuis des mois. J'avais entraîné mes amies dans un salon de tatouage dont j'étais ressortie avec une rose rouge qui enserrait ma cheville gauche.

Nous avions ensuite rejoint un groupe de copains dans un pub face à la mer, j'eus le plaisir de présenter mon passeport pour justifier de mon âge et obtenir ma première pinte « légale ». Rien n'aurait pu entacher mon bonheur tout neuf. La fête s'avéra conforme à ce que j'en attendais : alcool en abondance, musique électronique et danse. Gemma avait rencontré son ex et ils s'étaient réconciliés au cours de la soirée. Sans surprise, ils nous faussèrent compagnie vers une heure du matin. À la fermeture du pub, nous avions faim, quelqu'un suggéra la conclusion classique à ce genre de sortie.

— Allons au kebab !

Je n'imaginais pas de meilleur moyen de terminer ma première nuit de femme adulte. Katie me fit part de son appréhension : Dave, mon ami d'enfance, voisin, et chauffeur attitré, n'avait cessé de trinquer avec les autres et elle doutait de son aptitude à conduire.

— Ne t'inquiète pas, la rassurai-je, s'il n'est pas en état, on pourra aller sur la plage le temps qu'il se remette.

J'avais aussi en tête la possibilité de prolonger ma rencontre avec Ian, le brun ténébreux qui m'avait draguée sur la piste de danse. La musique pulsait encore dans nos oreilles, nous parlions fort et gloussions pour des futilités. Notre bonne humeur s'exprimait haut et fort. Nous prîmes la direction de la plage avec nos en-cas. Dave avait effectivement trop bu, il s'endormit après avoir englouti une portion de frites dégoulinantes d'huile rance. Je partageai mon kebab avec Ian, en lui lançant des œillades suggestives. Il me proposa bientôt un dernier verre chez lui.

Je le suivis dans un dédale de rues mal éclairées. L'alcool rendait ma démarche incertaine, j'avais l'impression de me déplacer sur le pont d'un bateau plongé au cœur d'une tempête. Telle une bouée de sauvetage, la main de Ian me maintenait. Je songeai que ma gueule de bois serait monumentale, puis je rejetai cette pensée. Je fêtais mes dix-huit ans, c'était normal !

Au bout d'un périple interminable, Ian m'entraîna dans une masure sordide dont l'allée était bordée de détritus. L'intérieur confirma ce que j'avais pressenti : c'était un squat ! Des matelas miteux jetés sur le sol identifiaient les pièces comme chambres, et dans le reste de l'habitation régnaient un désordre et une crasse indescriptibles. Quelqu'un avait placé des guirlandes lumineuses le long de la rampe pour éclairer l'escalier, l'aspect festif masquait sans doute des détails repoussants sur lesquels je n'eus pas le loisir de m'attarder. Ian me guida vers un minuscule cagibi seulement meublé d'un matelas et de couvertures douteuses. Un carton jouait le rôle de chevet, un rideau élimé remplaçait la porte, et une vingtaine de CD jouxtait un vieux lecteur. Des vêtements s'entassaient dans un coin.

— Je sais, ce n'est pas Buckingham, commenta-t-il, mais mon beau-père m'a mis dehors et je ne serai ici que jusqu'à la rentrée. Après, je serai logé sur le campus, ce sera le luxe !

Je lui souris : moi aussi j'allais voler de mes propres ailes et occuper un appartement universitaire, j'en avais visité un au début de l'été. De construction récente, ils offraient à chaque locataire une petite salle de bains privative et du mobilier minimaliste, mais neuf. J'avais hâte d'y entrer et je comprenais sa remarque.

Il disparut pour aller nous chercher à boire tandis que je jetai un coup d'œil à sa collection de CD. Je voulais égayer cet environnement glauque avec un fond musical. Je fus étonnée de constater qu'il n'écoutait que des groupes inconnus.

Si j'avais lu cette histoire dans le journal, j'aurais sans doute traité la fille d'idiote, mais le charme mystérieux de Ian me fit perdre toute méfiance. Et comme dans un article de faits divers, je tombai dans le panneau…

Il revint avec une bouteille de vodka. Je le laissai servir pendant que j'insérai le premier album venu dans le lecteur. Un rythme techno entêtant emplit l'atmosphère, je pris le gobelet qu'il m'offrait et trinquai avec lui en imitant le tintement du cristal. Il rit et me défia de boire d'une traite, je m'exécutai avant de tendre à nouveau mon verre. J'allais passer le week-end à m'en remettre !

Au lieu de me resservir, il posa les deux gobelets sur le carton et me mena vers le couchage, il plaça son bras autour de mes épaules et s'empara de mes lèvres avec avidité. Très vite, il voulut me déshabiller, je résistai : il se montrait trop rapide, trop brusque ! Il me plaqua en position allongée, sans tenir compte de mes protestations. Je me débattis, mais il était plus fort. Sans ménagement, il releva ma jupe et je fus gagnée par une vague de panique, puis par une soudaine torpeur. Mes cris faiblissaient, car le produit qu'il avait glissé dans mon verre faisait effet. Mes mouvements ralentissaient, ma propre voix me parvenait de loin, comme si elle ne m'appartenait plus. Et surtout, j'éprouvais de plus en plus de difficultés à seulement garder les yeux ouverts. Tous mes réflexes s'émoussaient, et en ayant ingurgité la totalité de cette boisson, j'avais pris la dose maximale ! Je ne tardai pas à perdre connaissance.

Quand je me réveillai, une horrible pulsation faisait battre mes tempes. Le jour était presque levé et la bâtisse était plongée dans un silence qui m'indiqua que ses habitants l'avaient quittée. Ian avait disparu. Mes affaires avaient été éparpillées dans la pièce, je ne portais plus que mes sandales dorées, la protection de mon tatouage pendait et révélait de nombreux picots de sang. Ce que je distinguais de mon corps dévoilait les traces de ce que j'avais subi : morsures, ecchymoses, griffures. J'avais mal. Partout. Et je saignais…

Un bruit, provenant de la rue, me fit sursauter et reprendre mes esprits : je devais fuir tant que personne ne se manifestait ! J'enfilai mes vêtements dans la précipitation et dévalai l'escalier en courant. Un craquement du bois exacerba ma terreur. Dans l'entrée, un vieux miroir poussiéreux me renvoya l'image d'un visage barbouillé de maquillage, des sillons noirs laissés par des larmes. Du rouge avait débordé de mes lèvres fendues et tuméfiées. Je me détournai et pris mes jambes à mon cou. Il devait être cinq heures, peut-être six. Encore sous l'emprise de la drogue, dans les rues désertes, je me sentais dans un état second. Je fonçai vers la plage en laissant libre cours à mes sanglots. Au bout de quelques minutes, mon estomac protesta et je vomis dans un caniveau… Je repris ma route d'un pas chancelant, je voulais partir le plus loin possible.

Je ne tardai pas à localiser Dave et Katie qui dormaient l'un contre l'autre, non loin du *Pier*, un tas d'emballages alimentaires froissés à leurs pieds. Le reste du groupe avait décampé. Je fis irruption à leurs côtés, le visage baigné de larmes. Ils se réveillèrent en sursaut.

— Partons, leur ordonnai-je sans préambule.

— Qu'est-ce qui s'est passé ? s'inquiéta Katie.

— Allons-y, s'il te plaît.

Sans plus de commentaires, ils me suivirent. Dave souffrait manifestement d'une gueule de bois colossale et se mouvait au ralenti. Dans l'état pitoyable où je me trouvais, je voulais à tout prix m'éloigner, retrouver la sécurité du foyer familial. Quand Brighton eut disparu de notre champ de vision, Katie osa enfin me poser les questions qui s'imposaient. Avais-je été violée ? Battue ? Droguée ? À chacune je répondis par un mouvement de tête, incapable de parler. Le terme de viol représentait une violence supplémentaire que je refusais de subir.

Et pire que tout, je ne me souvenais de rien après avoir bu ce verre. Je n'étais sûre de rien, je ne pouvais que deviner ce que m'avait infligé Ian… Et d'autres interrogations se bousculaient dans mon esprit : quelle drogue m'avait-il administrée ? Avait-il utilisé un préservatif ? Était-il seul ? Combien de temps étais-je restée inconsciente ? J'éprouvais une terreur indicible en repensant à ce black-out, j'avais été livrée en pâture à un inconnu et mon corps endolori m'indiquait qu'il était préférable de ne pas se souvenir…

Dave conduisait dans un mutisme choqué et me lançait des coups d'œil apitoyés. Katie saisit son téléphone portable, ouvrit le clapet et déclara qu'elle appelait la police.

— Non !

— Pourquoi ? me demanda-t-elle interloquée.

— Si les flics s'en mêlent, mes parents ne me laisseront pas partir à Chelmsford toute seule.
— Mais ça n'a rien à voir ! Il faut retrouver ce type et l'envoyer en prison !
— Je ne me souviens de rien, lui avouai-je enfin.

Le silence s'installa dans la petite voiture de Dave. Dehors, les rayons de soleil paraient la campagne de couleurs étincelantes, la journée s'annonçait radieuse, alors que pour moi, elle marquerait un tournant, une cicatrice indélébile et pourtant invisible.
— Dave, on va chez moi, exigea soudain Katie avant de pivoter vers moi. Il n'y a personne, tu pourras prendre ton temps…
— Merci…

La famille de Katie étant absente, nous pouvions disposer des lieux à notre guise. Je fis promettre le secret à Dave tant que je n'y verrai pas plus clair. Il habitait le pavillon attenant au nôtre, et les probabilités qu'il croise mes parents avant moi étaient élevées. Selon la version qu'il devait leur donner, j'avais décidé de finir le week-end avec Katie. Cette nouvelle ne les surprendrait guère, puisque depuis notre entrée au lycée, Katie, Gemma et moi formions un trio inséparable.

Une fois chez elle, Katie tenta à nouveau de me convaincre de prévenir la police. Elle s'attristait de la tournure des événements, s'en rendait responsable et écumait de rage à l'idée qu'un salaud pareil allait s'en sortir sans être inquiété. La possibilité de recroiser Ian me pétrifiait, j'avais été son jouet pendant une bonne partie de la nuit et j'ignorais l'étendue de sa perversion. Je me sentais vidée de mes forces, de ma dignité, et je ne possédais plus une once de courage. Je voulais me mettre au lit et disparaître sous les draps, dormir jusqu'à l'oubli. Je me dirigeai vers la salle de bains, afin d'effacer un maximum de traces, mais Katie ne l'entendait pas de cette oreille. Elle inséra une pellicule neuve dans son appareil photo et déclara :
— Avant de te doucher, laisse-moi prendre des photos… Si tu changes d'avis, tu auras des preuves pour étayer ta plainte.

Elle effectua quelques réglages afin d'incruster la date sur les clichés. Même dans mon état de stupeur, j'admirais son intelligence. Elle avait raison. Plus tard, j'aurais peut-être la force de me confronter au cauchemar que j'avais manifestement vécu. Mais pas maintenant…

Elle réalisa des gros plans de mon visage, de mes bras et me pria d'exposer les marques transmises par mon agresseur. Je la laissai faire passivement : puisque ma mémoire était vide, ces blessures représentaient la seule preuve tangible de ce que j'avais subi. À défaut de récit, la police pourrait analyser les images. Cette idée me souleva à nouveau l'estomac. Les vingt-quatre poses furent utilisées, Katie tentait de me protéger malgré moi. Dans mon for intérieur, j'admettais que j'aurais dû aller porter plainte, mais je ne voulais pas étaler ma honte et ma vulnérabilité sur la place publique. Je refusais d'endosser le rôle de victime. Dans un village tel que le nôtre, si je parlais, je deviendrais définitivement « la fille qui a été violée ».

Lorsqu'il affleura à mon esprit, ce seul mot m'arracha une crise de sanglots. Katie me prépara une tasse de thé et me convainquit d'aller prendre un bain. Elle y glissa les sels parfumés hors de prix que sa mère stockait dans une élégante coupelle en verre. L'eau chaude détendit mes muscles, j'effaçai consciencieusement les traces de sang, de maquillage. Mais l'eau et le savon ne gomment pas l'outrage…

Katie plaça à mon intention des vêtements de rechange au pied de son lit. Elle avait opté pour un jogging et un tee-shirt ample, j'approuvais son choix, je voulais me dissimuler dans les plis du tissu. Je passai une bonne partie de la matinée à dormir, et ce n'est qu'en fin d'après-midi que je me décidai à rentrer chez moi. Mon attitude maussade fut mise sur le compte de l'excès d'alcool, je ne démentis pas. Je préférais garder ma famille dans l'ignorance.

Les jours suivants, je ne pus me résoudre à sortir, je ne me sentais en sécurité que dans le cocon où j'avais grandi. Gemma vint me rendre visite pour échanger nos impressions sur cette fameuse soirée. Je la laissai parler, ce qui ne parut pas l'étonner. Elle se lança dans le récit détaillé des retrouvailles avec son ex, elle rit beaucoup, soupira davantage… Son bavardage innocent avait fait partie de mon lot quotidien jusqu'à la rencontre avec Ian, et pourtant, je ne parvenais pas à m'y intéresser. L'agression que j'avais subie m'avait bouleversée, transformée, je me sentais étrangère. Sans doute mon amie le remarqua-t-elle, car elle ne s'éternisa pas. J'attendais plutôt les visites de Katie, qui devenaient de plus en plus rares. Elle aussi devait entamer ses études supérieures, dans une prestigieuse université, et ces quelques semaines d'été représentaient nos derniers moments d'insouciance ensemble.

À plusieurs reprises, elle déclina mes invitations. J'en fus blessée : elle, plus que quiconque devait comprendre que j'avais besoin de soutien. Je ne la vis qu'en coup de vent, elle multipliait les obligations, et ne me rendait visite qu'avant ou après une démarche quelconque. Je me sentais abandonnée, qu'avait-elle de si important à faire ? Après une nouvelle déception, je décidai de prendre mes distances. Je me torturais à l'idée d'aller porter plainte. Je m'interrogeais : si je rendais publique ma souffrance, en serais-je délestée ?

Et je me souvins de Kirsty, une camarade de classe qui était tombée enceinte en cours d'année scolaire, et que toute notre communauté avait cessé de désigner par son prénom. Elle n'était plus que « cette fille » ou « la fille-mère ». Je ne voulais pas devenir le rôle-titre d'une mauvaise rumeur locale !

Le reste des vacances ressembla à une succession de jours ternes, passés dans la crainte que mon père ne découvre les événements de ma soirée d'anniversaire. Je me fis enguirlander pour le tatouage, ce qui ne me surprit guère, étant donné son côté conservateur. S'il savait que sa fille avait été abusée sexuellement, il remuerait ciel et terre pour tuer le responsable, et s'assurerait de me protéger à tout instant. Or je voulais étudier à l'université, sortir de ce patelin…

Le jour du départ, mes parents et mon frère m'accompagnèrent. Au bureau des logements, j'obtins la clé. En traversant la rue, on se retrouvait face à une allée de bâtiments neufs aux briques beiges et aux larges fenêtres. Nous localisâmes sans difficulté l'appartement, en tous points conforme à la description : trois chambres au rez-de-chaussée, deux à l'étage et une cuisine commune. Mes parents exprimèrent leur approbation.

Soudain, la porte voisine de la mienne s'ouvrit et je découvris un jeune homme brun, qui portait un tee-shirt à l'effigie d'un groupe de heavy métal. Quelque chose dans sa démarche, son regard, me rappela Ian. J'eus un mouvement de recul viscéral : je ne pouvais pas habiter ici, pas avec quelqu'un dont l'allure évoquait tant celle de mon agresseur !

Je cédai à la panique et quittai l'endroit sans un mot, poursuivie par ma famille, perplexe. Je revins vers le service logement au pas de charge, décidée à obtenir la clé d'un appartement uniquement féminin. Mon père, médusé, me laissa faire : il voyait d'un mauvais œil la colocation mixte. Il me soutint dans ma démarche et l'employée m'annonça qu'il restait de la place à Courtman House.

Elle nous expliqua qu'il s'agissait d'une maison victorienne défraîchie, convertie en chambres universitaires pour filles. Le standing se situait plusieurs niveaux en dessous de ce que nous venions de visiter. Pour le moment, il n'y avait qu'une autre personne qui souhaitait y loger. Peu m'importait l'état de délabrement, le nombre de colocataires, la distance à parcourir pour aller en cours, ce qui comptait c'était de me sentir en sécurité, loin des hommes… Sans y accorder plus de réflexion, je signai les papiers, empochai la clé et guidai ma famille vers la maison qui allait m'accueillir.

Elle se situait dans une rue coquette, peuplée par des couples aisés, ce qui charma mes parents : ici, j'aurais moins de tentations, je me tiendrais à l'écart des mauvaises influences. De mon côté, j'avais besoin de me sentir rassurée, et il n'y avait qu'avec un groupe de filles que je pourrais l'être !

J'insérai la clé dans la serrure et presque aussitôt, une belle brune qui me dominait d'une bonne tête apparut dans l'embrasure de la porte de droite. Elle portait une robe blanche ornée de fleurs grises, de jolies chaussures rétro, à talon fin. Un antique pendentif ovale en argent et turquoise venait ajouter une touche de couleur à l'ensemble. Elle semblait tout droit sortie d'un film historique. Elle dégageait une aura de confiance et de bienveillance qui m'attira immédiatement. Enfin, l'étau qui serrait mes entrailles depuis plusieurs semaines s'entrouvrit, ma respiration devint plus sereine. Pour la première fois depuis le black-out…

L'instant, furtif, insaisissable, passa comme on exhale un soupir. Mes parents s'avancèrent pour réaliser l'inspection minutieuse de mon nouveau logement. Je n'en avais découvert que l'entrée, mais je ne pouvais pas ignorer cette sensation de bien-être ressentie, j'avais l'impression que Poppy, la belle jeune fille brune, m'avait déjà prise sous son aile protectrice. Elle s'exprimait avec affectation, dans de grandes envolées d'exclamations enjouées ; elle était aussi lumineuse que j'étais terne. Son prénom lui convenait parfaitement : à l'instar du coquelicot[2] qui se balance au gré du vent dans les champs de blé, elle apportait son incomparable touche de couleur et annonçait des jours meilleurs ! Ici, en sa compagnie, je pourrais panser mes blessures, oublier ce poids qui alourdissait chaque respiration, et aller de l'avant.

[2] En anglais coquelicot se dit *poppy*.

Chapitre 3 : Abigail

Quand j'avais reçu la lettre officialisant mon licenciement, j'avais éprouvé un mélange de colère, de déception et d'échec. Bien sûr, Tony m'avait expliqué : sa société battait de l'aile, il ne pouvait plus se permettre de garder toute l'équipe, et j'étais la dernière arrivée… Par conséquent la première à partir !

J'étais restée prostrée quelque temps, désemparée. Je redoutais le retour en arrière : devoir enchaîner les missions d'intérim sans lendemain pour payer le loyer et finir mes journées, épuisée, sans l'énergie de prendre un crayon pour mes projets artistiques. Ce poste avait représenté une opportunité unique, j'avais pu concilier ma créativité et les aléas de la vie. J'avais illustré des livres pour enfants, des manuels scolaires et des jeux de société. Je m'étais réjouie de chaque jour passé chez *Pops*. Ma déception de quitter cette petite équipe jeune et dynamique se doubla d'une amère découverte : juste après la réception de la lettre, Holly, ma colocataire, m'avait annoncé qu'elle allait emménager avec son conjoint. C'était prévisible, j'avais déjà plaisanté sur le sujet avec eux, mais le moment était mal choisi pour moi. Je devais soit changer de logement soit trouver une autre personne avec qui partager l'appartement, tout en sachant d'avance que le quartier était au-dessus de mes moyens…

En l'espace de quelques heures, mon quotidien venait de basculer dans une forme de précarité que j'avais crue envolée définitivement. Je ne suis pas du genre à me laisser aller à l'apitoiement, je décidai de prendre les armes et de me battre ! J'épluchai les annonces, harcelai les agences d'intérim, rappelai des sociétés qui m'avaient reçue en entretien. Tout en sachant que je décrocherais un poste rapidement, je doutais d'en trouver un aussi passionnant que celui que je perdais.

C'est au cours d'une tournée de recherche d'emploi que je tombai sur Chris, mon ex, et sa nouvelle conquête. Depuis notre rupture, il se pavanait au bras de filles sophistiquées et interchangeables, pour démontrer au monde son pouvoir de séduction. Celle-ci était une bimbo peroxydée, avec un lissage impeccable. Elle portait de vertigineux talons aiguille et ses vêtements tape-à-l'œil accentuaient la vulgarité de son maquillage outrancier. Je fis abstraction de sa présence et oubliai jusqu'à son nom, je n'étais pas amenée à la revoir de toute façon…

Chris me donna des nouvelles : il s'était spécialisé dans la conception graphique de sites web et j'avais entendu des amis communs souligner son insolente réussite. Je m'apprêtais à débiter ma tirade habituelle sur le succès quand il déclara d'un ton détaché qui m'ébranla :

— Je ne comprends pas pourquoi tu es étonnée de ton licenciement. Après tout, la seule chose que tu prends au sérieux ce sont tes projets artistiques… Tu es asociale et totalement incapable de travailler avec autrui !

C'était cruel de s'acharner ainsi sur une personne à terre. Je me tus, mon silence exprimerait ma réprobation de façon plus éloquente que n'importe quelle protestation. Quel goujat ! Manifestement, il ne supportait pas l'idée que j'avais préféré me retrouver célibataire plutôt qu'avec lui, mais sa méchanceté gratuite fit naître un feu intérieur qui allait me porter pendant les prochaines semaines.

Au début du mois d'avril, j'avais enchaîné plusieurs missions aussi brèves qu'inintéressantes, tout en consacrant du temps à des recherches sur internet. J'avais l'intuition que j'y trouverais l'inspiration, ou, à défaut, une annonce acceptable. Je cliquai par hasard sur une campagne de recrutement du ministère de l'Éducation. Les matières en pénurie d'enseignants étaient mises en avant, je ne fus pas étonnée d'y voir figurer en priorité les langues étrangères. Je me souvenais de ma prof de français dépressive, que les fortes têtes de ma classe s'ingéniaient à faire pleurer… Comment pouvait-on envisager une telle carrière ?

Venaient ensuite les maths… et l'art plastique ! L'art plastique manquait de personnel ?

J'avais toujours adoré ces cours, on pouvait y exprimer sa créativité, réaliser quelque chose de ses mains et explorer des univers sans passer pour un marginal. Le même enseignant m'avait suivie pendant mes cinq années de collège, j'avais fait partie du club qu'il avait animé, et chaque minute m'avait ravie. Pourquoi aussi peu de personnes voulaient-elles embrasser cette belle carrière ? Quel dommage !

Holly, qui faisait des allées et venues dans l'appartement pour rassembler ses affaires dans des cartons, observa par-dessus mon épaule et affirma avec enthousiasme :

— Tu penses devenir prof ? Quelle bonne idée, tu serais géniale !

— Je regardais juste, me récriai-je, je n'ai pas dit que j'allais me lancer.

— Et pourquoi pas ? Tu adores l'art, tu aimes te plonger dans des projets et tu râles tout le temps de ne pas trouver des gens avec qui partager ta passion.

Elle énumérait ses arguments en comptant, ses doigts dirigés vers moi. Comme je ne répondais pas, elle continua, dans un registre qui fit mouche :

— Tu veux passer ta vie dans des agences d'intérim, à te demander si tu pourras payer ton loyer ? En plus, l'été tu bénéficieras de cinq semaines de vacances ! Et puisque c'est une matière en manque d'effectifs, tu auras le choix de l'établissement.

Elle avait déplié tous les doigts de sa main gauche, mais il lui restait des arguments ! Vaincue, je concédai à mi-voix :

— Je vais y réfléchir, c'est vrai que je n'avais pas vu les choses sous cet angle.

— Heureusement que tu as un ange gardien, pérora-t-elle avant d'ajouter : tu veux une tasse de thé pendant que tu te renseignes ?

C'est ce soir-là que naquit ma détermination pour le changement de carrière. J'épluchai les conditions particulières pour devenir enseignante : il me fallait trouver une université qui dispensait cette formation, constituer un dossier auprès du comté, qui prendrait en charge mes frais d'inscription ! Et je pourrais m'engager dans ma nouvelle aventure.

Immédiatement, j'avais pensé à l'établissement où j'avais passé mes diplômes d'art, mais il ne proposait pas cette filière. Je lançai des recherches qui me donnèrent des résultats surprenants : je pouvais aller où je le souhaitais ! Je n'avais pas été confrontée à tant d'opportunités depuis longtemps, j'en eus presque le tournis.

Bientôt, mes efforts se concentrèrent sur le sud de l'Angleterre, je désirais commencer sur une feuille vierge, et dans le nord, je connaissais trop de monde. Cette année de formation m'offrirait un nouveau départ, et je ne voulais pas me comparer systématiquement à la réussite des autres, et avoir l'impression de rater ma vie. Tous mes amis d'enfance exerçaient des métiers passionnants ou prestigieux, je ne comptais plus les mariages auxquels j'avais assisté tandis que de mon côté j'étais célibataire et en intérim ! Dans une nouvelle université, personne ne me regarderait avec condescendance ou avec des attentes, je pourrais paraître sous mon vrai jour, sans artifice.

J'avais reçu les brochures de plusieurs établissements, parfois très prisés, je les étudiais sérieusement, mais Chelmsford m'attirait. Je m'y étais rendue l'été précédent pour un festival de musique, j'y avais passé trois jours magiques. J'avais optimisé mon temps afin d'assister aux concerts de mes groupes préférés. À l'époque, Chris avait refusé de m'accompagner, et c'est au cours de ce week-end que j'avais décidé de le quitter. J'avais entrepris ce voyage avec mes deux meilleures amies : Holly et Vicky. Nous avions campé sur le site du festival, profité de chaque instant, et vécu une expérience unique que nous considérions comme une parenthèse dorée. Sans doute la dernière avant un moment, car Vicky nous annonça peu après qu'elle attendait des jumeaux ! La seule évocation de cette anecdote me fit opter pour Chelmsford.

J'avais un souvenir assez flou de la ville, je ne gardais en mémoire que des sons et cette agréable impression de tiédeur sur ma peau baignée de soleil. J'entrepris les démarches pour intégrer cette université et obtenir un logement sur le campus. Je passai les entretiens nécessaires et je fus acceptée. Tous les signes que je recevais pointaient dans la même direction. Une fois ma destination identifiée et sécurisée, je me décontractai.

Début septembre, j'entassai toutes mes affaires dans ma petite voiture et pris l'autoroute en direction du sud. Arrivée à Chelmsford, je n'eus aucun mal à localiser l'université et ses bâtiments clairs, neufs et spacieux. Je sentis que j'allais me plaire dans cet environnement. À l'accueil, je vécus ma première déconvenue : mon dossier de demande de logement était incomplet et la lettre de relance était revenue au secrétariat puisque je n'habitais plus à l'adresse indiquée ! Je me décomposai : je n'avais nulle part où dormir et je ne connaissais personne dans la région. Je plaidai ma cause auprès des deux employées qui finirent par m'ajouter sur la liste d'attente pour un appartement sur le campus, et me confier la clé d'une chambre de dépannage. Sur un ton d'excuse, elles me dépeignirent Courtman House comme un taudis. En me détendant, je leur dis :

— Tant qu'il y a un lit, une salle de bains et l'électricité, je survivrai !

La rousse émit un petit rire poli, en se gardant bien de répondre. Leur comportement m'inquiétait. Je pris mon atlas routier et repérai l'adresse avant de me remettre au volant pour découvrir ce qui, au départ, ne représentait qu'une solution temporaire. La maison était située dans une impasse bordée de jolis jardins. Les demeures immenses identifiaient le quartier comme celui des familles aisées. Courtman House possédait ce charme imposant propre à l'époque victorienne, le porche d'entrée en blanc laqué, lui donnait un air accueillant. Influencée par les commentaires des employées, je me méfiais de ce que dissimulaient cette bâtisse et son élégante cloche en laiton.

Je l'actionnai, car je savais que plusieurs personnes s'y étaient déjà installées. J'entendis un galop accompagné de musique et de gloussements. La porte s'ouvrit à la volée sur une petite blonde et une grande brune dont les rires s'interrompirent juste le temps des formules de politesse. Une odeur de pain grillé et de fromage fondu se répandait dans le couloir, me rappelant que je n'avais rien avalé depuis le matin. Je me promis de remédier à cela, quelle que soit l'issue de ma visite.

Lauren, la blonde, revendiqua fièrement ses origines de Liverpool, ce qui me fit sourire et éprouver une sympathie instantanée : j'étais moi aussi une fille du nord ! La brune se prénommait Poppy, s'exprimait avec l'accent de la BBC et une douceur qui gommait toute impression de snobisme. Elle me proposa une visite guidée, au moment où Lauren se rua vers la cuisine, non sans avoir lancé une bordée de jurons digne d'une bande de footballeurs éméchés. Une épaisse fumée s'échappa dans le couloir, suivie par de nouvelles injures. Poppy et moi échangeâmes un sourire complice.

Elle m'expliqua que, pour le moment, seules Lauren, Phedra et Ana-Luisa, une étudiante espagnole, s'étaient installées. Volubile, elle me débita en quelques minutes toutes les informations qu'elle avait pu glaner sur chacune de nos futures colocataires. Ana-Luisa, cadette d'une famille catholique de cinq enfants très pieuse, quittait son pays pour la première fois. Lauren entreprenait une formation d'infirmière et rêvait de se spécialiser un jour dans l'anesthésie. Elle avait l'air pétillante et drôle, mais avait eu une violente dispute avec son copain, ce qui la rendait très susceptible depuis. Phedra, la plus jeune, venait de fêter ses dix-huit ans. Selon Poppy, elle était arrivée la veille, et avait passé le plus clair de son temps enfermée.

Toutes ces informations me parvenaient dans le désordre, mais je ne perdais pas une miette de mon environnement : cette maison possédait une grâce désuète, et n'avait manifestement bénéficié d'aucun rafraîchissement depuis une bonne trentaine d'années. La cage d'escalier sublimait les lieux et disposait de toute la hauteur de l'édifice. Large, dotée d'une rampe en chêne massif poli par l'usage, elle était éclairée par de grands vitraux, qui rendaient une lumière colorée et onirique. J'avais toujours rêvé d'habiter un logement de caractère, je me sentis succomber au charme de cette demeure qui devait regorger d'anecdotes…

Ma chambre, toute en longueur, était logée entre les marches qui menaient sous les toits et la pièce voisine, libre pour l'instant. Les murs témoignaient du passage des occupantes précédentes : ils étaient constellés de trous de punaises ou de traces de ruban adhésif. Ils avaient certainement accueilli une multitude de posters ! Le mobilier était identique à celui du reste du logement : un lit étroit, un bureau, une chaise, une commode et une armoire-vestiaire, le tout en formica marron foncé. La fenêtre donnait sur la rue, et surtout sur le jardin des voisins. La visite me rassura, les employées avaient noirci le tableau ! La maison, bien que vieillotte, offrait tout ce dont j'avais besoin : une habitation confortable, proche de l'université, dotée d'un parking, et la compagnie de nouvelles amies potentielles.

En redescendant à la cuisine, Poppy, pleine de tact, insista pour que je partage leur repas. Lauren avait préparé des croque-monsieur dans un antique toaster et le résultat de ses efforts était empilé sur la table. J'acceptai l'invitation avec gratitude.

Poppy m'informa qu'une Française et une Chinoise étaient venues visiter les lieux quelques jours auparavant. Elle était étonnée de ne pas les avoir revues, car elles avaient paru émerveillées. Je ne prêtai pas davantage attention à son babillage : j'allais me concentrer sur les personnes qui s'étaient installées. Si je parvenais à tout retenir, ce serait déjà bien !

Dans l'après-midi, j'entrepris de vider ma voiture et d'emménager. Phedra, la plus jeune habitante, apparut brièvement pour me souhaiter la bienvenue avant de s'isoler à nouveau. Je commençai par passer l'aspirateur et me débarrasser de la couche de poussière grisâtre sur le rebord de la fenêtre. Lors d'un de mes voyages vers le parking, je croisai une belle fille châtain, aux yeux savamment maquillés, suivie de près par ses parents. Elle s'appelait Chloe et me tendit la main comme pour un entretien d'embauche. Elle dégageait une assurance hautaine qui me la rendit aussitôt antipathique. Je chassai cette impression injuste : je ne la connaissais pas, inutile de la juger si vite ! Je pris sur moi pour partager les informations que m'avait communiquées Poppy, dans un effort de conciliation. Elle écoutait d'une oreille distraite et ne se sentait manifestement pas concernée…

Son attitude cavalière devint limpide dans la soirée, après le départ de ses proches : elle mit toutes ses affaires dans le coffre de la voiture de son copain avec qui elle comptait emménager. Ce logement ne représentait qu'un prétexte pour tranquilliser sa famille. Phedra, qui occupait la chambre mitoyenne à celle de Poppy, sortit peu après.

— Ce n'est vraiment pas cool de faire payer ses parents pour rien, commenta-t-elle durement.

— Au moins, elle ne nous cassera pas les oreilles, répondis-je sur le ton de la plaisanterie.

Phedra éclata de rire. C'était la première fois que je lui voyais une expression aussi détendue ! Elle dégageait une inquiétude permanente… Elle avait travaillé son apparence avec une coupe de cheveux tendance, une couleur platine qui mettait en valeur ses yeux bleu ciel, et un pantalon treillis accompagné d'un débardeur rose. Elle donnait l'impression d'hésiter entre une carrière de mannequin et celle de marginale de l'université… Elle ne semblait pas heureuse de se trouver là. Peut-être avait-elle dû se contenter d'un deuxième choix pour ses études ?

Le lendemain, le 11 septembre, deux nouvelles venues se présentèrent : Catherine et Emma qui portèrent à sept le nombre de personnes installées dans cette grande demeure. C'était aussi étrange qu'excitant de voir arriver ces inconnues, qui allaient partager notre quotidien. Emma, une blonde aux lunettes dorées, originaire de l'Essex, ne se trouvait qu'à une demi-heure de route pour rendre visite aux siens. Elle avait vingt ans, comme Lauren, qui occuperait la chambre face à la sienne, sous les toits. Leur complicité, qui ne se démentirait pas pendant les mois suivants, naquit rapidement.

Catherine, qui préférait être appelée Cate, était plus jeune que Phedra, puisqu'elle ne fêterait son dix-huitième anniversaire qu'en décembre. Sa silhouette longiligne, sa peau diaphane et son opulente chevelure châtain clair lui donnaient des airs de poupée de porcelaine. Timide, elle rougissait à la moindre remarque. Je me sentis une âme de grande sœur adoptive !

J'avais prévu d'explorer les environs et d'effectuer quelques courses de première nécessité, je proposai à Cate de m'accompagner. Elle devait être rassurée de ne pas y aller seule, aussi accepta-t-elle avec un enthousiasme communicatif : Phedra décida de se joindre à nous. Pendant notre promenade, je l'observai à la dérobée. Elle cachait un secret.

Sans doute quelque chose de trop lourd pour son âge.

Chapitre 4 : Amélie

Le matin de la rentrée universitaire, je me trouvais dans le comté du Hertfordshire, à presque une heure de route de Chelmsford. J'étais venue chez mon ancienne colocataire pour récupérer mes affaires avant d'emménager à Courtman House. Le réveil sonna très tôt, afin d'anticiper d'éventuels embouteillages. J'avais été bien inspirée ! La traversée de Chelmsford s'avéra laborieuse : des travaux à l'entrée de la ville nécessitaient une déviation de plusieurs kilomètres, nous obligeant à emprunter de minuscules rues longeant d'étroits pavillons mitoyens, un véritable labyrinthe !

Finalement, je me garai sur le parking de l'université, et me précipitai pour éviter d'arriver en retard à la réunion de rentrée. Je me faufilai dans la pièce en dernière position. Les autres avaient eu le temps de déguster un café et des biscuits tout en échangeant quelques mots. J'étais déçue d'avoir manqué cette opportunité de faire connaissance, mais je comptais me rattraper le midi, à la cantine. Je voulais me constituer un nouveau groupe d'amis et m'émanciper de l'influence de Max sur ma vie dans ce pays. J'avais choisi d'y rester, avec ou sans lui.

Nous étions réunis dans une grande salle, j'estimai le nombre d'étudiants à une centaine, ce qui me semblait impressionnant jusqu'à ce que la responsable de promotion s'adresse à l'assemblée. Elle énuméra les matières dans lesquelles nous allions être formés : anglais, langues étrangères, histoire, maths, arts plastiques et sciences, ce qui donnait des classes à taille humaine. Je ne perdis pas un mot de la présentation, car ma première année dans ce pays m'avait appris une chose : les différences culturelles pouvaient nous mettre en difficulté, même sur des détails infimes. Parfois, ce qui paraît évident pour un peuple ne l'est pas pour l'autre ! Je ne voulais pas commettre d'impair dès le premier jour.

À la pause déjeuner, je découvris que la nourriture proposée à l'université ne correspondait pas à ce qu'attend une Française : on n'y trouvait que des parts de pizzas desséchées, des tourtes au porc et les incontournables sandwiches. Où se cachaient les entrées, les plats chauds, les légumes ? Je soupirai : l'année précédente, j'avais expérimenté la cantine de l'école. Elle servait une répugnante tambouille surgelée, dont la pomme de terre, sous une forme ou une autre, représentait l'unique accompagnement des viandes ou poissons. J'avais snobé le réfectoire autant que possible et, je dus me rendre à l'évidence : j'allais faire de même à l'université !

Je pris une part de pizza, à la pâte épaisse et farineuse, un mini cheesecake et un jus d'orange, afin d'apporter un semblant de vitamines à ce repas. Ma grimace avait dû manquer de discrétion, car une étudiante brune et mince s'approcha en me glissant quelques mots sur la piètre qualité de la nourriture. Je reconnus immédiatement en elle une compatriote et bientôt, nos rires se distinguèrent du délicat brouhaha qui régnait alentour. D'un abord facile, elle entama la discussion et je me sentis aussitôt à l'aise avec elle. Elle s'appelait Ophélie, comme dans *Hamlet*, crut-elle bon d'ajouter. Originaire de Lille, elle me fit découvrir l'accent chti, qui m'apparut aussi exotique que celui de l'Écosse !

— Viens avec nous, me proposa-t-elle en désignant une table, on va créer le clan des Françaises !

— Enfin moi je suis belge, précisa la jeune fille déjà installée.

Ophélie balaya l'argument en une phrase désinvolte :

— Oh c'est pareil, tu comprends ce qu'on dit, non ?

J'échangeai un sourire avec Mathilde, la Belge, qui avait deviné l'inutilité de protester davantage. Je me renseignai sur ce qui nous attendait dans l'après-midi. À mon grand soulagement, il s'agissait de procédures administratives. Nous devions signer un contrat pour les stages, obtenir notre carte d'étudiant et pour ma part, passer au bureau du logement récupérer les clés de ma chambre.

Je ne quittai Mathilde et Ophélie qu'au moment d'aller chercher ma clé. J'avais apprécié leur compagnie, et je dus avouer que la possibilité de parler ma langue maternelle de temps en temps me séduisait, après une année à m'immerger dans l'anglais. Pendant l'été, j'avais multiplié les anglicismes sans en avoir conscience, ce qui m'avait valu des sobriquets ridicules auprès de mes proches…

Lorsque je rejoignis le parking et atteignis ma petite voiture bleue, je constatai avec stupeur qu'un document sous plastique s'y trouvait. Une contravention ! Dès le premier jour ! L'année précédente, mon ignorance du code de stationnement m'avait conduite à laisser des sommes considérables aux autorités locales, et à alimenter l'hilarité de mes collègues dans la salle des professeurs. Max et Martin avaient pris l'habitude de me demander le montant de mes amendes le lundi matin. Je secouai la tête pour chasser ces pensées qui, malgré mes efforts, revenaient trop souvent sur la même personne…

Cette fois-ci, je m'étais garée sur le parking de l'université, je ne voyais aucune contre-indication sur les panneaux. Quelle règle avais-je bien pu enfreindre ? Prête à en découdre, je trouvai le gardien qui m'expliqua poliment. Pour permettre à tous d'en bénéficier à tour de rôle, ces emplacements étaient limités à deux heures consécutives, et son travail consistait à relever les heures et les plaques d'immatriculation ! Agacée, je regagnai mon véhicule en grommelant. J'ajoutai mentalement à ma liste de choses à faire le paiement de cette amende…

Je retrouvai sans peine le chemin vers Courtman House : j'en avais gravé chaque détail dans ma mémoire. Lorsqu'elle apparut derrière une haie de fusains, j'hésitai un instant à me garer dans la rue. Ma dernière déconvenue en matière de stationnement m'incita à m'engager dans l'allée pour ranger le véhicule dans la cour. Je constatai qu'une Mini noire s'y trouvait déjà. J'allais rencontrer au moins une autre de mes colocataires.

La porte arrière était maintenue ouverte par un extincteur, sans doute afin de profiter de la douceur de cette journée. Depuis l'extérieur, je percevais la rumeur d'une conversation. Je distinguai trois voix féminines. Soudain intimidée, je m'annonçai dès le seuil en lançant une formule de politesse. La discussion s'interrompit, j'entrai. Un visage inconnu apparut sur ma gauche. C'était une fille aux cheveux bruns relevés par des pinces multicolores dans une coiffure faussement négligée, elle portait un tee-shirt à l'effigie de Moby, ce qui me fit sourire : je venais de découvrir un point commun avec elle !

Je me présentai en quelques mots et elle m'apprit qu'elle s'appelait Abi, et que sa ville natale se situait entre Manchester et Liverpool. Elle me fit signe de la suivre vers la petite cuisine, où je fis connaissance avec Phedra et Cate, les plus jeunes pensionnaires. Elles renvoyaient des images opposées : Phedra était petite, pâle et renfrognée tandis que Cate était grande, enjouée et ses joues s'empourprèrent aussitôt qu'elle m'adressa la parole. Abi et moi avions quelques années de plus, mais je découvris que Poppy était la plus âgée. À l'énoncé de son nom, j'eus envie de revoir la douce jeune fille qui m'avait accueillie lors de ma première visite, je me renseignai :

— Où est-elle ?

— Sans doute à la fac, me répondit Abi en haussant les épaules. Tu es française, toi aussi ?

J'acquiesçai d'un signe de tête. Puis, piquée de curiosité, je répétai :

— *Aussi* ?

— Une autre Française est arrivée il y a quelques jours, m'informa Phedra.

La perspective de vivre avec une compatriote me soulagea : je ne serais plus la seule Française du groupe, contrairement à l'année précédente. Les gens s'étaient montrés amicaux et indulgents, mais au cours de chaque soirée, j'avais dû répondre aux mêmes questions sur les cuisses de grenouille, le foie gras ou le rugby, pour ceux qui avaient entendu parler de Toulouse…

— Elle s'appelle Anastasia, déclara Cate en donnant l'impression de réciter une leçon.

Anastasia, ça ne fait pas très français, songeai-je, *plutôt russe.* Peut-être avait-elle mal compris la nationalité de cette mystérieuse jeune fille ?

— La maison est pleine ? demandai-je en me remémorant le nombre de portes fermées aperçues lors de ma première visite.

— Pas tout à fait, me répondit Abi, mais presque… Viens, on va te montrer la liste !

Elle m'entraîna vers le palier du premier étage, où je notai la présence d'un appareil téléphonique à pièces, fixé au mur. Au-dessus se trouvait un tableau blanc avec des numéros de chambre, face auxquels figuraient les prénoms de leurs occupantes. Il restait quatre emplacements vierges, et en m'ajoutant cela signifiait que nous étions onze ! Ce serait une ambiance de colonie de vacances !

D'après les prénoms Mei et Ana-Luisa, je déduisis qu'Anastasia et moi n'étions pas les seules étrangères. Mei devait être japonaise ou chinoise, et Ana-Luisa, espagnole… Cette maison constituait un véritable *melting pot* !

— Tiens, remarquai-je à voix haute, pourquoi il y a un point d'interrogation à côté de Chloe ?

Phedra et Cate pouffèrent pendant qu'Abi m'expliquait :

— Elle, tu ne vas pas beaucoup la voir, elle est partie vivre avec son copain alors que ses parents la croient ici !

— Si elle garde la location, c'est qu'elle manque de certitude, affirmai-je avec une amertume que je ne parvenais pas à juguler.

— C'est pour ça qu'on a mis le point d'interrogation, dit Cate tandis qu'un sourire espiègle étirait ses lèvres.

— Tu as quel numéro ? Moi je suis là, m'indiqua Abi avec un signe de la main.

Le porte-clés arborait le chiffre 8, je pris la direction des escaliers pour me rendre sous les toits quand Abi m'arrêta :

— Le dernier étage est complet : il y a Emma, Lauren et Chloe si elle daigne se montrer…

— C'est curieux, remarquai-je, quand je suis venue visiter, on m'avait donné la clé d'une chambre au second… Ce n'est pas grave, l'important c'est de ne pas se retrouver à la rue ! Je vais trouver le numéro 8.

— C'est celle-ci.

Cate avait ouvert la porte coupe-feu qui protégeait trois nouvelles pièces, un chiffre 8 doré figurait sur celle du milieu. La clé fonctionna parfaitement et je découvris mon espace personnel.

Qui me déçut.

La chambre, coincée entre deux autres, bénéficiait de dimensions plus modestes que celle que j'avais visitée – et qui allait rester déserte, puisqu'elle avait été attribuée à Chloe ! Les cloisons étaient si fines, qu'on pouvait les confondre avec du carton. Les meubles, similaires à ceux du garage de mes grands-parents, étaient posés au hasard, en plein milieu, ils paraissaient avoir été abandonnés par des déménageurs peu scrupuleux. D'horribles rideaux orange vif élimés, qui puaient la poussière, constituaient le seul rempart contre la lumière du jour et l'état déplorable des joints de la fenêtre, dépourvue de double vitrage. Mon âme de frileuse réagit aussitôt : j'allais en trouver d'autres pour m'isoler contre les rigueurs de l'hiver !

Les filles eurent pitié de moi et m'aidèrent à replacer les meubles contre les murs, ce qui me fit gagner un temps considérable. Ainsi, l'espace paraissait moins étouffant. Je les remerciai chaleureusement, avant de me lancer dans le transport et l'installation de mes affaires. J'entamai mon quatrième voyage quand je fus interpellée par Abi. Je posai mon carton et entrai dans la cuisine. J'y découvris deux nouveaux visages : une petite brune au teint mat et au menton fendu, Ana-Luisa, et une grande noire à la silhouette élancée qui portait un tee-shirt du Festival de Cannes, Anastasia. J'eus rapidement la confirmation que, malgré son prénom, elle était bien française. Elle semblait ravie de pouvoir échanger quelques mots dans sa langue maternelle et proposa de m'aider à emménager.

Elle me suivit dans ma chambre et nous fîmes connaissance tandis qu'elle me prêtait main-forte. Nous allions bien nous entendre : Anastasia aimait rire, papoter et vivait une aventure en s'installant à l'étranger. Au cours de la conversation, j'appris des détails décousus sur ma nouvelle amie : elle venait de la banlieue parisienne, d'une famille nombreuse. Elle devait impérativement trouver un petit boulot afin de financer ses études. Puisque je m'étais retrouvée dans une situation identique quelques mois plus tôt, je lui conseillai les restaurants, qui embauchaient souvent des serveurs français, pour donner un air chic à leur établissement. Je la rassurai : dans ce pays, les possibilités de recrutement étaient nombreuses, il était facile d'obtenir un emploi, mais tout aussi facile de le perdre.

Le reste de la semaine, je me familiarisai avec mes colocataires : Lauren, la petite blonde à l'accent du nord et au langage de charretière, et Poppy, la belle demoiselle distinguée, suivaient une formation d'infirmière, respectivement en première et deuxième année. Anastasia, Phedra, Ana-Luisa, Mei et Cate avaient choisi des filières « business », mais n'avaient pas de cours en commun. Je ne comprenais pas les subtilités de leur cursus, car chacune avait sélectionné des options diverses. Je renonçai à démêler les situations particulières, j'allais vivre ici et j'aurais amplement le temps de saisir les nuances. Emma, Abi et moi étudiions dans la section enseignement, chacune dans une branche différente.

Lors de mon deuxième jour à Courtman House, je me levai très tôt et fonçai à la salle de bains côté cour, en découvrant que celle sous l'escalier du second était déjà occupée. Je me disais que la course aux sanitaires risquait de devenir mon sport quotidien, quand une alarme stridente me fit sursauter. J'étais sous la douche, les cheveux moussant de shampoing. Je perçus un tumulte de pas précipités, une ruée vers le rez-de-chaussée, et des exclamations paniquées dans toute la maison. Avec un vacarme pareil, tout le quartier devait être réveillé !

Je me rinçai sommairement et jetai un coup d'œil à la fenêtre : Lauren, Phedra, Cate, Mei et Anastasia s'étaient réfugiées dans la cour, dans des tenues de nuit hétéroclites, parfois agrémentées d'un pull ou d'un gilet. Elles discutaient de la marche à suivre, tout en observant les recoins d'un regard inquiet et en se bouchant les oreilles. La sirène suraiguë m'irritait davantage chaque minute. En cas d'incendie, j'étais sans doute mieux sous la douche, méditai-je quand j'entendis la voix d'Abi rassurer tout le monde : il n'y avait pas de feu et Poppy savait stopper la sonnerie.

— Bonjour, les filles ! lança gaiement cette dernière depuis le hall. C'est déjà arrivé plusieurs fois. Le service logement doit envoyer un technicien, mais en attendant nous devons vérifier l'absence de danger avant d'arrêter manuellement l'alarme.

— Montre-nous ce qu'on doit faire, proposa aussitôt Abi.

J'entendis un piétinement, indiquant que tout le groupe suivait Poppy dans un mouvement désordonné. Je me séchai et m'empressai de m'habiller avant de libérer la salle de bains. Je trouvai Ana-Luisa, vêtue d'un ensemble de nuit débardeur et short, qui patientait devant la porte, une serviette autour du cou. Elle me jeta un regard indécis et me confia :

— Je n'ai pas osé quitter la maison, mon père ferait une attaque s'il savait que je suis sortie dans une tenue aussi… inconvenante.

Elle avait buté sur le dernier mot, mais je comprenais tout à fait sa position. N'étais-je pas moi-même restée enfermée pour ne pas avoir à me montrer seulement enroulée dans une serviette éponge ? La veille, j'avais deviné qu'elle venait d'un milieu catholique traditionnel, j'imaginai sans peine son père comme un homme strict et rébarbatif. Elle avait dû recevoir une éducation rigide pour craindre son autorité à des milliers de kilomètres !

— Moi je prenais ma douche, avouai-je avec un sourire, je n'allais pas sortir toute nue !

Elle pouffa et s'engouffra dans la salle de bains. J'avais enfilé mes vêtements à la hâte, mais j'étais désormais décente. Je rejoignis la cuisine afin d'apprendre à mon tour comment désactiver l'alarme. Je n'en eus jamais l'occasion…

L'horrible bruit retentit à nouveau et me saisit dans l'escalier, non loin de la porte arrière. Je fus prise d'une panique irrépressible et je me retrouvai dehors en quelques enjambées. Je fus suivie par Phedra, qui avait enfilé un jogging et un sweat à capuche. Je me bouchais les oreilles avec les doigts, ce vacarme crispait chacun de mes nerfs et je devais lutter contre une envie irrationnelle de partir en courant. Phedra hurlait pour m'expliquer qu'il restait deux personnes dans la cuisine, j'en déduisis que le bouton d'arrêt devait s'y trouver. Le silence, profond, apaisant, succéda brusquement à la cacophonie assourdissante des minutes précédentes. Mes muscles se détendirent, je me dirigeai vers la cuisine, qui s'était soudain transformée en QG de crise.

Poppy et Abi revenaient par la porte que j'avais, jusque-là, prise pour celle d'un placard. Une odeur fétide se dégageait de la cave, qui n'était éclairée que par une ampoule défaillante, oscillant au bout d'une torsade de fils presque dénudés. Le bouton d'arrêt se situait sur l'antique tableau électrique, que j'apercevais à travers de larges toiles d'araignées. Je décidai de retarder au maximum le moment où j'aurais à me rendre dans cette grotte sordide. Je n'aurais pas été surprise d'y croiser des rats ! Je frissonnai de dégoût et prétextai mon récent shampoing pour laisser d'autres volontaires aller découvrir le fonctionnement du système d'alarme. Un instant, je me retrouvai seule avec Poppy et Abi.

Elles étaient figées.

Horrifiées.

Apeurées.

Poppy avait pâli, elle s'était muée en statue d'albâtre, les yeux braqués vers le bas de l'escalier, droit devant, comme si nos colocataires étaient transparentes, et qu'elle voyait *au-delà*... Sa main s'était posée sur son cœur, sa respiration suspendue.

Je tournai la tête vers Abi : elle montrait également les signes d'une peur violente. Elle étreignait ses bras et tremblait ! Pas un mot ne franchit ses lèvres, mais son regard, lui aussi dirigé vers la cave, semblait être témoin d'une vision d'horreur.

— Ça va ? m'enquis-je dans l'espoir de les sortir de leur état de stupeur.

— Cette maison est hantée, affirma Abi en reprenant lentement contenance.

L'année précédente, une collègue écossaise m'avait abreuvée d'histoires de revenants plutôt que d'essayer d'expliquer les événements insolites. Ça n'allait pas recommencer !

— Les fantômes, je n'y crois pas, la défiai-je. Et puis si c'était le cas, les autres ne seraient pas en train de rire…

Abi pivota dans la direction que je lui indiquais : Cate, Lauren et Phedra remontaient les escaliers en une file animée et joyeuse. Elles se frottèrent ostensiblement les bras pour se débarrasser de la poussière, et décidèrent d'un ordre de passage à la douche. Rien dans leur attitude ne démontrait qu'elles avaient rencontré un quelconque esprit…

— Tu vois, dis-je à Abi avec aplomb, personne n'a rien remarqué d'anormal. C'est sombre et sale, mais il n'y a rien de surnaturel…

— Je ne parierais pas là-dessus, intervint Cate en rougissant. Dans une vieille bâtisse comme celle-là, il y a forcément des fantômes ! Mais ils ne sont pas obligatoirement méchants. Par exemple chez ma grand-mère, on peut entendre la voix d'une ancêtre en train de fredonner. Quand j'étais petite, j'essayais de chanter avec elle… Je pense qu'elle se sentait seule.

Du coin de l'œil, j'avisai Anastasia, de retour dans la pièce. Elle leva les yeux au ciel en guise de réponse à la remarque de Cate. Elle non plus n'accordait aucune foi à ces racontars… Nous échangeâmes un sourire complice. Autour de la table, Phedra et Lauren s'affairaient pour le petit déjeuner en évoquant leurs histoires à dormir debout. Je choisis de ne plus me mêler de cette conversation et d'aller dans l'autre cuisine, réservée aux non-fumeuses. En me retournant pour proposer à Anastasia de se joindre à moi, je vis que Poppy avait déjà quitté la pièce. Quand s'était-elle faufilée derrière moi ?

Elle avait eu une expression si choquée que je voulus la rassurer. Je m'apprêtais à frapper chez elle, quand Anastasia me fit signe de la suivre. Je verrais Poppy plus tard… Je mis du lait à chauffer tandis qu'Anastasia, après avoir fermé la porte, disposait des céréales dans un bol.

— Elles y croient vraiment à leurs histoires de revenants ? J'ai bien saisi ce qu'elles disaient ?

— On dirait, répondis-je, encore incrédule.

— C'est irrationnel !

— Ce n'est pas la première fois que j'entends parler de spectres dans ce pays, déclarai-je d'un ton blasé, mais là, j'avoue que je ne comprends pas. Tu n'as pas vu leurs têtes quand elles sont remontées : elles avaient l'air terrifiées. Elles ont dû apercevoir un rat ou une autre bestiole…

— En tout cas, moi je ne serai pas volontaire à la prochaine alarme, tu as vu l'état de cette cave ? Elle pue, elle n'a pas dû être lavée depuis une éternité et les escaliers sont sans doute pourris…

— Moi non plus, affirmai-je, et nous avons un bon prétexte : nous ne savons pas comment faire !

Nous éclatâmes de rire, satisfaites de notre dérobade. J'étais ravie de pouvoir me distancier des superstitions, et de tourner le sujet en dérision avec quelqu'un qui me comprenait. Je fus obligée de laisser Anastasia finir son bol de muesli seule : je devais me mettre en route pour mes cours.

En ressortant de ma chambre, je constatai qu'Abi aussi était prête à partir. Nous prîmes la direction de l'université ensemble. Au bout de quelques minutes de marche silencieuse, elle exprima son soulagement à s'éloigner de la maison. Intriguée, je décidai de l'encourager à me décrire ce qu'elle avait vécu au sous-sol.

Elle avoua qu'elle n'avait rien distingué, mais qu'en descendant l'escalier vermoulu, elle avait ressenti un froid humide et pénétrant.

Soudain, l'air vicié avait manqué, leur donnant la sensation d'avoir été *mises sous vide*... Arrivées devant le panneau électrique, Poppy avait perdu toute son énergie, elle avait pâli jusqu'à paraître diaphane. Ses doigts avaient tremblé, son regard était devenu hagard, vide. Elle avait supplié Abi d'actionner le levier d'arrêt, et, dans une expiration saccadée, avait annoncé qu'elles devaient repartir très vite sinon… Elle avait laissé sa phrase en suspens, avait fait volte-face et avait remonté les marches à la hâte. Interloquée et mal à l'aise, Abi l'avait suivie et, avant de retrouver la chaleur du rez-de-chaussée, elle avait perçu un murmure indistinct. Elle avait eu l'impression que quelqu'un avait exhalé un souffle glacial contre son oreille. Elle tressaillit en évoquant ce souvenir et conclut :

— Je ne peux pas expliquer ça autrement que par la présence d'un fantôme…

— C'est très simple, répliquai-je. Tu n'étais pas rassurée par l'endroit, c'est vrai que ce n'est pas très engageant. Dès le départ, tu étais stressée alors, en bas des marches, avec cette odeur de renfermé et de poussière, tu as cru manquer d'air, mais je pense que c'est juste parce que ton nez ne voulait plus se sentir agressé ! Pour le froid, je ne suis pas étonnée : c'est un sous-sol, les températures y sont en général plus basses que dans une maison. Surtout en septembre ! Ensuite, cette histoire de murmure, c'est sans doute une illusion due à ta peur de te retrouver seule dans la cave.

Mon explication, pourtant beaucoup plus rationnelle que la sienne, ne la convainquit pas. Elle s'abstint de me contredire et se perdit dans ses pensées, jusqu'à notre arrivée à l'université. Elle se mêla au groupe d'étudiants en art plastique en ne m'adressant qu'un vague signe de la main. Peut-être m'étais-je montrée trop brusque en tournant en dérision son expérience ? En bonne cartésienne, je ne pouvais pas me résoudre à accepter le surnaturel sans un débat !

Cependant, la terreur que j'avais lue dans le regard gris d'Abi était réelle…

Chapitre 5 : Anastasia

Après le départ d'Abi et Amélie, l'agitation ne s'était pas calmée. La discussion tournait en boucle sur le thème des esprits et autres apparitions surnaturelles. Mei et moi étions perplexes : pour nous, cette question ne représentait pas un sujet de conversation courant. Cela m'évoquait mon oncle Jacques et ses histoires d'envoûtements... N'importe quoi !

Je laissai mes colocataires à leurs divagations et me rendis à l'université, je n'avais pas cours ce matin-là, mais je souhaitais m'inscrire au bureau de l'emploi étudiant. Dans les prochains jours, je devais focaliser mon énergie pour trouver une source de revenus, car mes maigres économies fondaient à vue d'œil. Si je ne parvenais pas à honorer mon loyer, mon aventure anglaise s'achèverait à coup sûr ! Et ça, ce n'était pas au programme !

J'avais noté le numéro du téléphone à pièces du premier étage. Le bas du tableau avait été réservé pour prendre les messages, ce qui se révélerait un avantage considérable pour ma recherche d'emploi : il y aurait toujours quelqu'un pour répondre en mon absence ! Inutile d'investir dans un téléphone portable.

J'appris bientôt que l'université avait pourvu tous les postes réguliers, mais on m'ajouta à une liste d'attente, pour des missions occasionnelles. Je fis répéter plusieurs fois mes interlocuteurs, et je compris que ce seul détail venait de me fermer quelques portes. Je partis en ville, armée de quelques CV, imprimés à la hâte à la bibliothèque, et passai les heures suivantes à me présenter dans les restaurants et magasins les plus proches de Courtman House. Je décidai de « ratisser large » : vente à emporter, supérette, pizzeria, boulangerie, location de DVD, agence de nettoyage… Chaque échoppe ou boutique symbolisait une nouvelle opportunité !

À midi, je rentrai bredouille, les meilleures réponses consistaient en phrases toutes faites du style « Je dois voir le manager. ». Je n'allais pas me décourager si vite, mais Amélie m'avait insufflé tant d'optimisme que je m'étais imaginé trouver en une demi-journée. J'ouvris la porte d'entrée pour découvrir un calme reposant, après avoir fourni tant d'efforts pour parler anglais, et surtout comprendre l'argot, que les habitants de Chelmsford semblaient utiliser pour faire mentir tous mes anciens professeurs.

Il ne subsistait pas grand-chose de mes courses initiales, mais l'épicerie locale pratiquait des tarifs exorbitants. Je me confectionnai un sandwich avec tous les restes : laitue, jambon, cheddar, et une pointe de ketchup que je prélevai dans le compartiment à côté du mien. Je reculai d'un pas et considérai l'intérieur du réfrigérateur avec la même incrédulité qu'au premier jour. C'était inédit, je n'avais jamais entendu parler d'une chose pareille : il était divisé en huit casiers à serrures pour que chaque locataire bénéficie de son espace personnel, sans risquer d'intrusion. J'en déduisis que j'avais volé le ketchup de quelqu'un d'autre, mais pour des produits courants, ne serait-il pas plus logique d'acheter en commun ?

Avec trois sœurs et deux frères, j'avais appris très tôt qu'aucun jouet, aucun vêtement, aucun livre ne m'appartenait exclusivement. Cela signifiait aussi que je pouvais sans crainte piocher dans les affaires des autres quand j'en avais envie. Les repas dans ma famille conservaient cet esprit de partage : ce qui était présenté sur la table appartenait à tout le monde ! Cette mesquinerie de frigo me poussait à transgresser les règles. J'enlevai le ketchup de ma liste de courses.

Je déposai le sandwich dans une assiette dénichée dans le placard sous le four micro-ondes et la bouilloire… qui avait encore été bougée ! Pourquoi agissaient-elles ainsi ? C'était stupide :

l'unique multiprise se trouvait derrière le micro-ondes… Et si on installait la bouilloire dans l'autre coin, on devait débrancher le grille-pain ! D'un geste décidé, je la remis à sa place logique et fis chauffer de l'eau. Je savourais mon repas de fortune, en repassant mentalement la liste des boutiques visitées, j'évaluais mes chances d'embauche quand, face à moi se dressa Poppy. Je ne l'avais ni remarquée ni entendue. Je sursautai et aussitôt me sentis confuse de ma réaction.
— Désolée, je ne savais pas que tu étais là.
— C'est moi qui devrais être désolée, protesta-t-elle avec sa diction d'aristocrate. Je peux me joindre à toi ?
— Bien sûr ! Tu n'as pas cours ?
— Pas aujourd'hui.
— Alors Lauren non plus ? déduisis-je.

Quand j'étais arrivée, tout le monde avait rivalisé d'effusions pour m'accueillir, elles avaient toutes parlé trop vite et simultanément, et je n'avais retenu que des informations partielles. J'avais appris que Lauren et Poppy étudiaient dans la même section, mais je n'avais pas compris la nature de leur formation.
— Je l'ignore, répondit-elle avec sa politesse exquise, car Lauren est en première année.

Poppy arpenta la pièce, avant de décider de se poster devant la fenêtre, où le soleil pourrait lui caresser le dos.
— Tu n'as pas eu peur ce matin ? m'interrogea-t-elle après un long silence.
— Peur ? m'étonnai-je. De l'alarme ?
— Non, de la cave…
— Je n'y suis pas descendue, je ne peux pas être effrayée…
— Tu as bien fait de ne pas y aller !

Son visage pâle, aux yeux bleu-gris, arborait un sourire énigmatique et une expression insondable. Je me demandai si elle faisait référence à cette ridicule histoire de fantômes ou si elle voulait me faire culpabiliser, parce que je ne m'étais pas précipitée pour arrêter cette satanée sirène. Mais puisqu'elle ne m'avait posé aucune question ni ouvertement accusée, je gardai le silence. Ce qui sembla lui convenir…

Elle évoluait dans la pièce avec des gestes précis et maniérés, qui évoquaient une éducation à l'ancienne. Elle devait venir d'un milieu aristocratique, où l'on utilise plusieurs ensembles de couverts au cours d'un repas. Sa courtoisie inébranlable, tout droit sortie d'un roman victorien, le prouvait. Mais loin de se comporter avec condescendance, elle démontrait une douceur qui gommait les barrières. Nous étions sans doute très différentes, et peut-être pas destinées à devenir les meilleures amies, mais elle agissait à mon égard avec la même considération que pour un membre de sa famille.

Je m'attardai à prendre le thé en sa compagnie, en essayant d'adopter des gestes gracieux, à l'image des siens, avant de me rendre compte que je devais partir si je souhaitais arriver à l'heure en cours. Je la quittai précipitamment pour rassembler mes affaires. En repassant dans la cuisine, je remarquai que Poppy l'avait désertée. L'avais-je offensée sans m'en apercevoir ?

À mon retour, je montai au premier étage dans l'espoir de voir Amélie, je voulais l'interroger sur des comportements qui m'avaient intriguée. Le jour de son emménagement, elle m'avait raconté quelques anecdotes, démontrant que parfois nos références culturelles étaient éloignées de celles des Anglais. Je craignais d'avoir commis une bévue en cours et d'avoir mal compris l'attitude de Poppy.

Mais en arrivant devant le tableau blanc, je remarquai un message pour moi : une pizzeria avait rappelé et me proposait de travailler dans la soirée, si je les contactais avant 18 heures. Je me ruai vers mon portefeuille pour y prélever une pièce et leur confirmer que je pourrais les rejoindre au plus vite. Le reste attendrait : j'avais trouvé du boulot !

Le restaurant offrait aussi de la vente à emporter. Mon rôle consisterait surtout à tenir la caisse et à accueillir les clients au comptoir. Le manager, Marco, environ trente-cinq ans, était d'origine italienne et son accent chantant me facilita la compréhension. Il posa une casquette aux couleurs du drapeau italien sur ma tête et me tendit un tablier rouge avec une pizza souriante imprimée sur la large poche. Entre deux clients, il m'apprit le fonctionnement de la caisse enregistreuse et la prise de commande. Ce service m'apparut comme une course contre la montre, qui ne me laissa pas un instant de répit, et je regagnai la maison d'un pas traînant, qui témoignait de mon épuisement.

Marco avait été satisfait de ma prestation, mais ne m'avait embauchée que pour l'aider deux soirs par semaine. Ce serait insuffisant pour mes charges. En fin de semaine, j'effectuai une nouvelle séance de démarchage dans la ville, à la recherche d'un deuxième emploi, que je trouvai par hasard.

J'avais fait la connaissance de quelques Français dont l'université proposait un programme d'échange avec celle de Chelmsford. Ils logeaient tous sur le campus, dans des appartements minuscules, mais neufs, bénéficiant de sanitaires privés. Je fus invitée à partager quelques biscuits et boissons après les cours, par un groupe de ma promotion. Je passai un agréable moment, malgré l'impression tenace que m'enfermer avec des compatriotes n'allait pas aider mon niveau d'anglais…

Amélie m'avait proposé d'aller dans un supermarché discount, j'avais accepté pour épargner mon portefeuille, qui attendait des jours meilleurs. Je m'apprêtais à quitter la petite réunion impromptue quand une Anglaise rousse entra de manière théâtrale. Elle lança son sac de courses sur le comptoir. D'après le tintement caractéristique, il s'agissait surtout de cannettes.

— Les gars, j'ai quelque chose à fêter ce soir !

— Quoi ? demanda un grand Alsacien.

— J'ai démissionné !

Nous échangeâmes des regards perplexes : sa déclaration contenait-elle de l'ironie ? La réponse ne tarda pas, elle sortit une bière et un paquet de chips au vinaigre de son sac plastique.

— Qui trinque avec moi ?

— Moi ! clamèrent plusieurs voix à l'unisson.

Une idée commençait à germer dans ma tête, mais je ne voulais pas m'enthousiasmer. Après tout, cette jeune fille affirmait que son métier représentait une corvée qui ne valait pas le salaire alloué… Néanmoins, la tentation était forte.

— C'était quoi ton job ? la questionnai-je après sa première gorgée.

— Femme de ménage à l'hôtel en face de la fac ! Le manager me prenait la tête, alors je suis partie. Je mérite mieux.

Son assurance confirma les dires d'Amélie : trouver du travail était plus facile qu'en France ! Je décidai de saisir la main tendue par le destin. Je quittai le groupe et me rendis à l'hôtel *Pacific*, situé à moins de dix minutes de marche de Courtman House. Je fus reçue chaleureusement, le manager me proposa de commencer le dimanche suivant à partir de huit heures. Contrariée de devoir me lever tôt le week-end, je révisai mon jugement dès qu'il souligna que le salaire serait majoré. Avec ce deuxième poste, je pourrai financer mes études !

J'empruntai le chemin de Courtman House le cœur léger, en adoptant un rythme proche de la danse dans la lumière incertaine du crépuscule. Les fenêtres éclairées m'indiquèrent que la majorité de mes colocataires était rentrée. Soudain, je me rappelai le rendez-vous avec Amélie ! J'avisai sa voiture dans la cour et me demandai si elle avait terminé ses courses…

Penaude, je pris la direction du premier étage, pour m'excuser de lui avoir fait faux bond. Je la trouvai en compagnie de deux autres Françaises, en train de rire.

— Anastasia ! s'écria-t-elle. Je suis désolée, j'ai oublié l'heure, je viens d'arriver.

— Moi aussi !

— Tiens, je te présente Ophélie et Mathilde. Nous avons créé le Club des Françaises…

— Oui, mais en fait, moi je suis belge, précisa Mathilde en rajustant ses lunettes.

— Ce n'est pas grave, on t'accepte quand même ! dit Ophélie avec effronterie.

Elle avait l'air expansive et fêtarde. Je m'installai avec elles et pus me détendre. Les visiteuses s'attardèrent jusqu'au repas improvisé avec nos restes.

Le lendemain, je devais travailler, mais Amélie m'avait assuré qu'en ne passant qu'une demi-heure dans le magasin, je pourrais à la fois faire mes emplettes et arriver à l'heure à la pizzeria. J'acceptai et je rentrai dans son jeu. Dans sa petite voiture bleue, elle me décrivit l'organisation des rayons. En adaptant ma liste aux divers emplacements, elle était persuadée que nous pourrions atteindre davantage d'efficacité. Nos achats furent terminés en vingt minutes, nous avions couru dans les allées, et nous nous étions entraidées pour trouver les produits. Cette façon de procéder allait devenir l'une de nos routines : une fois par semaine, nous allions transformer cette corvée en un jeu, dans lequel nous devions battre un record !

Le lendemain, le vendredi 21 septembre, s'avéra un jour marquant pour elle : après les cours, elle reçut un appel de ses parents, l'informant que tous ses proches étaient vivants.

— J'espère bien, l'entendis-je ironiser.

Puis, sa participation à la conversation se limita à une succession de « quoi ? » plus ou moins interloqués. Elle raccrocha, visiblement sous le choc d'une mauvaise nouvelle. Elle allait me répondre quand Lauren et Emma dévalèrent les quelques marches qui les séparaient de nous et demandèrent :

— Est-ce que l'une de vous est originaire de Toulouse ?

— Oui, moi, confirma-t-elle.

— Il y a eu une explosion, annonça Emma, ils en parlent à la télé. C'est une usine chimique…

— Je sais, ma mère vient de me le dire.

Ni Amélie ni moi ne possédions de poste de télévision, nous suivîmes donc Lauren et Emma sous les toits. Depuis les attentats du 11 septembre, la Grande-Bretagne se préparait à partir en guerre contre l'Afghanistan, et les informations ne traitaient plus que de cela. L'explosion à Toulouse devait être d'envergure pour intégrer le sommaire du journal de la BBC ! Amélie pâlit, et comprit à retardement l'importance de l'appel qu'elle venait de recevoir.

À notre arrivée dans la chambre de Lauren, il n'était plus question que de tactiques militaires et de nombre de troupes engagées. Lauren, que je comprenais difficilement à cause de son accent, proposa à Amélie de rester pour la prochaine édition, qui négligea purement et simplement l'information…

J'entendais parler de cette usine, du nom d'AZF, pour la première fois. Nous ignorions qu'elle avait occasionné des dizaines de morts et des milliers de blessés. Je fus soulagée de ne connaître personne dans cette région, tout en comprenant le choc de ma colocataire : pour moi, Toulouse évoquait une ville chaleureuse et tranquille, pas du tout le genre d'endroit où sévissaient les terroristes !

Les jours suivants, dans la communauté française de Chelmsford, tout le monde s'accordait sur la théorie de l'attentat… sauf Amélie ! Selon elle, la vétusté de cette usine inquiétait les Toulousains qui prophétisaient qu'elle allait leur « péter à la figure ». Pour ma part, je n'avais aucune certitude, sinon que la violence de ce mois de septembre était sans égale.

Ce soir-là, je laissai Amélie, avide de nouvelles informations, devant la télé en compagnie des deux locataires du dernier étage. Je redescendis et j'eus l'occasion de discuter avec Mei, ma voisine chinoise. J'avais effectué un voyage d'études en Chine, l'année précédente. J'osai enfin prononcer quelques mots dans sa langue. Ravie, elle resta dans la cuisine pendant que je mangeais. Notre conversation, parfois maladroite, me réchauffa le cœur : mes colocataires devenaient des amies ! C'était exactement le genre d'expérience que j'étais venue chercher dans ce pays.

La seule ombre au tableau demeurait la réaction de William, mon petit ami. *Ex* petit ami ! Il n'avait pas supporté l'idée de me voir partir pour une année scolaire et m'avait mise devant un ultimatum : c'était lui ou le voyage.

J'avais plaidé ma cause, argumenté sans résultat. Entêté, il avait campé sur sa position : si je m'éloignais, cela signifiait que mes sentiments étaient superficiels. Autant en rester là, avait-il décrété. Jusqu'au dernier moment, j'avais tenté de lui faire comprendre le formidable avantage qu'un tel séjour représentait pour mon avenir professionnel. J'étais d'ailleurs agacée qu'il joue les surpris puisque depuis que je le connaissais, je n'avais cessé d'évoquer mon désir de voyager. Il avait partagé quelques-uns de mes projets, en imaginant nos vacances à l'étranger, dès que nous pourrions nous les offrir. Pourquoi se braquait-il ainsi ?

Il avait verbalisé sa position la veille de mon départ :

— Je t'avais prévenue, mais tu ne m'as pas écouté. Si tu t'en vas, c'est fini, et ce sera de ta faute.

J'avais passé une bonne partie de la nuit à pleurer dans les bras de ma sœur Angélique, qui nous avait présentés. Elle le traita d'idiot, et m'encouragea dans la voie que j'avais choisie.

— S'il t'aimait autant qu'il l'affirme, il aurait soit trouvé un moyen de te suivre, soit de maintenir la relation à distance.

Elle avait su me réconforter ! Le lendemain, à l'aéroport, j'avais les yeux bouffis et une peine immense, mais plus de doutes quant à la validité de ma décision.

Chapitre 6 : Phedra

Au bout d'un mois dans ce nouvel environnement, je commençai à remonter la pente, je me surpris à rire avec Cate et Lauren, à calquer mes heures de repas sur les leurs pour discuter avec elles. Ce changement s'avérait bénéfique ; à la longue, j'avais cicatrisé… Au moins en apparence. Mon corps ne portait plus aucune trace de l'agression et, parfois, je pouvais me laisser aller à croire qu'il s'agissait d'un mauvais rêve, puisque je n'en avais aucun souvenir. Je me sentais en confiance dans cette maison. Les filles, toutes différentes, apportaient des histoires, des expériences qui détournaient mon attention.

Une routine s'instaurait : Amélie, et Abi partaient les premières maintenant qu'elles avaient commencé leurs stages. Dès qu'elles libéraient les salles de bains, une course s'engageait entre Cate, Ana-Luisa, Emma, Lauren et moi pour leur succéder. Seules Poppy, Mei et Anastasia demeuraient imperturbables. Si elles ne parvenaient pas à la douche en premier, elles prenaient le petit déjeuner tranquillement ou regagnaient leur chambre, sans se soucier de l'heure, et pourtant, d'après ce que j'avais compris, Anastasia jonglait entre ses cours et deux boulots différents. J'admirais sa paisible assurance.

Au début, j'avais eu du mal à me concentrer sur les cours, je me sentais exposée au milieu des autres. Je restais dans mon coin, trop apeurée pour agir spontanément et nouer des connaissances… Je réalisai que je ne pouvais pas continuer ainsi, je me dirigeai vers le foyer des étudiants où un pasteur tenait une permanence le vendredi après-midi. Je l'avais vu le jour de la rentrée, il avait présenté ses missions auprès de l'université, nous avait encouragés à le rejoindre pour échanger quelques mots, un peu de chaleur humaine ou des conseils. Il avait plaisanté en concluant que si nous n'y trouvions pas autre chose, il y aurait au moins des biscuits.

Il me rappelait mon grand-père avec ses cheveux blancs duveteux et son regard délavé. Il émanait de lui une bienveillance sans faux-semblant, que l'on ne rencontre pas chez les jeunes. Seules les personnes âgées peuvent se permettre de se montrer sans masque : elles ne craignent plus d'être égratignées par la vie. Sans doute parce que leurs plus profondes blessures sont déjà derrière elles…

Je poussai la porte du foyer le premier vendredi d'octobre et passai une tête hésitante dans l'entrebâillement. Je découvris une pièce de dimensions modestes dotée d'un ensemble de salon en velours aux motifs floraux démodés et d'un coin cuisine pourvu d'une grande table sur laquelle trônaient les biscuits promis. Trois étudiants devisaient, une tasse en main. Le pasteur occupait un fauteuil élimé et commentait le journal à deux jeunes hommes. Tous les yeux convergèrent dans ma direction, ce qui eut pour effet de me faire perdre mes moyens, je m'empourprai et bégayai ! Un concert de voix m'incita à entrer, on m'offrit une boisson chaude, des sablés, une place assise. Je choisis le confort douillet du canapé.

Le pasteur me demanda si je prenais du lait ou du sucre dans mon thé, mais pas la raison de ma venue. Il dégageait une sorte de conviction paisible m'indiquant que, si je devais parler, ce serait de mon plein gré et non sous la contrainte de questions. Les étudiants présents me racontèrent à tour de rôle leur première visite dans ce lieu. Leurs histoires cocasses, embarrassantes ou tristes me firent comprendre que je ne dépareillais pas dans cette étrange assemblée. Je me détendis en devinant que le pasteur n'avait aucune intention de me recruter pour son église ; sa mission consistait à garantir le bien-être spirituel des personnes désorientées.

Une conversation légère s'engagea dans le groupe, tous les jeunes présents s'étaient trouvés dans ma position : en quête de sens, perdus loin de leurs familles. Daphne, une rousse au visage allongé, me donna son numéro de téléphone portable, ce qui me rappela mon arrivée à Courtman House et l'accueil de Poppy. Elle s'était comportée en grande sœur rêvée : elle m'avait guidée dans la maison, m'indiquant tous ses aspects insolites et m'avait ainsi fait observer qu'à partir d'une certaine heure, les poutres se détendaient et émettaient des craquements qui résonnaient au cœur de la nuit.

— C'est commun dans une vieille demeure, avait-elle affirmé, le bois travaille. Au début, quand j'étais seule, ça me faisait peur. Maintenant, j'ai l'impression que c'est la voix de la maison !

Elle parlait comme si elle avait passé des années, et non des jours, à être l'unique habitante ! J'écoutai ses remarques avec attention : l'alarme incendie ne cessait de se déclencher, sans raison apparente, brancher la bouilloire sur la multiprise du four micro-ondes faisait sans cesse disjoncter l'installation électrique, la salle de bains du premier étage, sous l'escalier, possédait la baignoire la plus spacieuse, malgré l'aspect étriqué que lui conférait le plafond bas… Elle m'avait prodigué tout son savoir avec patience, d'une voix douce. Ses efforts pour me mettre à l'aise, alors qu'elle ne me connaissait pas, m'avaient touchée et, dès le premier jour, je l'avais traitée en grande sœur de substitution.

Daphne pouvait devenir mon guide à l'université, à l'instar de Poppy dans l'immense demeure victorienne. Je pris le papier qu'elle me tendait en lui promettant de l'appeler. Les autres membres du foyer rivalisèrent d'attentions à mon égard. L'un d'eux, Jacob, offrit de me raccompagner jusque chez moi. Je reculai instinctivement à l'énoncé de sa proposition : l'idée de marcher, seule avec un individu de sexe masculin, dans une ville toute nouvelle, me renvoyait aux instants qui avaient précédé mon expérience traumatisante avec Ian… Je refusai avec une brusquerie involontaire et je pris la fuite au pas de course. Dans la cage d'escalier, j'entendis Jacob m'appeler, mais je ne maîtrisais plus ce débordement de panique intempestif.

L'air frais me rendit mes esprits, je pris conscience de mon impolitesse, mais remonter m'excuser était au-dessus de mes forces. Je ne rêvais que de retrouver ma belle chambre aux larges fenêtres, mon refuge. En quittant le bâtiment, je percutai Cate qui sembla ravie de m'accompagner. À son arrivée, avec ses parents et son frère aîné, elle m'avait donné une mauvaise impression : celle d'une enfant gâtée, aux caprices futiles, qui ne pensait qu'à sortir, et manquait de maturité.

Puis, j'avais dû admettre que ce qui m'avait le plus agacée dans son comportement était sa similitude avec ce qu'aurait pu être le mien, sans cette effroyable fête d'anniversaire. Cate était enjouée, pleine de vie, elle saisissait le moindre prétexte pour s'amuser, tout en étudiant avec application. Elle avait aussitôt adhéré à l'idée d'Abi d'aller au pub voisin pour finir le week-end. Elles m'invitaient à chacune de leurs sorties, mais je n'avais pas eu le cran de me confronter à un lieu bondé, où l'on pouvait droguer mon verre sans difficulté…

Je les voyais partir tous les dimanches : Abi et Cate, souvent accompagnées d'Emma et Lauren. Amélie et Mei s'étaient ajoutées au groupe la semaine précédente… Je me sentais exclue de la vie sociale de la maison, mais j'avais besoin de temps. J'étais persuadée que bientôt, je retrouverais mon courage, et que cet épisode pourrait enfin être relégué dans le passé.

Pendant le trajet jusque chez nous Cate me raconta sa journée, s'étonnant que nous n'ayons aucun cours en commun. Elle voulut comparer la progression de nos groupes respectifs et je me rendis compte que, malgré les notes que j'avais accumulées, je ne retenais rien. Je devais trouver une solution pour me sortir de ce marasme ! Je me promis de retourner voir le pasteur et ses acolytes pour m'excuser de mon comportement cavalier, et peut-être appellerais-je Daphne pour lui demander conseil ? Quelque chose dans son attitude m'inspirait confiance, j'allais me fier à cette intuition.

La bonne humeur de Cate était communicative et je constatai que, pour la première fois depuis des semaines, je riais à gorge déployée. La porte d'entrée était maintenue ouverte par un extincteur et une personne revenait vers une voiture garée dans la rue. C'était une jeune fille ronde aux longs cheveux auburn bouclés, au teint ivoire, une nouvelle colocataire ! Spontanément, nous nous précipitâmes pour l'aider à porter ses cartons. Elle se prénommait Lindsey et venait étudier pour devenir sage-femme. Elle aurait sans doute quelques cours en commun avec Lauren.

— Pourquoi tu n'arrives que maintenant ? s'étonna Cate.

— J'étais à l'hôpital, répondit Lindsey. Une crise d'appendicite…

— C'est pour ça que tu as du mal à porter les cartons. Ne t'inquiète pas, on va prendre ce qui est trop lourd pour toi. Bienvenue à Courtman House !

— Merci.

— On va te présenter tout le monde, annonça Cate, suis-nous !

Elle pénétra dans le couloir d'un pas décidé et s'écria à la cantonade :

— Les filles ! Il y a une nouvelle !

Comme par magie, toutes nos colocataires nous rejoignirent dans l'entrée : Emma, Ana-Luisa et Lauren descendirent le grand escalier, Abi, Poppy et Mei arrivèrent de la cuisine arrière tandis qu'Anastasia et Amélie sortirent de celle de devant en bavardant en français. Cate présenta les habitantes, mais je vis sur les traits de la nouvelle venue que c'était trop d'informations pour une première rencontre.

Soudain, l'alarme fit entendre son hululement strident. Dans un même mouvement d'agacement, tous les yeux convergèrent vers la porte de la cave. Depuis le premier déclenchement, j'avais compris que ni Poppy ni Abi ne souhaitaient plus s'y aventurer. Elles prétendaient avoir ressenti une présence et étaient ressorties terrifiées. Depuis, nous nous relayions pour arrêter la sirène. Anastasia, Amélie et Mei n'avaient pas appris la manœuvre, mais ce n'était pas un problème, car ce bruit perçant poussait l'une de celles qui savaient vers le sous-sol, dès les premiers sons.

Je me ruai dans l'escalier qui menait au tableau électrique, talonnée par Lauren, qui jurait en m'indiquant que c'était la cinquième fois de la journée. J'actionnai le levier et me retournai vers elle.

— Cinq fois, tu es sûre ?

— Certaine ! J'étais au téléphone avec mon copain les autres fois, il a compté avec moi !

— On devrait peut-être la désactiver de façon permanente ?

— Bonne idée, ricana Lauren, on pourra dormir tranquille !

— Mais s'il y a vraiment un feu ? hésitai-je en imaginant le pire. Peut-être que ce n'est pas prudent…

— Demain, je rappellerai le bureau du logement. Ça fait cinq semaines qu'ils ont promis de faire passer un technicien…

— Et qu'est-ce qui te dit qu'il va venir cette fois-ci ?

Ses lèvres se fendirent en un sourire malicieux. Son doigt pressa l'interrupteur d'arrêt de l'alimentation avec détermination.

— Je vais leur expliquer qu'on a été menacés par les voisins et qu'on a dû couper ce putain de système. L'université tient trop à sa réputation pour ne pas intervenir… Regarde de ton côté si tu ne trouves pas un autre bouton…

Sa voix mourut tout à coup. Je levai les yeux du tableau électrique, stupéfaite de son brusque silence. Son visage, livide, était figé dans une expression de terreur brute. Elle fixait un point par-dessus mon épaule, juste derrière moi. Je sentis un mouvement d'air, comme si quelqu'un effleurait mon dos en passant, et un long frisson glacé me parcourut. Quelque chose vivait dans cet espace ! Pleine d'appréhension, je me retournai pour découvrir que c'était une grosse toile d'araignée qui avait frôlé mes cheveux. J'en étais quitte pour une bonne douche, mais je ne voyais rien qui pouvait justifier la peur viscérale que je lisais dans le regard de Lauren. Je lui touchai l'épaule et elle paniqua à mon contact : elle prit ses jambes à son cou et je l'entendis hurler.

— Elles ont raison, putain ! Il y a un fantôme dans le sous-sol !

Incrédule, je lui avais emboîté le pas, calmement pour les premières marches, puis en me précipitant quand un souffle glacial avait léché mes chevilles. Ce n'était sans doute rien d'autre qu'un courant d'air, mais l'attitude de Lauren, d'ordinaire si pleine d'assurance, m'avait désarçonnée et une peur irrationnelle s'était aussi emparée de moi.

— Ah non, vous n'allez pas recommencer, s'écria Amélie avec une exaspération si manifeste qu'Abi la mit au défi.

— Vas-y si tu es si courageuse !

— Sans problème !

Elle se dirigea vers la porte que je venais de fermer et n'eut pas le temps de l'ouvrir, car Lauren avait surgi pour lui bloquer le passage.

— Personne ne descend ! Il fait presque nuit, putain ! S'il y a des revenants dans cette maison, c'est maintenant qu'ils sont forts !

— N'importe quoi ! s'emporta Amélie. Je vais y aller et vous verrez bien qu'il n'y a pas de quoi s'inquiéter.

— Ne vous disputez pas, intervint Poppy d'une voix sereine qui calma instantanément les esprits échauffés. On n'a plus besoin d'y retourner si l'alarme est coupée. Et puisque la cave est mal éclairée, on risque de tomber dans les escaliers. Soyons raisonnables.

Elle se tourna vers Lindsey et lui adressa un sourire réconfortant.

— Excuse-nous, dit-elle avec sa douceur caractéristique, ce n'est pas une façon de t'accueillir dans ta nouvelle maison. Pose tes affaires et après on t'offrira une tasse de thé.

Elle regagna la cuisine en chantonnant, ignorant les quelques instants précédents, marqués par les invectives de deux colocataires. Je regardai Abi et Amélie, qui, déconcertées et penaudes, reprirent leurs activités sans plus évoquer l'incident. Poppy exerçait une influence positive dans cette maison !

Je me joignis au groupe qui l'avait suivie. Abi avait mis la bouilloire en marche d'un geste machinal, puis s'était assise en face de Lauren, sans un mot. L'ébullition de l'eau fit bientôt entendre son

gargouillement distinctif. Lauren semblait ébranlée par son expérience. Gagnée par la curiosité, je l'interrogeai :
— Qu'est-ce que tu as vu dans la cave ?
— Une forme humaine, balbutia-t-elle d'une manière qui faisait ressortir son accent. Une femme avec une longue robe blanche.
— C'est ce que tu avais aperçu le premier jour ? demanda Abi à Poppy.

Celle-ci éluda la question en essayant plutôt de trouver du lait à offrir à Lindsey pour accompagner son thé. Elle cherchait à nouveau à apaiser la situation, je décidai de venir à son aide cette fois-ci :
— Je pense que c'était une illusion d'optique, Lauren. Quand je me suis retournée, il n'y avait personne, j'étais bien placée pour le constater.

J'adressai un regard repentant à Abi, mais je ne pouvais pas abonder dans leur sens, puisque, malgré l'impression fugace d'un souffle sur ma nuque, je n'avais rien observé d'anormal… Et un souffle, ça peut s'expliquer par un simple courant d'air ! À l'instar de Poppy, je voulais rassurer mes colocataires. Je pris conscience qu'alors que j'étais devenue une petite chose craintive en public, je n'avais pas peur de manifestations potentiellement surnaturelles. Je puisai dans cette constatation une énergie nouvelle, j'allais peut-être retrouver ma témérité…

Le dimanche suivant, pour rester dans cette dynamique, j'acceptai de me joindre au groupe pour la sortie hebdomadaire. Cate, ravie de ma décision, me prit par les épaules et m'annonça gaiement que nous allions nous amuser. En entrant dans l'établissement, je sus que j'allais m'y sentir à l'aise : c'était un pub familial. La décoration traditionnelle le rendait pareil à tant d'autres : bar en bois massif lustré par les ans, moquette bordeaux à grandes fleurs beiges, mobilier en chêne et murs agrémentés de tableaux représentant la région à diverses époques. Dans un coin, la cheminée, pour le moment vide, promettait des discussions chaleureuses.

Cate nous trouva une table tandis qu'Abi se dirigeait vers le comptoir avec Lauren. Je m'assis à côté de Cate. J'étais surprise de me retrouver avec quelqu'un qui, à une lettre près, portait le même prénom que ma meilleure amie… J'avais révisé mon jugement à son sujet. Aucune malveillance, aucune mesquinerie n'émanaient d'elle, c'était juste une fille joyeuse quittant le foyer familial pour la première fois. Elle était ravie de pouvoir venir au pub et boire quelques bières alors qu'elle ne serait majeure que deux mois plus tard ! C'était tout à fait le genre de choses qui nous auraient réjouies Katie, Gemma et moi…

En revenant de la sortie dominicale, je me sentais enfin à ma place avec ces filles. Il me faudrait plus de temps avec les étrangères. Elles réagissaient parfois de façon bizarre, et leurs accents singuliers conféraient à leurs phrases une brusquerie que je ressentais comme de l'agressivité… Mei me mettait particulièrement mal à l'aise par ses excès de discrétion, elle se faufilait derrière les gens ou apparaissait dans une pièce telle une femme ninja, sans bruit pour s'annoncer ! Elle parlait peu, mais ne perdait pas une miette de nos conversations, j'avais l'impression d'être jugée en permanence…

Le lendemain, je pris la direction de la fac en compagnie de Cate, une véritable connexion se créait entre nous. Elle me quitta avec un petit signe de la main devant sa salle de classe et je continuai vers la mienne. Au détour d'un couloir, je reconnus Jacob. Je maîtrisai mon appréhension pour aller à sa rencontre et lui présenter des excuses pour ma fuite. Il balaya mon malaise d'un sourire étincelant et d'une phrase compréhensive :

— Ne t'en fais pas, j'ai déjà oublié…

— Je reviendrai vendredi, je ne veux pas laisser une mauvaise impression.

— Bonne idée ! D'ailleurs si ça te dit, on organise une petite soirée avec Daphne et ses colocs après. Rien de glamour, mais juste de quoi boire, des chips et un film…

Pour la première fois depuis mon anniversaire, j'avais envie de sortir, envie de m'amuser ! Jacob me griffonna l'adresse et son numéro de téléphone sur une feuille arrachée à son cahier. Je rangeai le papier dans ma poche et je le quittai rapidement pour assister à ma formation.

Ma semaine se résuma à une succession de cours magistraux, de repas partagés avec mes colocataires et de soirées à m'endormir devant la petite télé, cédée par mon frère. Sans oser me l'avouer, j'attendais le vendredi avec impatience, et mon quotidien me semblait routinier.

À la fin de la journée, je me dirigeai vers le foyer avec entrain. Les seules personnes présentes étaient le pasteur, Jacob et Daphne. Les autres assistaient à une réunion du comité des fêtes du campus. Le trio qui me faisait face représentait les piliers de cette structure d'accueil. Je préparai le thé cette fois-ci, et piochai un biscuit dans la bonbonnière.

— Si je vous pose des questions privées, ça restera entre nous ? m'inquiétai-je soudain auprès de l'ecclésiastique, surprise de ma propre audace.

— Je n'ai pas pour habitude d'éventer les secrets que l'on me livre, répondit-il sur un ton solennel. Tu veux dialoguer en privé ?

— Je crois qu'il faut que je parle à quelqu'un… Et je préfère que ce soit quelqu'un de confiance.

Ses lèvres s'étirèrent en un sourire bienveillant, son expression me rappela encore mon grand-père. Ce détail, plus que tout autre, entérina ma décision.

— Allons dans mon bureau.

Il me précéda dans une pièce qui avait été aménagée en deuxième salon, plus petit et plus intime, équipé d'un coin travail rudimentaire.

— Qu'est-ce que tu voulais me demander ?

— J'aimerais aborder deux questions différentes, annonçai-je.

Comme il ne m'interrogea pas sur leur nature, je résolus de me lancer, et je choisis la plus controversée.

— Est-ce que vous croyez aux esprits ?

— C'est vraiment mon opinion qui t'intéresse, ou le problème du paranormal ?

— La deuxième option, répondis-je à la fois amusée et agacée par sa sagacité.
— Je suppose que tu ne fais pas référence au Saint-Esprit, mais plutôt à ce que les gens imaginent abriter dans le grenier de leur vieille bicoque, n'est-ce pas ?

J'acquiesçai d'un signe de tête. Il poursuivit :
— Tu crois avoir été témoin de quelque chose ?
— Pas moi, précisai-je, une de mes colocataires, j'y étais aussi, mais je n'ai rien vu.
— Qu'est-ce qui te tracasse : n'avoir rien vu, ou le fait que ton amie pense avoir discerné quelque chose ?
— À vrai dire, elle a eu l'air tellement terrifiée que je n'ai pas su la rassurer et j'imaginais que vous me donneriez une explication rationnelle.
— Comment le pourrai-je, s'indigna-t-il, je n'étais pas là, je ne peux rien affirmer !
— C'est pour ça que je vous ai demandé si vous, vous pensez que les fantômes existent…
— Je suis un homme d'Église, j'ai foi en certaines choses, que l'on pourrait qualifier de mystérieuses, mais je suis convaincu que les maisons n'abritent rien d'autre que leurs habitants. Les âmes sont immortelles et n'ont pas pour vocation d'effrayer les vivants… Et toi, tu dis n'avoir rien vu, crois-tu ce que raconte ton amie ?

Je gardai le silence afin d'envisager tous les aspects de sa question. Je me remémorai la cave crasseuse, l'odeur de décomposition, les toiles d'araignées, et le visage crispé de Lauren, qui le reste du temps était une personne plutôt terre-à-terre…
— Je ne sais pas. Par contre, je suis convaincue qu'elle a eu la peur de sa vie.
— Est-ce incompatible avec une illusion d'optique ?
— Non…
— Et l'autre sujet que tu voulais aborder ? lança-t-il en ajustant le rideau le plus proche.

C'était le moment douloureux. Le pasteur avait parfaitement analysé la situation : ma première question m'avait servi de prétexte, pour éprouver la qualité de ses réponses. Le terrible secret que j'enfouissais depuis plusieurs semaines se dressait entre nous, tel un obstacle muet. Je sentis les larmes me monter aux yeux, avant d'ouvrir la bouche.

— Peut-on être traumatisé par quelque chose dont on ne se souvient pas ?

Mes mots étaient tombés, comme des poids sur un plancher. Ils résonnaient dans la pièce, et emplissaient le silence.

— Bien sûr, répondit-il calmement, de même qu'on peut être ébranlé par des malheurs ayant frappé d'autres personnes. Parfois, l'oubli découle d'un choc émotionnel, il y a des psychologues qui travaillent sur le sujet. Pour ma part, je me contenterais de te dire qu'un traumatisme s'apparente à une explosion interne, quelque chose de difficile à gérer. Si tu es envahie de tristesse ou d'angoisse par rapport à un événement de ton enfance, dont tu ne devrais pas te souvenir, c'est sans doute parce qu'il t'a changée et a affecté ton entourage…

Sa perspicacité avait des limites, mais je me sentis rassérénée par ses mots. Ce que j'avais enduré était traumatisant, que j'en garde un souvenir ou non. Et j'avais en effet évolué, suite à mon agression. Je pouvais décider de taire mon expérience douloureuse, et ainsi réduire son pouvoir de nuisance. Katie serait furieuse si elle savait ! Pour la deuxième fois, je venais de choisir de ne pas dénoncer l'outrage que j'avais subi…

Je remerciai le pasteur, sans lui en révéler davantage. J'avais l'impression qu'il avait neutralisé ce fardeau que je portais : il n'avait pas disparu, mais une barrière le gardait à distance.

Après mon entrevue privée, je suivis Jacob et Daphne jusque dans un pavillon mitoyen des deux côtés. Le salon allait nous servir de salle de projection. Les deux colocataires de Daphne s'étaient absentés pour rapporter de quoi grignoter. Elle me les décrivit avant leur arrivée : Carly, une coiffeuse passionnée de tatouages, et

Matthew, un animateur sportif, originaire d'un pays d'Afrique que j'étais incapable de localiser sur une carte. Elle m'assura que j'allais les apprécier. Nous nous installâmes sur le canapé affaissé qui trônait au centre de la pièce. Jacob sélectionna une dizaine de DVD en nous laissant le choix.

La porte d'entrée grinça, et une voix grave et puissante lança :

— C'est nous ! On a le ravitaillement !

Les nouveaux venus nous rejoignirent bientôt. Une fille aux cheveux teints en bleu et coupés avec une frange stricte au milieu du front déposa des sacs remplis de paquets de chips. Elle était suivie d'un jeune homme à la stature de Viking : immense, des épaules imposantes, des jambes musclées qui tendaient la toile de son pantalon. Intimidée, mais fascinée, je l'observai de manière éhontée. Il avait un visage ferme, à la mâchoire carrée, un nez droit, des yeux sombres, enfoncés dans leurs orbites. Il arborait une coupe en brosse stricte, militaire, et le teint légèrement hâlé des personnes exposées au grand air. Lorsqu'il m'aperçut, ses lèvres se fendirent en un sourire qui creusait de discrètes fossettes. Jacob me le présenta :

— Voici Matthew.

— Matthew ? répétai-je, incrédule. Je croyais qu'il était africain…

— C'est le cas, me répondit l'intéressé, je suis originaire du Ghana.

— Mais tu n'es pas…

— Noir ? suggéra-t-il. Non, en effet, mais ça ne m'empêche pas d'être né là-bas.

Son ton sarcastique m'avait fait rougir jusqu'à la racine des cheveux. Mais ce n'était pas la raison pour laquelle mon cœur s'emballait…

Chapitre 7 : Katherine

Une semaine après l'agression de Phedra, il devint évident que je ne pouvais pas la laisser affronter ses démons, seule dans une ville inconnue. Ses parents ne se rendaient pas compte qu'elle s'enfonçait dans un état de mélancolie plus profond chaque jour. Elle passait des heures, enfermée, sans aucun désir de sortir, sans projet avec ses amis. Ce point aurait dû alerter son entourage : Phedra était la plus fêtarde de notre trio, toutes les idées cocasses venaient d'elle, et elle en regorgeait…

Son père s'imagina qu'après la gueule de bois consécutive à son dix-huitième anniversaire, elle avait pris conscience d'être entrée dans le monde des adultes. Il se félicitait de la voir franchir si rapidement un cap aussi crucial. Était-il possible de ne pas remarquer son apathie flagrante en vivant avec elle ? Cette situation me révoltait, j'étais partagée entre la tentation d'aller moi-même au commissariat déclarer son viol et celle de tout révéler à sa famille. Je m'abstins, car elle ne m'aurait pardonné ni l'un ni l'autre…

Je respectai son vœu de discrétion, je fis développer les photos au cours d'une visite chez mes cousins, à Hastings. Lorsque je revins dans le magasin, l'employé me gratifia d'un regard oblique m'indiquant qu'il avait consulté les clichés. Il adopta une attitude soupçonneuse à mon égard pendant que je payai et récupérai l'enveloppe cartonnée. De quoi se mêlait-il ? Et surtout qu'allait-il imaginer à mon sujet ? Il travaillait chez *Boots*, pas à Scotland Yard !

Je ne pus ouvrir le paquet de toute la journée. C'est seulement avec la nuit que je constatai que malgré l'horreur ressentie quand Phedra m'avait révélé ses blessures, mes mains n'avaient pas tremblé : les photos étaient nettes. Dès la troisième, les larmes roulaient en abondance sur mes joues. Phedra, mon amie, ma complice, pourquoi lui avait-on infligé *ça* ?

Le lendemain, j'allai à l'église avec ma grand-mère. Il y fut question d'un sujet qui me remua : prendre soin de ses proches. Le pasteur insista sur un point qui m'éclaira : souvent en croyant agir pour le mieux, on applique des méthodes qui ne fonctionneront peut-être pas pour la personne à qui on les adresse.

Depuis le début, je n'avais cessé de revenir à la charge auprès de Phedra pour l'inciter à aller dénoncer son agresseur. Mais seulement quelques heures après son viol, tandis que son corps devait être réduit à une boule de douleur, elle avait affirmé avec conviction qu'elle refusait de porter plainte. Je me sentis honteuse de n'avoir pas respecté son choix, confuse de ne pas l'avoir épaulée correctement.

Quelques jours plus tard, je rentrai chez moi, et aussitôt j'allai voir mon amie. Elle était couchée en travers du lit, le regard vide. Elle s'anima à mon arrivée, en me disant que je lui avais manqué, que passer du temps avec moi était ce qui l'aidait le plus à faire abstraction de ses soucis. *Faire abstraction*, c'étaient ses mots... Elle traitait sa peine en gêne momentanée, elle négligeait ses propres émotions. Elle se montrait si dure !

Je devais me tenir à ses côtés, c'était ainsi qu'elle allait remonter la pente. Mais comment y parvenir si nous étions séparées dans quelques semaines ? La réponse à cette question m'apparut peu après, quand je rendis visite à Dave, dans la maison mitoyenne.

Lui aussi souffrait de voir Phedra ainsi déprimée. Il voulut retourner à Brighton afin de retrouver Ian.

— Je lui ferai manger ses dents à coups de poing, s'écria-t-il dans un accès de rage noire. Il mérite de crever !

Il se sentait impuissant, d'autant plus que Phedra se distanciait des hommes, y compris de lui, son ami d'enfance avec qui elle avait vécu ses meilleurs moments…

— Je n'irai pas à Oxford, lui dis-je comme si j'énonçai la solution d'un problème de maths, je vais entrer à Chelmsford, avec elle.

— Tu es folle ! protesta-t-il. Mais tu es aussi géniale !

— Nous devons mettre Gemma dans la confidence. Je vais avoir besoin de son aide !

— Mais on avait promis !

— Je sais… Je veux juste qu'elle connaisse mon intention de changer d'université, pas ce qui a motivé ma décision.

C'est ainsi que Gemma apprit la nouvelle et s'enthousiasma immédiatement à l'idée de ménager la surprise. Elle m'avoua que l'idée de me voir devenir une étudiante modèle stéréotypée l'avait mise mal à l'aise dès le début.

J'engageai une série de démarches dont j'ignorais tout quelques jours auparavant. Je me renseignai sur l'université choisie par mon amie. Elle avait bonne réputation, était dotée d'infrastructures neuves, une bibliothèque à la pointe de la technologie, et des accès internet pour tous les ordinateurs. Certaines sections suivaient des cours à Cambridge, la rivale d'Oxford. Ce ne fut pas pour me déplaire, car je n'avais aucune intention de brader mes études. Évidemment en renonçant à la prestigieuse école censée m'accueillir, je ne partirais pas avec les mêmes atouts en main, mais j'aurais la conscience en paix… J'éviterais les regrets tardifs qui me poursuivraient si je laissais la situation en l'état.

J'entrai en contact avec le bureau des admissions à Chelmsford. On m'indiqua que toutes les places sur dossier étaient déjà allouées et que la seule possibilité restante consistait à passer des examens pour les admissions tardives en septembre, ce qui m'amènerait à intégrer les cours avec quelques semaines de retard. C'était un véritable coup de poker ! Or je n'étais pas du genre à remettre mon destin en jeu et parier sur la chance…

Il me fallait un plan B.

Gemma me le servit sur un plateau, en me rappelant la situation au détour d'une conversation :
— Tu vas à Oxford, tu commences l'année, tu réussis le test et tu pars à Chelmsford.

De cette façon, si j'échouais à l'examen, je serais déjà admise dans un prestigieux *college*[3] qui laisserait une excellente impression sur mon CV… Je lui fis promettre de ne rien dire à Phedra, mais ce n'était pas nécessaire. Depuis des années, Gemma concoctait les surprises dans notre petit groupe, sans se trahir.

Je consacrai des jours entiers à réviser, je voulais à tout prix réussir. Phedra pensa que je m'éloignais d'elle, j'en étais peinée, mais l'idée qu'elle comprendrait plus tard me motivait. Je passai la voir la veille de mon départ, elle s'affairait aux derniers préparatifs. J'espérais pouvoir la retrouver bientôt !

Une fois à Oxford, je m'émerveillais autant que lors de ma première visite : c'était un musée à ciel ouvert, les touristes affluaient du monde entier pour admirer l'architecture harmonieuse et élégante de ses nombreuses écoles. C'était là que le pays regroupait son élite, et j'avais été acceptée ! Un instant, j'éprouvai des regrets à l'idée que j'allais sans doute quitter ce lieu magique. Je me ressaisis, pas question de revenir en arrière, ma décision était prise !

Les premiers jours, je m'installai, fis connaissance avec les étudiantes qui partageaient mon bâtiment. Derrière les murs de pierres immaculées, l'histoire avait aussi laissé sa marque : boiseries, tableaux d'éminents professeurs dans de somptueux cadres dorés, statues en marbre. Tout indiquait le prestige et l'excellence, mais je découvris très vite qu'avec une telle réputation, l'Université attirait son lot d'ambitieux prêts à tout pour réussir. Dès le début des cours, la hiérarchie sociale se mit en place : ceux dont les familles aristocratiques ou bourgeoises avaient des racines dans les différents *colleges*, prirent les rênes des conseils étudiants. Leur mainmise s'étendait jusque dans les salles de classe : il fallait se conformer à

---

3 Les *colleges* sont les différentes sections de l'université.

leur règlement tacite, entrer dans leur cour ou se voir considéré en paria.

Éberluée, j'assistai à la mise en place d'un système de corruption, de faveurs, de mensonges organisés, qui brisèrent la belle image que j'avais du lieu en arrivant. La nature humaine était décidément de vouloir exercer une domination, à n'importe quel niveau !

Je me rendis à Chelmsford en train, ce qui m'obligea à faire escale à Londres pour prendre une correspondance. Après deux heures, je descendis sur le quai de la gare, qui me parut minuscule. Je demandai mon chemin à un employé en uniforme bleu marine. Conformément à ses indications, l'université ne se trouvait qu'à cinq minutes de marche. J'avais été convoquée à 10 heures, ce qui représentait plus d'une heure d'avance. Plutôt que de me rendre à la bibliothèque, pour des révisions de dernière minute, qui n'apporteraient aucun changement radical sur l'issue de ce test, je décidai de flâner dans les bâtiments et sur le campus. Je voulais me familiariser avec l'environnement qui constituait désormais le quotidien de Phedra. Si d'aventure je la croisais, j'avais une excuse toute prête : Gemma l'avait appelée la veille pour prendre des informations sur sa journée. Je n'avais qu'à lui dire que c'était pour préparer ma visite surprise !

Les abords de l'université étaient composés de constructions récentes ou rénovées, l'architecture moderne et fonctionnaliste se situait aux antipodes des clochers ornés de dentelle de la ville musée, dans laquelle je venais d'emménager. J'observai qu'ici les étudiants paraissaient plus détendus, leurs codes vestimentaires plus libres. Je sentis s'alléger le poids qui pesait sur mes épaules depuis que j'avais franchi les portes de mon *college*. Je n'appartenais pas à leur monde élitiste. Ma place se trouvait dans cet établissement qui accueillait à la fois des formations générales et techniques. Ma motivation pour l'examen augmenta en flèche, j'avais maintenant une autre raison de le réussir !

L'épreuve se révéla moins difficile que je ne l'avais anticipé, néanmoins je restai jusqu'à la fin pour relire et corriger ma rédaction. J'avais fait de mon mieux, et j'entrevoyais la possibilité que cela suffirait. À midi, j'acceptai d'accompagner quelques candidats dans un restaurant indien qu'ils avaient repéré, à mi-chemin entre la gare et le campus. Mon oral était prévu pour trois heures, j'avais amplement le temps de m'octroyer cette pause bien méritée.

L'intérieur ne payait pas de mine, la moquette jadis beige tirait sur une couleur indéfinie entre le kaki et le gris, la décoration kitsch et la musique indienne à tue-tête me firent sourire. Je n'aurais pas à y retourner si je n'aimais pas… Un jeune serveur, sans doute étudiant, prit la commande, et contrairement au patron, il parlait un anglais parfait. Il devait être né ici, à l'inverse du vieil homme ventripotent, dont l'accent chantant garantissait une cuisine authentique. Quand les plats arrivèrent, le fumet qu'ils dégageaient me mit l'eau à la bouche, et avec satisfaction je constatai qu'ils étaient succulents ! Et cette fois-ci, je notai mentalement l'adresse parce que je voulais revenir y manger si j'étais acceptée.

L'oral s'apparenta à une simple formalité, les questions semblaient plus faciles que celles que m'avaient posées certaines associations estudiantines d'Oxford ! Il s'agissait de prouver que j'étais motivée, et j'excellais dans ce domaine ! Je devais recevoir une réponse la semaine suivante, ce qui me permettrait d'intégrer les cours aux alentours du 8 octobre.

Je montai dans le premier train en direction de Londres et regagnai Oxford vers la tombée de la nuit. Mes colocataires s'enquirent de mon absence. Je perçus de la suspicion, elles craignaient que j'aie pu mettre à profit ces moments pour prendre de l'avance sur elles. Cette compétition permanente me pesait, je sais que si ne m'était pas convaincue d'intégrer l'université de Chelmsford, j'aurais dû m'en accommoder, et peut-être devenir l'une de ces redoutables étudiantes modèles…

L'annonce des résultats provoqua un sacré remue-ménage dans ma famille : le courrier arriva chez mes parents, qui m'appelèrent le

soir même. Ils ne comprenaient pas pourquoi j'avais reçu cette lettre, ils crurent que c'était une réponse tardive, suite à mes nombreuses candidatures. Je les priai de me la lire. Ma mère, hilare, obtempéra :
— Chère mademoiselle Clarke, nous avons l'honneur de vous informer que les scores de vos examens vous permettent d'intégrer notre établissement, dans la section demandée… Attends, s'étonna-t-elle, tu as passé des tests ?
— Oui.
— Je ne m'en souviens pas.
— C'était la semaine dernière.
— Mais, s'indigna-t-elle après une pause incrédule, pourquoi ? Tu as ce que tu as toujours voulu…
— Je t'ai dit que l'ambiance ici ne me plaît pas, plaidai-je. On m'a déjà mis la pression pour rentrer dans le rang, mais on sous-entend aussi que je ne suis pas issue du bon milieu…
— Je ne comprends pas…
— Je vais changer d'université, je m'y sentirai mieux.

Cette simple phrase venait anéantir la fierté qu'éprouvaient mes parents depuis l'annonce que j'avais été acceptée au mérite. Ma mère, en découvrant que je n'étais pas heureuse à Oxford, finirait par se rallier à mon opinion, mais mon père serait terriblement déçu. Je continuai en débitant les arguments que j'avais préparés en vue de cette conversation : les frais de scolarité et le logement étaient moins onéreux, et depuis notre village, Chelmsford représentait un temps de trajet équivalent. Notre discussion se prolongea et vira à l'épreuve, mes parents pensaient que je bradais mon avenir. Je me gardai bien d'évoquer Phedra, ils auraient considéré qu'il ne s'agissait que d'un caprice…

Je les rappelai le lendemain en disant que j'avais rédigé une lettre de demande de transfert afin de quitter Oxford. Devant ma détermination, ils s'inclinèrent à regret. J'allais certainement entendre parler de cette décision pendant des mois !

Je fis en sorte de conclure ma scolarité à Oxford de la façon la plus efficace possible. Lorsque mes camarades apprirent ma défection, une spectaculaire incrédulité se peignit sur leurs traits, suivie par un mépris non déguisé… Et j'eus la dernière confirmation que je choisissais la meilleure option pour mon avenir.

Le lendemain, je refis le périple qui m'avait menée à Chelmsford. En quittant Oxford et ses majestueux bâtiments de pierre blanche, j'acquis la conviction que je ne reviendrai pas de sitôt. J'avais entassé toutes mes affaires dans l'énorme valise à roulettes et le sac à dos qui constituaient mes seuls bagages. Je me rendis au bureau des admissions pour les démarches d'intégration. Une clé m'attendait avec les documents administratifs et ma carte d'étudiante. La secrétaire m'informa que je serais logée à Courtman House, puisque les appartements neufs du campus affichaient complet depuis longtemps. Je n'en crus pas mes oreilles : c'était le nom que Phedra m'avait donné dans son dernier message. Nous allions être colocataires ! Cette nouvelle vint s'ajouter comme la cerise sur le gâteau, je sentais que mes études prenaient une direction qui me convenait.

Le trajet vers la maison représenta un challenge : la grande rue en pente attirait ma grosse valise vers le bas et je dus fournir des efforts supplémentaires pour ne pas me laisser entraîner par son poids. Sans bagages, je devinais que ce serait une marche d'une dizaine de minutes tout au plus. J'arrivai, le front couvert de sueur et les mains endolories par la poignée en plastique. Aucun panneau n'indiquait le nom de la résidence, mais je me tenais devant le numéro noté sur mon dossier. J'étais fourbue, je rêvais d'une douche et d'une boisson fraîche.

Sous le porche, je devinai des mouvements derrière les voilages colorés de la large fenêtre. Je décidai de frapper pour m'assurer que je ne faisais pas erreur sur l'adresse. La porte s'ouvrit sur une Asiatique qui fut bientôt rejointe par une grande brune souriante. Elles s'effacèrent pour me laisser la place quand elles comprirent que nous allions habiter ensemble. L'Asiatique, ravie de m'accueillir, m'aida spontanément à transporter ma valise jusqu'au premier étage.

— Ta chambre est forcément ici, parce qu'il n'en reste que deux de libres.

Je la trouvai rapidement : elle se situait sur la droite en passant la porte coupe-feu. C'était une pièce en longueur dont la fenêtre donnait sur l'impasse, son mobilier démodé, mais fonctionnel répondrait à mes besoins. J'évitai la comparaison avec le logement luxueux que je venais de quitter, car c'était l'aspect le moins attirant de mon changement d'université. Je me contentai de poser mes bagages et redescendis pour retrouver les filles qui m'avaient ouvert.

Au pied du bel escalier, j'entendis le sifflement d'une bouilloire, j'entrai dans la cuisine. Poppy, la grande brune, me proposa une tasse de thé que Mei servait déjà. Je le bus en leur présence, ravie de cet accueil amical. Mei nous quitta pour se rendre en cours. Poppy me donna ensuite quelques informations sur les habitantes. Quand elle mentionna Phedra, je fus rassurée, mais je ne voulus pas évoquer notre amitié. Je préférai la laisser m'en apprendre davantage sur les autres. Au bout d'un moment, je me sentis perdue : nous étions plus de dix à vivre là !

— Si je me souviens bien, énonçai-je, tu es à l'entrée et à côté de Phedra. Ensuite, il y a Mei, qui est venue ouvrir. Puis deux Françaises et une Espagnole, Cate avec un C, celles du second, j'ai oublié leurs noms, mais ma voisine s'appelle Abi.

— C'est fantastique, s'exclama-t-elle avec un enthousiasme poli, tu as presque tout mémorisé. Au dernier étage, il y a trois chambres, mais seulement deux filles y vivent : Lauren de Liverpool et Emma d'Ipswich... Ne t'inquiète pas, on est toutes passées par là, personne ne t'en voudra si tu ne retiens pas tout dès le début.

Ce genre de propos était aux antipodes de ceux que j'avais entendus pendant ma courte carrière d'étudiante d'élite. Mon sentiment de bien-être se renforça. J'en oubliai presque que j'étais attendue en cours dans l'après-midi ! Je fus présentée à mon groupe, dans lequel la nouvelle de mon transfert fit sensation. Tout le monde voulait me parler, de façon à profiter de l'aura de prestige que j'avais dû apporter dans mes bagages. Amusée, je me prêtai au jeu, mais j'écourtai pour rentrer ranger mes affaires.

En reprenant la rue en pente, je me sentis plus légère qu'avec ma grosse valise. Quand je traversai, je remarquai qu'une autre personne se dirigeait vers moi. C'était l'une des filles de mon groupe qui m'avait assaillie de questions. Je ralentis pour la laisser parvenir à ma hauteur.

— J'habite à Courtman House, m'expliqua-t-elle, il faut passer par ce chemin…

— Moi aussi, la coupai-je, je suis arrivée ce matin.

— Enchantée, je m'appelle Catherine, mais je préfère Cate.

J'avais remarqué son nom, sur le tableau, à côté du téléphone à pièces, elle l'écrivait avec un C.

— Moi aussi c'est Katherine, mais avec un K ! Appelle-moi Katie !

Puisque Phedra n'était pas rentrée, je m'attelai à l'installation de mes affaires, et surtout au ménage. Il régnait une odeur de poussière, confirmée par la couche grisâtre que je fis disparaître grâce à l'aspirateur, rendant ainsi à la moquette une couleur plus éclatante. Je disposai mes vêtements dans la commode et l'armoire, et mes fournitures scolaires en vrac sur le bureau. Au fond de la valise, j'avisai l'étui en carton qui contenait les photos des blessures de Phedra, je décidai de l'y laisser. Je ne voulais ni voir traîner quelque chose d'aussi choquant ni brusquer la principale intéressée…

Elle rentra tandis que je prenais une douche. En sortant de la salle de bains, je la trouvai devant ma porte, ébahie.

— C'est vraiment toi ? me dit-elle à mi-voix. Pourquoi ?

Elle s'exprimait avec une agressivité manifeste, je compris qu'il me fallait éviter de dire que j'étais venue pour elle. Je lui expliquai que je ne faisais pas partie du sérail oxfordien.

— Mais pourquoi ici ? Tu pouvais aller où tu voulais, s'écria-t-elle d'un ton accusateur.

— Pour qu'on soit ensemble…

— Mais moi j'aimais l'idée de ne connaître personne, et que personne n'allait me regarder avec pitié comme tu le fais maintenant…

Ses yeux lançaient des éclairs à travers les larmes. Elle les essuya d'un revers de la main, et claqua la porte en partant.

Chapitre 8 : Abigail

C'était la première fois que je percevais autant de rancœur dans la voix de Phedra ! Qui était cette Katie qui arrivait un mois après la rentrée ? Et qui emménageait en catimini en milieu de semaine, comme si elle avait quelque chose à cacher…

Je n'avais pas voulu les espionner, mais la piètre isolation acoustique des murs m'avait mise devant le fait accompli : j'avais tout entendu. L'échange n'avait pas duré plus de deux minutes, Phedra était partie en pleurant et la nouvelle n'avait pas cherché à la retenir. C'était bizarre, dérangeant. Le passé chargé entre ces deux filles expliquait peut-être la réserve excessive de Phedra ?

Depuis qu'elle nous avait accompagnées au pub, elle avait commencé à sortir de sa coquille et la semaine suivante, je l'avais vue rentrer tard un soir, en charmante compagnie. Il faisait trop sombre pour distinguer les traits du jeune homme, j'avais juste aperçu sa silhouette athlétique. Il l'avait embrassée avant de repartir d'un pas léger. Cet épisode s'était passé sous ma fenêtre, j'avais à nouveau endossé le rôle de l'indiscrète malgré moi. La scène à laquelle j'avais assisté m'avait amusée : nul doute que Phedra se montrerait plus souriante si elle tombait amoureuse !

Puisqu'ils ne s'étaient pas cachés, j'avais voulu aller raconter le potin à Lauren, qui en raffolait. Je l'imaginais bien en inventer pour pimenter notre quotidien ! Sa porte était fermée, elle n'était pas rentrée et Emma prenait sa douche, j'étais redescendue, déçue de ne pouvoir papoter…

Ce que je venais d'entendre était d'une tout autre nature, je *devais* en discuter avec les filles ! En sortant sur le palier, je tombai nez à nez avec Amélie, qui avait sûrement eu une rude journée. Nos stages avaient débuté depuis deux semaines et, malgré mes premières impressions mitigées à son égard, je me rendais à l'évidence : notre relation évoluait en amitié.

Au départ, quand elle avait rejeté la possibilité de l'existence des fantômes, en insinuant qu'il s'agissait de divagations de simples d'esprit, elle m'avait franchement agacée. Si j'avais dû choisir un personnage de télé pour la décrire, je l'aurais rebaptisée Dana Scully… Elle voulait une explication rationnelle pour toute chose, et si elle ne la trouvait pas, elle décrétait qu'elle serait découverte prochainement. Ce trait de caractère m'avait laissée pressentir quelqu'un de rigide, aux idées bien arrêtées, quelqu'un avec qui j'aurais sans doute peu en commun.

Et pourtant, en échangeant nos impressions après les premiers jours de stage, je m'aperçus que nous partagions une vision similaire de l'enseignement. À l'instar de Holly, mon ancienne colocataire, elle se passionna pour le projet que je voulais développer avec mes élèves, et s'extasia devant des essais de technique que, pour ma part, je jugeais plutôt médiocres. Elle se récria et récupéra l'un de ceux que je destinais à la poubelle. Elle l'afficha au-dessus de son bureau et ne tarda pas à lui trouver un cadre pour le mettre en valeur. Ce détail me la rendit sympathique, car je devinai que les compliments dont elle m'avait abreuvée étaient spontanés et sincères. Elle aimait mon style ! J'exhumai mon dossier de candidature qui, lui, recelait des œuvres dont je pouvais m'enorgueillir. Mes créations s'éparpillèrent sur le lit, sur le sol, et les yeux noisette d'Amélie s'illuminaient, comparables à ceux d'un enfant devant les cadeaux, sous le sapin. Ses remarques pertinentes démontraient qu'elle analysait bien les couleurs, et je me demandai si elle aussi n'avait pas entrepris des études d'art plastique dans le passé.

— J'aurais adoré, me confia-t-elle, mais mon lycée ne proposait pas cette matière, il n'y avait que des sujets de base. Même pour les langues, rien d'exotique. Je rêvais de continuer les cours d'art plastique, c'était tellement génial au collège… Mais il en faut plus pour me décourager, ajouta-t-elle, une lueur de malice au fond des yeux. Je dessine des BD !

Ce fut à mon tour d'admirer son travail, elle manquait manifestement de technique, mais son coup de crayon tout en douceur me fit entrevoir ce que je n'avais pu deviner jusque-là : elle avait une vraie sensibilité d'artiste. Mon français rouillé ne me permit pas de saisir les finesses du texte dans les bulles, mais suffisamment pour comprendre que ses histoires traitaient de surnaturel. Quelle ironie !

Puisque nos formations se ressemblaient, nous avions des horaires, des contraintes et des questionnements semblables. Je me surprenais de plus en plus souvent à discuter avec elle, dans le couloir ou la cuisine. De même que Poppy et moi, elle était légèrement plus âgée que les autres locataires et je trouvais avec elle des sujets de conversation qui n'intéressaient pas Cate ou Phedra. Peu à peu, notre complicité se développait, et parfois, en un regard, nous nous comprenions.

En revanche, j'avais remarqué qu'elle se levait à l'extrême limite et courait pour rattraper le retard, une fois passée à la salle de bains. Cette façon de fonctionner s'opposait à la mienne : je préférais prendre mon temps le matin. Je me levais plus d'une demi-heure avant elle, et quand elle arrivait au rez-de-chaussée pour le petit déjeuner, le mien était avalé, et la vaisselle rangée. Nous nous retrouvions plutôt le soir, après avoir affronté les embouteillages. Nous confrontions les pires situations de nos stages, et ma première impression sur les professeurs de langues vivantes se confirmait. Il fallait que ce soit un sacerdoce, car les élèves se montraient toujours aussi cruels envers eux…

En la voyant arriver ce soir-là, je reportai la révélation de cette étrange conversation entre Phedra et Katie. Amélie paraissait livide, éreintée, découragée. Sa journée avait été difficile, elle ne se sentait pas épaulée par sa formatrice, mais ce qui lui avait donné le coup de grâce avait été une rencontre fortuite au supermarché. Elle me parla de Max, son ancien collègue allemand, de leur attirance, et de sa déconvenue aussitôt après un unique moment de tendresse. Elle l'avait croisé en compagnie de sa femme et de son fils, il renvoyait l'image du bon père de famille. Elle avait déjà compris qu'il n'y avait plus de place pour elle dans ce tableau idyllique, mais elle avait été frappée par la froideur avec laquelle il l'avait traitée. De toute évidence, il considérait désormais qu'elle représentait une menace à son bonheur. Quel minable !

Elle s'épancha, puis, avisant l'heure sur l'écran de mon réveil, elle se confondit en excuses pour avoir abusé de ma gentillesse. Je la trouvais attendrissante par moments… Je la rassurai et décidai de lui confier le contenu de l'échange entre Katie et Phedra. Elle s'étonna également de cette arrivée tardive, tout en tempérant ses propos :

— Je ne devrais pas dire ça, finalement Lindsey a emménagé après la rentrée elle aussi.

— Elle n'est pas trop bruyante ?

Amélie occupait la chambre du milieu sur la façade sud, elle n'avait pas eu de voisine jusqu'à l'arrivée de Lindsey, quinze jours auparavant. Je n'avais compris le luxe que cela représentait qu'à la venue de Katie. Notre intimité allait être envahie par celle des autres. Encore une fois, Amélie et moi nous rejoignions de façon inattendue.

— Non, me répondit-elle, elle est très respectueuse. J'ai de la chance d'être tombée sur elle, parce que quand elle part à l'église le dimanche matin, elle reste plutôt discrète.

— J'espère que ma nouvelle voisine se comportera aussi bien.

Puis je n'y tins plus : je lui apportai les phrases que j'avais entendues. Amélie éprouva une méfiance instinctive face à Katie. Elle voulut aller parler à Phedra, mais je l'avais vue monter dans une voiture rouge. Enfin, elle se décoinçait et sortait comme toutes les filles de son âge.

— On devrait peut-être en faire autant, suggérai-je soudain, ça nous changerait les idées. Il y a une soirée « Back to school » au *Dallas*, un grand pub qui organise des concerts, il nous faut juste trouver un uniforme.
— Un uniforme de quoi ?
— D'école bien sûr !
— Je n'en ai jamais eu…

J'avais oublié ce détail ! Tous nos professeurs de français nous présentaient les collèges du pays comme des lieux de liberté, dans lesquels chacun s'habille à sa guise. J'avais toujours levé les yeux au ciel, car, uniforme ou pas, une école reste une école !
— Il te faut une jupe noire et une chemise blanche, tu as ça ?
— Oui.
— Et unc cravate ?
— Non.
— Allons voir les autres, je suis sûre qu'on trouvera !

Au second, Emma avait troqué ses vêtements classiques contre une tenue suggestive, des talons vertigineux et un maquillage festif pour assister à une autre soirée. Anastasia travaillait à la pizzeria, Ana-Luisa et Lindsey révisaient. Mei s'était lancée dans le repassage, avec la supervision de Poppy, qui semblait experte… Seule Cate accepta de se joindre à nous, elle fabriqua une cravate de fortune avec un foulard pour Amélie, qui nous revint avec une allure trop sage. Elle portait l'uniforme pour la première fois, je devais lui enseigner les ruses de base des lycéennes comme rouler la taille de sa jupe pour la raccourcir. Je nouai le bas de sa chemise pour dévoiler son ventre. Cate arriva en courant et exhiba fièrement son piercing au nombril.

Cette soirée nous permit de lâcher prise, notre groupe fit sensation, nous dansions en trio compact et quand quelqu'un venait nous aborder, nous répondions les unes pour les autres. Amélie et moi devions assurer un cours en première heure le lendemain, nous avions décidé de nous contenter de sodas, mais pour nous, l'ivresse résidait dans la musique. Nous riions fort à notre retour. La maison était plongée dans l'obscurité, et des gémissements s'échappaient de la chambre de Poppy. En tendant l'oreille, nous comprîmes que c'étaient des sanglots. Cate frappa à sa porte et entra sans attendre la réponse.

Poppy tenta de dissimuler ses larmes, et recula quand nous essayâmes de la toucher. Elle nous avait habituées à un comportement pondéré et mature, des phrases enthousiastes et distinguées. Elle nous montra un tout autre visage : elle était désemparée, en proie à une émotion accablante. Notre euphorie des instants précédents s'envola lorsque Poppy recouvra la parole, et nous révéla entre deux hoquets qu'elle avait perdu ses parents très jeune…

Nous venions de basculer dans une ambiance morbide. Et nous voyions enfin Poppy sans son masque de demoiselle parfaite. Sous l'épais vernis de bonnes manières, son accent policé, et sa prévenance maternelle se cachait une souffrance à fleur de peau. Je décidai de me substituer à elle : je l'invitai à nous suivre dans l'une des salles communes. J'improvisai quelques phrases de réconfort, aussitôt appuyées par Amélie et Cate qui la supplièrent d'arrêter de pleurer.

Je récupérai la bouilloire, que quelqu'un s'obstinait à replacer sur le four micro-ondes, et mis de l'eau à chauffer. Je proposai du thé à Poppy pour la consoler, mais elle refusa poliment. Amélie et Cate, sous le choc du spectacle qu'elle venait d'offrir, restèrent néanmoins et ne cessèrent d'opiner à chaque mot d'encouragement que je proférais. Je tendis une tasse à chacune.

Poppy reprit ses esprits et sécha définitivement ses larmes. Elle me gratifia d'un regard reconnaissant.

— Merci de m'avoir soutenue. C'est exactement ce dont j'avais besoin.

Elle nous quitta peu après. La fête était finie, nous regagnâmes toutes nos chambres, dégrisées, attristées. J'allais éteindre la lampe de chevet quand le hurlement caractéristique de l'alarme incendie se déclencha. Je me ruai au rez-de-chaussée dans un mouvement mécanique, pour épargner celles qui dormaient déjà. Au moins, elles pourraient rester au lit.

Dans le hall, Phedra arrivait avec le grand blond de l'autre soir. Son visage affichait une pâleur maladive. Je me précipitai dans la cave et actionnai le levier avec agacement : cette satanée sirène continuerait à nous importuner… à moins de la couper définitivement ! Je surmontai mon aversion pour ce lieu quelques instants de plus, le temps de repérer l'interrupteur d'arrêt du système. L'ampoule du plafond se balançait et ne renvoyait que peu de lumière dans le coin où se trouvait le bouton. Je dus m'y reprendre à plusieurs fois, mais quand je fus certaine d'avoir mis fin au vacarme pour de bon, je remontai. Le froid humide qui régnait me fit tressaillir, je gravis les marches deux par deux et verrouillai la porte, aussitôt franchie.

Phedra s'appuyait au poteau du grand escalier, car ses jambes se dérobaient. Elle demeurait figée, les yeux braqués sur la porte que je venais de fermer. Son ami s'approcha, lui prit le visage en coupe et lui demanda :

— Qu'est-ce qui ne va pas ?

— L'alarme, balbutia-t-elle, elle… Elle ne devrait plus se déclencher.

— Le technicien n'a pas dû passer, conjecturai-je, mais je l'ai déconnectée pour de bon !

— Tu ne comprends pas, s'écria-t-elle avec une note de panique dans la voix, j'avais arrêté le système la dernière fois ! Elle n'aurait pas dû sonner !

— Ça fait quelque temps déjà, quelqu'un l'a peut-être remise en service parce qu'elle était enclenchée quand j'ai appuyé sur le bouton, affirmai-je avec plus de conviction que je n'en éprouvais.

— Tu vois, lui dit le géant bodybuildé qui l'accompagnait, tout est réglé.

Son attitude, qui se voulait protectrice, révélait un paternalisme qui me déplut aussitôt. Il entoura ses épaules de son bras puissant et elle s'abandonna contre lui. Il ne comprenait pas l'origine de la soudaine terreur de Phedra, à l'inverse de moi…

Lorsqu'ils s'enfermèrent chez Phedra, je libérai le souffle que j'avais retenu jusque-là, mes jambes mollissaient, je me laissai glisser sur la première marche. Amélie apparut en haut de l'escalier : à chaque déclenchement, nous avions pris l'habitude de vérifier les étages et l'absence de fumée suspecte. Elle me fit le rapport et attendit d'être rassurée sur le rez-de-chaussée. Puisque je ne répondais pas, elle descendit et s'assit à côté de moi.

— Anastasia est au boulot, ânonnai-je, Mei a passé la tête à la cuisine, Phedra vient de rentrer et la seule que je n'ai pas croisée, c'est Poppy ; mais après la scène de tout à l'heure, c'est peut-être normal.

— Qu'est-ce qui ne va pas alors ?

— Tu ne vas pas me croire…

— Ah, protesta-t-elle avec une feinte sévérité, tu vas me parler de revenants.

— Non, mais c'est bizarre.

Je lui répétai ce que m'avait avoué Phedra concernant le système d'alarme. Puis je lui donnai une description, plus honnête que la précédente, de ce que j'avais vu au sous-sol : sur le moment, je n'avais pas bien distingué le bouton, mais en partant, je l'avais remis dans sa position initiale. Ce qui ne pouvait signifier qu'une chose : il était déjà à l'arrêt à mon arrivée !

Dans ce cas, comment la sirène avait-elle pu retentir ?

— Et tu ne peux pas nier qu'elle a sonné, tu as toi-même inspecté la maison. Si j'ai eu une hallucination, tu en as été victime aussi !

— Je ne comprends pas… Montre-moi ce bouton, on en aura le cœur net !

— Non, je te garantis qu'il est sur *off*. Je ne redescendrai pas maintenant…

— Et puis, il est trop tard, conclut-elle. Si tu veux, j'irai y jeter un coup d'œil demain.

Elle ne tenta pas de tourner en dérision ce que j'affirmais, et pourtant, j'étais persuadée qu'en la provoquant un peu, elle aurait pu trouver une demi-douzaine d'explications « logiques »… Peut-être devrait-elle se confronter directement à la situation pour comprendre l'anormalité de cette cave ?

Du coin de l'œil, j'aperçus Cate, les yeux agrandis par l'anxiété. Amélie retourna au premier étage, en nous adressant un petit signe de la main. J'arrivai sur le palier et suivis Cate dans sa chambre. Elle savait que Phedra avait coupé l'alimentation de l'alarme, elle se trouvait dans un état d'inquiétude identique au mien. Ana-Luisa n'avait pas compris quand elle avait voulu lui en parler, elle s'était retranchée derrière sa porte, en lui souhaitant bonne nuit avec son accent rocailleux.

— J'ai peur, me confia-t-elle, quelque chose ne tourne pas rond. Et pourtant, je ne ressens pas de menace ailleurs que dans cette cave.

— Tu l'as senti aussi ?

— Un peu, avoua-t-elle à mi-voix, il y a une atmosphère pesante et un souffle glacial *qui ne ressemble pas à un courant d'air !*

— Au moins, le reste de la maison semble épargné, remarquai-je à voix haute.

— C'est vrai.

Elle paraissait ragaillardie. Je lui promis une visite au pub le lendemain soir, pour lui changer les idées.

Cette perspective m'aida à faire face à la journée qui se révéla longue et éprouvante : il n'y avait pas qu'en cours de langue que les élèves testaient les limites ! J'avais besoin d'un remontant et la sortie avec Cate m'apparut telle la lumière au bout du tunnel… Je fis le tour de la maison pour proposer aux autres de se joindre à nous. Seule Emma accepta. Elle délaissa ses cahiers dès que le mot pub franchit mes lèvres, et en quelques minutes elle troqua son jean et son sweat à capuche contre une jupe courte, un débardeur à paillettes et des talons aiguille.

La salle était bondée, c'était un jeudi soir et tout le monde sentait l'approche du week-end. Je remarquai qu'il y avait plus de personnel que le dimanche, en particulier deux beaux gosses avec un accent australien, que Cate et Emma trouvèrent très sexy… Elles décidèrent d'aller commander nos boissons. Je fus témoin d'un véritable coup de foudre. Je vis naître l'étincelle dans les iris bleus de Cate quand elle croisa le regard mordoré de l'Australien brun, à la peau tannée par le soleil, et au sourire éclatant de blancheur et de sincérité. Je restai à les observer à distance, bientôt rejointe par Emma, consciente que le beau barman n'avait d'yeux que pour Cate.

Celle-ci minaudait, rougissait, riait pour des futilités, tandis que lui la contemplait, trouvait le moindre prétexte pour prolonger ce moment et l'effleurer de la main. Leur petit manège aurait pu s'éterniser, mais le blondinet, tout aussi charmant, rappela son collègue à l'ordre : c'était l'heure de pointe, il y avait d'autres clients à servir.

Cate prit les verres en tremblant et les posa sur le coin de table que nous nous étions approprié. Le barman avait glissé le ticket sous l'une des pintes, je le tendis sans un mot à Cate : il y avait écrit son prénom et son numéro de téléphone. Il s'appelait Travis.

Plus cynique que Cate, je m'interrogeais sur le nombre de fois dont il avait usé de ce stratagème pour séduire une jolie cliente, mais je m'abstins d'épiloguer. J'avais senti l'étincelle pétiller aussi dans les iris de Travis, ce qui ne pouvait signifier qu'une chose : le coup de foudre était réciproque !

Chapitre 9 : Catherine

Travis.

Toute la soirée, mes yeux, qui semblaient dotés d'une volonté propre, revenaient vers lui. Et à chaque fois, je constatais que lui aussi me dévisageait. Mon cœur avait perdu toute modération, je le sentais s'emballer et battre, battre toujours plus fort ! J'avais envie de rire, de pleurer, de sauter de joie et de danser tout à la fois. Ivre d'émotions fortes, je comprenais que mes relations précédentes ne pouvaient pas être qualifiées d'amoureuses ! Je n'avais jamais rien ressenti d'aussi intense. Ce que je vivais était inédit, puissant, délicieux.

Les filles rentrèrent tandis que je décidai de rester. Je voulais parler à Travis plutôt que de lui envoyer des messages ou de l'appeler. Après la fermeture, j'attendis assise sur la barrière qui entourait le bâtiment. Travis et Jared, l'autre Australien, sortirent en dernier. Ma présence fut accueillie par des sourires : ironique pour Jared, et charmeur pour Travis. Ils s'approchèrent et je fis connaissance dans les formes. Le patron leur permettait de récupérer les restes de nourriture pour éviter le gaspillage : nous décidâmes d'improviser un pique-nique sur le parking. Tout en ayant hâte de voir Jared nous fausser compagnie, j'appréciai ses blagues et son optimisme à toute épreuve. Finalement, il comprit que son ami désirait aussi son départ, il nous laissa en se courbant pour une révérence théâtrale.

Enfin, j'étais seule avec Travis ! L'alchimie avait immédiatement opéré entre nous, au bar déjà, j'avais remarqué ses tentatives, quand ses doigts avaient touché mon poignet, ma main… À la lueur du lampadaire, ses traits étaient soulignés d'ombres, qui dissimulaient ses yeux, lui conférant une aura de mystère qui le rendait d'autant plus attirant !

Au lycée, les codes de séduction me paraissaient plus simples : les garçons ne connaissaient pas la discrétion et j'aimais jouer avec eux, les faire languir. J'avais toujours décidé du moment où j'accepterais leurs effusions. Face à Travis, je me montrais impatiente, je voulais son corps contre le mien, ses bras autour de moi. La violence de mes émotions et surtout le vertige qu'elles généraient me coupaient toute repartie, tout esprit d'initiative. Intérieurement, je me transformais en bombe à retardement !

Travis amorça son approche par une légère caresse sur ma nuque, il passa ensuite sa main dans mes cheveux, puis il m'attira contre lui et m'embrassa, enfin. Je me sentis vaciller et je me raccrochai à lui, m'enivrai de son parfum. Je glissai mes lèvres au creux de son cou, en songeant que je pourrais rester ainsi toute la nuit, à me griser de sa peau. Il vint à nouveau cueillir mes lèvres dans un baiser profond qui me rendit folle. Un coup de klaxon nous ramena brutalement à la réalité : nous étions sur le trottoir, sous un lampadaire à la lumière blafarde, en train de nous donner en spectacle. Les passants et automobilistes se raréfiaient à cette heure tardive, mais Travis insista pour me raccompagner. Il marcha à mes côtés, son bras enserrant ma taille, jusqu'à la maison.

— Tu habites là ? s'étonna-t-il. C'est juste à côté du pub !

— C'est pour ça que j'y vais, le taquinai-je.

— Donne-moi ton numéro, je t'enverrai un message pour te dire quand je serai rentré.

Il sortit son téléphone, un modèle récent avec lecteur MP3, et enregistra mes coordonnées.

— Et voilà, mademoiselle Catherine Bennett, c'est noté !

— Appelle-moi Cate.

Je ponctuai ma phrase d'un dernier baiser avant de me diriger vers le porche tout en lui adressant un signe de la main. En arrivant en haut des marches, je croisai Ana-Luisa, ma voisine d'en face. J'avais du mal à imaginer qu'elle était plus âgée que moi, elle se comportait en gamine dont les parents vont rentrer d'une minute à l'autre. Elle avait dû recevoir une éducation tyrannique pour réagir ainsi. La seule fois où j'avais pris le repas avec elle, dans la grande cuisine, elle avait insisté pour dire une prière et m'avait tapé la main pour m'empêcher de commencer avant la fin de ses dévotions. J'en avais été irritée : cette maison n'avait rien de commun avec l'internat catholique passéiste où elle avait dû être enfermée !

Depuis, je me limitais au minimum de civilité, car j'avais renoncé à l'idée de me lier d'amitié avec elle... Je forçai un sourire pour ne pas me montrer impolie. Elle m'attrapa par la manche.

— Tu as croisé Poppy ?

— Non, elle doit certainement dormir...

Ana-Luisa promena son regard pour observer l'escalier, vers le dernier étage.

— Elle doit être partie par là, affirma-t-elle en désignant le palier, dont la porte coupe-feu était maintenue ouverte par un extincteur.

Je ne comprenais pas pourquoi elle s'intéressait subitement aux déplacements de notre colocataire, mais la direction qu'elle indiquait se situait à l'opposé de la chambre de Poppy. Elle n'avait aucune raison de se trouver là, à une heure pareille ! Et surtout, en songeant à sa crise de larmes de la veille, une inquiétude s'insinua dans mon esprit. Intriguée malgré moi, je demandai :

— Pourquoi tu dis ça ?

— Je dormais et tout d'un coup, j'ai senti une présence. À côté de mon lit ! J'ai pensé que c'était impossible puisque je ferme à clé, mais à la lueur du clair de lune, je l'ai vue. *Dans ma chambre !* Quand j'ai allumé, elle s'enfuyait.

— Tu es sûre que c'était elle ?

— Certaine !

Ana-Luisa avait les cheveux en bataille, les yeux ensommeillés, j'étais plus encline à croire qu'elle venait de rêver, car si Poppy était sortie à ce moment-là, nous serions tombées nez à nez. Je suivis néanmoins ma voisine dans tous les recoins du premier étage, puis du second… Bien entendu, le calme régnait, Poppy devait dormir à poings fermés. Je décidai de laisser Ana-Luisa parvenir à la seule conclusion logique de cet épisode pour aller me coucher.

Je pris mon téléphone pour régler le réveil et là, j'oubliai les élucubrations de l'Espagnole : j'avais reçu un message de Travis ! Je lui répondis sur le champ. Notre conversation par SMS dura plusieurs heures et je vis les premières lueurs du soleil… Je dormirais plus tard !

Je sortis de ma chambre plus tôt que les autres jours, ce qui me permit d'apercevoir Poppy se diriger vers l'entrée. Elle était parfaitement reposée, ses manières délicates étaient de retour, et aucune trace de la crise ni d'un quelconque vagabondage nocturne ne subsistait ! Dans la cuisine arrière, Abi préparait des toasts. Je lui fis part de l'étrange comportement d'Ana-Luisa, mais elle écarta le sujet en me disant :

— Ce n'est pas ça que je veux que tu me racontes ! Alors Travis ?

J'émis un petit rire et je ne me fis pas prier pour lui détailler nos moments de tendresse. Elle sembla rassurée par ce que je lui rapportais : Travis avait l'air d'un gentleman.

— Pas comme Action Man, commenta-t-elle sans aménité.

— Action Man ?

— Le mec de Phedra ! Quel macho ! Ça fait à peine quelques jours et il veut régenter sa vie. Hier soir quand je suis rentrée, il était en train de lui dicter sa conduite. Il lui a interdit d'aller en boîte sans lui… Tu te rends compte, in-ter-dit !

Elle avait exagérément prononcé ce dernier mot, elle étouffait de rage en se remémorant la scène. Je n'avais croisé ce type qu'une fois, à la fac, quand il était passé chercher Phedra après les cours. Soudain, je réalisai qu'il contrôlait ses horaires en se comportant de la sorte. Et s'il commençait à lui donner des ordres, il l'embarquait

dans une relation toxique. Je me promis d'en parler à Phedra, car je ne voulais pas la voir malheureuse. Puisque je venais d'avoir un avant-goût de bonheur, je désirais le partager !
— Pourquoi l'appelles-tu Action Man ? me renseignai-je pour faire diversion.
— Hier soir, il se baladait en slip dans la cuisine, comme s'il habitait là ! Et vu qu'il est baraqué, c'est le seul nom auquel j'ai pensé, parce qu'il n'a pas eu l'idée de me donner le sien…

De toute évidence, Abi l'avait rangé dans une piètre catégorie, celle des machos manipulateurs… Mais comment lui donner tort après tout ce qu'elle venait de me révéler ? Cependant, je n'imaginais pas Phedra se laisser faire, elle avait trop de tempérament pour se transformer en femme soumise.

Abi m'abandonna, car elle devait finir de se préparer. Elle partait terriblement tôt ! Pas étonnant qu'elle accorde autant d'importance à ne pas trop veiller les soirs de semaine ! J'entendis des pas précipités dans l'escalier, c'était Amélie, manifestement en retard, elle s'affaira dans l'autre cuisine puis remonta en courant. Le micro-ondes sonna et elle revint ensuite, coiffée et maquillée pour avaler son petit déjeuner à la hâte. Elle m'adressa un bref salut avant de démarrer sa voiture. Il était sept heures et quart, n'ayant cours qu'à dix heures, je décidai de dormir un peu.

Les allées et venues de mes colocataires me bercèrent et je me réveillai à neuf heures. Tandis que je sortais de la salle de bains, quelqu'un frappa à la porte d'entrée. Je me précipitai pour ouvrir puisque le silence ambiant indiquait que j'étais seule. Un homme d'une cinquantaine d'années se tenait sous le porche, armé d'un bloc-notes et d'un stylo. Convaincue que j'avais affaire à un démarcheur, je voulus expédier la conversation, mais il me prit de court :
— Bonjour, je suis Stuart Allen, inspecteur sanitaire auprès de l'université. Je viens contrôler le logement.

Je l'invitai à entrer, sans un mot. Les semaines précédentes, nous avions trouvé des formulaires de son service, nous indiquant qu'il était intolérable de laisser traîner les ordures ou de caler les portes avec les extincteurs. Avec Lauren, nous avions caricaturé le descriptif de nos infractions à la manière d'un juge exposant les crimes d'un accusé, au tribunal.

Je me rappelai que notre cuisine avait subi un nettoyage intensif quelques jours auparavant. L'inspecteur ne verrait sans doute plus de poubelles débordantes, j'éprouvai un regain de confiance et je le suivis dans sa visite. Il passa sa main sur les surfaces, d'un geste digne du patron de l'hôtel où travaillait Anastasia. Il ne lui manquait qu'un gant blanc ! J'étouffai un rire et il se retourna vers moi avec une expression outrée.

— Vous trouvez ça drôle, s'insurgea-t-il, ça fait un mois que je signale que les extincteurs sont là pour la sécurité, et ne doivent pas être utilisés pour caler les portes. En cas d'incendie, ils ne sont pas à leur place, et cet usage peut les endommager !

Je n'avais plus du tout envie de rire. C'était l'un de ces moments où, quoi qu'il dise, je devais acquiescer, pour nous éviter de sérieux problèmes. Il continua son contrôle et mit un point d'honneur à relever chaque manquement, y compris le plus infime. Notre rapport d'inspection s'étalait sur deux pages, il sortit une fiche cartonnée rouge et reporta une date notée sur son agenda.

— Jeudi prochain, je veux vous voir toutes en formation anti-incendie. Toute absence pourrait entraîner une expulsion du logement. On ne rit pas avec la sécurité, mademoiselle, surtout quand on vit en communauté ! Le mauvais emploi des équipements anti-feu, c'est une infraction pénale !

Il prit congé sur ces mots, me laissant blême et rongée d'inquiétude.

Dès mon retour de cours, je convoquai une réunion d'urgence avec toutes les filles présentes : Poppy, Ana-Luisa, Phedra, Abi, Katie et Mei. Je leur exposai les circonstances et attendis pendant qu'elles prenaient connaissance des documents. J'évoquai la menace d'expulsion, et toutes saisirent la gravité de la situation. Abi, qui avait étudié dans une autre université, confirma que les logements étaient la propriété de l'établissement, qui gardait un droit de contrôle. Elle affirma que cette convocation devait primer sur nos activités, il était hors de question d'être absente.

Amélie et Anastasia revenaient de leur shopping express hebdomadaire en plaisantant en français. Leurs rires moururent dès qu'elles avisèrent nos visages graves. Abi leur exposa la situation en quelques mots. Amélie en traduisit quelques-uns pour s'assurer qu'Anastasia avait tout compris. Elles s'installèrent avec nous, l'air tout aussi préoccupé.

— Jeudi prochain à dix-huit heures, nous devons toutes y être, résuma Abi.

— Mais je travaille, protesta Anastasia.

— Fais-toi remplacer si tu ne veux pas être expulsée, répondit Abi du tac au tac. En plus, après cet incident, nous allons être mises sous probation. Il faudra que les inspections suivantes ne comportent aucune infraction pour qu'on nous laisse tranquilles.

— Très bien, fanfaronna Amélie, mais dans ce cas, ils doivent nous réparer le système anti-incendie ! S'ils exigent qu'on soit parfaites, ils sont aussi obligés de faire leur travail correctement, ce n'est que justice.

— Tu as raison sur le fond, lui concédai-je, mais pour le moment nous devons faire profil bas.

— Et le technicien pour l'alarme est passé, il a dit que tout fonctionne normalement, précisa timidement Mei. Il ne comprend pas pourquoi on l'a appelé alors qu'il n'y avait aucun problème.

— On voit que ce n'est pas lui qui habite là, grommela Katie.

De quoi se plaignait-elle ? Elle n'avait été dérangée qu'une fois, et elle n'était pas descendue à la cave ! Je croisai le regard excédé d'Abi qui s'apprêtait à lui répondre vertement quand Lauren entra, le téléphone vissé à l'oreille. Elle parlait fort et les injures fusaient. Je devinai que son copain la faisait encore tourner en bourrique. Je m'emparai du rapport d'inspection et le lui tendit en silence. Ses yeux s'élargissaient à la découverte du contenu, tandis que la voix grave à l'autre bout de la ligne continuait ses récriminations.

— Lee, coupa-t-elle d'un ton péremptoire, je vais devoir te laisser.

Elle raccrocha, glissa le téléphone dans son sac à main et s'écria :
— Putain, qu'est-ce que c'est que ce délire ?

La même explication que quelques instants plus tôt lui fut donnée et elle nous surprit toutes en disant :
— Vous pensez qu'on doit le dire à Chloe ?
— Qui est Chloe ? demanda Katie.
— La fille de la chambre 13, mais elle ne vit pas ici, précisa Phedra.
— Quelqu'un sait où la joindre ? s'inquiéta Mei.

Un silence éloquent naquit entre nous : personne ! Abi haussa les épaules et conclut avec pragmatisme :
— C'est elle qui a choisi de partir sans nous laisser de quoi la contacter, si elle se fait expulser, elle libérera peut-être la place pour quelqu'un qui en a vraiment besoin…

Notre réunion improvisée s'acheva sur quelques décisions : nous nous retrouverions toutes à la fac avant l'heure du rendez-vous, Amélie qui était la voisine directe de Lindsey aurait la responsabilité de l'informer de la situation, tandis que, pour les mêmes raisons, Lauren préviendrait Emma. Cette épreuve nous avait rapprochées et nous fûmes nombreuses à accepter de prendre le dîner ensemble.

Amélie proposa d'utiliser la grande cuisine et elle rassembla les ingrédients de la pâte à crêpes pour nous préparer ce délicieux dessert français. Anastasia apporta des accompagnements : sucre, confiture, chocolat. La soirée se transformait en auberge espagnole, nous vîmes apparaître des invités extérieurs : Matthew-Action Man, Jacob et Daphne, ses colocataires, une Espagnole, amie d'Ana-Luisa dont le prénom commençait par « Mari ». Plus tard, un groupe de Français et deux Chinoises arrivèrent les bras chargés de victuailles et de boissons. Quelqu'un installa une chaîne hi-fi et les derniers tubes du moment furent joués et repris en chœur. La majorité des gens se mit à se trémousser au rythme de la musique, il régnait une ambiance festive qui faisait fi des nationalités. Je vis Ophélie s'emparer de l'appareil photo d'Abi et réaliser quelques clichés des danseurs. Quelle bonne idée d'immortaliser cette soirée !

J'avais envoyé un message à Travis pour l'inviter après son service. La pendule vieillotte au-dessus des fauteuils m'indiqua qu'il n'allait plus tarder à nous rejoindre, et quand la cloche de la porte d'entrée retentit, je me précipitai pour lui ouvrir. Au lieu de Travis, je me retrouvai face à un voisin venu se plaindre du bruit, je me confondis en excuses et lui promis que nous allions baisser le volume.

Je revins dans la grande pièce, à présent transformée en piste de danse. La bière coulait à flots et la bonne humeur régnait. J'éteignis la musique en plein milieu d'une chanson de Kylie Minogue, ce qui était un sacrilège, mais je voulais m'assurer d'être écoutée ! Un grondement de protestation s'éleva d'une douzaine de gorges.

— Les gars, le voisin d'en face est venu se plaindre... Et si on nous entend de l'autre côté de la rue, il faudrait baisser le son... surtout après la convocation qu'on vient de recevoir.

Ma voix faiblissait à chaque regard déçu que je croisai. Anastasia vola à mon secours :

— Ce n'est pas grave, c'est vendredi, on n'a qu'à sortir !

— Ouais !

En quelques minutes, un brouhaha incohérent s'intensifia, car nous n'étions pas d'accord sur le lieu où continuer la fête. Lauren trancha : on se diviserait en plusieurs groupes et tout le monde y trouverait son compte !

Je décidai d'accompagner Abi et Lauren, en leur faisant promettre de passer voir Travis pour lui indiquer où nous nous rendions. À peine une journée sans lui et il me manquait déjà ! Il nous rejoignit peu avant la fermeture de la discothèque et nos retrouvailles furent à la hauteur de mes espérances...

Le jeudi suivant, jour de la convocation, fidèles à notre plan, nous nous rencontrâmes dans le hall du bâtiment principal. Nous avions décidé d'arriver en front uni pour la réunion. Les seules absentes étaient Chloe et Poppy...

Nous patientâmes jusqu'à la dernière minute, puis nous nous mîmes en route sans elles. Dans la salle de classe réquisitionnée pour l'occasion nous attendaient Stuart Allen et Chloe. Je m'étonnai de la trouver là, puis j'en déduisis que l'une d'entre nous l'avait prévenue en allant en cours…

Par contre, Poppy ne se montra pas, et un mutisme crispé s'installa dans nos rangs.

Allen débuta en réitérant son discours sur la sécurité, il insista lourdement sur la faute impardonnable que nous avions commise, et rabâcha une bonne dizaine de fois l'expression « infraction pénale ». Au lieu de l'effet dramatique escompté, il provoqua l'hilarité de Lauren qui, dès qu'il tournait le dos, articulait silencieusement cette mise en garde.

Après ce préambule, il nous posa la question que nous redoutions :

— Vous êtes toutes là ?

— On dirait bien, avança Katie avec un naturel confondant.

— OK, je vais commencer la formation proprement dite…

Abasourdie par la facilité avec laquelle Katie venait de nous tirer d'affaire, je n'écoutai pas un mot des premières phrases. Je me ressaisis pour entendre l'inspecteur discourir sur les différents types d'extincteurs et au bout de quelques minutes, à ma plus grande surprise, je découvris des informations capitales en cas d'incendie. Finalement, cette formation n'était pas qu'une bête punition…

En sortant, Chloe s'éloigna sans nous gratifier d'un au revoir, ce qui agaça Lindsey, sans doute l'âme charitable qui l'avait prévenue.

Nous avions faim et Katie nous suggéra le restaurant indien en direction de la gare qu'elle avait trouvé à son goût lors de sa première visite à Chelmsford. Un étudiant de ma section y travaillait, j'étais certaine qu'avec le battement de cils approprié, nous pourrions obtenir une réduction. La salle étant quasiment déserte, nous représentions un considérable gain pour le patron. Le serveur était effectivement l'un des Pakistanais de mon groupe. Il m'adressa un clin d'œil complice et en découvrant qu'Amélie et Anastasia étaient françaises, il s'écria dans un français médiocre :

— *Enchantey* !

Il se trompa dans nos commandes, ce qui nous valut plusieurs plats supplémentaires. C'était sa manière de nous offrir une réduction. Notre table, qui prenait toute la largeur de la pièce, créait l'animation. Nous étions soulagées d'un grand poids et ce délicieux repas nous mit d'excellente humeur.

Sur le chemin du retour, le brouillard avait enveloppé la ville, donnant un aspect onirique au paysage. Courtman House était une forme indistincte et l'ampoule devant l'entrée nous servit de repère.

Quelques filles se précipitèrent dans leurs chambres tandis que le reste des locataires frappa à la porte de Poppy. Une question nous brûlait les lèvres : pourquoi n'était-elle pas venue ?

Quand elle lui fut posée, elle répondit avec une indifférence polie :

— Je ne vous en ai peut-être pas parlé, mais j'ai déjà reçu ces informations. Cet été, j'étais seule ici et quelqu'un est passé.

— Pourquoi tu ne l'as pas dit avant ? s'insurgea Lauren. On a menti pour toi, merde !

— Oh ! Mais ce n'était pas nécessaire. Je suis désolée, j'ai dû oublier.

Par la porte entrouverte, je vis qu'elle avait placé des bougies parfumées partout dans la pièce, ce qui ne manquerait pas de déclencher l'alarme si le technicien l'avait remise en service. Abi me devança avec une note d'irritation dans la voix :

— Si tu as suivi la formation, tu devrais savoir qu'il ne faut pas allumer de bougie, surtout si près des rideaux…

— C'est clair, renchérit Lauren d'un ton accusateur, si cette putain de sirène sonne, j'te garantis que ce sera toi qui descendras à la cave !

Poppy pâlit à l'idée de devoir retourner dans ce repère d'araignées nauséabond. À la vérité, il ne restait plus beaucoup de volontaires pour s'y rendre. Même Amélie, qui avait promis d'y aller lors du dernier déclenchement, s'était abstenue…

Chapitre 10 : Amélie

Au début du mois de novembre arriva l'occupante de la seule chambre encore disponible, à la gauche de la mienne. C'était une amie de Mei qui clôturait son séjour en Angleterre dans quelques semaines. Xia se révéla plus discrète que Mei, qui pourtant savait entrer ou sortir d'une pièce sans un bruit ! Ce détail avait fait sursauter Phedra et Cate à plusieurs reprises.

Xia passait son temps à réviser en silence. Pour moi, c'était la voisine idéale ! J'entrevis la possibilité de finir l'année sans personne à côté après son départ…

C'était la période des vacances et nos expériences professionnelles étaient remplacées par des cours à l'université, qui commençaient vers dix heures et nous donnaient l'illusion de faire la grasse matinée tous les jours ! Nos formateurs nous communiquèrent une liste de travaux à organiser : stage en école primaire, rapport, dossier de développement, projet en milieu scolaire… Nous avions amplement matière à nous occuper, l'année serait dense. Je décidai de prendre de l'avance et de me rendre immédiatement dans l'école de notre rue, où le personnel tenait une réunion. J'obtins l'assurance d'être accueillie pour ma semaine en février. Ce serait parfait : je pourrais me lever plus tard, rentrer manger le midi, et surtout échapper aux embouteillages !

À mon retour, à travers les voilages, je devinai la silhouette de Poppy arpentant la pièce. Je m'interrogeais : ce masque de jeune fille au maintien exquis qu'elle aimait nous montrer, ne cachait-il pas des secrets plus sombres que sa tristesse d'être orpheline ? Étant logée au-dessus d'elle, j'avais entendu des bruits insolites par moments : des cris, des pleurs, des coups dans la tuyauterie... Si je les évoquais le lendemain, elle prétendait ne pas se souvenir ou feignait de ne pas comprendre de quoi je parlais.

Je n'avais aucune envie d'être le témoin auditif de ses sautes d'humeur. J'appelai plutôt Ophélie et Mathilde que j'avais délaissées après les cours. Elles s'étaient installées dans un café, le seul de la ville qui servait du chocolat chaud, ce qui constituait une raison suffisante pour les rejoindre. J'enfilai un manteau et quittai Courtman House. Ces derniers jours, certaines colocataires, en vacances, avaient saisi l'occasion pour rentrer dans leurs régions d'origine, il régnait un calme singulier. Si j'avais bien compté, ne demeuraient que les étrangères : Ana-Luisa, Mei, Xia, Anastasia et moi, pour qui, retour en famille rimait avec billet d'avion onéreux. Abi, en cours avec moi, n'avait pas eu le choix et Katie était restée pour rattraper son retard. Quant à Poppy, cette maison constituait son unique foyer...

À mon arrivée Ophélie commandait son troisième expresso, elle parlait à toute allure et s'esclaffait. C'était d'ailleurs son rire qui m'avait aidée à les repérer dans la foule des clients. Mathilde était venue avec ses colocataires, Nelson et Samuel, deux Congolais tout juste sortis du lycée. Ils paraissaient s'entendre à merveille malgré leurs tempéraments opposés. Autant Samuel se montrait posé, réfléchi et discret autant Nelson se complaisait dans l'exubérance et la provocation. Je remarquai d'ailleurs qu'il était entré dans une compétition bruyante avec Ophélie. Ils s'étaient trouvés, ces deux-là !

Mathilde, Samuel et moi nous engageâmes dans une conversation à bâtons rompus tandis qu'Ophélie et Nelson enchaînaient les défis stupides : qui mettrait le plus de sucre dans sa boisson, qui empilerait le plus d'objets, qui ingurgiterait son café brûlant le plus rapidement… Ophélie s'amusait et s'arrêterait dès qu'elle en aurait assez, en revanche Nelson semblait pris au jeu.

Quand le sofa proche de la vitrine se libéra, nous nous y installâmes avant de renouveler notre commande. J'aimais cette place, car elle donnait un point de vue idéal sur la rue piétonne. Ainsi, je vis Anastasia parmi les passants, je lui fis signe et elle nous rejoignit. Elle revenait d'une mission d'intérim, au bureau central de tri de *Royal Mail*. La semaine précédente, elle avait renforcé l'équipe de plonge à la cafétéria de l'université, puisqu'en cette période de remises de diplômes les anciens étudiants et leurs familles venaient grossir les rangs des clients. Dans la maison, les filles s'extasiaient de sa capacité à mener de front ses cours et une multitude de petits boulots. Ceux à l'hôtel et à la pizzeria constituaient ses sources de revenus majoritaires, et elle acceptait quelques missions supplémentaires, pour obtenir un salaire plus substantiel. Elle m'avait confié que sa famille n'avait pas les moyens de financer son voyage, ce qui l'obligeait à travailler.

En comparaison, je me trouvais chanceuse : non seulement je ne payais pas de frais de scolarité, le comté s'en chargeait pour moi, mais en plus, je recevais une rétribution pour mon temps d'enseignement en apprentissage. Cela me garantissait un niveau de vie suffisant et m'épargnait de devoir prendre un emploi secondaire. J'en étais soulagée, car, en raison des embouteillages, je partais le matin vers sept heures et je n'étais que très rarement rentrée avant dix-huit heures.

Les premières semaines de cours s'étaient révélées chaotiques, j'avais été choquée par la violence, verbale et physique, des élèves entre eux et aussi envers le personnel. L'école dans laquelle je travaillais se situait dans un quartier difficile, les tensions entre communautés ethniques et religieuses me compliquaient la tâche. Je commençais à identifier quelques signes d'amélioration qui m'apportaient de l'espoir. Le vendredi, nos formateurs nous annonçaient les premières défections : trois étudiants du groupe avaient jugé la pression insupportable et avaient opté pour un changement d'orientation. Ce métier n'était pas donné à tous, apparemment. Nous en avions discuté juste avant l'arrivée des colocataires de Mathilde en nous promettant de nous épauler mutuellement.

Nous décidâmes de finir la soirée dans la grande cuisine de Courtman House. En entrant, Nelson fut impressionné par l'architecture, il siffla d'admiration et tourna vers moi un regard appréciateur.

— Une jolie lady dans un magnifique manoir !

— Tu n'es pas en train de me draguer j'espère, le rabrouai-je.

— Ce n'est pas interdit par la loi !

Je soufflai d'exaspération, mais ne pris pas la peine de répondre. Dans la cuisine, je remarquai qu'une housse à hauteur d'homme encombrait un coin. Je l'ouvris pour découvrir une planche de surf ! Qu'est-ce qu'un tel objet venait faire là ?

Anastasia m'informa qu'après mon départ en cours, Jared, l'ami de Travis avait entreposé quelques affaires ici. Je n'avais rien contre Jared, que j'avais entrevu au pub, mais si chaque locataire décidait que ses proches pouvaient transformer nos salles communes en garde-meubles, ce serait bientôt l'anarchie ! Notre soirée improvisée me fit oublier ces petits tracas et ce fut avec agacement que j'entendis l'alarme incendie se remettre à sonner. Ce problème serait-il réglé un jour ?

Je partis au pas de charge : ce coup-ci, j'allais l'éteindre moi-même, quitte à couper les fils ! Et je démontrerais à toutes que leurs histoires surnaturelles n'étaient pas fondées ! Je fus stoppée net dans ma tentative en découvrant que, dans la chambre de Poppy, le nombre de bougies allumées avait augmenté par rapport à la dernière fois. Il y en avait cinq ou six sur les rebords des deux fenêtres, une bonne dizaine sur la table basse devant le petit sofa, et quelques-unes sur le chevet et le lavabo… Je fis signe à Anastasia de venir et elle constata que cette fois-ci, l'alarme avait une excellente raison de nous prévenir.

Poppy revint peu après l'arrêt du vacarme. Interloquées, Anastasia et moi étions restées muettes face à ce qui ressemblait à un autel. Je ne savais plus quoi dire : Poppy avait des comportements étranges parfois ! Puisque nous l'avions déjà avertie, nous refermâmes la porte de la cuisine sans un mot.

C'est sans surprise que nous entendîmes la sonnerie stridente retentir quelques minutes plus tard. Je m'abstins d'intervenir, et je me contentai d'observer par l'entrebâillement de la porte. Poppy s'aventura dans le couloir, médusée. Dans son dos, je vis que les bougies avaient été soufflées… Intriguée à mon tour, je sortis. Abi et Katie dévalèrent l'escalier, la première passablement excédée tandis que l'autre affichait un air coupable. Elles descendirent arrêter l'alarme. Le silence vibrait encore des notes suraiguës des secondes précédentes. Soudain, Katie jaillit dans le hall avec des mouvements incohérents et fonça le plus loin possible de la cave. Elle se dissimula derrière moi, comme si mon corps représentait un bouclier de protection. Abi, très pâle, mais plus posée, referma la porte à clé.

— Tu as vu ? s'écria Katie qui basculait dans l'hystérie. Abi ! Il y avait une… une… une apparition !

— Ah non, m'emportai-je, ça ne va pas recommencer !

Ophélie et Nelson, attirés par les éclats de voix, arrivèrent et assistèrent à une scène qui me déconcerta. Je m'étais approchée de cette fameuse cave, qui cristallisait toutes les terreurs irrationnelles de mes colocataires. J'étais déterminée à leur démontrer qu'il n'y avait pas plus de fantômes que de neige au Sahara ! Abi s'écarta pour me laisser passer, mais Katie m'empoigna par les bras pour m'empêcher de progresser.

— N'y va pas, hurla-t-elle, c'est dangereux de provoquer la colère d'un esprit.

— Ce sont des rats, pas des esprits, et je vais le prouver !

Mais elle semblait tout à coup possédée par une force hors du commun, et je ne pouvais plus avancer. Dans sa panique, Katie s'était mise à pleurer, ce qui me coupa dans mon élan, davantage que ses avertissements superstitieux…

— Si tu ne veux pas qu'on soit obligées d'y retourner, intervint durement Abi, tu sais ce qu'il te reste à faire : tu éteins toutes tes bougies et si tu as envie de prier, tu vas à l'église !

Ainsi réprimandée, Katie remonta en courant. Abi la suivit du regard et secoua la tête avec exaspération.

— On dirait que tu as besoin de te changer les idées, remarquai-je, j'ai ouvert une bouteille de vin, ça te tente ?

— Volontiers !

Poppy s'était volatilisée, sans doute quand elle s'était rendu compte qu'elle n'était pas responsable de ce dernier épisode. Dans la cuisine, Nelson mimait déjà la scène aux absents. Je servis Abi et lui expliquai que Poppy avait aussi une multitude de bougies allumées.

— C'est à croire qu'elles n'ont rien compris à la formation anti-incendie !

— Je te rappelle que Poppy n'y était pas, glissai-je perfidement, et vu son comportement, je me demande si elle ne nous a pas menti…

— C'est *une infraction pénale*, conclut Abi en reprenant à son compte la blague que Lauren se plaisait à nous répéter.

— Elles sont givrées vos colocataires.

C'était Ophélie. Elle rassemblait les ingrédients que j'avais posés sur le plan de travail en vue de confectionner une quiche. En habituée des lieux, elle remit tout dans mon compartiment du frigo, non sans glisser une remarque acerbe sur la taille de celui-ci :

— Tu ne finiras pas obèse si c'est toute la place que tu as pour tes aliments !

— Qu'est-ce que tu fais ? m'insurgeai-je.

— Je range. Je crois qu'il nous faut sortir de cette baraque de cinglées !

Je traduisis pour Abi qui approuva instantanément et remonta se chercher une veste et un sac dans un temps record. Peu après, nous nous mîmes en route. Au bout de la rue, Samuel et Nelson nous quittèrent. Et à mon grand étonnement, ce fut Nelson qui invoqua des révisions. Il jouait au bon élève après ses attitudes outrancières ? Je le regardai s'éloigner de son pas chaloupé en songeant que la soirée gagnerait en qualité sans ses remarques impertinentes.

C'est entre filles que nous décidâmes de retourner au petit restaurant indien où nous fûmes accueillies par le serveur qui répéta l'unique mot de français à son répertoire. Ophélie entreprit de corriger sa prononciation tandis que le reste du groupe s'installa. Abi connaissait bien les spécialités indiennes et nous fit découvrir le *korma*, dans lequel une touche de noix de coco effaçait le piquant des épices. Anastasia et moi en fûmes ravies. Mathilde et Ophélie, semblaient dotées de papilles à toute épreuve et commandèrent un plat *vindaloo* dont le seul fumet me tira des larmes ! L'ambiance chaleureuse du restaurant et le changement de décor avaient contribué à modifier l'ambiance de la soirée.

Une fois le repas fini, Abi décréta que nous devions boire un dernier verre, car la cuisine indienne lui donnait soif et la bière paraissait tout indiquée. Nous nous décidâmes pour un minuscule pub irlandais que je n'avais pas remarqué auparavant. La salle était vide à l'exception de clients réguliers, accoudés au comptoir, qui discutaient avec le barman. De la musique celtique était diffusée en sourdine, et une banquette confortable, dans un coin isolé, nous plut. Nous nous installâmes, Abi, Ophélie et Mathilde avec une demi-pinte, Anastasia avec un jus de fruits et moi avec ce que les Anglais appellent un *alcopop*, une boisson très sucrée, mais peu alcoolisée.

Nous avions décidé de ne pas nous éterniser, mais quand les clients suivants entrèrent, je leur intimai de ne pas bouger. C'était un groupe d'amis, des Allemands d'après les sonorités que je reconnaissais, ils étaient trois, et l'un d'eux avait capté mon attention. J'expliquai à mes compagnes que je souhaitais faire sa connaissance. Depuis ma lamentable histoire avec Max, c'était la première fois que j'éprouvai autre chose que de l'indifférence pour les hommes que je croisais. Ses traits réguliers, sa barbe naissante et son regard malicieux le dotaient d'un charme magnétique. J'y décelai une raison supplémentaire de ne pas laisser filer l'opportunité de

panser mes blessures de cœur. Enhardie, je me penchai vers lui et invoquai le premier prétexte venu pour engager la conversation :
— Tu sais quel groupe chante cette chanson ?
— Non, me répondit-il avec un sourire qui s'élargissait, mais on peut aller demander au barman.
— Bonne idée !

Celui-ci nous donna l'information, qu'aucun de nous ne prit la peine de noter. Nous nous accoudâmes au comptoir et amorçâmes une conversation pour faire connaissance. Il s'appelait Stefan, était originaire de Dortmund, son séjour à Chelmsford allait bientôt s'achever puisqu'il finirait son stage à la fin du mois. Nos échanges devinrent de plus en plus faciles, et j'aurais volontiers passé le reste de la soirée seule avec lui, mais les autres nous faisaient signe. Nous les rejoignîmes et je découvris Abi en grande conversation avec l'un des amis de Stefan. Les tables avaient été rapprochées et les deux groupes avaient fusionné.

L'heure de la fermeture sonna et Stefan annonça qu'il devait partir pour ne pas rater le dernier bus, c'était aussi le cas d'Ophélie qui habitait avec une collègue de son ancienne école. Elle était arrivée l'année précédente pour un contrat d'assistanat et résidait dans le quartier voisin de celui de Stefan, elle m'adressa un clin d'œil en montant à bord du véhicule.

Peu après, tandis qu'Abi, Anastasia et moi bifurquions vers notre rue, je reçus un message m'indiquant le numéro de Stefan et me transmettant une invitation. Ophélie était redoutable ! De son côté, Abi s'était montrée plus efficace que moi : elle avait récupéré les coordonnées de Jürgen, l'ami de Stefan. Elle put compléter les informations du SMS : nous nous rejoindrions dans une pizzeria, puis nous irions danser, au gré de l'humeur.

Le jeudi soir, nous nous retrouvâmes dans le restaurant, Anastasia assurait le service et nous proposa d'ajouter des suppléments. Tout s'annonçait idéal ! Nous attaquions nos plats, quand un couple avec un landau se fraya un passage jusqu'à la table voisine. Stefan s'écarta pour leur laisser suffisamment d'espace et enchaîna en allemand lorsqu'il découvrit un compatriote face à lui. La voix me fit tressaillir : c'était Max !

Je levai les yeux de mon assiette et croisai son regard azur qui avait occasionné tant de palpitations à mon cœur l'année précédente. Il me salua avec une politesse glaciale et se contraignit à ne pas m'observer pendant le reste du repas. Quelques semaines plus tôt, une telle attitude m'aurait sans doute arraché des larmes, mais j'étais accompagnée de quelqu'un qui me plaisait et qui ne semblait pas indifférent. Je me souciai de Max et de sa petite famille comme de ma première paire de chaussettes ! Notre conversation allait bon train et j'oubliai bientôt sa présence.

Arrivés dans la discothèque, Jürgen et Abi nous faussèrent compagnie, ce que je pris pour une opportunité de me rapprocher de Stefan. La musique ne nous plaisait pas et nous décidâmes de changer d'endroit. En semaine, le choix était limité, et après deux autres échecs successifs, Stefan me raccompagna avant de héler un taxi. Il n'avait tenté aucun geste tendre et je dus me contenter d'une bise à son départ.

Peut-être m'étais-je fait des idées ?

Déçue, tourmentée, je me couchai en espérant m'endormir rapidement et accéder à l'oubli. Au lieu de cela, je perçus une agitation inhabituelle à l'étage du dessus… Mais Lauren et Emma étaient rentrées dans leurs familles, nul doute que Chloe ne quitterait pas l'appartement de son copain en pleine nuit, alors quel était ce bruit ? Je tendis l'oreille, et je reconnus des pas en haut et dans les marches. Je sortis et remarquai Katie tandis que nous convergions vers l'escalier.

— Tu as entendu du bruit, toi aussi ?

— Oui, chuchota-t-elle, on dirait que c'est juste au-dessus.

Brandissant un balai comme arme de défense, elle paraissait convaincue de rencontrer des cambrioleurs… Inquiète, je la suivis, à pas de loup. L'étage s'alluma à notre arrivée. Je sursautai en découvrant Poppy, en chemise de nuit longue, et Abi qui portait son manteau et son sac à main. Elle venait de rentrer.

— Qu'est-ce qui se passe ? s'enquit Katie, à la fois rassurée et étonnée.
— Je crois qu'elle est somnambule, chuchota Abi. En arrivant, je l'ai vue marcher bizarrement, je lui ai demandé ce qu'elle faisait là, elle a répondu qu'elle cherchait sa chambre, mais elle allait en sens inverse. Je l'ai suivie et quand elle est montée ici, je n'ai rien compris.

Poppy avait les yeux ouverts, mais absents, ce qui corroborait la théorie d'Abi. Quelques années plus tôt, mon frère avait subi ce genre de crise, et je savais qu'il valait mieux éviter de la réveiller. Je m'approchai et annonçai en articulant bien :
— Poppy, tu vas avoir froid, suis-moi, je te ramène à ta chambre. Elle n'est pas ici, tu t'es trompée.
— Oh, marmonna-t-elle, je suis désolée.

Katie et Abi avaient les yeux écarquillés, mais s'effacèrent pour nous laisser passer. Avec prudence et lenteur, je reconduisis Poppy en la dirigeant avec la voix. Je n'osais pas la toucher, de peur de la réveiller. Une fois en bas de l'escalier, ses pas se firent plus assurés, elle retrouva son chemin et regagna son lit sans assistance. Au matin, elle n'aurait sans doute aucun souvenir de cet incident…

Je remontai et trouvai Katie et Abi devant leurs portes, qui échangeaient leurs impressions. Katie nous confia avoir été terrifiée, elle s'attarda à nos côtés, visiblement secouée par ses émotions. Pour ma part, la peur s'était évaporée dès que j'avais reconnu les visages familiers de mes colocataires. Pas d'intrus dans la maison, pas de danger ! Et j'avais été confrontée au somnambulisme tellement souvent que je n'y voyais aucune raison de s'alarmer.
— Tu as géré ça comme une pro, déclara Abi. Heureusement, car je ne savais plus quoi faire.
— Il faut éviter de réveiller les somnambules, et leur parler doucement. Je vous préviens, demain elle aura tout oublié.
— J'aime mieux ça que des cambrioleurs, dit Katie qui tenait encore son balai.

Elle voulut retourner dormir et quand elle nous quitta, j'interrogeai Abi sur sa fin de soirée. Pour toute réponse, elle émit une grimace dégoûtée. Elle me raconta que Jürgen l'avait entraînée dans un recoin de la discothèque pour laisser le champ libre à Stefan. Puis il avait déclaré sans détour que son rôle dans notre rapprochement était terminé, il ne voyait plus de raison de s'attarder. Il l'avait tout simplement délaissée aux abords de la piste de danse. Outrée, Abi l'avait invectivé, mais il avait pressé le pas, l'abandonnant seule dans la rue.

Par dépit, elle avait pris un dernier verre au pub voisin, où elle avait raconté ses mésaventures à Travis et Jared. Celui-ci s'était insurgé à grands cris.

— Et voilà ma soirée, conclut-elle, désabusée.

— La mienne n'est pas mieux, lui annonçai-je avant de rentrer dans les détails.

— Vous les Français, vous êtes constamment en train de vous embrasser, vous ne remarquez plus à quel point une bise peut être intime ! Je crois que les Allemands sont plus proches de nous que de vous dans ce domaine. S'il n'était pas intéressé, il ne t'aurait pas touchée du tout !

Perplexe, je considérai un instant ses paroles. Pour moi, une bise ne démontrait aucun attachement particulier puisqu'on la distribuait indifféremment à la famille, aux amis ou aux collègues. Cependant, dans d'autres pays, elle représentait quelque chose de plus rare et précieux.

— Le grand blond c'était ton fameux Max, n'est-ce pas ? demanda-t-elle après un silence.

— Oui.

— Il avait l'air jaloux quand tu ne regardais pas, on dirait qu'il ne sait pas où il en est. Si tu veux mon avis, même s'il ne se passe pas grand-chose avec Stefan, c'est mieux que d'attendre après une girouette comme ce type !

Lorsque je revins dans ma chambre, mon téléphone clignotait : j'avais reçu un message de Stefan. Dans les grandes lignes, il m'informait qu'il était bien rentré, qu'il avait apprécié la soirée, mais qu'il partait en déplacement professionnel dans le Yorkshire les prochaines semaines. Je fis un rapide calcul par rapport à sa date de retour en Allemagne, qui m'amena à une conclusion désolante : après ce voyage, il ne nous resterait que deux jours pour nous voir. J'abandonnai tout espoir d'avenir avec lui.

Pendant la durée de sa mission, il me surprit par sa capacité à maintenir le contact, à m'envoyer quantité de messages adorables pour me relater ses expériences, me souhaiter bon courage pour mes cours, me proposer une ultime sortie avant la fin de son séjour. J'acceptai, plus séduite par sa gentillesse que je ne l'avais été par son physique.

Je songeais aux baisers torrides de Max quelques mois plus tôt. Certes, ils n'avaient pas débouché sur une conclusion de conte de fées, mais j'avais vibré dans ses bras, et ces instants avaient une valeur unique dans mes souvenirs. Je décidai que si mon aventure avec Stefan ne devait durer qu'une nuit, j'allais la vivre avec intensité !

Ainsi, je fus au rendez-vous quand il revint à Chelmsford. Nous avions opté pour un restaurant d'inspiration française, je le guidai dans son choix de menu. Dès les premiers instants, je n'eus aucun doute sur le désir qui nous animait. Le regard de Stefan me dévorait, à plusieurs reprises ses doigts effleurèrent les miens. Comme lors de notre précédent tête-à-tête, nous avions décidé d'aller danser, dans un pub cette fois-ci.

J'y étais déjà venue avec Abi et Emma, j'avais apprécié la musique, et le fait qu'il offrait une scène à des groupes locaux. La fermeture intervenait plus tôt que dans des établissements équivalents en France, ici, on pouvait sortir en semaine tout en s'assurant un nombre d'heures de sommeil suffisant. J'avais d'ailleurs découvert avec stupeur qu'à l'occasion de ces soirées, les Anglaises endossaient un costume provocant qui entraînait un changement de personnalité non moins radical.

Emma m'avait particulièrement surprise : elle, si studieuse avec ses lunettes, ses cheveux blond vénitien strictement enserrés dans une barrette, et ses chemisiers à fleurs sages, se métamorphosait à l'approche du week-end. Elle se transformait en une sorte de Catwoman aux vêtements suggestifs, avide d'attentions masculines. Elle était sensuelle, aguicheuse, mais le lendemain, elle redevenait l'étudiante sérieuse que je connaissais. La majorité de mes colocataires forçaient sur les décolletés et les jupes si courtes qu'elles pourraient servir de ceintures ! Anastasia, Ana-Luisa, Mei et moi faisions figure de nonnes à côté. Même quand j'allais au-delà des limites de ce que j'aurais pu assumer en France, j'avais l'air de la coincée du groupe !

Ce fut précisément ce que releva Stefan, il me complimenta sur mon style, qui, selon lui, ne s'était pas laissé polluer par les filles de l'Essex[4]. J'avais gardé ce qu'il appelait l'élégance à la française. Ce mythe me faisait toujours rire. Depuis mon arrivée dans ce pays, j'en avais entendu parler mille fois ! Et pourtant, j'avais vainement essayé d'expliquer que moi aussi, le dimanche j'aimais traîner en jogging informe, les cheveux attachés à la va-vite… Mais la réputation des Françaises leur excusait quelques faux pas vestimentaires.

À la fermeture du pub, le scénario de notre sortie précédente se répéta : impossible de trouver un autre établissement ! Stefan partait par le premier train, seulement quelques heures plus tard. Notre temps ensemble était donc soumis à un décompte inexorable. Il m'embrassa sous une porte cochère, sans préavis… Ce fut une merveilleuse surprise ! Il me transmit sa passion, ses gestes exprimaient un mélange torride de douceur et de désir. Je me laissai entraîner et répondis à ses baisers.

Quand sonna l'heure de son départ, je l'accompagnai vers son taxi et nos mains, nos lèvres, nos parfums ne se séparèrent qu'au prix d'un violent effort. Avant de claquer la portière, il me glissa ses quelques mots qui firent bondir mon cœur :

— Un deuxième stage est prévu dans mon cursus, au printemps. Je vais faire en sorte de revenir ici…

---

[4] Les filles de l'Essex (*Essex girls*) représentent un stéréotype négatif dans la culture britannique. Elles ont la réputation d'adopter une apparence vulgaire : très courtement vêtues, talons aiguilles, autobronzant en abondance leur donnant un teint orange, et de se montrer peu malignes et bruyantes.

Chapitre 11 : Emma

J'avais évité de rentrer à Ipswich les week-ends, car c'était plus drôle de rester avec les filles. Si aucune d'entre elles n'avait prévu de sortie, je pouvais demander à mes camarades de fac. Vivre loin de mes parents signifiait liberté totale, fêtes tous les soirs, boissons et danse à volonté ! J'avais compris que tant que mes résultats se maintiendraient, personne ne viendrait fourrer son nez dans ma nouvelle vie.

Au début, j'avais été intimidée par toutes ces colocataires, par leurs parcours si différents, au regard desquels mon existence paraissait ennuyeuse et fade. Lauren, avec sa franche camaraderie et son vocabulaire de poissonnière, fut la première à me mettre à l'aise. Sous les toits, nous jouissions d'un privilège rare dans cette maison : nous n'étions que deux à partager la salle de bains. Parfois, en cas d'extrême urgence, on voyait une fille du premier se précipiter sous la douche et repartir aussi vite. Les soirs de sortie, Lauren et moi laissions nos portes ouvertes, pour échanger vêtements et fer à lisser, elle savait choisir la touche de maquillage qui égaierait la tenue. Moi qui n'avais que des frères, j'imaginais qu'avoir une sœur s'apparentait à cela…

Si on excluait les désagréments mineurs, tels ce satané système anti-incendie qui se déclenchait sans raison, ou le fait de devoir partager une machine à laver entre nous toutes, cette colocation s'avérait parfaite. L'éloignement par rapport au campus me convenait mieux : les étudiants qui y résidaient étaient pratiquement mis en vitrine face aux bâtiments universitaires. J'avais entendu parler de certaines soirées qui avaient dégénéré. Les organisateurs avaient été convoqués au service logement, et avaient écopé d'un avertissement qui pouvait les mener au renvoi !

Nous avions été menacées d'expulsion, mais nous avions su réagir et cette épreuve avait renforcé les liens entre nous. Depuis, quand l'inspecteur arrivait, tout paraissait impeccable. Les premières semaines, nous avions fait d'énormes efforts de ménage pour obtenir des rapports de visite dépourvus d'observations négatives, mais nous avions vite compris que Stuart Allen, l'employé chargé de gérer notre résidence, nous avait prises en grippe. Il s'évertuait à scruter les recoins, et il avait une obsession pour les extincteurs qu'il testait systématiquement, car il était persuadé qu'ils servaient encore à bloquer les portes. La vérité était bien différente : ils avaient regagné leur place attitrée et nous utilisions d'autres objets en guise de cales.

Nous avions également repéré les créneaux auxquels Stuart réalisait ses tournées, et nous étions passées expertes dans l'art de camoufler les problèmes. Ainsi, à l'arrivée de l'inspecteur, aucune vaisselle sale ne traînait dans l'évier – Lauren la dissimulait dans le placard réservé à Chloe – aucun sac poubelle débordant ne jonchait le sol, aucune porte coupe-feu n'était laissée ouverte… Pour cela, nous guettions la rue, à l'approche de l'heure de visite et dès qu'il se présentait, l'une d'entre nous s'échappait pour s'assurer qu'elles étaient toutes fermées. Les rapports devenaient de plus en plus concis et nous espérions espacer les contrôles.

Peu avant les vacances de la Toussaint, je rencontrai Tom, un grand Noir à la stature athlétique, au sourire immense, qui dansait comme si sa vie en dépendait, et m'hypnotisa sur la piste du *Riverside*, un samedi soir où Cate avait accepté de me tenir compagnie. Elle venait de succomber au charme de Travis, le bel Australien brun du pub voisin. Amoureuse, elle refusait toute activité qui pouvait l'éloigner de son chéri. Parce qu'il travaillait, elle avait décidé de sortir et de le retrouver en fin de service. Lauren aurait dû nous accompagner, mais un coup de téléphone houleux avec Lee, son copain, la retint.

J'avais revêtu ma mini-jupe neuve et un haut à paillettes qui dénudait complètement mon dos. Quand j'étais descendue, Anastasia m'avait dévisagée comme si elle ne me reconnaissait pas, avant de demander naïvement :

— Comment caches-tu ton soutien-gorge ?

— C'est simple : je n'en porte pas !

Je levai les yeux au ciel. Décidément, les Françaises n'étaient pas les femmes fatales qu'on nous présente dans les films : Anastasia et Amélie faisaient très peu d'efforts pour sortir ! Certes, elles se maquillaient et choisissaient des vêtements différents de ceux pour aller à la fac, mais leurs tenues étaient l'antithèse du sexy… Leurs décolletés rivalisaient avec ceux de fillettes de douze ans, leurs chaussures sans talons auraient mieux convenu à une journée de travail, et elles portaient des pantalons pour se rendre en discothèque ! Bref, elles n'avaient rien compris à l'art de la séduction !

Et pourtant, j'appris à mes dépens que leur style sérieux plaisait…

Je dansais sur la piste avec Cate, j'avais repéré Tom et je tombai sous son charme. Il possédait une sensualité animale lorsqu'il se déhanchait, qui contrastait avec l'indifférence de ses amis. Ceux-ci, accoudés à un mange-debout, buvaient pinte sur pinte. Il était seul avec la musique parmi une foule éméchée et en tenue d'apparat. Insensiblement, je m'approchai jusqu'à n'être qu'à quelques centimètres de son corps moulé dans une chemise soyeuse. J'allais utiliser ma méthode personnelle quand je voulais un homme : me frotter contre lui au rythme de la mélodie, promener mes mains autour de lui sans le toucher ou si peu… En général, c'était imparable.

J'avais amorcé ma technique quand son visage s'illumina. Il agita les bras en signe de reconnaissance. Je tournai la tête pour voir qui m'avait coupé l'herbe sous le pied. Je m'attendais à découvrir un ami à lui, mais ce fut Anastasia qui sortait de son service à la pizzeria. Elle n'était pas maquillée, portait le jean avec lequel elle avait travaillé, et s'était contentée de passer une tunique à col Mao et manches trois quarts. Et pourquoi pas un pull à col roulé tant qu'elle y était ? Cette fille n'avait aucun sens de la fête !

Elle s'approcha, salua Tom et m'adressa un sourire gêné. Elle se mit à danser, telle une gamine devant sa télé, en inventant une chorégraphie, qu'à mon grand désarroi, Tom imita aussitôt. Ils riaient ensemble et semblaient avoir oublié jusqu'à mon existence. Frustrée, je rejoignis Cate, au bar et avalai ma vodka en une seule gorgée. Je commandai une autre boisson que je décidai de siroter pour évaluer mes chances avec Tom.

En général, avec ma peau laiteuse, mes yeux clairs et mon blond presque roux, j'avais un succès fou auprès des Noirs ; et j'adorais ça. J'aimais chez eux qu'ils soient mon opposé avec leur teint sombre, leurs cheveux crépus, leurs regards ténébreux. Je rêvais d'un mariage mixte, pour ensuite donner naissance à de magnifiques métis.

Je restai un moment en retrait pour scruter ma rivale. Anastasia possédait sans conteste une beauté naturelle : grande, mince, elle avait les traits fins, un sourire éclatant, des yeux en amande et un rire communicatif. Sa tenue quelconque la laissait comme un diamant brut : jolie, mais manquant de raffinement. Elle s'amusait sans se soucier de plaire, son attitude n'indiquait en rien qu'elle partageait l'attirance de Tom… Je retournai sur la piste, ragaillardie à cette idée. Cette fois-ci, mon approche fut plus agressive. Mon corps se coula contre celui de Tom, et si cette gourde ne comprenait pas le message, Tom, lui, le recevrait cinq sur cinq !

À mon grand désarroi, il m'écarta pour se retrouver à côté d'Anastasia, et ce fut à moi d'en tirer les conclusions qui s'imposaient. Sans amorcer le moindre effort, elle avait réussi là où j'avais échoué.

Ma soirée en resta là.

J'accompagnai Cate jusqu'au pub et bus un dernier verre en attendant la fermeture. Puis, je rentrai dépitée, jalouse, et tout d'un coup, je fus ravie de rejoindre ma famille pour les vacances ! Une semaine sans voir Anastasia s'avérerait bénéfique pour digérer mon échec.

Dans la cuisine, Xia et Mei discutaient en chinois autour de bols de nouilles qui sentaient délicieusement bon. Je m'aperçus que j'avais faim, moi aussi. Je décidai de me préparer des toasts agrémentés avec du fromage et du jambon. Poppy, en robe de chambre en soie, passa échanger quelques mots avec nous. Je songeai qu'elle ne participait pas à nos soirées, alors que même des timides, comme Mei et Xia, se rendaient à l'occasion au pub en notre compagnie. Poppy semblait tout droit sortie d'une famille d'aristocrates avec ses manières affectées et sa diction de présentatrice télé… Mais j'étais réconfortée de la trouver là, après ma déconvenue.

Le copain de Phedra entra, seulement accoutré d'un slip digne de ceux de mon père ! Abi l'avait surnommé Action Man, ce qui se justifiait d'autant plus ce soir-là que son sous-vêtement était rouge ! Je pris une grosse bouchée pour cacher mon hilarité. Il nous salua nonchalamment et s'empara de deux verres puis les remplit de jus de fruits frais. Malgré tous les yeux rivés sur lui, il ne saisissait pas ce que son comportement avait d'inapproprié. Pour ma part, je le trouvai ridicule à pavoiser ainsi. Son corps représentait son gagne-pain, et il en tirait une fierté excessive. Il devait s'imaginer qu'aucune femme ne pouvait résister à ses abdominaux en béton. Pa-thé-tique !

— Tu crois qu'on devrait lui dire ? médita Poppy, une fois qu'Action Man fut retourné chez Phedra.

— Lui dire quoi ?

— Que sa façon de se balader à moitié nu, dans une maison de filles où il n'est qu'invité, est embarrassante !

Xia et Mei approuvèrent de la tête. Je ne connaissais pas grand-chose à leur culture, mais leur attitude suggérait que ce comportement de coq ne les impressionnait pas plus que nous. Nous eûmes un long échange muet, le rire gagna les yeux avant d'exploser dans nos gorges. J'étais complètement détendue à présent.

Quand Cate se présenta avec Travis, je m'enhardis à mettre celui-ci en garde :

— Si tu portes des slips, je te conseille d'ajouter autre chose par-dessus si tu veux te balader parmi nous.

— Je n'y manquerai pas, marmonna-t-il tête baissée.

Il rougit autant que Cate, qui ouvrit des yeux scandalisés. Je compris que j'avais gaffé : c'était apparemment la première fois qu'il venait ! Pour détendre l'atmosphère, j'allai puiser dans mon compartiment du frigo, j'y gardais une bouteille de vodka. J'offris une tournée à tout le monde, mais seuls Travis et Cate acceptèrent. Les autres nous souhaitèrent bonne nuit avant de s'en aller.

— Pourquoi tu as dit ça ? s'insurgea Cate.

— Désolée, vous n'étiez pas là tout à l'heure ! C'est à cause du copain de Phedra : il se balade en slip dans toute la maison ! J'ai cru qu'il allait prendre la pose tellement il est fier de son corps.

— Ah oui, dit Travis avec un sourire ironique, Schwarzenegger !

— C'est le surnom qu'ils lui ont donné au pub, m'expliqua Cate.

J'éclatai à nouveau de rire. À part ses gros muscles, je ne voyais pas ce que Phedra lui trouvait. Leur histoire allait sans doute être brève…

— Au fait, me dit Cate, pas d'alarme ce soir ?

— Pas depuis mon retour. Pourquoi ?

— Parce qu'après la formation anti-incendie, il y avait plein de bougies dans la chambre de Poppy, et je commence à me demander si ce n'était pas le cas à chaque fois !

— Pas forcément, intervins-je pour prendre la défense de Poppy, quand elle se déclenche le matin, ça m'étonnerait qu'elle allume des bougies…

— J'espère qu'elle a compris, parce que j'ai croisé monsieur « incendie Stuart » hier et il m'a encore fait la leçon… Il est vraiment lourd avec ça ! C'est à croire qu'il y a déjà eu des morts dans cette maison !

— Elle a plus d'un siècle ! Il s'est obligatoirement passé des trucs, dis-je en répétant presque mot pour mot ce qu'Amélie avait rétorqué à Lauren, un soir où celle-ci évoquait la possibilité d'un décès entre ces murs.

Comme si le fait de penser à elle l'avait attirée, Amélie entra par la porte arrière avec sa copine Ophélie, que j'avais croisée plusieurs fois. Je l'aimais bien, elle ne songeait qu'à rire et s'amuser… Ce qui lui avait apparemment joué des tours : Amélie quémanda de l'aide, car Ophélie titubait. Cate et Travis l'assistèrent jusqu'à sa chambre.

— Elle va bien dormir, ironisa Travis. Elle ronfle déjà !

Le lendemain, je pris le train, pour retourner dans ma famille, qui m'attendait au grand complet à la gare d'Ipswich. J'étais heureuse de les retrouver malgré leurs embrassades bruyantes. Ma mère avait prévu un poulet rôti, farci aux oignons et aux pommes de terre, mon plat préféré. C'était bon d'être rentrée !

La semaine loin des cours, loin des colocataires, loin de Tom me rasséréna. Je passais mon temps à rendre visite à mes amis restés à Ipswich, à mes oncles et tantes. Partout, je sentais que j'étais attendue, appréciée. Mais je devais reconnaître que cette petite vie rangée ne pourrait plus me combler. Celle que je menais à Chelmsford n'était peut-être pas parfaite, mais elle réservait davantage d'aventures palpitantes !

Mon frère Peter s'était attribué ma chambre. Il me la céda pendant le séjour, en m'avertissant de ne toucher à rien. Il avait changé tous les posters et ce dernier détail acheva de me convaincre que je ne me sentais plus tout à fait chez moi.

Avant mon retour, ma mère cuisina un repas copieux. Mon grand-père s'était joint à nous et avait insisté pour s'asseoir à mes côtés. Comme chaque année à la même période, il arborait fièrement son coquelicot en papier à la boutonnière[5]. Il me rabâcha les mêmes

---

5 Chaque année au mois de novembre en Grande-Bretagne et dans le Commonwealth, la campagne du coquelicot (*Poppy Appeal*) permet de recueillir des dons pour venir en aide aux vétérans. Les donneurs se voient offrir en échange un coquelicot en papier qui est porté en mémoire des victimes de guerre.

questions que le reste de la famille : comment étaient mes cours ? Mon logement ? Mes colocataires ? Mes parents affirmaient qu'il perdait la tête, je me contentai donc des grandes lignes. Consciente qu'il réagirait à ce détail amusant, je ne pus m'empêcher de préciser :

— Et tu sais, Papy, ta petite-fille a une adresse prestigieuse : si tu dois m'écrire, en plus de la rue, il faut rajouter le nom de la maison.

— Eh bien, te voilà presque dans l'aristocratie !

— Tu ne m'avais pas dit ça, intervint ma mère en saisissant un bloc-notes, et quel est ce nom ?

— Maman, je te l'ai déjà répété mille fois ! C'est Courtman House !

— Courtman House ? dit mon grand-père en écho. Je pense y avoir travaillé…

— Mais tu as toujours vécu ici, le reprit mon père en tapotant sa tempe de l'index, d'un geste évocateur, persuadé qu'il déraillait.

Mais mon grand-père avait été serrurier une grande partie de sa vie, il avait dû intervenir sur des milliers d'habitations, pourquoi pas celle-là ?

— Pas toujours, corrigea-t-il, tu ne t'en souviens peut-être pas… Il me semble que c'était en 1962, aux débuts des fermetures à double point, mon patron m'a envoyé plusieurs semaines à Chelmsford. Je n'y ai peut-être pas travaillé dessus, mais ce nom me dit quelque chose, j'en suis sûr !

— OK, lançai-je pour couper court à son flot de réminiscences, si ça te revient, tu me raconteras.

Je rentrai le dimanche soir, juste à temps pour la traditionnelle sortie au pub. Amélie insistait pour la faire suivre d'un repas au restaurant indien, qui proposait une importante réduction hebdomadaire. J'acceptai de me joindre à elles quand je vis Tom venir chercher Anastasia en voiture. Elle l'embrassa discrètement, ce qui confirma ce que j'avais déjà deviné. La déception m'étreignit, mais j'avais compris que Tom ne s'intéressait pas à moi.

Je devais jeter mon dévolu sur quelqu'un d'autre.

Je refusais de finir comme Poppy qui, à vingt-sept ans, se complaisait dans son statut de vieille fille et ne sortait jamais ! À son âge, je voulais avoir un conjoint, peut-être un enfant et un emploi stable…

Abi et Amélie avaient vingt-cinq ans, mais leur dynamisme et leur joie de vivre garantissaient qu'elles ne tarderaient pas, elles aussi, à trouver quelqu'un !

Vers la fin novembre, Amélie revint peu avant le lever du jour dans les mêmes vêtements que la veille, son maquillage n'avait pas été refait. Elle avait à coup sûr passé une nuit torride. Elle arborait ce sourire rêveur que procurent les premiers émois amoureux. Je la vis depuis ma fenêtre, arriver à pas lents, et regarder son téléphone avec une moue ravie.

De mon côté, j'avais repéré un beau Kényan dans la salle de sport que je fréquentais. Je trouvai là une motivation supplémentaire pour venir me dépenser…

Chapitre 12 : Anastasia

J'avais enchaîné pas mal de missions d'intérim au cours du mois de novembre, et, à quelques semaines de Noël, j'avais réuni la somme nécessaire pour acheter le billet d'avion qui me permettrait de passer les fêtes de fin d'année en France. Mes sœurs me manquaient ! Même si à chaque coup de téléphone je leur disais qu'avoir mon espace personnel et mes propres vêtements m'enchantait, je brûlais d'envie de recouvrer notre promiscuité. Nos nuits à échanger des confidences, nos blagues familiales et notre solidarité sans condition représentaient autant de choses précieuses que je ne retrouvais pas dans cette maison. J'avais noué des amitiés, mais seules mes sœurs pouvaient tout entendre, en particulier Angélique. Elle venait de rentrer en terminale et pour elle, il n'était pas question de me rendre visite l'année du bac.

Ce billet, que je m'empressai de réserver depuis la bibliothèque, me promettait un retour aux sources. Je choisis celui qui me garantissait le séjour le plus long. J'imprimai le document, le glissai avec mes notes.

Je fis un crochet par la parfumerie. Je convoitais depuis des mois une eau de toilette que j'avais essayée en échantillon et mes efforts récents m'autorisaient à me l'offrir. Ce serait mon cadeau de Noël, ma récompense pour tout ce travail. Dans le magasin, je le trouvai rapidement : il était dans une élégante boîte blanche, toute en longueur, décorée par un coquelicot. Je me parfumai et me sentis enveloppée d'un nuage de douceur. Le dessin était bien choisi : la fraîcheur de ce parfum ressuscitait les effluves du printemps.

En arrivant à Courtman House, je m'empressai d'annoncer la nouvelle de mon prochain départ à Amélie. Je savais qu'elle avait son billet depuis quelque temps. Elle avait dû faire des concessions sur la date de retour, également en raison d'un budget serré.

Je la découvris en pleine préparation des cours pour le lendemain. Elle fut soulagée de trouver un prétexte pour s'accorder une pause. Elle allait être inspectée et sentait la nervosité l'envahir. Elle accueillit ma nouvelle avec enthousiasme et se réjouit pour moi.

— J'aurais été triste si tu avais été obligée de rester pour Noël.

— Je n'aurais pas été seule, il y aurait eu Poppy.

— Oh, s'écria-t-elle, Poppy ! La pauvre, elle va passer les fêtes toute seule…

Un silence désolé s'installa entre nous, mais nous ne pouvions pas l'aider : Poppy ne disposait pas d'un salaire mirobolant, nous n'allions pas lui proposer de nous suivre en France…

— Et Mei ? s'enquit Amélie.

— Elle prend l'avion avec Xia, la semaine prochaine. Elle reviendra mi-janvier. Ce sera sa seule visite de l'année, elle voulait en profiter au maximum. Au fait, ajoutai-je en changeant de sujet, j'ai croisé Nelson tout à l'heure…

— Laisse-moi deviner, il t'a trouvée charmante, etc., etc.

Depuis le début, Nelson poursuivait Amélie de ses assiduités, avec une inépuisable insistance. Chaque rencontre donnait lieu à des tirades enflammées qu'elle dédaignait d'un haussement d'épaules. Mais contrairement à ce qu'elle imaginait, il ne se comportait pas ainsi avec les autres. Quand je le soulignai, elle fronça les sourcils et me dit d'un ton sarcastique :

— Ah, il pense que je devrais être honorée ? Son petit jeu est amusant cinq minutes, mais là ça fait des mois…

— En tout cas, il souhaitait que je te donne ça, car lui aussi va prendre des vacances anticipées et il avait peur de ne pas te voir avant son départ.

Je sortis de ma chemise l'enveloppe qu'il m'avait confiée. C'était une carte de vœux qui fit naître un sourire attendri sur les lèvres d'Amélie.
— Il est mignon quand il veut, dommage qu'il se sente obligé de jouer les machos… Son vol est prévu pour quand ?
— Dimanche matin.
— Si j'ai le temps, je passerai le remercier… Son petit mot est vraiment adorable.

Peu après, nous descendîmes pour manger. Amélie se dirigea vers la cuisine de l'entrée. J'allai récupérer mes provisions dans l'autre, où un placard m'était réservé. Lauren et Cate, en grande conversation, s'interrompirent à mon arrivée, mais j'avais entendu quelques termes qui auraient exaspéré Amélie : elles parlaient de spectres ! C'était à croire qu'elles voulaient en trouver un, il devait s'agir d'une fierté nationale. Leur obsession du surnaturel représentait pour moi une source d'étonnement.

Lauren relatait son expérience de la nuit : elle s'était levée pour venir grignoter et, en descendant l'escalier, elle avait entrevu une silhouette vaporeuse. C'était une femme vêtue d'une longue robe de satin blanc, dont les cheveux noirs détachés couvraient les épaules. Cate buvait ses paroles et approuvait de la tête. Elles étaient si passionnées qu'elles avaient oublié ma présence. Je me rappelai à elles avec une réflexion de bon sens :
— Les brunes, ce n'est pas ce qui manque ici : ça pourrait être Mei, Abi, Amélie, Ana-Luisa… Et si le couloir était plongé dans l'obscurité, es-tu vraiment sûre que c'était du satin ?

Lauren posa sur moi un regard courroucé.
— Je sais bien ce que j'ai vu, putain ! C'est la femme de la cave…
— Tu as vu son visage ? demandai-je pour détourner son attention.
— Non, avoua-t-elle, médusée, les deux fois, elle partait en me tournant le dos.
— C'est comme chez ma grand-mère, annonça Cate, quand on aperçoit la forme de l'apparition, ce n'est jamais de face. Personne n'a pu distinguer ses traits.

Cate semblait aussi sérieuse que si elle évoquait son animal de compagnie. Et, même si cela faisait trois mois que j'entendais parler d'événements soi-disant inexpliqués dans cette maison, je ne parvenais pas à leur accorder la moindre validité. Si j'avais vu quelque chose d'effrayant, à l'instar de Lauren, je ne pourrais pas continuer à prendre mes repas tranquillement, à seulement quelques mètres du danger, de dos à la porte… À sa place, j'aurais cherché une solution et à défaut, un nouveau logement ! C'était à croire qu'elles se complaisaient dans cette atmosphère sinistre.

— Le plus bizarre, poursuivit-elle, c'est que quand je suis descendue pour boire, je n'ai trouvé personne dans la pièce !

Je les laissai divaguer pour retrouver Amélie, aux prises avec le four. Il se montrait capricieux et ne cuisait pas de la même manière en haut et en bas, ce qui nous obligeait à surveiller constamment nos plats.

— J'ai cru que tu avais décidé de cuisiner là-bas.

— Non, j'essayais de dire à Lauren que ce n'est pas une apparition qui se baladait dans les couloirs cette nuit.

— Bien sûr que non, lança-t-elle avec exaspération, c'était Poppy, je l'ai aperçue aussi en allant fermer la porte des toilettes qui claquait. Elle préféra changer de sujet : et où en êtes-vous avec Tom ?

— Je ne sais pas. Quand je suis venue ici, j'espérais que mon copain resterait en contact malgré tout, mais il ne répond plus à mes mails. C'est pour ça que j'ai laissé Tom m'embrasser, mais je n'arrive pas à m'investir complètement.

— Tu n'es pas amoureuse, diagnostiqua-t-elle.

— Ce n'est pas si simple. Le problème, c'est plutôt que je ne me sens pas autorisée à l'être. Tu verras ce que ça fait après quelques semaines sans Stefan, surtout que vous n'avez pas passé beaucoup de temps ensemble…

— Normalement, il devrait revenir en mars si sa société accepte de le reprendre en stage.

— Alors c'est différent… Je pense que les vacances en France me permettront d'y voir plus clair.

J'espérais mettre de l'ordre dans mes sentiments, car tout en trouvant Tom attentionné et séduisant, je restais sur la retenue et j'invoquais un prétexte quelconque pour écourter nos moments d'intimité. D'un autre côté, le silence obstiné de William sonnait le glas de notre idylle : il tenait parole et me rayait de son existence.

Ana-Luisa arriva et prépara un plat à la tomate qu'elle s'empressa de transvaser dans une assiette pour aller manger dans sa chambre. Je la voyais très peu, et je commençais à comprendre pourquoi. Amélie me confirma qu'elle ne sortait que pour utiliser la cuisine et la salle de bains. Dans les deux cas, elle ne se souciait pas de la personne qui viendrait ensuite.

— Le matin quand je passe après elle à la douche, je trouve des cheveux partout ! En plus, ils sont longs… Au début, je croyais que c'était Poppy, mais ça fait plusieurs jours que je croise Ana-Luisa sur le palier. Et là, sa sauce a giclé sur le mur et elle a tout laissé ! Elle doit imaginer qu'on est ses femmes de ménage. C'est pour ça que j'essaie de manger avant elle : j'en ai marre de nettoyer…

— Alors, ne le fais pas, conseillai-je.

— Je ne veux pas cuisiner dans la crasse des autres !

Cette conversation résumait à elle seule le paradoxe de cette colocation : ces filles avec qui nous partagions le quotidien et parfois des sorties étaient au départ de parfaites inconnues. Ce qui occasionnait quelques malentendus ou tensions…

Les dernières semaines se muèrent en un véritable tourbillon d'activité, j'avais accepté de prolonger ma mission chez *Royal Mail*, qui m'occupait quelques heures après les cours. Quand j'assurais le service à la pizzeria, Marco me permettait souvent de récupérer les invendus, ce qui m'épargnait la préparation du repas du lendemain. J'aimais cette routine, même si en cumulant les emplois, je trouvais peu de temps pour me reposer, contrairement à Phedra qui passait des journées entières enfermée.

Son copain avait manifestement emménagé avec elle. Cette situation déplaisait à plusieurs locataires, car elle contrevenait aux règles et qu'en cas d'inspection inopinée, nous risquions des problèmes. Je ne voyais pas lesquels, puisque dans ce cas, Phedra était l'unique fautive. Mais Ana-Luisa et Katie, inquiètes, lui avaient adressé plusieurs remarques acides.

Un soir, en rentrant de la pizzeria, j'avais trouvé Katie, qui mangeait seule dans la cuisine, les larmes aux yeux. Je lui avais offert une part de calzone et j'avais écouté ses confidences. Elle me révéla être une amie d'enfance de Phedra et avoir renoncé à une place à Oxford, afin de la rejoindre et de veiller sur elle.

— Depuis que j'ai emménagé, elle me traite en étrangère. Pire ! Comme une gêneuse. Elle a mal pris mon arrivée ici, car elle voulait repartir de zéro… Et apparemment, ma seule présence l'en empêche.

À présent, des larmes roulaient sur son visage crispé. Elle était bouleversée par l'aversion qu'éprouvait Phedra à son égard et se sentait déstabilisée. Elle avait conscience qu'Abi l'observait avec méfiance depuis l'épisode des bougies qui avaient déclenché l'alarme.

— J'ai l'impression de ne pas trouver ma place, sanglota-t-elle. Tout le monde s'entend bien, mais je suis laissée à l'écart…

— Ce n'est pas ça du tout, la contredis-je pour lui faire envisager une autre perspective. Quand tu es arrivée, nous avions déjà fait connaissance et tu comptais peut-être trop sur Phedra. Mais je pense que le problème ne vient pas de toi, c'est plutôt l'influence de son copain qui l'éloigne de toi…

En règle générale, je n'appréciais pas d'écouter ni de propager des ragots, mais dans le cas d'Action Man, j'avais été victime de son venin. Je pouvais témoigner de ce que j'avais subi.

Quelques jours plus tôt, il avait fait la leçon à Phedra au sujet des Noirs et lui avait interdit de me parler ! Cette partie-là m'avait été rapportée par Abi et Amélie qui s'étouffaient de rage. Je les avais calmées en disant qu'elles avaient dû mal entendre. Je n'imaginais pas quelqu'un qui était juste toléré ici semer la zizanie entre les colocataires.

Peu après, il était arrivé dans la pièce, fidèle à lui-même, vêtu de son slip, et il s'était adressé à moi avec une agressivité incompréhensible :
— Ne t'avise pas de poser des problèmes à Phedra. Je vous connais, vous les Africains ! Tous des sources d'ennuis !

Interloquée, je l'avais dévisagé, sans rien dire.
— De quel droit tu lui parles comme ça toi ? avait hurlé Amélie. Tu n'es pas chez toi !
— Et si tu continues, j'irai moi-même signaler ta présence au bureau du logement, avait surenchéri Abi. On verra bien qui aura des problèmes.

Action Man avait reculé d'un pas sous la menace, les traits congestionnés, il nous avait toisées d'un regard méprisant et avait sifflé :
— Très bien, mais je veux que vous laissiez Phedra tranquille. Surtout toi.

Son doigt accusateur était pointé vers moi et la haine affichée sur son visage m'avait fait frissonner. Quelle mouche l'avait piqué ? Il était retourné auprès de Phedra et nous l'avions entendu lui donner des recommandations qui avaient tout l'air d'ordres indiscutables…

Amélie m'avait déjà dit qu'il avait proféré des phrases racistes, et qu'il s'était permis d'interpréter les heures auxquelles je rentrais. Bien entendu, il imaginait que mon emploi du soir était d'une tout autre nature. Quel rustre ignorant !
— En plus, je suis française, avais-je observé quand j'avais retrouvé l'usage de ma voix.
— Et l'Afrique n'est pas un pays, avait ajouté Abi d'un ton sentencieux.

Je relatai l'incident à Katie, en n'omettant pas de lui préciser que depuis, Phedra baissait les yeux en ma présence. Ce type lui avait farci la tête de craintes infondées ! Je n'aurais pas été surprise s'il avait agi de manière similaire concernant les liens entre Phedra et ses amies. Il était manipulateur et isolait Phedra davantage chaque jour.

— C'est justement ça que je ne comprends pas, s'écria Katie, d'habitude elle n'est pas du genre à se laisser dicter sa conduite. J'ai vraiment l'impression d'avoir affaire à une étrangère !

— Il doit lui apporter quelque chose qu'elle ne trouve pas ailleurs, méditai-je à haute voix.

— La sécurité…

Katie avait prononcé ces mots, l'air préoccupé. Je décidai de lui changer les idées, car après son aveu, je me rendais compte que nous l'avions mal jugée. Si son amie se détournait d'elle, rien n'empêchait Katie de se lier avec d'autres personnes, qui l'apprécieraient à sa juste valeur. Sous le coup d'une inspiration subite, je lui parlai de Lindsey. Je ne savais pas si elles partageaient la même religion, mais elles avaient en commun leur foi et leur générosité. Katie méritait mieux que d'être dédaignée…

Je trouvais un message de Tom glissé sous ma porte, il insistait pour me retrouver le lendemain soir, après mes heures chez *Royal Mail*. Il avait certainement prévu quelque chose de romantique, mais pour le moment, je préférais garder quelques distances tant que je n'aurais pas revu William. Je voulais m'assurer d'avoir tourné la page, avant de m'engager avec quelqu'un d'autre. Une petite voix me susurrait que Cate ou Phedra ne mettaient aucune barrière à la concrétisation de leur bonheur : j'étais la seule à hésiter. Et c'était sans doute parce que, contrairement à elles, et ainsi que le suspectait Amélie, je n'étais pas amoureuse de Tom…

Quand je pensais à lui, je voyais sa gentillesse, son charme et les efforts qu'il déployait pour me plaire, tout en ayant l'impression d'assister à une scène à travers une fenêtre. Si ma confrontation avec William ne suffisait pas à conforter mes sentiments, mes sœurs m'aideraient à y voir plus clair !

Je m'endormis avant de répondre au message. Je fus réveillée par du bruit dans la cuisine. Je regardai l'heure, il était trois heures, la lune éclairait la pénombre et plusieurs personnes, en état d'ébriété, avaient investi la pièce voisine. Je me levai pour leur demander de baisser d'un ton, ou mieux d'aller ailleurs et me laisser finir ma nuit en paix !

Je trouvai Emma dans une tenue tout aussi indécente que celle du samedi précédent, ses cheveux qu'elle avait soigneusement lissés en début de soirée s'emmêlaient et son rouge à lèvres lui barbouillait le visage. Je compris aussitôt à quoi elle et son compagnon avaient passé la soirée. Quand j'arrivai, il se tourna et je reconnus un ami de Tom qui travaillait à la salle de sport, sur le campus.

— Vous pouvez faire moins de bruit s'il vous plaît ? Je suis juste à côté, plaidai-je.

— Oh, ça va, s'agaça Emma du ton qu'elle aurait employé pour défier sa mère, on buvait un dernier coup, on a le droit, non ?

— Bien sûr…

— Et tu vois, ajouta-t-elle avec perfidie, moi aussi je peux plaire !

Elle me faisait une scène de jalousie, pourtant elle était en compagnie de son copain… Cette fille demeurait une véritable énigme ! Je haussai les épaules et me servis un verre d'eau. Je l'avalai d'une traite. Son petit-ami avait fini sa boisson, il avait passé son bras autour d'elle, comme Action Man avec Phedra, songeai-je. Soudain, je ne pus m'empêcher de parler :

— Tu sais qu'Action Man a interdit à Phedra de fréquenter des Noirs ? Et qu'il lui a dit de se méfier de moi ? S'il te trouve là, ajoutai-je à l'adresse du copain d'Emma, je pense qu'il va encore râler.

— En quoi ça le regarde ?

— En rien, mais j'y ai eu droit alors que j'habite ici…

— Contrairement à lui, me coupa Emma, d'une voix incisive. S'il dit quoi que ce soit, il aura affaire à moi. Quel connard ce type !

Je vis que son inexplicable animosité à mon égard s'était envolée et qu'elle était venue grossir les rangs des détractrices d'Action Man. J'en fus soulagée parce que je n'aimais pas l'idée de devenir la cible de son agressivité. Elle m'effrayait un peu, car je ne savais pas qui elle était vraiment : tantôt élève modèle, avec une garde-robe

d'inspiration classique, tantôt créature de la nuit, méconnaissable, grimée, et vêtue telle une danseuse de cabaret, paillettes comprises…
— Bon, annonçai-je en étouffant un bâillement, je vais retourner me coucher, bonne nuit.
— Bonne nuit, me répondirent-ils en chœur.

Au réveil, je choisis de décliner l'invitation de Tom et de m'en tenir à ce que nous avions planifié, ce qui me donnerait l'occasion de clarifier mes sentiments, sans me sentir obligée de dire ou de faire des choses dont je n'avais pas envie.

Dès la fin des cours, quelques jours plus tard, la maison se vida progressivement. Mon départ était prévu dans l'après-midi, bien après celui d'Amélie et d'Abi, qui avait opté pour l'avion parce qu'elle avait trouvé un tarif attractif. Elles avaient décidé de se rendre à l'aéroport ensemble. Je devais patienter quelques heures supplémentaires puisque mon vol décollerait à dix-huit heures. Il ne restait plus grand monde dans la maison : Poppy, Phedra, qui se cloîtrait en attendant le retour d'Action Man, et Lindsey qui avait souhaité assister à la messe avant de prendre la route vers sa ville natale.

Je dégustais les dernières parts de pizza que m'avait données Marco quand j'entendis quelqu'un actionner la cloche du porche. N'ayant croisé personne depuis un moment, j'allai ouvrir. En débouchant sur le couloir, j'aperçus Poppy qui sortait de l'autre cuisine. Elle me laissa accéder à la porte d'entrée et se posta devant celle, entrouverte, de sa chambre.

Une jeune fille d'origine indienne se tenait sur le seuil, un sourire aux lèvres. Elle me tendit la main et dit :
— Bonjour, je m'appelle Chandra, j'habitais ici l'an dernier et je suis venue vérifier si vous n'avez pas reçu du courrier pour moi.
— S'il y en a, il est là.

Je lui désignai une niche dans le mur du hall, juste au pied de l'escalier. Le facteur insérait les enveloppes dans la fente de la porte d'entrée et elles tombaient dans le couloir. La première à les trouver les déposait sur la table de la cuisine et toutes les lettres aux destinataires inconnus finissaient dans ce recoin, où nous avions aussi décidé de stocker les prospectus de repas à emporter. Au moment où elle avança, Poppy se glissa sans un mot dans sa chambre. Son comportement me sembla insolite, car disparaître ainsi, sans une formule de politesse, était une attitude opposée à l'éducation irréprochable à laquelle elle nous avait habituées… J'allais inventer une excuse à l'adresse de la visiteuse quand je remarquai que son regard n'avait pas quitté l'endroit où nous entreposions le courrier superflu, sans doute faisait-elle mine de n'avoir rien vu pour nous éviter une situation gênante…

Pendant que Chandra passait toute la pile en revue, je surveillai la porte de Poppy, mais elle se terrait. Je perçus un son métallique, comparable à un coup de marteau sur la tuyauterie.

— Tiens, s'amusa l'ancienne locataire, on dirait que les choses n'ont pas changé ici : il y a toujours quelque chose qui se déglingue !

— Qu'est-ce qui n'allait pas quand tu habitais là ?

— À peu près tout ! De temps en temps, dans la salle de bain côté cour, l'eau chaude devenait glaciale au bout de deux minutes, il y avait des bruits bizarres, les poutres craquaient aussi… Mais le pire, c'était l'alarme incendie ! Quelle plaie !

— Vous n'aviez pas appelé le réparateur ?

— Si, bien sûr, il a dû passer une bonne dizaine de fois, mais à chaque visite, il nous disait que le système fonctionnait normalement. Il repartait et quelques jours plus tard, ça recommençait !

— Ah, je vois, déduisis-je, ça ne date pas d'hier !

Elle eut un sourire compatissant, retira quelques enveloppes, et replaça tous les documents restants à leur emplacement d'origine. Elle observa les alentours et m'interrogea sur un ton de conspiratrice :

— Il n'y a rien eu de bizarre cette année ?

— À part l'alarme, pas vraiment. Et l'an dernier ?

J'avais posé la question parce qu'à son intonation, je devinais qu'elle brûlait de me révéler un secret.

— Une fille a quitté le logement en cours d'année. Elle était terrifiée et prétendait que la maison était hantée ! On l'a retrouvée à plusieurs reprises devant la porte de la cave, désorientée, effrayée. Chaque fois qu'elle descendait éteindre l'alarme, elle dépeignait des choses de plus en plus étranges : un manque d'air ou au contraire un souffle dans son dos, une silhouette qui disparaissait et des murmures.
— Vous avez vérifié ce qu'elle disait ?
— Oui, j'y suis allée avec elle une fois et c'est vrai que cet endroit est répugnant, ça sent le renfermé et il doit y avoir des cadavres de rats, mais je n'ai rien vu de ce qu'elle décrivait. Un jour en sortant de là, elle a hurlé comme une hystérique avant de décamper. Elle a eu tellement peur que j'ai dû lui courir après pour la raisonner... Elle était convaincue d'avoir aperçu une femme en robe blanche se balader dans les escaliers. Elle a mis toutes ses affaires dans sa valise et a quitté Courtman House pour de bon.
— Une femme en robe blanche ? répétai-je dubitative.
— Je sais, me dit-elle avec une ironie digne de celle d'Amélie, une femme en blanc, quel cliché ! Après son départ, nous n'étions plus que trois, nous disposions d'une salle de bains chacune, tu te rends compte !
— Génial, m'écriai-je. Par contre cette année, on affiche complet !

Chandra glissa ses lettres dans son sac et quitta les lieux. La tuyauterie s'apaisa aussitôt. Je songeais à cette histoire de fantôme, c'était presque risible qu'elle se reproduise chaque année, avec des stéréotypes de films d'horreur. Les gens n'avaient vraiment aucune imagination !

Dans la soirée, enveloppée dans les effluves fleuris de mon nouveau parfum, je rejoignis ma famille au grand complet, certains de mes oncles et tantes avaient été conviés à un véritable festin que nous mettrions des jours à déguster.

Comme à Courtman House, il y avait foule ! Mais ici, pas de compartiment à clé dans le frigo, pas de repas séparés ! Je retrouvai la chaleur de mon foyer et pourtant, ces quelques mois m'avaient changée. J'avais vécu des expériences différentes et j'avais résolu tous mes problèmes toute seule. J'avais fait le premier pas vers le chemin de l'indépendance.

Pendant le dîner, mon oncle Jacques vint s'asseoir près de moi. Il m'offrit une boulette de viande que sa femme avait préparée, il savait que j'en raffolais. Je m'empressai de faire honneur au plat quand il déclara sans préavis :

— J'ai l'impression que tu as été envoûtée en Angleterre.

Je levai les yeux au ciel. Il n'allait pas me servir son refrain coutumier !

Mais ce qu'il ajouta me consterna davantage que ses rengaines sur les esprits malins envoyés par des jaloux. Cette fois-ci, il évoqua une femme en blanc…

Chapitre 13 : Abigail

Comme l'avion d'Amélie décollait avant le mien, nous étions parties en avance et je pus flâner dans les boutiques. Je souhaitais trouver un cadeau pour Holly, car si j'avais changé de cap, c'était grâce à elle et à ses encouragements ! Elle filait le parfait amour avec son copain et envisageait le mariage. Je n'avais pas d'idylle à lui raconter, surtout après la façon grossière dont Jürgen m'avait abandonnée, sur le parking d'une boîte de nuit ! Mais après plusieurs semaines, cette mésaventure m'apparut comme une simple anecdote comique, dérisoire par rapport à tout ce que j'avais vécu.

Quand je me disais que cela ne faisait que trois mois que j'habitais à Chelmsford, je ne parvenais pas à le croire : il s'était passé tant de choses en si peu de temps ! Holly avait eu raison de me pousser à m'engager dans cette voie, elle me convenait parfaitement. Cette situation avait occasionné des rencontres que je n'aurais pas pu espérer en me morfondant à Warrington !

J'avais décidé de prendre l'avion, car pendant mon séjour, je ne voulais pas conduire. Je passais deux heures par jour dans ma voiture pour aller travailler, je désirais que ces vacances m'offrent une pause de ce côté-là. Ma famille vivait dans un quartier bien desservi par les transports en commun, et dans le pire des cas, pour *Boxing Day*[6], je

[6] *Boxing Day* est célébré le 26 décembre. Cette journée, qui consistait à faire preuve de charité envers les nécessiteux, s'est maintenant muée en un jour de shopping au cours duquel les magasins proposent d'importants rabais.

pourrais compter sur des connaissances pour me véhiculer, ou organiser la fête à proximité. Mes meilleurs amis étaient des voisins, nous avions grandi en jouant ensemble dans l'impasse tranquille où les habitations, d'abord assez classiques, s'étaient parées de vérandas ou de jardins paysagers, dotés d'énormes barbecues. Nos parents étant également proches, j'étais assurée de passer un bon moment en restant dans la rue !

Je me rendis à Manchester avec Holly pour quelques achats de dernière minute. Les avenues et les magasins étaient bondés. Depuis cinq ans, jour de l'attentat du 15 juin 1996, à chacune de nos sorties dans le centre de Manchester, Holly et moi ne pouvions nous éviter de frissonner à l'idée que, sans une panne de voiture, nous aurions fait partie des victimes. Cela m'évoqua le drame survenu à Toulouse, à l'arrivée d'Amélie. Je ne pus m'empêcher d'en parler et je songeai à ce que ce retour signifiait pour elle : depuis l'explosion, elle n'avait pas pu voir sa famille. Certes, elle s'était assurée qu'ils n'étaient pas gravement blessés, mais plusieurs d'entre eux avaient été choqués. Deux de ses proches s'étaient trouvés dans des situations effrayantes. L'une travaillait dans un magasin dont le toit s'était effondré, l'autre passait un examen lorsque la baie vitrée avait été soufflée et avait projeté des échardes de verre dans toute la pièce. Heureusement, toutes deux n'avaient souffert que de contusions mineures. Je mesurai les conséquences de cette explosion et je compris la fébrilité d'Amélie pendant le trajet vers l'aéroport.

À midi, tandis que nous mangions des *jacket potatoes* au centre commercial, je reçus un SMS de Lauren : elle était venue à Manchester avec Lee, son copain, et proposait de nous retrouver au pub avant de rentrer. Holly se montra enthousiaste à l'idée de rencontrer l'une de mes nouvelles colocataires. Les bras chargés de cadeaux, nous nous dirigeâmes vers les locaux de *Pops*. Même si j'avais été licenciée, je savais que Tony avait tout tenté pour sauver sa société et un maximum d'emplois. J'avais décidé de passer au bureau leur acheter quelques articles. Une ancienne collègue m'avait rapporté qu'ils avaient sorti une gamme de cartes de Noël, et je préférais me servir chez eux plutôt que dans un grand magasin et envoyer les mêmes que tout le monde. N'ayant pas eu le temps d'en fabriquer, je devais au moins faire un effort d'originalité, mon âme d'artiste l'exigeait !

Aussitôt, je fus frappée par la morosité qui avait envahi les lieux : plus de sapin et de décorations bricolées avec les restes de matières premières, plus de chansons de saison ringardes diffusées en boucle… Décidément, *Pops* périclitait ! Les rares employés présents à cette heure tardive s'égayèrent à mon arrivée, mon choix de carrière fut salué et ils louèrent mon courage de reprendre les études. Holly eut sa moue qui sous-entendait « je te l'avais dit » ! J'achetai de nombreuses cartes, car, avec la fin du stage et les inspections de ces dernières semaines, je n'avais pas eu le temps de m'en procurer, encore moins d'en écrire !

Nous avions rendez-vous avec Lauren dans un pub, près de la gare. En y entrant, je fus assaillie par un vacarme annonciateur de bonne ambiance. J'avisai une multitude de sacs de grands magasins dans la foule. Le réveillon tombait le lundi, ce qui nous laissait deux jours pour trouver les cadeaux manquants. Dans la salle bondée, je repérai Lauren à sa voix perçante : encore une fois, elle et Lee se disputaient. Avant de les rejoindre, je glissai à l'oreille d'Holly :

— Ne t'inquiète pas, elle fait beaucoup de bruit, mais elle est très sympa. Son copain passe son temps à la faire tourner en bourrique.

— Ils doivent aimer ça, conclut mon amie avec son pragmatisme coutumier, sinon ils ne resteraient pas ensemble.

Je présentai Holly et je fis la connaissance de Lee que j'avais eu en ligne, avant que Lauren n'achète son téléphone portable. Depuis, ils s'envoyaient des textos et finissaient par s'appeler pour se disputer à propos de ces messages… Emma, à force de les entendre, en arrivait à prévoir le sujet de leurs querelles. Elle s'en amusait et était persuadée que cette situation de tension permanente leur convenait.

Lauren était rentrée à Liverpool le jeudi soir puisque ses cours du vendredi avaient été annulés. Elle me confia avoir éprouvé un malaise au moment de quitter Courtman House.

— Que s'est-il passé ? demandai-je, car j'avais senti une atmosphère étrange ce soir-là.

— Plusieurs choses. D'abord, il y a cette pétasse de Chloe qui est arrivée pour attendre ses parents. Moi, je préparais mes affaires et je l'entendais critiquer la maison. Elle affirmait qu'elle ne pourrait pas habiter dans un truc aussi vieux et sale. Je lui ai expliqué que la saleté, ça s'enlève, et que si elle n'avait pas mieux à faire, elle pourrait passer l'aspirateur. Évidemment, elle a joué la princesse, et n'a pas levé le petit doigt. Elle nous reproche de laisser le bordel dans la salle de bains. Je lui ai dit : « Si tu viens habiter ici, tu auras ton mot à dire, mais puisque c'est pas assez bien pour toi, tu la fermes ! ».

— Elle ne manque pas d'air celle-là, s'insurgea Holly.

— En tout cas, elle a compris à qui elle avait affaire ! Quand ses vieux sont arrivés, je mangeais un morceau dans la cuisine. Ils sont montés chercher le sac que son copain avait laissé au second…

— C'est n'importe quoi, m'écriai-je. Phedra a raison : non seulement elle gaspille l'argent de ses parents, mais en plus, elle les fait porter des bagages dans les escaliers quand ce n'est pas nécessaire…

— Tu vois qu'elle se prend pour une princesse ! En tout cas, elle a moins fait la maligne au déclenchement de l'alarme ! Elle a sursauté et m'a demandé comment l'arrêter. Je n'avais aucune envie de m'aventurer dans ce recoin glauque. Alors j'ai eu une putain de bonne idée ! Je lui ai montré la porte et je lui ai dit : « Tu te souviens, c'est le levier sur le tableau électrique ». Puisque je me suis remise à manger mon sandwich, elle s'est trouvée obligée d'y aller. Au retour, elle était devenue complètement hystérique, elle hurlait comme une dingue ! Son père a voulu vérifier, mais il n'a rien remarqué d'anormal.

— Ça me rappelle le premier jour, quand j'y suis descendue avec Poppy ! Après nous, ça s'était calmé.

— Quoi ? demanda Holly.

Lauren eut l'air gêné, et rapporta succinctement sa rencontre à la cave, elle rechignait à révéler ce qu'elle avait vécu. Les sceptiques comme Amélie tournaient en ridicule des expériences traumatisantes pour ceux qui les avaient éprouvées : je ne pouvais réprimer un frisson involontaire chaque fois que je passais à proximité de la porte du sous-sol. Je craignais qu'un jour, ce qu'elle renfermait ne parvienne à envahir le reste de la maison, qui paraissait dénué de toute émanation suspecte.

— Et après ? demandai-je pour encourager Lauren.

— Ils sont partis, mais Chloe n'en menait pas large. Je crois qu'on ne la reverra pas de sitôt !

— Bon débarras !

— Ensuite, j'ai voulu comprendre ce qui avait déclenché cette putain d'alarme. Puisque Katie était déjà en vacances, j'ai tout de suite pensé à Poppy. Je suis allée vérifier, mais elle n'avait pas allumé de bougie.

— Jeudi soir, il ne restait que toi, Poppy, Amélie, Anastasia et moi, précisai-je. Je n'étais pas certaine pour Phedra, mais Amélie l'a vue partir avec Action Man mercredi après les cours.

— Tu crois qu'Action Man va l'accompagner dans sa famille ?

Le radar à ragots de Lauren venait de s'enclencher ! Elle allait enquêter et obtiendrait sûrement la réponse au retour des vacances. Je bus une gorgée de bière en l'écoutant émettre des pronostics sur la présentation aux parents. Elle était persuadée que ce serait un fiasco, et qu'en janvier Phedra reviendrait célibataire. Vu l'altercation que j'avais eue avec lui, j'espérais qu'elle aurait raison, ne serait-ce que pour la quiétude de notre colocation…

— Mais alors, demanda Holly, tu sais ce qui avait déclenché l'alarme ?

— Non, je n'ai pas trouvé. Mais elle est complètement détraquée, ça ne veut rien dire… En tout cas, j'ai vérifié, il n'y avait ni fumée ni feu… Par contre, Poppy m'a fait flipper !

— Ah oui ?

— Elle parlait toute seule quand je suis arrivée… Puis elle m'a dit qu'elle discutait avec son père.
— Mais, m'écriai-je, je croyais qu'il était mort !

C'était l'une des premières choses que j'avais apprises à son sujet, il ne lui restait plus aucune famille, et ce depuis plusieurs années. J'en conclus qu'elle devait parler aux défunts, ce qui semblait insensé, mais pouvait s'avérer réconfortant dans les moments de vulnérabilité. J'allais l'expliquer à Lauren quand elle annonça :
— Elle agissait comme s'il se trouvait dans la pièce ! Ça m'a filé la chair de poule !
— Depuis que tu me racontes tous ces trucs délirants, j'te dis qu'elle est siphonnée cette fille, intervint Lee.

Jusque-là, il n'avait pas participé à la discussion, sans doute parce qu'il avait déjà entendu cette histoire, mais il n'avait pas pu retenir cette raillerie. Selon lui, une personne qui se sentait obligée de se montrer parfaite en toute circonstance était une maniaque du contrôle. Et, derrière cette obsession, se cachaient généralement des comportements instables.

Lee changea de sujet, prétextant que ce genre de conversation gâchait l'esprit de Noël. Soulagées, nous nous pliâmes à sa décision et l'ambiance s'en trouva considérablement améliorée. Je découvris bientôt qu'à côté de son copain, Lauren usait d'un langage châtié : il ponctuait ses phrases de grossièretés comme s'il s'agissait de virgules ou de points ! Lui aussi aimait rire, danser et sortir. Il insista pour nous emmener dans une discothèque branchée qu'il avait repérée lors de sa visite précédente. Je refusai poliment : c'était mon premier soir dans le nord et je l'avais réservé à mes parents.

Holly me reconduisit chez moi, où j'étais pressée de déposer mes encombrants sacs de courses. Le pavillon était plongé dans le noir, ce qui me fit anticiper une animation de quartier. Je poussai la porte de l'épaule et découvris mes amis, ma famille et mes voisins, qui attendaient mon arrivée dans l'obscurité afin de ménager l'effet de surprise.

Chacun avait apporté de quoi manger ou boire et les tables débordaient de victuailles. Mes retrouvailles se muèrent en fête qui se prolongea jusqu'à tard dans la nuit. Pour mon anniversaire, je m'étais contentée d'une sortie au *Dallas* avec les filles de Courtman House qui voulaient m'accompagner. Cate, Amélie, Emma, Lauren et Mei avaient trinqué et dansé avec moi. J'avais passé un bon moment, mais rien de comparable à ce que mes proches m'avaient réservé. Quel plaisir de se sentir choyée ainsi !

Mes vacances filèrent à toute allure. Après la soirée de retour, chaque journée apportait de nouvelles réjouissances : réveillon de Noël, repas le lendemain, *Boxing Day* que je consacrai à mes amis du lycée. Puis, après tous ces repas gargantuesques, je décidai de m'accorder un répit que j'utilisai pour écrire les cartes achetées chez *Pops*.

Je les observai attentivement et remarquai assez vite que je pouvais encore deviner qui les avait réalisées : quand je travaillais dans l'équipe, j'avais un don pour reconnaître le style de chacun de mes collègues. En scrutant les dessins, je constatai que je n'avais pas perdu cette aptitude… Ou bien étaient-ils en panne d'imagination ? Les cartes étaient jolies, mais pas autant que celles de l'année précédente. Pour un œil averti tel que le mien, il était facile d'identifier les illustrateurs qui s'étaient contentés de recycler des designs en changeant juste les couleurs ou les textures. Mes anciens collègues manquaient d'inspiration, et, égoïstement, je fus heureuse d'avoir été la première à partir : les autres ne m'entraîneraient pas dans leur chute !

Je repris l'avion le 3 janvier. Tous mes amis se récrièrent : pourquoi rentrer si tôt si les cours ne démarraient pas avant le 7 ? Dès que j'avais réservé ce billet, j'avais anticipé des réactions de déception, la mienne également. Mais, après ces quelques jours de repas trop riches, de soirées tardives, et une course effrénée pour rendre visite à tous mes proches, j'étais plus fatiguée qu'au début des vacances. Et la perspective d'arriver la première à Courtman House m'attirait. Poppy avait dû y passer les fêtes, seule, mais elle était au rez-de-chaussée tandis que je logeais au premier étage. Nous pouvions tout à fait cohabiter en limitant les contacts, et de toute manière, Poppy se montrait trop respectueuse pour faire du bruit ou venir me déranger à des heures indues.

Mes parents m'accompagnèrent à l'aéroport, aucun de mes amis n'ayant eu le courage de se lever tôt, ils étaient épuisés par la succession de soirées, et la consommation d'alcool qu'elles impliquaient. Je songeai à Pete, mon voisin d'en face, il avait tellement bu que nous avions dû le porter jusque dans son lit, puis il avait passé le reste de la nuit dans un état lamentable…

J'arrivai à Chelmsford dans la matinée. Je décidai de rentrer à pied ; les dix minutes de marche me parurent vivifiantes. Je poussai la porte, curieuse de voir si Poppy était sortie. Je l'entendis chantonner, je m'annonçai en lançant une formule de politesse à la cantonade, pour éviter de l'effrayer.

Elle apparut au pied de l'escalier lorsque je hissai ma valise sur le palier. Elle m'interrogea sur mes vacances, mes parents, mes amis, comme si elle les connaissait. Puis, à sa façon de répondre à mes questions par d'autres questions, je devinai que sa semaine s'était avérée très solitaire, et qu'elle se réjouissait de revoir ses colocataires, pour avoir enfin de la compagnie. Décidément, Emma avait raison : elle sortait peu, ne se liait pas facilement et s'enfermait dans son isolement.

Je consacrai le lendemain à reprendre mes marques et ranger mes affaires. Je proposai à Poppy de se joindre à moi pour le repas, que je programmai très tôt, car je voulais me reposer. Elle ne mangea pas, pour compenser les excès des derniers jours, et se contenta de discuter avec moi. Je passai un bon moment avec elle, mais je ne pus m'empêcher de me remémorer ce que m'avait révélé Lauren. Allait-elle recommencer à prétendre voir son père ?

Je remis à une date indéterminée la résolution de cette énigme. Je m'installai devant un film que je regardai allongée, je m'assoupis rapidement. Vers minuit, je trouvai le courage d'éteindre la lumière et la télé pour dormir et non plus somnoler. En quelques secondes je me laissai glisser dans un sommeil que je pressentais meilleur que les nuits précédentes.

Tout à coup, je me réveillai en sursaut, persuadée que quelqu'un s'était introduit dans ma chambre ! Seule la clarté de la lune éclairait la pièce, et je n'entendais aucun bruit, mais je percevais une présence. Pour en avoir le cœur net, je me retournai vers la porte et, terrifiée, je poussai un hurlement. Une silhouette blanche se tenait à côté de mon meuble de chevet.

— Oh, je t'ai fait peur ? s'étonna une voix familière. Je suis désolée, ce n'était pas mon intention !

Ma vue s'accoutumait à l'obscurité et je distinguai les traits de Poppy. Que faisait-elle là, au beau milieu de la nuit ? Un coup d'œil à mon réveil m'informa qu'il était trois heures et quart. Depuis combien de temps était-elle entrée ? Et surtout *pourquoi* se trouvait-elle dans ma chambre ?

— Qu'est-ce que tu fais ici ? demandai-je sans chercher à atténuer mon agressivité.

— J'ai une insomnie…

— Et tu t'es dit que puisque tu ne dormais pas, tu allais m'empêcher de le faire ?

— Pas du tout, se récria-t-elle. Au contraire, j'ai essayé d'être discrète, je ne voulais pas te réveiller…

— Mais qu'est-ce que tu es venue faire ?

— Regarder les gens dormir m'apaise.

Effarée, je vis qu'elle n'esquissait pas le moindre geste de retraite. Elle devait juger acceptable de violer l'intimité des autres sans autorisation. Et surtout, elle ne percevait pas mon mouvement d'humeur ! Lee avait raison : cette fille était complètement folle !

Quand la peur et la colère eurent reflué, je lui intimai l'ordre de sortir et de ne surtout pas revenir. J'entrouvris la porte pour m'assurer qu'elle prenait la bonne direction. Je retournai dans ma chambre et actionnai le verrou. Soudain, je repensai à une conversation étrange que m'avait rapportée Cate : Ana-Luisa lui avait dit qu'en s'éveillant, elle avait trouvé Poppy au pied de son lit. Nous avions tourné Ana-Luisa en dérision, persuadées qu'elle avait fait un cauchemar. Nous avions ricané en croyant qu'elle ne parvenait pas à différencier le rêve de la réalité. J'imaginai la réaction de Lauren quand je lui en parlerais et aussitôt, un petit rire nerveux m'échappa. Elle allait sans doute se montrer inventive dans ses jurons !

Il fallait que je prévienne les autres filles, pour m'assurer qu'elles fermeraient leurs portes à clé dorénavant. Surtout si en plus de son somnambulisme, Poppy présentait des lubies effrayantes. Elle n'avait pas compris qu'en la découvrant là, dans le noir, j'avais cru ma dernière heure arrivée…

Je me retournai dans le lit, les yeux braqués sur la porte dans la crainte de la voir revenir. Je songeai que ce serait à mon tour de souffrir d'insomnie, car après une telle scène, mon esprit fonctionnait à toute allure en pensant aux autres habitants de Courtman House. Action Man allait sans doute l'ajouter à la liste des personnes infréquentables, et Phedra se retrouverait obligée de rester confinée dans sa chambre ! Cette idée incongrue m'aida à détendre mes muscles et je finis par me rendormir.

Je fus réveillée par une voiture qui démarrait dans la rue. Je bondis de mon lit pour écouter les bruits de l'intérieur : tout semblait calme. Amélie devait arriver dans l'après-midi, puisqu'elle aussi avait pris un billet *low cost*. Je devais la prévenir à tout prix, car elle était du genre à avoir confiance et ne pas verrouiller !

Chapitre 14 : Amélie

Les vacances de Noël avaient débuté sur une impression de montagnes russes : mes parents étaient venus me chercher et une fois engagés sur la route, j'insistai pour voir le site d'AZF. Trois mois après l'explosion, je doutais d'en distinguer les stigmates, mais je désirais observer par moi-même. Quelle ne fut pas ma stupéfaction de constater qu'un cratère immense avait englouti le bâtiment qui se trouvait là auparavant ! La cheminée, aux bandes blanches et rouges, trônait au milieu des décombres, telle la gardienne du carnage…

En passant dans le quartier voisin, je découvris l'ampleur des dégâts : toutes les constructions étaient dépourvues de vitres, certaines avaient été remplacées par des cartons, des bâches, ou des planches.

— Pourquoi tout ça n'a pas été changé depuis septembre ?

— C'était le chaos, Amélie, tu n'imagines pas, avoua ma mère. Il y avait du verre et de la poussière partout, les gens étaient affolés, perdus… ça ressemblait à une scène de guerre !

— Mais pourquoi ne m'as-tu rien dit ?

— Quand j'ai su que toute la famille allait bien, j'ai voulu te rassurer : pour nous, ça s'est limité à changer quelques vitres. Mais tout le monde n'a pas pu être sauvé ! L'explosion a causé plus de trente morts et des milliers de blessés. On a eu beaucoup de chance…

Mes yeux se troublèrent à la vue de ces bâtisses éborgnées, et de cet immense champ de ruines qui avait été une usine… Encore sous le choc, je suivis mes parents dans la maison de mon enfance. Soudain, je fus entourée par une foule compacte : tous mes proches s'étaient regroupés et avaient préparé un buffet pour fêter mon retour ! Je fus reconnaissante de leurs efforts, et surtout, je me sentais heureuse de les voir épargnés par la tragédie qui avait endeuillé Toulouse…

Je passai le plus clair de mon temps à rendre visite à des amis et à de la famille. Puisque j'habitais à l'étranger, tout le monde se rendait disponible et je n'eus pas une seconde de répit : chaque journée consistait en une succession d'invitations, repas ou sorties. Pour le Nouvel An, nous avions loué un gîte en montagne. La fête dura toute la nuit, puis, vers cinq heures, n'étant toujours pas couché, un petit groupe décida d'aller skier à l'ouverture de la station et de rentrer se reposer ensuite. Tandis que les autres vacanciers dormaient à poings fermés, nous fûmes les premiers sur les remonte-pentes, presque vides… Après la chaleur du chalet et les heures passées à danser, la sensation de froid sur les joues était vivifiante ! Je glissais avec délectation sur la neige immaculée. Nous quittâmes les pistes vers midi.

Le lendemain, nous reprenions la direction de Toulouse, et il me faudrait déjà songer au retour en Angleterre. J'étais à la fois rassasiée de mets régionaux typiques, que je n'avais pas l'occasion de déguster en Angleterre, et de fêtes. Je me sentais ressourcée, j'avais oublié le stage et les difficultés à m'imposer face à des adolescents qui assimilaient le français à une langue morte !

J'eus le plaisir de voyager sans encombre : pas de retard d'avion, pas d'arrêt intempestif du métro londonien, pas d'incident non plus à bord des trains en direction de Chelmsford !

La maison était plongée dans le silence lorsque je poussai la porte. Abi m'avait envoyé un mystérieux message dans la matinée, me priant de passer la voir, dès mon arrivée. Aucune information sur cette soudaine urgence, aucune formule de politesse. C'était surprenant, surtout en ce début janvier, où, tant en France qu'en

Angleterre, l'expression « bonne année » se substituait aux bonjours…

Chargée de ma grosse valise, l'escalier me parut plus long et plus raide qu'à l'accoutumée. Une fois sur le palier du premier étage, mon front perlait de sueur. J'envisageai le luxe d'un bain puisque nous n'étions que trois dans la maison, ce qui nous attribuait une salle de bains chacune…

Je n'eus pas le temps de tourner la clé dans la serrure qu'Abi ouvrit sa porte à la volée, en jetant des regards soupçonneux par-dessus son épaule. Je lâchai ma valise dans le couloir, et la suivis. Elle referma derrière moi.

— Salut ! Tu as passé de bonnes vacances ?

— Oh, pardon, répondit-elle en se frottant le front. Oui, c'était génial…

— Qu'est-ce qui ne va pas alors ?

— C'est Poppy ! Je crois qu'elle a un vrai problème là.

De l'index, elle tapotait sa tempe. Depuis sa crise de larmes après la soirée *Back to school*, j'avais pressenti que Poppy cachait ses émotions et ses souffrances, mais ce n'était pas parce qu'elle réagissait différemment que nous devions la traiter de folle. J'exprimai ces réticences à Abi, en m'efforçant de ne pas la froisser. Elle semblait étrangement tendue, telle une personne qui craint d'être suivie dans une ruelle obscure.

— La nuit dernière, je me suis réveillée parce que je sentais une présence dans la pièce. Tu sais cette impression que l'air a changé de densité dans ton dos, que ta nuque picote à force d'être observée…

— Oui…

— Je n'avais aucune idée de l'heure qu'il était, mais il faisait sombre, heureusement que mes rideaux étaient ouverts ! J'ai pu l'apercevoir, elle se tenait là.

Abi indiquait l'espace vide entre son bureau et la table de chevet. Je suivis son geste du regard, confuse, puis je déduisis que « elle » ne pouvait désigner que Poppy.

— Attends, la coupai-je, si je comprends bien, Poppy est venue dans ta chambre au milieu de la nuit ?
— Oui !
— Ah ! Elle devait avoir une nouvelle crise de somnambulisme, précisai-je pour rationaliser.

Abi prit un air dubitatif, et quelque chose dans sa consternation m'incita à passer sous silence le fait que certains somnambules pouvaient donner l'impression de tenir une conversation cohérente…
— Ce n'était pas ça ! Quand j'ai vu qu'il y avait quelqu'un, j'ai hurlé. Si fort que si elle avait été endormie, je te garantis qu'elle se serait réveillée aussitôt. Elle m'a dit qu'elle aime regarder les gens pendant leur sommeil, que ça l'apaise…

Soudain, je saisis les implications de cette révélation : elle n'en était pas à son coup d'essai, et peut-être nous avait-elle joué la comédie ce fameux soir où je l'avais raccompagnée jusqu'à sa chambre ? Mes jambes se dérobèrent sous moi, et je me laissai tomber sur le lit, à côté d'Abi, maintenant tout aussi abattue qu'elle.
— Il faut prévenir les autres, et fermer à clé pour la nuit, annonça Abi avec pragmatisme. J'ai tenté de lui faire entendre que ce n'est pas normal d'agir ainsi, mais elle ne voit pas ce qui peut nous gêner.
— Elle ne comprend rien au concept d'espace individuel, à l'intimité ? m'écriai-je, soudain révoltée par un tel manque de respect.

Aussitôt, je songeai que, dans les mois écoulés, je n'avais que rarement fermé ma porte à clé… Le déclenchement de l'alarme dès le début m'avait fait craindre de rester coincée en cas d'incendie. J'étais arrivée à la conclusion que les quelques secondes perdues à déverrouiller pouvaient s'avérer cruciales en situation d'urgence. Mes perspectives venaient de changer radicalement ! Et une question tournait en boucle dans ma tête : combien de fois Poppy était-elle entrée chez moi pendant mon sommeil ? Je la prononçai à haute voix, comme si lui donner une consistance allait me débarrasser de cette incertitude. Je supposais qu'Abi avait dû nourrir des interrogations similaires.

— Depuis que je l'ai trouvée là, je n'ai pratiquement plus dormi. Je me demande si elle fait ça souvent…
— Tu lui en as parlé aujourd'hui ?
— Je ne l'ai pas vue… Tu sais, ajouta-t-elle, Ana-Luisa l'a aussi aperçue dans sa chambre il y a quelque temps, mais, avec Cate, on a pensé qu'elle n'était pas bien réveillée à ce moment-là. Je comprends pourquoi elle s'enferme à double tour.
— Ana-Luisa ?
— Tu n'as pas remarqué ? Dès que la porte claque, elle tourne la clé ! Et si elle ne mange pas dans la cuisine, c'est parce qu'elle ne veut pas se retrouver seule avec Poppy.
— Elle t'a dit ça ?

J'étais effarée, j'avais pris Ana-Luisa pour une snob, qui ne nous jugeait pas assez bien pour partager son repas, et j'apprenais qu'en réalité c'était la crainte qui guidait son comportement. Elle redoutait Poppy ! Cette situation était absurde : pourquoi Ana-Luisa se renfermait-elle sur elle-même au lieu de régler le problème, ou au moins en parler ?

Toute cette histoire me perturbait. Je venais de prendre conscience qu'il me serait désormais impossible d'accorder ma confiance à Poppy. Qui ignorait manifestement tout des compétences sociales de base…

Je vidai ma valise et profitai du calme ambiant pour utiliser la machine à laver, sans attendre. La nuit était tombée, et je n'avais aucune envie de cuisiner. Je proposai à Abi d'aller manger au pub afin de remettre les corvées domestiques au lendemain. Elle s'empressa d'accepter et nous sortîmes en catimini, peu désireuses de croiser Poppy.

La salle n'était occupée que par quelques personnes, regroupées autour de la cheminée. Jared servait une bière à une jolie rousse, mais l'atmosphère entre eux semblait électrique. Je le compris au visage fermé de l'Australien. Lui, qui d'habitude plaisantait de tout et riait fort, parlait d'une voix rauque et agressive. De toute évidence, son début d'année comportait des embûches. Quand la jeune fille rejoignit son groupe, j'appris qu'elle était la petite amie de Jared et qu'elle venait juste de le mettre à la porte. Toutes ses affaires étaient entreposées derrière le bar. Il ne savait pas où loger !

— Tu n'as qu'à dormir chez nous cette nuit, suggéra Abi.

— Oh, ronronna-t-il, tu me fais des avances ? Je suis flatté !

— Redescends sur Terre, rétorqua Abi pour doucher son enthousiasme. Je pensais que, puisque ta planche de surf traîne dans notre cuisine, tu pourrais t'en servir de matelas !

J'éclatai de rire : seule Abi pouvait énoncer de telles propositions sans se départir de son sérieux ! Jared fit une moue enfantine et se tourna vers moi, avec une expression de gamin qui cherche à attendrir ses parents.

— Amélie, tu ne me laisseras pas dormir sur une planche de surf, hein ?

Derrière sa comédie, je percevais la blessure à vif. J'ignorais la raison de sa rupture, mais je trouvais sévère de le jeter dehors en sachant qu'il n'avait nulle part où aller. Mon esprit examina les possibilités et je répondis :

— Non, ça ne doit pas être confortable…

À mon grand étonnement, il quitta le bar et me prit dans ses bras avec spontanéité.

— Je me doutais bien que tu avais un faible pour moi, annonça-t-il en endossant à nouveau son rôle de séducteur.

De l'autre côté de la pièce, son ex me fusillait du regard. Je m'écartai de lui, souris ironiquement et déclarai :

— Qui t'a dit que j'allais te laisser dormir avec moi ?

— Tu me brises le cœur, moi qui croyais que tu m'aimais bien…

— Ce n'est pas la question. J'ai juste précisé que tu ne seras pas obligé de coucher sur ta planche. J'ai une chauffeuse, je peux te la prêter et tu t'installeras dans la cuisine.

— C'est toujours mieux que dehors.

Sur ces derniers mots, il m'effleura la joue de ses lèvres avant de reprendre son poste. Il enregistra nos commandes et quand la nôtre

fut prête, il vint nous la servir. Il avait dessiné un cœur avec le ketchup sur mon steak.
— C'est cool pour la chauffeuse, dit Abi.
— Tu allais vraiment l'obliger à dormir sur sa planche de surf ?
— Mais non ! Souviens-toi, les coussins des fauteuils sont amovibles, on lui aurait bricolé un matelas…

Jared éveillait en nous des instincts maternels. Au-delà de son charme et de ses sourires, quelque chose dans sa gentillesse et sa spontanéité le rendait irrésistiblement sympathique. Si je n'avais pas rencontré Stefan, peut-être aurais-je succombé à sa personnalité attachante et à ses yeux d'adorable crapule ?

Tandis que nous mangions, notre conversation prit la tournure que j'avais anticipée à mon retour : nous évoquâmes nos soirées, nos cadeaux de Noël et bien sûr Abi me demanda si j'avais des nouvelles de Stefan. J'avais été la première étonnée : il m'envoyait des mails ou des SMS presque tous les jours ! Il était l'expéditeur de mon premier message de vœux de l'année ! J'espérais ardemment le voir revenir pour son deuxième stage, car sa prévenance démontrait que je comptais pour lui. Nos baisers lors de sa dernière nuit à Chelmsford m'avaient confirmé notre attirance réciproque, mais je voulais une vraie relation avec lui !

Jared se présenta à notre porte après la fermeture du pub, il portait un sac à dos élimé sur l'épaule. J'avais descendu ma chauffeuse et nous lui avions trouvé des draps et une couverture.
— Merci, vous êtes des stars, les filles, nous complimenta-t-il au moment où nous le laissâmes s'installer.

Poppy arrivait dans le couloir, je la prévins de la présence de Jared. Je ne pus m'empêcher de la dévisager, comme si je découvrais une nouvelle personne. Je lui expliquai que nous dépannions Jared… Elle m'interrompit d'un mouvement gracieux.
— Je sais ce que c'est que la solitude… En ce qui me concerne, il peut rester aussi longtemps qu'il en aura besoin.

Je retrouvais Poppy telle que je la connaissais : polie, serviable et chaleureuse.

Le lendemain, je me réveillai vers huit heures, ce qui constituait une grasse matinée puisque depuis mon arrivée dans ce pays, j'ouvrais les yeux aux premières lueurs du jour. Je déplorais l'absence de volets aux fenêtres, et j'avais essayé de bloquer la lumière, en superposant un coupon de tissu foncé, faisant office de rideau, que j'ajustais tous les soirs avant de me coucher. Malgré toutes ces précautions, les rayons de soleil pénétraient dans la pièce par les imperfections de mon assemblage.

Je devais accuser le coup des nuits trop courtes pendant mon séjour en France. C'était dimanche, et j'appréciais d'être restée au lit plus longtemps qu'à l'accoutumée. Je descendis pour le petit déjeuner et c'est devant la porte fermée que je me rappelai la présence de Jared.

J'ignorais s'il dormait encore. Je pris mille précautions pour empêcher la poignée de grincer, je me faufilai dans la pièce à pas de loup, avec l'intention de récupérer mes affaires, puis d'aller manger dans l'autre cuisine. Mais Jared s'éveilla dès que j'ouvris le placard.

— Salut ma belle, lança-t-il d'une voix caverneuse.

— Salut beau gosse. Tu as bien dormi ?

— Je ne me plains pas, j'ai un lit, des draps propres, et une jolie fille pour me réveiller.

— Je prépare du chocolat chaud, tu en veux ?

— Continue comme ça et je te demande en mariage, plaisanta-t-il.

Il se leva et s'étira de tout son long. Sa peau dorée révélait son arrivée récente dans le pays : ici, personne avec sa couleur de cheveux ne maintenait un tel hâle plus de quelques mois ! Il enfila un tee-shirt et vint s'asseoir en face de moi. Flirter était chez lui aussi automatique que respirer ! Il ne cessait de ponctuer ses phrases de compliments ou de mots doux. Je souriais, mais il semblait dépité de ne pas parvenir à ses fins.

— Ne te sens pas obligé de me draguer parce que je t'ai prêté un lit de fortune… De toute façon, ça ne marcherait pas, ajoutai-je malicieusement, j'ai déjà quelqu'un d'autre en vue !

— Pourquoi je ne vous vois jamais ensemble ?

— Parce qu'il est rentré en Allemagne pour ses études.
— Toi, tu es vraiment une lady : tu aides sans rien attendre en retour et en plus ton chocolat chaud est délicieux ! Si ton copain ne revient pas bientôt, il risque de se faire voler la place !

À son attitude, je devinais qu'il n'était pas accoutumé aux petites marques d'attention. Peut-être était-il orphelin, lui aussi ?

Lauren arriva accompagnée de Lee, venu passer quelques jours. Il salua Abi en vieille connaissance et celle-ci me raconta qu'ils s'étaient rencontrés à Manchester pendant les vacances. Avec le retour de Lauren, d'énormes éclats de rire retentissaient dans les couloirs. Elle nous supplia de lui laisser la grande cuisine le temps d'un repas aux chandelles avec Lee. Je fus étonnée de les voir si attentionnés, j'étais plus habituée à les entendre s'invectiver au téléphone…

Au cours du week-end, nos colocataires, à l'exception de Mei – qui prolongeait ses vacances d'une semaine – rentrèrent au compte-goutte, et la maison résonna des bruits de ses habitantes : rigolades, pas précipités dans les escaliers, conversations, bouilloire…

Jared, qui ne travaillait pas le dimanche soir, revint l'air sombre, les bras chargés d'un carton défoncé. Il nous avoua que son ex avait fait changer la serrure et avait jeté le reste de ses affaires dans la rue. Il nous implora de l'héberger quelques nuits supplémentaires, et puisqu'il dormait dans la cuisine, personne ne s'y opposa.

Le lundi marquait le début de la deuxième expérience professionnelle pour Abi et moi. Quand j'avais découvert la localisation, j'avais été furieuse : on m'envoyait à l'autre bout du comté ! Tous les étudiants contraints de faire de longs trajets lors du premier stage se rapprocheraient de leur domicile pour le suivant. Sauf moi ! J'avais éprouvé de la rancœur, car au moment où j'avais souligné cette contradiction, notre formatrice s'était contentée de me démontrer que ma prochaine école se situait deux miles plus près… Mais il fallait emprunter des routes départementales, étroites et sinueuses, en plein mois de janvier, le temps de transport serait identique, voire allongé…

Les vacances m'avaient aidée à me résigner. J'espérais que ce nouvel environnement m'offrirait des conditions d'apprentissage plus propices que le précédent. En découvrant les lieux, je constatai très vite qu'en ce qui concernait la discipline et le respect, j'étais gagnante. L'école regroupait des élèves de onze à dix-huit ans. Après le collège, le port de l'uniforme n'était plus obligatoire, mais cet établissement, qui obtenait les meilleurs résultats du comté, tenait à perpétuer certaines traditions. Les lycéens étaient donc vêtus de costumes et de tailleurs, afin de les préparer à la vie active.

À mon arrivée, je fus conduite en salle du personnel par la collègue qui m'avait accueillie à l'entrée. Elle m'entraîna dans une rapide visite qui me stupéfia : les élèves parlaient avec respect et je sentais qu'ils appréciaient leurs enseignants ! Cette situation était inédite pour moi : depuis que j'avais commencé ma formation, j'avais été confrontée à toutes sortes de comportements néfastes, allant de l'insolence aux menaces. Les locaux étaient également mieux entretenus. Ma guide me présenta les membres du département de langues étrangères dont le responsable me tendit une impression de mon futur emploi du temps. Je découvris qu'ici, contrairement aux professeurs de mon établissement précédent, personne ne considérait mon intervention comme une opportunité de se décharger de leurs pires classes : au contraire, j'allais pouvoir enseigner en collège et au lycée !

Dès les premières heures de cours, je sus que j'allais regretter de ne pas pouvoir finir l'année scolaire dans cet établissement. Le rapport avec les élèves s'avérait tellement agréable que je prenais confiance, je ne me sentais pas constamment sur la sellette. La qualité de ma pédagogie s'en ressentait, et, pour la première fois depuis un moment, j'étais convaincue de réussir !

Abi avait une expérience inverse : sa deuxième école était vétuste, ses collègues peu motivés, et en seulement quelques jours, elle comprit qu'ils ne prenaient des stagiaires que pour s'affranchir de quelques heures de travail, sans réelle intention de les former…

Le vendredi de la rentrée, tous les apprentis professeurs furent regroupés pour une session commune. On nous informa qu'en mars plusieurs chefs d'établissements viendraient présenter les postes à pourvoir pour septembre. J'en déduisis que pour les matières déficitaires comme la mienne, ce serait l'occasion de décrocher un emploi avant l'obtention du diplôme ! Mes amis français n'allaient pas en croire leurs oreilles !

Mathilde m'indiqua à cette occasion que l'école qui l'avait accueillie lors de son premier stage lui avait offert une embauche afin de combler un départ à la retraite. À six mois de la fin de nos études, elle avait déjà l'assurance de travailler ! Impressionnée, je lançai :

— Ça s'arrose !

— Passez chez moi ce soir après les cours, proposa-t-elle en incluant Ophélie, j'ai prévu un apéritif et Nelson voulait cuisiner.

Je visualisai Nelson, son pantalon baggy et son sweat de rappeur, recouverts d'un tablier à froufrous... Je ne pus retenir un rire moqueur.

À mon arrivée, il avait confectionné des nuggets de poulet et du guacamole. Samuel avait acheté des chips et des boissons. Nelson s'évertua à s'asseoir à mes côtés, à me couvrir de remarques salaces ou de propositions outrancières, tandis que je feignais de ne pas avoir entendu. J'espérais qu'il se lasserait de ce petit manège. Pourquoi se sentait-il obligé de jouer les machos ? Je repensai à sa carte de Noël : il n'avait cherché à impressionner personne, et ses mots avaient exprimé une gentillesse qui m'avait touchée. Malheureusement, il n'y avait que par écrit qu'il osait se montrer authentique !

Chapitre 15 : Phedra

L'arrivée de Katie à Courtman House aurait dû susciter de la joie ; même dans mes rêves les plus fous, je n'avais imaginé une telle situation. J'avais des raisons de me réjouir, mais au lieu de cela, dès que nos regards se croisèrent, je me rendis compte que mon statut de victime me suivrait jusque dans ma nouvelle vie. La manière particulière dont elle se comportait avec moi depuis mon anniversaire, ce regard empreint de pitié et de tristesse, m'ôtait toute initiative. Elle me croyait incapable de tourner la page et d'être heureuse sans son assistance ! En plus, elle me jetait à la figure son aptitude à changer le destin, réussir tous les examens et surmonter tous les obstacles sur son chemin, tandis que moi, je devais recevoir de l'aide…

Ces pensées affluèrent tandis qu'elle m'expliquait ses démarches pour me rejoindre à Chelmsford. Et, au lieu de la gratitude qu'elle attendait, ce fut de la rage qui émergea : contre sa façon de croire qu'elle pouvait résoudre tous mes problèmes, de réfléchir à ma place ! En quelques secondes, tous ces sentiments se cristallisèrent en une boule de ressentiment et de colère qui me tira des larmes amères.

En la quittant, je savais que je m'étais montrée injuste, Katie n'avait que mon bonheur en tête… J'en avais marre qu'elle pense détenir la réponse à toutes les questions. Et surtout, j'anticipai le moment où elle me reparlerait d'aller au commissariat. Avec le temps, j'avais compris que de faire condamner Ian ne me rendrait pas ce que j'avais perdu. Il m'avait dépouillée de ma confiance en l'autre, du sentiment de sécurité que j'éprouvais avant et qui me soutenait dans mes projets.

Porter plainte signifiait étaler mon humiliation sur la place publique : tout le monde apprendrait que j'avais été la proie d'un type minable, qui vivait dans un squat crasseux. Même si je frissonnais à l'idée de le savoir en liberté, je ne souhaitais pas endosser le rôle de victime face à la justice.

Et surtout, je ne voulais pas l'entendre décrire les sévices qu'il m'avait infligés pendant mon inconscience ! Mes nuits étaient peuplées de cauchemars à ce sujet, et au réveil, l'ignorance m'apparaissait comme une bénédiction.

J'en avais conclu que pour me reconstruire efficacement, je devais traiter cet incident en mauvais rêve. Jusqu'à l'arrivée de Katie, j'avais noué de nouvelles relations, tout doucement, je trouvais ma place et je sortais de mon cocon.

Mais Katie, par sa seule présence, me renvoyait à cette nuit d'horreur.

Je passai plusieurs semaines à l'ignorer, ou à lui accorder le niveau de politesse minimum pour ne pas éveiller les soupçons des autres filles. Heureusement, ma rencontre avec Matt indiquait la lumière au bout du tunnel. Il se montrait protecteur et attentionné, venait me chercher à la fin des cours quand ses horaires le lui permettaient. Avec lui, je me sentais en sécurité, j'avais la certitude que s'il arrivait quoi que ce soit, il s'interposerait pour me mettre à l'abri du danger.

Dès les premiers instants, j'avais ressenti les choses avec une intensité accrue, je lui avais confié mon destin et nous avions brûlé les étapes. À partir de mi-novembre, il passait le plus clair de son temps avec moi. D'après les remarques d'autres filles, je devinai qu'elles trouvaient cela prématuré, mais elles ne pouvaient pas comprendre. Matt était un gentleman, un chevalier servant, mais il destinait cette facette à mes seuls yeux. Chaque jour, il me démontrait à quel point je comptais pour lui !

Et, malgré ce que j'avais subi, je me permis de rêver à une vie à ses côtés. Je voulus le présenter à mes parents, je souhaitais leur montrer mon bonheur tout neuf, mais Matt m'annonça que depuis plusieurs mois, il avait réservé un billet pour le Ghana, où vivait le reste de sa famille. Sa sœur venait d'accoucher, il désirait faire la connaissance de son neveu.

Il avait déserté l'Afrique depuis presque cinq ans pour ses études, et il n'y était pas retourné depuis… Un soir, je l'interrogeai sur ses motivations à quitter son pays d'origine, car j'étais dubitative quant à la capacité de l'Angleterre à susciter le rêve… Il y faisait gris en permanence, les habitations étaient étriquées par rapport à celle dans laquelle il avait grandi. La liste des avantages faisait pâle figure comparée à celle des inconvénients. Ce qu'il m'avait raconté ressemblait à une existence dorée : son père, diplomate, lui avait permis de vivre dans l'opulence, de bénéficier de la meilleure éducation, et de fréquenter la haute société.

Pour l'université, il avait opté pour le retour au Royaume-Uni, mais très vite, il s'était rendu compte que son niveau était inférieur à celui de ses pairs. Il soupçonnait ses parents d'avoir acheté son diplôme. Mais en prenant un petit boulot à la salle de gym, il avait découvert sa vocation. Il rêvait plus tard d'ouvrir un immense complexe sportif, qui permettrait à chacun de trouver son rythme et des cours adaptés.

Il se sentait davantage chez lui ici, où ses cheveux blonds attiraient peu de critiques. Il m'avoua avoir été trahi par des Ghanéens qui se prétendaient ses amis, par intérêt. Quand il raconta son histoire, elle ressemblait à celle de nombreux films où le fils de bonne famille est considéré comme une tirelire humaine par les autres. Jusqu'au jour où ils en demandent trop… Matt ne s'étendit pas sur les détails, mais je devinai que sa défiance envers les Noirs venait de là. Je tentai d'abord de le raisonner, de lui dire de ne pas généraliser, mais j'avais moi aussi occupé la position de la personne qui fait les mauvais choix.

Lorsque le sujet fut à nouveau abordé, je fus stupéfaite de ce qu'il me révéla. Il avait vu Anastasia voler les affaires des autres dans les placards de la cuisine et même emporter mon parfum dans sa chambre à plusieurs reprises ! Comme je l'avais laissé dans ma trousse de toilette, dans la salle de bains face aux escaliers, j'allai aussitôt le récupérer. Je plaçai l'élégant flacon orné d'un coquelicot sur le rebord de ma fenêtre. Là, elle ne viendrait pas le chercher !

Je commençais à me méfier d'elle quand un soir, peu avant les vacances de Noël, je l'entendis parler à Katie. Elle médisait de Matt et le rendait responsable de mon éloignement ! De quoi se mêlait-elle ? J'étais sortie pour me préparer une tasse de thé, mais leur conversation m'avait arrêtée. Anastasia conseillait à Katie de se défier de Matt et de se trouver de nouvelles amies…

J'allais intervenir quand je remarquai une silhouette à mes côtés : Poppy était arrivée en silence et me fit signe de la suivre dans l'entrée. Je constatai au passage que sa chambre était décorée d'une multitude de bougies. Je ne pus m'empêcher de songer à l'alarme, mais elle était capricieuse et avait sans doute décidé de ne pas se déclencher…

Avec sa distinction naturelle, elle me conseilla de ne pas envenimer la situation. Elle ajouta que, sous le coup de la colère, je pourrais proférer des horreurs que je regretterais aussitôt. J'ignore si c'est son ton raisonnable, le bien-fondé de ce qu'elle disait ou une prudence instinctive qui me guida, mais je résolus de l'écouter.

— Et puis, conclut-elle avec un sourire éclatant, si Katie est vraiment ton amie, elle saura revenir vers toi.

Je ressentis cette dernière remarque comme un coup de poignard : si Katie s'éloignait, c'était entièrement de ma faute ! Bouleversée, je retournai auprès de Matt. Il devina que j'étais tourmentée, mais je ne pouvais pas lui parler de mes relations tumultueuses avec mon amie sans évoquer mon agression. Je m'y refusais, je voulais que Matt m'apprécie, sans avoir pitié ! J'optai pour une autre vérité :

— Les filles discutaient des fêtes et je me suis rendu compte que nous ne serions pas ensemble pour le Nouvel An.
— Ne t'inquiète pas, me rassura-t-il, je ne t'oublierai pas !
— Tu m'enverras des messages ?
— Tous les jours, promit-il.

Il scella notre pacte par un baiser. Nous fîmes l'amour, et une fois encore je m'émerveillai de sa douceur et de sa délicatesse. Il ne montrait pas cet aspect de sa personnalité à mes colocataires qui feignaient d'être outrées de sa tenue, uniquement par jalousie : elles ne supportaient pas qu'un homme aussi sexy m'ait choisie, moi !

Lorsque je revins chez mes parents, je leur parlai aussitôt de lui, car même s'il n'était pas question d'une rencontre dans l'immédiat, les sentiments que je partageais avec Matt étaient de ceux qui durent et forgent les belles histoires. Je voulais préparer mon père à l'idée que sa fille n'était plus une adolescente sans cervelle…

Cela faisait presque un mois que je n'étais pas rentrée et ce laps de temps me sembla suffisant pour lui montrer que je prenais mon envol. Certaines remarques qui m'auraient contrariée ou mise en colère quelque temps auparavant furent accueillies par des réactions plus réfléchies.

Dave fut le premier de mes amis à me rendre visite. En habitant la maison mitoyenne, il avait été informé de mon retour en voyant la voiture à nouveau garée dans l'allée. Contrairement à Katie et moi, il n'avait pas souhaité poursuivre d'études longues, il avait accepté de travailler dans le magasin de son père, dont il devait hériter. De cette manière, il resterait dans notre petit village qui, à l'entendre, était le paradis sur terre ! Ces quelques mois de labeur lui avaient étoffé les épaules, il semblait en pleine forme.

Il proposa d'aller retrouver Gemma et Katie au pub du quartier. J'appréhendais de rencontrer Katie dans notre ville natale, mais c'était inévitable, alors autant ne pas reporter ! Et à ma grande surprise, j'éprouvais un bonheur sincère à son contact. La présence de Dave et Gemma tempérait nos relations houleuses… Je passai une agréable soirée en leur compagnie et j'entrevis la possibilité de renouer avec Katie.

La veille de Noël, un livreur sonna, les bras chargés d'un énorme bouquet de fleurs exotiques. Je signai le reçu et c'est à cet instant que je découvris qu'il m'était adressé ! La carte agrafée au papier de protection comportait un message imprimé dont l'expéditeur n'était autre que Matt ! Nous communiquions tous les jours, conformément à sa promesse, mais cette attention me toucha. Ma mère ne tarit pas d'éloges : ces fleurs magnifiques devaient coûter une fortune ! Il venait de marquer des points auprès d'elle, mais le plus difficile serait de gagner le respect de mon père. Depuis que j'étais en âge de flirter, il se montrait inflexible et jugeait les garçons que je fréquentais indignes de moi…

Après *Boxing Day*, je décidai d'aller rendre visite à Katie, sans Dave ni Gemma. Je désirais retrouver des rapports normaux avec elle, ne plus me sentir scrutée comme depuis son arrivée à Courtman House. J'espérais dissiper cette mésentente entre nous et renouer avec l'amie que j'avais toujours connue. Avec le temps, j'avais réfléchi à tout ce qu'elle avait sacrifié pour venir étudier à Chelmsford, et au lieu d'exprimer de la reconnaissance, je m'étais montrée ingrate au point de manifester mon ressentiment sans détour. Parce qu'elle compromettait son avenir pour quelque chose qui ne la concernait pas et sur lequel elle n'exerçait aucun contrôle…

J'avais éprouvé tant de fierté devant son succès, qui lui avait valu d'être acceptée parmi l'élite, que la voir jeter tout ce travail à la poubelle me mettait en rage. Et surtout, elle avait pensé à ma place, sans me demander mon avis.

Les premiers moments furent tendus, chacune désirant expliquer son point de vue à l'autre, puis je posai la question qui me préoccupait :

— Tu croyais vraiment que je n'allais pas m'en sortir sans toi ?

À mes oreilles aussi, cela sonnait comme une condamnation. Katie ne se laissa pas désarçonner et me répondit posément :

— Tu n'y es pas du tout ! Je pensais que ce serait plus simple pour toi d'avoir quelqu'un à qui te confier dans les environs, quelqu'un qui ne te jugerait pas et qui te comprendrait.
— C'est adorable, lui dis-je, bouleversée par sa générosité, mais tu as gâché tes études par ma faute !

Ses yeux s'agrandirent de surprise.
— J'ai vraiment l'air de quelqu'un qui veut brader son avenir ?
— D'habitude non…
— Cette fois-ci non plus, affirma-t-elle avec conviction. Tu la trouves si nulle que ça cette université ?
— Bien sûr que non !
— Eh bien, je l'ai choisie aussi… Au départ, j'avoue que j'avais seulement pensé à me retrouver avec toi, mais au bout de quelques semaines à Oxford, je me suis rendu compte que je n'y étais pas à ma place. Il y a une compétition permanente, certaines personnes te font des coups bas, juste parce qu'elles imaginent que tu représentes une menace. J'avais l'impression de vivre sous surveillance constante. Je sais qu'en travaillant, j'aurais atteint le niveau attendu, mais je n'ai pas cet esprit guerrier, cette envie d'écraser les autres…

Son aveu m'apprit qu'elle avait été soulagée d'un grand poids en arrivant à Chelmsford, et aussi que je l'avais mal jugée. De tout temps, Katie avait été la plus sérieuse de notre petit groupe d'amis, elle ne laissait rien au hasard. Si en quelques semaines elle avait compris qu'elle ne pourrait pas s'adapter au milieu des étudiants de ces écoles prestigieuses, elle avait certainement envisagé le moyen de tirer le meilleur parti de la situation. Comment avais-je pu la traiter ainsi, et imaginer qu'elle agirait autrement qu'avec bienveillance ?

Je versai des larmes, dépouillées de l'amertume des mois précédents. Non seulement je retrouvais mon amie, mais en plus, je lui découvrais de nouvelles qualités ! Loin de me rabaisser, elle valorisait mes choix et ne me réduisait pas au statut de victime ! En comprenant que je l'avais pardonnée, elle aussi se laissa aller à pleurer. Je la pris dans mes bras et lui dis :

— Au fond, je sais que tu as raison, je devrais parler à la police, mais je ne me sens pas prête à assumer les répercussions que ça aura sur ma vie… Tu as gardé les photos ?
— Oui.

Elle baissa les yeux. Je compris qu'elle les avait vues et qu'elles étaient choquantes. Je n'avais pas le courage de me confronter à cette réalité. J'avais aperçu mes blessures dans le reflet du miroir, mais j'avais tout de suite détourné le regard. Katie avait fait face à mon corps meurtri, ces clichés démontraient une vérité à laquelle j'essayais de me dérober.
— Je n'insisterai plus, annonça-t-elle d'une voix solennelle, mais sache que les photos sont à proximité et dès que tu en auras besoin, je les tiens à ta disposition…
— Merci.

Cette conversation nous permit de nous retrouver, de nous apprécier davantage. Le reste de mon séjour se déroula plus sereinement, j'en gardai le souvenir d'une succession de bons moments. Personne n'évoqua la possibilité d'une virée à Brighton, ce qui habituellement aurait été inscrit à notre programme de réjouissances… Mais j'avais les meilleurs amis du monde, ils savaient quand s'abstenir !

Dès que je pénétrai dans la maison, Abi me dit d'un ton pressant qu'elle devait me parler, que c'était urgent. Je l'invitai à me suivre dans ma chambre. En entrant, j'eus honte, nous avions tout laissé traîner : assiettes sales, vêtements en boule, chaussures. Abi n'accorda aucune importance à l'état du désordre, elle m'informa que je devais impérativement garder ma porte fermée à clé pour dormir. Elle me raconta sa mésaventure : elle s'était réveillée deux nuits plus tôt, Poppy penchée au-dessus de sa tête. Elle ajouta que d'après son échange avec Poppy, celle-ci lui avait précisé qu'elle trouvait du réconfort dans le fait de contempler le sommeil des autres…
— Pourquoi tu ne dis rien ? Tu ne me crois pas ?
— Au contraire, répondis-je, je ne suis pas étonnée.

— Ah bon ?
— Poppy est bizarre parfois…

J'évoquai les bruits qui me parvenaient : elle tapait sur la tuyauterie avec un objet métallique, elle parlait toute seule ou entretenait un dialogue avec une personne invisible. Toutes les filles qui s'étaient rendues à la cave avaient été témoins de manifestations surnaturelles, j'avais pensé que Poppy tentait de s'adresser aux esprits.

Abi semblait stupéfaite de ces révélations.

— Parfois, je peux saisir ce qu'elle dit et je t'assure qu'il n'y a personne avec elle. Elle doit imaginer la réponse dans sa tête parce qu'elle continue… Il paraît que pour certaines personnes, c'est un moyen de faire leur deuil : elles associent les défunts à leur quotidien et prétendent qu'ils peuvent entendre. Et depuis que j'ai remarqué son manège, je verrouille toujours ma porte…
— Tu fais bien, approuva Abi, car en plus elle est somnambule !
— Je sais, je l'ai déjà croisée dans la cuisine en allant boire.
— Mais pourquoi n'as-tu rien dit ?
— Parce que c'est privé, tout le monde n'a pas besoin de savoir…

Matt rentra deux jours après la reprise des cours. Nos retrouvailles furent passionnées. Il était désormais inutile de le cacher : je l'aimais éperdument. Je désirais vivre avec lui et ne plus le quitter.

En découvrant Jared qui dormait dans un coin de la grande cuisine, je compris que je ne devais plus hésiter. Puisque chacune pouvait faire venir qui elle voulait dans cette maison, j'allais installer Matt, qui, lui, n'était pas un chien perdu sans collier ! Je lui proposai d'abandonner sa colocation pour vivre à mes côtés. Je savais que Daphne n'aurait aucun mal à trouver quelqu'un pour le remplacer, mais pour lui, cela signifierait pouvoir économiser pour réaliser son rêve d'ouvrir une salle de sport. Il accepta avec enthousiasme et emménagea vers la fin janvier.

L'alarme fit des siennes quelques jours après son installation. Nous regardions un film, allongés sous un plaid quand l'horrible sonnerie retentit. J'avais l'impression qu'elle augmentait en volume à chaque déclenchement et j'étais étonnée que le voisinage n'ait adressé aucune plainte. Je soufflai, en espérant que quelqu'un d'autre se dévouerait pour éteindre cette cacophonie. Poppy ne réagissait pas, et aucun bruit de pas n'indiquait que les filles des étages descendaient. Je soupirai à nouveau en comprenant que cette fois-ci, j'allais devoir m'en occuper.

Matt posa sa main sur ma hanche et me dit de ne pas bouger, il allait se rendre à la cave. Il savait où aller puisqu'il avait assisté au déclenchement de l'alarme dès sa première visite. Je lui donnai la marche à suivre et le regardai se diriger vers le sous-sol d'un pas décidé. La sirène sonnait, toujours plus stridente. Abi et Lauren descendaient l'escalier d'une démarche manquant d'assurance. Elles devaient redouter d'aller actionner le levier. Je m'approchai pour leur indiquer que c'était inutile quand l'horrible bruit se tut.

Abi et Lauren rebroussèrent chemin en m'adressant un signe de la main. Le silence contrastait avec le vacarme des minutes précédentes, ce détail me marquait à chaque nouveau déclenchement et je percevais un écho qui m'emplissait les oreilles. La silhouette de Matt se profila en contre-jour. Il tourna la clé et s'adossa à la porte, soulagé. Livide, il n'esquissait pas le moindre mouvement, je m'approchai : il était en état de choc.

— Qu'est-ce qui t'arrive ?

— Il y a quelque chose de malsain dans cette cave…

— Un fantôme ? suggérai-je.

— Je ne suis pas sûr… J'ai senti la température chuter, une puanteur épouvantable et j'ai eu l'impression d'entendre des murmures. Je dois avoir l'air de paniquer, mais c'était réel !

— Je sais. Chaque personne qui a pénétré dans cette cave ressort avec ce malaise. Certaines ont aperçu une femme, mais les autres ont éprouvé ce que tu décris : du froid, un souffle, quant à l'odeur, je pense qu'elle stagne… Je crois que c'est Courtman House qui te souhaite la bienvenue à sa manière !

Je m'exprimais avec une assurance que j'étais loin de ressentir. Voir Matt si ébranlé m'effrayait, aussi me sentis-je obligée de feindre la confiance. Je minimisai les incidents et répétai que la maison se manifestait à ceux qu'elle reconnaissait comme ses habitants légitimes. À ces mots, il éclata de rire et étouffa mes plaisanteries d'un baiser fougueux.

Katie, comme la majorité des colocataires, trouvait que je précipitais les choses en vivant avec lui, mais elle se garda bien de tenter de m'en dissuader. Elle avait compris que je voulais conserver le contrôle de mon intimité.

De son côté, elle avait suivi le conseil d'Anastasia de se rapprocher des autres habitantes. Même si j'avais des doutes sur l'auteur de cette recommandation, je devais admettre que pour le bien-être de Katie, ce serait une note positive dans son quotidien. C'est ainsi que Katie et Lindsey prirent l'habitude de se rendre à l'église ensemble le dimanche matin. Dans ma famille, les liens avec la religion étaient distendus, et je ne partageais pas la foi de mon amie. Néanmoins, je saisissais de manière confuse la dimension qu'occupait sa croyance : elle priait souvent pour ses proches ou pour entériner une décision importante. Je fus reconnaissante à Lindsey de se montrer si aimable et de l'inclure dans sa communauté religieuse.

Elles passaient des soirées à discuter de sujets qui me dépassaient. Désormais, quand Katie cuisinait, elle prévoyait aussi une part pour Lindsey, qui lui rendait la politesse. J'en éprouvais un pincement au cœur, comme si leur amitié nuisait à la mienne, mais aussitôt je me raisonnais. Cette connexion spéciale qu'elle partageait avec Lindsey, je ne pouvais la lui offrir. Et surtout, elle lui garantissait une vie sociale plus saine puisqu'elle n'était plus exclusivement centrée sur moi.

Elle chantait régulièrement au cours des cérémonies, et ce nouveau détail me confirma que l'influence de Lindsey s'avérait positive : Katie avait un penchant pour la musique depuis l'enfance. Elle avait fait partie de la chorale du collège, mais s'était désistée suite à une appréciation peu amène d'une fille qui ambitionnait de devenir professionnelle. Cet événement l'avait persuadée qu'elle n'avait aucun autre talent que les études. Pour ma part, j'étais plutôt convaincue que cette fille avait voulu écarter la concurrence… Je rabâchais à Katie qu'elle avait un timbre pur et qu'en s'exerçant, elle pourrait tout à fait pratiquer sa passion dans un ensemble vocal ou dans les karaokés.

L'église lui offrait une scène et Lindsey, les encouragements nécessaires. Elles répétaient parfois chez Lindsey, ce qui me donnait le sourire pour mon amie.

En revanche, Amélie appréciait beaucoup moins la situation, car Lindsey et Katie s'entraînaient le dimanche vers sept heures, accompagnées à la guitare, interrompant ainsi son sommeil…

Chapitre 16 : Catherine

Après l'emménagement d'Action Man, je proposai à Travis de venir habiter avec moi. Je savais qu'il résidait dans un bâtiment que le propriétaire avait divisé en autant de logements que possible, afin d'en exploiter chaque recoin. Son espace personnel se limitait à une pièce minuscule sous les toits, guère plus spacieuse qu'un placard, dotée d'une lucarne aux dimensions tout aussi modestes. Par manque de place, il pliait et dépliait un vieux futon. Il avait proposé à Jared de l'héberger, puisque celui-ci n'avait pas trouvé d'appartement à la hauteur de ses moyens.

Quand je m'étonnai de leur précarité, Travis m'expliqua qu'étant issus de familles humbles, et ayant tout misé sur leur voyage, leurs maigres économies avaient assuré la caution de leurs chambres. Ils ne travaillaient qu'à temps partiel au pub et acceptaient parfois des missions d'intérim dans le bâtiment, leurs salaires comptaient parmi les plus bas pour des tâches souvent épuisantes. Jared, en s'installant avec son ex, avait été soulagé du paiement du loyer pendant un mois, puis se serait retrouvé à la rue sans l'intervention d'Abi et d'Amélie…

Ma chambre était loin d'être un palace, mais avec son plafond haut et ses larges fenêtres, elle contrastait avec le recoin sombre auquel Travis avait dû s'adapter. Il s'enthousiasma à l'idée de vivre avec moi et bricola des étagères au-dessus de l'armoire pour rentabiliser l'espace.

Un matin, peu après son emménagement, je décidai de l'accompagner pour le petit déjeuner. Dans le couloir, Ana-Luisa nous toisa d'un regard méprisant. Nul doute qu'elle devait nous avoir classés dans la catégorie des pécheurs ! Je lui cédai la place en tentant de réfréner un éclat de rire. Après tout ce temps, elle ne s'était pas décoincée. Elle sortait parfois, avec d'autres Espagnols, tous dotés de cols roulés ou d'écharpes dignes du Pôle Nord. Elle revenait très tôt, seule. Cette fille était une nonne…

Depuis notre retour de vacances, Jared s'était mis en devoir de se dénicher une nouvelle copine au sein de la colocation. Il désirait rester dans cette maison, qu'il assimilait à un refuge. Il avait tenté sa chance auprès de chaque célibataire, y compris Ana-Luisa. Qui l'avait giflé en guise de réponse !

Abi et Katie lui avaient ri au nez, Lindsey avait rougi et claqué sa porte en le priant de partir, Mei avait feint de ne pas comprendre. J'ignore ce que lui avait dit Amélie, mais il revint de son entrevue avec elle, le sourire aux lèvres, en déclarant :

— Dans sa façon de me rejeter aussi, elle se comporte en lady !

— À propos de lady, tu as essayé avec Poppy ?

J'avais glissé cette petite phrase comme on lance un défi, et bien sûr, Jared ne refusait pas un challenge !

— Je voudrais bien, mais quand je rentre du pub, elle n'est jamais là.

— C'est une couche-tôt, l'informai-je, amusée de constater qu'il prenait ma proposition au sérieux.

Pas un instant je n'avais envisagé son succès. Aussi, quand je le vis précéder Poppy en direction de sa chambre, quelques soirs plus tard, j'en déduisis ironiquement qu'il avait fait connaissance. Et qu'Amélie avait retrouvé sa chauffeuse !

Il y avait désormais trois couples à Courtman House, chiffre qui augmenta soudainement un week-end : Lee, le copain de Lauren, vint passer quelques jours de congés et Emma filait le parfait amour avec un Kényan athlétique. Bien sûr, Action Man trouva matière à critiquer et avec une maladresse confondante, il tenta d'expliquer à Emma qu'elle se trompait.

J'entendis leurs éclats de voix depuis mon lit ! Emma, furibonde, le somma de se taire et lui donna un ultimatum : soit il cessait ses remarques racistes, soit elle le dénoncerait au service logement.
— Je ne passe pas mon temps à dire à Phedra qu'elle devrait changer de copain, alors tu vas arrêter tout de suite ! Tu as choisi de t'installer ici en connaissance de cause. C'est une colocation, fais avec, ou va-t'en !

Je pouffai de rire : elle venait d'énoncer ce que les habitantes de cette maison rêvaient de lui exprimer. J'entendis la porte claquer et un martèlement de pas. Action Man savait qu'il n'aurait pas le dernier mot, mais qu'il pouvait continuer son travail de sape auprès de Phedra. De toute évidence, elle finirait l'année universitaire ici et ils trouveraient un logement à deux, pour la prochaine. Bon débarras !

J'aimais bien Phedra. Avant l'arrivée d'Action Man, nous devenions proches, mais il avait tout gâché. Il semblait considérer que chaque résidente représentait un obstacle à sa relation. Avec l'ajout de Lee et du Kényan, il ne se comportait plus en coq de basse-cour et ne se promenait plus en sous-vêtements que pour se rendre à la salle de bains…

L'atmosphère se modifia avec tous ces couples, chacun en quête d'intimité. Anastasia avait choisi de passer du temps chez son copain après son service à la pizzeria.

De leur côté, Abi, Amélie, Mei et Katie décidèrent de sortir. Elles revinrent euphoriques après la fermeture de la discothèque, accompagnées d'Ophélie, Mathilde, Samuel et Nelson. Ils s'installèrent dans la grande cuisine pour continuer leur fête.

Travis avait travaillé tard et dormait à poings fermés, mais je me sentais d'humeur festive. J'enfilai un jean et une tunique pour me joindre à eux. J'aimais bien Samuel avec qui je partageais quelques cours. En revanche, Nelson me mettait mal à l'aise, son regard perçant m'évoquait celui d'un tueur à gages. À mon arrivée, il m'adressa un sourire lumineux et il m'invita à danser.
— Mais il n'y a pas de musique, protestai-je.

— C'est pour ne pas réveiller les autres, m'expliqua Abi, avachie sur un fauteuil.

Ophélie remplissait les verres vides, elle avait manifestement trop bu et passerait sans doute la matinée à cuver sur la chauffeuse d'Amélie. Mathilde dansait avec Samuel, sur un rythme lent. Je les observai un instant et Nelson me glissa à l'oreille :

— Il suffit d'imaginer la chanson dans ta tête. Pour eux, c'est un slow, mais moi, j'ai envie d'un truc qui bouge.

— Justin Timberlake ! m'écriai-je.

— Pourquoi pas ?

Il m'entraîna dans quelques pas fantaisistes tout en chantant faux. Son style rappeur rebelle lui servait de façade, compris-je soudain. Dès que je me dirigeai vers les boissons, il fit le siège d'Amélie : il voulait danser avec elle, insistait lourdement et répéta qu'il n'accepterait pas un refus. Amélie obtempéra avec un soupir théâtral et guida les mains de Nelson sur ses épaules, et non plus sur sa taille ou ses hanches. Nelson se montrait trop entreprenant, et s'il avait eu l'ombre d'une chance, avec ce genre d'attitude, il venait de lui dire adieu !

Ce manège durait depuis des mois, m'expliqua Ophélie en aparté. Elle ajouta qu'à la place d'Amélie, elle aurait mis ce malotru dehors à coups de pied. Ce dernier détail me rappela les mots de Jared, que je répétai :

— Amélie se comporte en véritable lady.

— Oui, mais les ladies se prennent trop la tête, et elles ne peuvent pas s'amuser tranquillement.

Elle heurta ma bouteille avec la sienne qu'elle vida d'une traite avant d'éclater de rire et de s'affaler bruyamment dans un fauteuil.

Soudain, la porte s'ouvrit et Phedra apparut enroulée dans un peignoir blanc, et d'un air contrit, elle nous implora :

— Désolée, mais vous pourriez faire moins de bruit, il est tard et je dois me lever tôt demain.

— De toute façon, on allait rentrer, affirma Mathilde en entraînant d'autorité Nelson vers la sortie.

Samuel leur emboîta le pas en envoyant des baisers à chaque personne présente. Il était aussi charmant que Nelson était outrancier…

Leur départ sonnait la fin des festivités, Abi, Amélie et Ophélie prirent la direction du premier étage.

Le lendemain, je croisai Ophélie qui rentrait chez elle, le teint blafard et les yeux cernés. En début d'après-midi, quelqu'un actionna la cloche de la porte d'entrée. Je décidai d'aller ouvrir en songeant que quand quelqu'un sonnait sans être attendu, c'était rarement une bonne nouvelle. J'anticipai un voisin mécontent et je fus surprise de trouver sur le perron une femme dans la quarantaine, les bras chargés de cartons. Elle portait des vêtements à paillettes, trop courts pour son âge. Son maquillage soulignait ses rides plutôt que de les gommer, et ses cheveux, d'une vilaine couleur jaunâtre, laissaient apparaître deux pouces de racines brunes…

— Bonjour, c'est bien Courtman House ?

— Oui.

— Enchantée, je m'appelle Eleanor, je vais habiter ici le temps d'obtenir un logement social avec mes enfants.

Comme je restais interdite, en plein passage, elle m'expliqua son histoire dans les grandes lignes. Elle avait repris ses études en septembre, suite à un divorce. Son mari, un alcoolique récidiviste, l'avait battue et lui avait cassé deux côtes quand elle avait voulu le quitter. En plus de son addiction, il jouait. Elle avait donc renoncé à la pension alimentaire et s'était enfuie. Elle avait ensuite confié ses deux plus jeunes enfants à sa fille aînée et son gendre. Elle répéta que cette situation ne durerait pas.

Éberluée, je la laissai entrer. Elle me demanda où se trouvait la chambre 7. C'était celle que l'amie de Mei avait occupée pendant quelques semaines. Amélie serait cernée ! Et Eleanor ne se distinguait pas par sa discrétion…

J'appris plus tard qu'à cause de la finesse des cloisons, Amélie assistait malgré elle aux insultes qu'Eleanor et son mari se hurlaient par téléphone. Dans ces moments-là, excédée, elle s'installait dans la grande cuisine.

Début février, je rencontrai Stuart Allen au détour d'un couloir. Il me questionna sur notre gestion des extincteurs : les utilisions-nous pour caler les portes ? Je soufflai avec agacement. Je ne m'expliquais pas son acharnement : il venait inspecter les lieux une fois par quinzaine, il pouvait constater que le matériel de sécurité était rangé ! Néanmoins, je ne voulais pas lui donner de prétexte pour nous causer des problèmes.

— Ils sont tous à leur place, je vous assure que tout le monde a compris.

— Les incendies surviennent fréquemment dans ces vieilles bicoques… Et il y en a déjà eu un à Courtman House.

— Ah bon ? Quand ? Vous êtes sûr que tout a été réparé ?

Ses lèvres s'étirèrent en un sourire narquois.

— Pas d'inquiétude, répondit-il, c'était dans les années 1960. C'est pour cette raison que les travaux de mise aux normes avaient été entrepris.

— Les années 1960, ça fait loin…

— Depuis, cette maison est surveillée, même si l'université ne l'a rachetée qu'en 1992. Une personne était décédée à l'époque, c'est pour cela que je suis si vigilant.

En rentrant, je trouvai Lauren, installée devant une tasse de thé. Je lui rapportai les propos de l'inspecteur. Je le soupçonnais d'avoir mentionné l'accident pour un seul motif : il ne me croyait pas ! Lauren laissa échapper un rire sardonique.

— Et il a raison ! C'est vrai qu'on n'utilise plus les extincteurs, mais si on se conformait au règlement, les portes coupe-feu seraient toujours fermées… Il est pas con, il doit se douter de ce qu'on fait dès qu'il a le dos tourné.

Entendre Lauren m'expliquer que nous ne respections pas les règles ébranla mes certitudes, ce que j'avais trouvé *cool* jusque-là m'apparaissait désormais comme des caprices de gamines immatures. Il fallait changer nos comportements.

Je revins à la conversation en évoquant l'accident.
— Tu penses que la personne morte dans l'incendie est l'esprit qui hante la maison ?
— C'est possible, concéda-t-elle. Merde ! On est peut-être en danger…
— Je ne crois pas, à chaque fois qu'on remonte de la cave, c'est fini. Si ce fantôme voulait nous piéger, il pourrait le faire sans problème.
— Elle… C'est une femme, je l'ai vue !

Cette dernière remarque me plongea dans la perplexité. Toutes ces manifestations étaient surtout des bruits, des sensations, des murmures, mais les seules personnes qui pouvaient se targuer d'avoir observé l'apparition étaient Lauren et Katie. Pourquoi ?

Anastasia arriva, sans doute après une séance de shopping express, avec quelques courses qu'elle rangea dans son compartiment du frigo. Je la savais réfractaire à l'idée d'émanations paranormales, mais je décidai d'ignorer ce détail : nous avions le droit d'aborder des sujets qui ne l'intéressaient pas ! Et comme Katie avait refusé de décrire son expérience, seule Lauren admettait la réalité.
— Décris-moi ce que tu as vu.
— Elle était aussi grande que toi, et au départ, avec cette lampe pourrie, je n'y voyais pas clair. J'ai eu l'impression qu'elle s'était cachée derrière toi… Et quand j'ai voulu discerner son visage, elle a fait demi-tour et j'te jure qu'elle s'est évaporée dans le noir ! Putain, j'ai eu la trouille de ma vie…

Anastasia avait interrompu ses activités pour nous écouter, adossée au plan de travail, elle ne perdait pas une miette de la conversation. Je feignis de ne pas le remarquer.
— De ce que tu as pu distinguer, tu la décrirais comment ? Blonde, brune, rousse ?
— Brune, avec des cheveux longs.
— Est-ce qu'elle portait une robe blanche ? demanda soudain Anastasia.
— Comment tu le sais ? Tu l'as vue aussi ?

Lauren semblait soulagée de rencontrer quelqu'un qui la comprenait. De mon côté, je brûlais d'apprendre de quelle manière Anastasia, qui était sans doute celle qui passait le moins de temps dans cette maison, avait pu se trouver en présence de ce mystérieux spectre.

— Non. Avant Noël, une fille de l'année dernière est venue chercher son courrier et elle m'a raconté qu'une de ses colocataires avait découvert une femme en blanc dans la cave. Elle en a été tellement choquée qu'elle a fait ses valises et n'est jamais revenue…

— Il faudrait parler à cette meuf, s'écria Lauren, pour comparer.

— Oui, mais pourra-t-on la retrouver si on ne connaît pas son nom ?

— Je ne comprends pas, intervint Anastasia, pourquoi vous voulez savoir ça seulement maintenant ? Voilà des mois que vous évoquez les fantômes, mais que personne ne fait rien.

— Ce matin, je suis tombée sur l'inspecteur sanitaire, celui qui a animé la formation sur les extincteurs, tu te souviens ?

Elle acquiesça d'un signe de tête, je poursuivis, certaine de la faire réagir :

— Il m'a avoué qu'il y a déjà eu un incendie dans cette maison, avec une victime.

À son froncement de sourcils, je devinai que j'avais titillé sa curiosité. Elle s'installa avec nous et avec un air de conspiratrice elle nous révéla :

— Je ne connais pas le nom de la fille qui s'est enfuie, mais celle qui est venue et m'a tout raconté s'appelle Chandra. Je me suis aperçue que j'ai des cours communs avec elle, et depuis le début de l'année, je n'arrête pas de la rencontrer ! Je lui demanderai si elle se souvient d'une histoire d'incendie.

— Je ne compterais pas dessus, l'interrompis-je, il a eu lieu dans les années 1960. J'irai à la bibliothèque, vérifier si je peux trouver quelque chose à ce sujet.

— OK, si je croise Chandra, je l'interrogerai sur le nom de la locataire qui s'est enfuie.

— Bonne idée, observa Lauren, je me sentirais moins seule !

Des pas lourds résonnaient dans l'escalier, aussitôt accompagnés d'imprécations, hurlées avec le pire accent de l'Essex. Eleanor acheva sa conversation et glissa l'appareil dans la poche arrière de son jean.
— Ça va, les filles ? lança-t-elle d'un ton faussement enjoué.

Mais avant de nous laisser le loisir de répondre, son téléphone sonna. Elle soupira et décrocha, la main sur la poignée de la porte. Sa physionomie se modifia : son air fatigué fit place à un sourire qui illuminait son visage. Elle n'émettait que des monosyllabes et nous comprîmes, à sa façon de hocher la tête, que cette conversation était importante. Nous nous étions tues, suspendues à la voix d'Eleanor. Elle salua poliment son interlocuteur et elle poussa un cri suraigu, elle revint vers nous en courant :
— J'ai trouvé un appartement, je vais pouvoir récupérer mes enfants ! Ce soir, je vais au pub pour fêter ça. Qui vient ?

Gagnées par son énergie, Lauren et moi acceptâmes aussitôt la proposition, qui me permettrait d'apercevoir Travis. Anastasia déclina : c'était l'un de ses jours de travail à la pizzeria.

Le départ imminent d'Eleanor allait ravir Amélie, qui se plaignait des nuisances sonores que générait sa voisine : elle parlait fort, passait un temps considérable à houspiller son ex, son avocat ou le service logement par téléphone. Et quand ses communications se terminaient, elle allumait la radio qu'elle couvrait de sa voix de crécelle. Amélie et Abi devaient rendre leurs premiers dossiers avant les vacances de février en plus de leurs journées de stage. Amélie avait imploré Eleanor de baisser d'un ton, mais sa requête s'était soldée par un échec. La mère de famille avait appelé son aînée pour se plaindre de ses conditions de vie.

Si Amélie ne nous suivait pas au pub, elle pourrait au moins avancer son travail, songeai-je amusée.

Deuxième partie

Chapitre 17 : Abigail

La situation des vacances de Toussaint se reproduisait : Amélie et moi étions les seules à avoir cours pendant les congés de février. Cependant, la grande majorité des occupantes de Courtman House étaient restées, chacune pour des raisons différentes. Cate revint du centre-ville avec un prospectus annonçant le concert de Jason Astley, une star des années 1980, au *Dallas* pour la semaine suivante. J'étais surprise, car elle devait être à l'école maternelle quand il avait sorti les deux tubes qui l'avaient propulsé en haut des hit-parades… qui l'avaient ensuite boudé !

— Ma mère était fan, s'esclaffa-t-elle, il a bercé mon enfance. Je *dois* y aller !

Amélie et Anastasia rentrèrent de leur shopping express, les bras chargés. En posant ses sacs, Amélie avisa le flyer et se mit à fredonner le refrain d'une des chansons célèbres de l'artiste. Cate l'invita à venir au concert, ce qu'elle accepta sans prendre le temps de la réflexion. Comme chacune des activités que nous lui proposions depuis qu'elle avait appris que Stefan ne reviendrait pas en stage en Angleterre…

Cate manifestait une excitation tout enfantine, elle suggéra d'y assister, et si possible d'inclure toutes les filles. Anastasia vérifia la date et s'empressa de confirmer qu'elle ne travaillerait pas, et qu'elle serait des nôtres.

J'aimais bien l'idée de nous réunir toutes. Aussi étrange que cela pût paraître, depuis septembre ce n'était pas encore arrivé…

Amélie et moi venions de terminer la deuxième partie de notre apprentissage et de rendre le rapport associé à cette expérience. La semaine suivante serait consacrée à un stage d'observation en école primaire afin de mesurer l'écart entre nos élèves et les plus jeunes. Amélie, qui avait anticipé cette situation, irait à l'école de notre rue, ce qui lui permettrait de se lever plus tard. Puisque je n'avais pas fait preuve d'autant de prévoyance, j'avais dû me contenter d'un établissement à la sortie de la ville… Nous avions compris entre les lignes que cette expérience nous exonérerait de préparation de cours ou de correction de copies ! En somme, c'était une semaine de relâche ! Le concert de Jason Astley tombait à une date idéale.

Je me joignis à Cate pour convaincre nos colocataires. Nous devinions que pour certaines, Emma et Lauren par exemple, ce serait facile : chaque prétexte à réjouissances leur convenait. Mais pour d'autres, nous allions devoir développer un argumentaire solide. J'incitai Cate à commencer par Poppy. La sachant casanière, je pressentais qu'elle se montrerait réticente.

Nous la croisâmes au pied de l'escalier. Quand Cate eut exposé le contenu du prospectus, Poppy marqua un temps d'arrêt, ses mains couvrant ses lèvres. Elle ne répondit pas.

— On voudrait aller au concert avec toutes les filles, ça nous ferait plaisir que tu viennes…

— Vous m'invitez à sortir ?

L'incrédulité, mêlée d'émerveillement, fit trembler sa voix, ses yeux brillaient. Elle accepta avec la délicatesse d'une princesse qui consent à danser lors d'un bal. Puis, je songeais que Poppy attendait peut-être une invitation explicite pour se joindre à nos escapades du dimanche.

Je m'étonnai de la facilité avec laquelle nous étions arrivées à nos fins. Enhardies, nous frappâmes à la porte de Phedra, qui ne sortait plus que pour la lessive, ses cours et la cuisine. La convaincre

relevait de la prouesse. Je laissai Cate lui exposer la requête et à ma grande stupéfaction, elle s'exclama :
— Oh, c'est génial ! Matt voulait y aller avec ses amis et je me sentais mal à l'aise d'être la seule fille. Je viendrai avec vous !

La déconcertante facilité avec laquelle nous avions obtenu l'accord des personnes les plus susceptibles de refuser nous poussa à continuer. Mei accepta en apprenant la participation d'Anastasia. Un scénario identique se reproduisit avec Katie lorsqu'elle fut informée de la présence de Phedra, puis avec Lindsey quand on lui dit que Katie serait des nôtres… Fidèles à nos prévisions, Emma et Lauren s'enthousiasmèrent. Il ne restait plus qu'Ana-Luisa, qui avoua en s'empourprant, que les chansons de Jason Astley avaient bercé ses jeunes années.

Incrédule et ravie, j'avais hâte d'assister à ce concert qui présageait unc excellente soirée !

En quittant Ana-Luisa, j'invitai Cate à entrer chez moi, je souhaitais entendre les derniers ragots du pub. Mais au lieu d'histoires cocasses sur Jared et Travis, Cate me relata sa conversation avec Lauren au sujet des manifestations surnaturelles dans la cave, puis l'intervention inattendue d'Anastasia. Elle se sentait une âme de Sherlock Holmes et avait décidé de passer le plus de temps possible à enquêter.
— Et comment comptes-tu t'y prendre ?
— Je vais retourner parler aux employés du service logement, et si je revois Monsieur « infraction pénale », je lui ferai raconter tout ce qu'il sait. Ensuite, j'irai sur internet pour trouver de vieux articles, il paraît que l'*Essex Chronicle*[7] a mis quelques archives en ligne.
— C'est un bon début. Je te parie que si quelqu'un est mort, c'était à la cave.

Je repensai à ce matin où j'y étais descendue avec Poppy. Des mois plus tard, les sensations demeuraient intactes : la respiration glaciale qui avait provoqué un frisson, ces murmures indistincts, juste contre mon oreille… J'en avais encore la chair de poule !

---

[7] *Essex Chronicle* : journal local du comté.

Amélie pouvait bien se moquer de nous, tant qu'elle ne l'aurait pas expérimenté, elle ne comprendrait pas ce que l'on ressent face à un esprit. Cette sensation de froid qui semblait appeler la mort, le désespoir, ce n'était pas drôle !

J'avais appris à vivre avec l'idée que la littérature et les films tiraient leur inspiration de situations bien réelles. La première fois que j'avais dû admettre que rien de scientifique ne pouvait expliquer ce que j'avais sous les yeux, j'avais onze ans. Mes parents et ceux de Pete, nos voisins, avaient réservé dans un coquet *bed and breakfast* du sud de l'Écosse. La météo s'était montrée clémente, nous avions pu pique-niquer non loin des vestiges d'un château, près d'un loch. C'était un paysage de carte postale, mais aussi le décor parfait pour un film de fantômes. Pete et son frère Jamie s'élancèrent vers les ruines, qui, à l'époque, étaient en accès libre. Je les avais suivis pour ne pas supporter une énième remarque sur mon manque de témérité.

Dès que je foulai l'enceinte du château, un froid surnaturel m'enveloppa, une peur irrationnelle me dictait de m'enfuir sans me retourner. J'avais perdu mes amis de vue, mais je les entendais à proximité ; la certitude qu'ils me protégeraient me poussa à aller à l'encontre de ma terreur. Pete et Jamie avançaient dans les restes d'une tour, ils descendaient quelques marches. Je me glissai derrière eux et, dans la pièce du sous-sol, qui n'était composée que de murs aveugles et d'un sol en terre battue, des voix se lamentaient, gémissaient ou sanglotaient.

Pete me saisit la main, et je sentis que la sienne était moite. Nous restâmes interdits et effrayés, cherchant une confirmation dans le regard des autres. Soudain, je discernai une silhouette translucide passer entre nous et la seule issue : les quelques marches que nous venions d'emprunter. Je pris conscience que cet espace était une cellule qui avait accueilli nombre de suppliciés au cours des siècles. Jamie, qui lançait sans cesse des défis censés tester notre courage, émit un hurlement si strident que je sursautai. Sans doute aiguillonnée par la peur de voir le plus brave d'entre nous céder à la panique, je me ruai vers l'extérieur et ne cessai de courir qu'une fois auprès de nos parents. Jamie et Pete m'avaient suivie, et leur terreur retomba à la vue des adultes. Évidemment, ils refusèrent autant de nous croire que d'aller vérifier, ce que je considérai comme un aveu implicite.

Des années plus tard, dans la bibliothèque de mon ancienne université, j'avais aussi ressenti une présence avec ce froid d'outre-tombe, en tous points identique à celui qui régnait dans la cave de Courtman House…

Je m'engageai à aider Cate de mon mieux dans ses recherches, sans savoir exactement ce que cela impliquait. Et jusqu'au troisième jour de mon stage, je pensais manquer à ma promesse. Le professeur que j'avais suivi le lundi et le mardi me conseilla d'observer l'une de ses collègues afin de voir des élèves de première année[8]. Du point de vue professionnel, c'était très enrichissant puisque ces enfants, tout droit sortis d'école maternelle, devaient appliquer une discipline stricte en seulement quelques mois. Ils paraissaient minuscules et leurs joues rebondies témoignaient de leur extrême jeunesse. J'enregistrai avec attention les instructions données par leur enseignante, et je compris que mes collégiens de septième année[9] se retrouvaient dans une situation similaire : du statut d'aînés de leur ancien établissement, ils passaient à celui de benjamins. Je pris des notes, et à mon grand étonnement, j'admis que cette expérience avait une légitimité dans notre cursus.

Le midi, j'avalai un sandwich dans la salle des professeurs en compagnie d'Helen, l'institutrice que j'avais suivie ce matin-là. Elle engagea une conversation banale sur ma formation, mon stage précédent. Puis, elle ne put s'empêcher de me demander ma région d'origine, car elle n'arrivait pas à situer mon accent. Amusée, je lui répondis en songeant que Lauren aurait été vexée à ma place. Helen avait toujours résidé dans l'Essex, qu'elle connaissait comme sa

[8] Dans le système scolaire britannique, les classes sont comptabilisées par ordre croissant en commençant par la première année (*year 1*) qui est celle de l'entrée en école primaire. Le compte va jusqu'à la 13e année (*year 13*) qui correspond à la Terminale française.

[9] La septième année (*year 7*) correspond à la sixième en France.

poche, elle avait vu les bâtiments de l'université sortir de terre. Persuadée que j'occupais l'un des appartements neufs, elle se mit en devoir de m'expliquer que ce terrain avait été longtemps exploité par des maraîchers.

— Non, la détrompai-je, je n'habite pas sur le campus. Je loge dans une maison victorienne qui appartient à la fac, à une dizaine de minutes de marche.

— Oh, ce n'est pas celle de la famille Courtman ?

— Je ne sais pas, bredouillai-je, je n'y avais pas pensé. Mais elle s'appelle bien Courtman House.

— Dans mon enfance, c'était une belle demeure, avec un arbre majestueux devant l'entrée et des rosiers. Puis j'ai entendu parler d'un incendie.

— En quelle année ?

— J'étais à l'école primaire, je dirais 1962 ou 1963… Mais c'est loin.

Ce qu'elle m'annonçait corroborait les informations glanées par Cate auprès de Stuart Allen. Je voulus en apprendre davantage et ainsi tenir ma promesse d'enquêter sur l'accident.

— C'était un incendie important ?

— D'après mes souvenirs, oui, puisqu'il y a eu une victime, répondit-elle.

— C'était qui ?

— Je ne sais pas, et puis, j'étais jeune, je n'ai pas fait plus attention. Mais si ça t'intéresse, je pense que tu peux récupérer des informations à la mairie, dans le registre des décès…

Elle venait de me donner une formidable piste ! J'avais hâte de retrouver Cate pour lui faire part de mes découvertes. L'après-midi traîna en longueur, et le cours d'éducation religieuse ne passionna pas plus les élèves que moi. En fin de journée, je ne m'attardai pas et fonçai à Courtman House.

Cate était partie avec Travis une heure auparavant, m'apprit Ana-Luisa, avec un air désapprobateur. Elle était choquée depuis l'emménagement d'Action Man, de Travis et de Jared et s'effarouchait dès que l'un d'eux l'approchait. Je m'abstins d'engager un débat avec elle… Impatiente de partager mes informations, je maintins ma porte ouverte, afin d'entendre mes colocataires rentrer.

Soudain, Amélie sortit de sa chambre, accompagnée de Nelson et Samuel, venus voir un film sur son ordinateur. Ils rejouaient les scènes comiques et s'arrêtèrent à mon niveau. Je remarquai que Nelson avait opté pour un comportement moins excessif ces derniers temps, et Amélie le tolérait. Samuel était notre préféré : il ne manquait aucune occasion de faire plaisir, et, à l'instar de Poppy, il avait une perception instinctive de la meilleure attitude à adopter dans les moments difficiles.

Je voulus révéler à Amélie ce que m'avait appris Helen.

— Une collègue m'a raconté qu'au début des années 1960, une partie de la maison a brûlé et une personne est décédée.

— C'est bien ce que je disais, acquiesça-t-elle sans manifester de surprise, il y a obligatoirement eu des morts dans cette maison si elle a plus d'un siècle !

— Elle m'a aussi appris que son nom vient des propriétaires qui l'ont fait construire.

— Ah bon ? Je pensais que c'était plutôt les voisins qui l'avaient baptisée.

— Qu'est-ce qui t'a fait croire ça ?

— Courtman, ça m'évoque une fonction : un homme de cour, répondit-elle. J'ai imaginé que c'était le métier de l'ancien maître des lieux.

— C'est vrai que beaucoup de noms décrivent des professions comme Baker, Tailor ou Smith…

Samuel intervint en ajoutant d'autres exemples et en expliquant que c'était le cas dans plusieurs langues. Amélie convint que cette coutume existait aussi en français.

Nelson nous coupa :

— Alors, cet incendie, qu'est-ce qui l'a déclenché ?

— Je ne sais pas, avouai-je. Mais avec Cate, on a commencé à se renseigner, car on est persuadées que notre fantôme est issu de cet accident.
— Vous avez un fantôme ? s'exclama Nelson, une note de jubilation dans la voix. Je peux venir quand vous le chasserez ?

Il exprimait l'excitation d'un enfant à qui on promet une friandise. Attendrie, je lui garantis que si nous décidions d'user de telles méthodes, il serait le premier informé.

Cate rentra peu après. Elle avait passé l'après-midi à traiter des données, mais le site des archives du journal était loin d'être exhaustif et les années 1960 n'avaient pas été numérisées. Mon histoire l'incita à aller à la mairie.

Katie arriva en courant et s'excusa pour son retard.
— Quel retard ?
— Pour le concert !
— Quelle heure est-il ? s'écria Cate.
— L'heure de se pomponner, répondis-je malicieusement.

Une joyeuse fébrilité s'empara de nous toutes. Je m'assurai que personne ne manquait à l'appel ou n'avait changé d'avis. Je toquai d'abord aux portes de Poppy et Phedra. Elles s'affairaient sur leur maquillage ou leur penderie. J'entendais Poppy chantonner gaiement tandis que je me dirigeais vers le couloir dérobé où se trouvaient Anastasia et Mei. Cette dernière avait revêtu une élégante robe noire aux manches en mousseline, je la complimentai et frappai à nouveau chez Anastasia. Pas de réponse. Mei m'informa qu'elle avait accepté une mission d'intérim et que son service s'achèverait juste à temps. Je remontai vers le premier étage : Ana-Luisa s'était arrogé une salle de bains et Cate s'était rabattue sur l'autre.

Amélie et Lindsey discutaient sur le palier, je les houspillai : ce n'était pas le moment ! Je n'avais pas envie de me retrouver mal placée, à cause d'un bavardage anodin qu'elles pourraient avoir sur le chemin !

Sous les toits, Lauren avait poussé le volume de sa radio et je l'entendais massacrer un tube de Mariah Carrey, s'interrompre pour donner son avis à Emma et reprendre à contretemps de la musique. J'imaginais Emma vidant son armoire avant de s'estimer satisfaite. J'étais impressionnée par l'étendue de sa garde-robe et le nombre de ses paires de chaussures. Sa manière de se faire une beauté forçait l'admiration : elle passait de la jeune fille de bonne famille à une femme dont le sex-appeal transpirait de tous les pores ! Elle se maquillait beaucoup, son maniement du pinceau frôlait l'expertise ! Et elle pouvait parcourir des kilomètres avec le sourire, tandis que ses sandales lui sciaient les talons. Lorsqu'elle avisa la tenue d'Amélie, elle ne put réprimer une moue déçue, elle me prit à part et lança une remarque acerbe :

— Tu as vu ce qu'elle porte ?

J'avais en effet remarqué le corset rouge, au décolleté audacieux pour les standards français, le pantalon noir sage et les mocassins classiques. Je baissai les yeux sur mes propres vêtements et méditai :

— Moi aussi je suis en pantalon…

— Bien sûr ! Mais toi tu as choisi un jean skinny… Niveau style, tu te situes bien au-dessus ! Regarde le pantalon d'Amélie, c'est l'un de ceux qu'elle porte au boulot, pareil pour les chaussures… Elles me rappellent celles du lycée ! Bonjour l'effet sexy !

— Oui, concédai-je, mais son corset est joli, et, pour quelqu'un qui ne mettait pas de décolleté avant, il est assez osé…

— J'attends de voir Anastasia, continua-t-elle avec la même exaspération en ignorant mon argument, je te parie qu'elle va venir avec ses vêtements de travail. Il faut la prévenir que les baskets ne sont pas autorisées.

Je m'esclaffai et la laissai partir. Peu après, je rejoignis les autres dans la cuisine. En plus d'Emma, j'y découvris Mei et Phedra, toutes deux apprêtées et séduisantes. Ma première impression concernant Phedra me revint, je lui avais trouvé une allure de gravure de mode. Et son style contrastait tant avec les sweats amples qu'elle portait dernièrement qu'elle se révélait tel le papillon sorti de sa chrysalide.

Amélie, Lauren, Lindsey et Katie descendirent dans un joyeux brouhaha, suivies par Ana-Luisa. Anastasia entra par la porte arrière,

vêtue d'un jean droit, de ballerines plates et une tunique multicolore qu'elle enfilait souvent les soirs de fête. Emma pinça les lèvres et me lança un regard entendu, elle me glissa à l'oreille :
— Heureusement que je suis arrivée avec mon maquillage : elle comptait partir sans !

L'intervention d'Emma ne passait pas inaperçue sur Anastasia : elle avait souligné l'amande des yeux d'un trait d'eye-liner, ajouté des paillettes sur ses paupières et mis en valeur son sourire d'une touche de gloss. L'effet s'avérait bluffant : la beauté naturelle d'Anastasia était sublimée.
— On y va ?

C'était Cate, elle avait pris la direction de la sortie, sur un rythme ralenti par la hauteur de ses talons. Nous lui emboîtâmes le pas, et une fois dehors, je remarquai l'absence de Poppy. Je frappai à sa porte et demandai :
— Tu es prête ?

Elle apparut dans un tourbillon de paillettes, ses cheveux d'un brun chaud flottaient librement jusqu'au bas du dos. Ses oreilles étaient ornées de grosses boucles, qu'elle avait dû hériter d'une de ses ancêtres avec le pendentif ovale qui agrémentait toutes ses tenues. Sa robe confinait au spectaculaire, elle semblait tout droit sortie des années 1920 : longue, cintrée et brodée de perles. Son visage reflétait une beauté davantage créée par le bonheur que par les fards.
— Tu es magnifique, m'émerveillai-je. Tu me suis ?
— Avec plaisir.

En partant, je verrouillai la porte d'entrée. Emma, Lauren et Cate m'attendaient devant la haie du voisin. Les autres n'avaient pas remarqué notre retard, et formaient un groupe compact qui quittait la rue à grand renfort de rires.

Nous arrivâmes devant le *Dallas* parmi les premières, le videur se moqua gentiment de nous, en sous-entendant que nous étions trop jeunes pour faire partie du public de Jason Astley. Je désirais découvrir comment il s'en sortait après plus d'une décennie de traversée du désert. Je gardais de lui l'image d'un blond sexy dont les chansons mièvres faisaient fondre les midinettes. À la quarantaine, et après plusieurs albums médiocres ou franchement mauvais, il n'avait plus été classé au hit-parade ni rempli de grandes salles de concert. Sa présence dans un pub de banlieue en témoignait de manière éloquente. Néanmoins, nous avions toutes décidé de passer une bonne soirée, et rien n'allait entraver notre volonté !

En arrivant tôt, nous avions pu nous glisser au pied de la scène, puis nous avions été écrasées par un groupe de mères au foyer sur le déclin. C'était sans doute le public dont parlait le videur ! Elles poussèrent des cris hystériques à l'arrivée du chanteur. Pour ma part, ce fut un choc : il avait vieilli. Mal. Contrairement à beaucoup d'hommes qui se dégarnissaient, il avait refusé de couper le reste de ses cheveux très courts. Il portait un catogan pitoyable, qui n'enserrait qu'une mèche blonde, filasse. Il n'avait pas fourni davantage d'effort pour sa tenue de scène : un jean élimé et un tee-shirt cintré laissant entrevoir qu'il n'avait rien perdu de sa ligne.

Si je fus déçue par son apparence, le spectacle me fit réviser mon opinion sur lui. Il entonna les deux titres qui l'avaient rendu célèbre, ses fans de la première heure soupirèrent à grand bruit, et il enchaîna sur des reprises. Sa voix se révéla, puissante, maîtrisée, comme un instrument de grande précision, et les hommes qui ricanaient au bar en début de soirée rejoignirent les inconditionnels. Jason Astley chantait de toute son âme, sans affectation. Les musiciens étaient talentueux, mais il était encore meilleur ! Il se déhanchait, faisait vibrer le public, et je m'interrogeai : pourquoi un showman tel que lui était-il tombé aux oubliettes ? Puis, je mis de côté ces considérations pour profiter des chansons.

Dans la foule, nous avions été séparées, plusieurs petits groupes s'étaient formés. Nous avions accepté dès le départ que nous ne pourrions certainement pas rester à douze dans un pub bondé. De temps en temps, je croisai le regard de l'une de mes colocataires, dansais avec une autre, partageais un verre avec une troisième.

Ce fut mémorable, un moment magique, de ceux que l'on ne sait qualifier tellement ils sont chargés en émotion. Nous étions ivres de joie de vivre, complices et heureuses…

Mais cette glorieuse apothéose marqua aussi la fin brutale de notre insouciance.

Nous ne le comprîmes pas tout de suite, mais au bout de trois jours la vérité se révéla. Effrayante, choquante, perturbante. Pendant cette soirée, tandis que nous nous amusions, un drame se jouait, qui allait nous ébranler toutes.

Poppy avait disparu.

Chapitre 18 : Amélie

Le lendemain du concert, j'étais hébétée de fatigue, mais tout aussi ravie de cette incroyable soirée. Quand le réveil sonna, je n'avais aucune envie de sortir du lit. Il me restait deux jours en école primaire avant les vacances scolaires. Pour Abi et moi, cela signifierait des cours et des conférences à l'université, et par extension, la possibilité de se lever plus tard ! Ce fut cette perspective qui m'insuffla le courage nécessaire. Je titubai vers la salle de bains ; après une longue douche, je me sentis plus alerte.

Les élèves de sixième année[10] préparaient une pièce de théâtre à laquelle ils eurent la gentillesse de me convier. C'était une adaptation en comédie musicale d'*Oliver Twist* de Dickens, un grand classique. Les répétitions me stupéfièrent : ces enfants révélaient des talents immenses et j'applaudis avec enthousiasme à la fin de la première chanson.

En rentrant le midi, je ne croisai que Cate et Travis. Un calme apaisant régnait dans la maison. Je confectionnai un repas expéditif, je disposais d'une demi-heure de pause avant de retourner à l'école. Je rêvais de m'allonger pour une sieste, mais si je me laissais aller, je craignais d'arriver en retard.

Nous étions restées au *Dallas* jusqu'à la fermeture. Je ne parvenais pas à m'habituer aux fins de soirées dans les établissements britanniques. La lumière jaillissait et la musique se

---

[10] Sixième année (*year 6*) correspond au CM2.

taisait, sans préavis, c'était un arrêt brutal… Les employés du pub avaient indiqué la sortie aux derniers fêtards. Des filles de Courtman House, seules Emma, Lauren, Anastasia et moi avions dansé jusqu'au bout.

Nous n'avions aucune envie de laisser la soirée s'achever ainsi. Nous avions décidé de rallonger notre marche et, en chemin, Lauren avait suggéré de se rendre dans les hôtels du centre pour essayer de retrouver Jason Astley. Elle nous assurait qu'après une telle performance, il ne parviendrait pas à dormir tout de suite. Le temps de signer quelques autographes, rentrer prendre une douche, et trouver de quoi manger ou boire un dernier verre équivalait, selon ses calculs, à l'heure de la fermeture du *Dallas*. L'idée, qui au lendemain de cette soirée m'apparaissait saugrenue, nous avait au contraire enthousiasmées la veille. Lauren et Emma avaient l'excuse de quelques bières en trop pour justifier leur comportement puéril, mais Anastasia et moi étions parfaitement sobres…

Nous avions bifurqué vers le parc qui représentait un raccourci considérable vers le centre-ville. Anastasia précisa que le standing de l'hôtel qui l'employait n'attirerait aucune star, même sur le déclin. Cette information nous avait aidées à parier sur les choix du chanteur. Notre liste s'était limitée à trois établissements dont le premier se situait à deux rues de là.

Nous parlions fort et avions transpiré, ce qui, ajouté à nos tenues de soirée et nos maquillages abondants, proclamait que nous sortions de discothèque. Et pourtant, Lauren était entrée dans le hall, en voulant se faire passer pour une cliente. Amusée, je l'avais suivie, à l'affût : j'avais promené mon regard aux alentours pour tenter de repérer le chanteur. Emma, qui s'était livrée à la même vérification, nous avait adressé un signe négatif. Une scène identique s'était reproduite dans deux autres hôtels, puis nous nous étions rendues à l'évidence : Jason Astley était parti et nous ne le trouverions pas !

— À sa place, je serai allée à Londres, avait conclu Lauren. Ici, c'est mort !

Cette escapade avait eu le mérite de nous amuser et le trajet du retour s'était déroulé dans une bonne humeur exubérante. Arrivées à la maison, Emma et Lauren avaient décidé de prendre un dernier verre, j'avais jugé plus sage d'aller me coucher.

Une fois seule, je m'étais effondrée sur le lit, et en tournant la tête, j'avais constaté qu'il ne me restait que trois heures de sommeil. Depuis que Stefan m'avait annoncé qu'il ne reviendrait pas en Angleterre, je m'étourdissais de fêtes et de musique. Je ne dormais que deux ou trois heures par nuit et j'avais accumulé la fatigue. J'avais pressenti des difficultés en début d'après-midi, mais j'avais passé un merveilleux moment qui valait bien une légère somnolence !

La matinée se déroula sans accroc, mais j'étais soulagée de ne pas animer le cours. Après cette folle nuit, je n'aurais pas trouvé l'énergie ! La pause repas m'offrit un répit et je songeais à un moyen d'échapper à l'épuisement quand j'avisai Phedra, l'oreille collée à la porte de Poppy.

— Qu'est-ce que tu fais ? m'insurgeai-je.

Je n'en revenais pas de son indiscrétion ! Que son copain la cloître dans sa chambre, c'était une chose, mais la voir empiéter ainsi sur l'intimité des autres, c'était trop ! Elle se redressa et me fit face, mais au lieu de la contrition que j'escomptais trouver sur ses traits, j'y déchiffrai de l'inquiétude. Elle n'avait pas relevé ma remontrance !

— J'ai commencé à avoir un doute ce matin, quand je n'ai rien entendu à travers la cloison… Puis, à l'heure où Poppy vient habituellement dans la cuisine, elle n'y était pas. Je voudrais vérifier.

— Pourquoi ?

— Depuis que j'habite ici, il n'y avait jamais eu un tel silence. Dès qu'elle est là, je perçois des bruits provenant de sa chambre et puisque ce n'est pas le cas aujourd'hui, je crois que Poppy n'est pas rentrée la nuit dernière.

— Poppy n'est pas rentrée ? répétai-je, interloquée.

Cette nouvelle était renversante : depuis que je la connaissais, Poppy dormait toujours ici, dans son seul refuge. Puis, un flash de la veille me revint : toutes les filles de Courtman House dansaient sur la piste du *Dallas*, certaines avec des inconnus… Peut-être Poppy avait-elle rencontré quelqu'un ?

Je fis part de ma théorie à Phedra dont le visage retrouva instantanément sa sérénité. Elle convint que le concert constituait un terrain fertile pour les conquêtes amoureuses, elle avait vu Emma flirter, et Mei refuser les avances d'un jeune homme éméché.

— Tu as raison, concéda-t-elle, au lieu de tout de suite penser au pire, je devrais d'abord envisager cette possibilité.

— Surtout que si Poppy voulait, elle aurait un succès fou !

Mais Poppy faisait preuve d'une retenue qui pouvait éloigner les plus entreprenants, elle agissait en demoiselle du Moyen Âge qui doit préserver sa vertu. Si elle avait rencontré quelqu'un qui l'avait fait sortir de sa timidité, j'étais ravie pour elle ! Elle montrait de la réserve en ce qui concernait sa vie privée, et savait respecter celle des autres. En cela, elle symbolisait l'exact opposé de Lauren, qui se mêlait sans cesse des histoires de cœur de tout son entourage.

Phedra regagna sa chambre et je vis Anastasia revenir à la cuisine. Je lui racontai la scène à laquelle je venais d'assister. Ses lèvres s'étirèrent en un sourire entendu en considérant que Poppy avait sans doute fini la nuit en galante compagnie.

Elle commença à se préparer le repas, je décidai de passer le reste de mon temps de pause avec elle.

— Au fait, annonça Anastasia pour changer de sujet, j'ai croisé Mathilde, elle nous a invitées à un film dans leur appartement.

— Pas ce soir, j'espère !

— Non, me rassura-t-elle, samedi. Je ne peux pas : je dois travailler à la pizzeria. J'ai proposé de vous rejoindre après. Je ne m'éterniserai pas, mais on pourra rentrer ensemble.

— Super, ça m'obligera à me coucher tôt !

— La matinée a dû être longue, après notre virée dans les hôtels.

C'était un bon résumé : j'avais l'impression de me mouvoir au ralenti. J'avais décidé de m'offrir le luxe d'une nuit complète de sommeil !

Dans l'après-midi, les élèves suivaient un cours de français, je profitai de l'occasion pour animer une partie de l'heure. Leur enseignante fut reconnaissante de ce répit inattendu, et pour ma part, en restant active, j'évitai de m'endormir en classe.

Parce que j'avais promis d'assister à la représentation d'*Oliver Twist*, je m'obligeai à tenir parole. Une fois sur les lieux, je fus ravie de mon choix. Les enfants avaient répété toute la journée, et le résultat se révéla si spectaculaire que je ne vis pas le temps passer. À la fin de la comédie musicale, l'une des élèves, que j'avais suivie depuis le début de la semaine, s'approcha avec ses parents.

— Maman, Papa, c'est la dame française qui vient dans notre classe. C'est bon, précisa-t-elle avec le plus grand sérieux, vous pouvez lui parler anglais, elle comprend très bien, elle a même corrigé Harry hier. Enfin Harry il fait tout le temps des fautes…

— Enchantée, déclarai-je en leur tendant la main, je suis Amélie Teyssier.

— Liz O'Brien, répondit sa mère, une femme d'environ trente-cinq ans, à l'apparence soignée. Depuis lundi, vous êtes une célébrité chez nous, Lily veut vous ressembler ! Elle ne cesse de répéter à quel point vous êtes… Comment dit-elle, chéri ? Cool ? Élégante ?

— Classe, corrigea son mari.

— Pourquoi avez-vous choisi cette école ? me demanda Liz, s'attendant sans doute à un concert de louanges sur cet établissement sélect.

— J'ai fait au plus près : j'habite dans la rue. Mon stage précédent me contraignait à de longs trajets, j'ai pensé que pour celui-là, je pourrais rester dans mon quartier.

— Vous vivez dans cette rue ? s'exclama-t-elle avec ravissement.

De toute évidence, elle connaissait les lieux, peut-être cette famille possédait-elle l'un des élégants pavillons du voisinage ?

— Oui, confirmai-je avec un signe de la main désignant le trottoir d'en face, à Courtman House, la maison qui appartient à l'université.

Je remarquai qu'elle avait pâli, et son comportement se modifia brusquement. Elle semblait soudain pressée de partir, elle prétexta qu'elle empiétait sur mes heures libres, et qu'elle n'allait pas abuser de mon temps. Ses mots devenaient aussi impersonnels et distants qu'ils avaient été aimables quelques instants auparavant. Je les regardai quitter l'école avec perplexité. Je ne comprenais pas ce qui avait provoqué sa brusque retraite…

Puis, je songeai que la seule mention de Courtman House avait modifié son attitude. Comptait-elle parmi ceux qui la croyaient hantée ? Abi m'avait laissé entendre que le voisin de droite lui avait raconté quelques histoires sur des locataires précédentes. À sa connaissance, au moins deux d'entre elles avaient fui la maison, terrorisées, parfois en pleine nuit !

Je soupirai. J'étais trop fatiguée pour ces divagations. J'allai remercier mes collègues de l'invitation et saluer les élèves qui m'interpellaient. Heureusement, il n'était que dix-huit heures, l'heure locale du dîner… Et pour une fois, je fus en symbiose avec mes colocataires britanniques : je mangeai très tôt afin de passer une soirée aux antipodes de la précédente. Allongée devant un film, le cocon des couvertures me détendit et je m'endormis avant la fin. Depuis le début de mon apprentissage, j'avais perdu mon aptitude à regarder les programmes en entier, y compris ceux qui me captivaient !

Le dernier jour de stage s'acheva en un éclair : je suivis une nouvelle classe en cours d'art plastique, où j'eus l'occasion de pratiquer moi aussi. Je saluai les collègues qui m'avaient accueillie si chaleureusement et promis de repasser les voir dès que possible. Nous avions reçu le planning de la semaine à l'université, et, ainsi que nous l'avions espéré, nos heures de cours se limitaient à trois ou quatre par jour. Sans être des vacances, ce rythme représentait une pause bénéfique surtout avant d'attaquer notre dernier stage. Je le redoutais, car je devais retourner dans le premier collège, en zone sensible… Je savais que cette expérience ne durerait que trois mois, période dérisoire au regard d'une carrière. Il serait cependant difficile de se réajuster après l'établissement d'exception que je venais de quitter…

Le samedi soir, je pris la direction du campus pour retrouver Mathilde, Samuel et Nelson, dans leur salle commune. Ils débattaient sur le choix du DVD et me demandèrent de trancher. J'optai pour une comédie. Nelson se renfrogna, il préférait un film d'horreur.

— Allons, ironisai-je, tu ne vas pas bouder ?

— Tu trouves ça sexy ?

J'éclatai de rire : il était incorrigible !

Mathilde sortit des paquets de chips du placard pendant que Samuel déballait les courses que nous avions posées sur le plan de travail. Nous nous installâmes sur les chaises, autour de la table. Nelson se rapprochait de moi, ce qui me fit sourire : sa persévérance ne connaissait aucune limite ! À l'arrivée d'Anastasia, je comptais m'échapper.

Elle sonna, peu après le générique de fin. Nelson essayait de nous convaincre de regarder son film d'horreur, dont le titre seul résumait l'intrigue. Anastasia interrompit le débat. Mathilde lui proposa de rester pour grignoter et profiter du deuxième DVD. Elle refusa, trop épuisée par le service à la pizzeria.

— Allez, annonçai-je, je te ramène.

— Je vous raccompagne, déclara Nelson.

— C'est gentil, mais ce ne sera pas nécessaire.

— Ça me fait plaisir !

Anastasia leva les yeux au ciel, et s'écria :

— OK, parce que tu insistes…

— Ah non ! protestai-je.

— Il marche jusque chez nous, tu lui dis au revoir devant la porte, fin de l'histoire, m'assura Anastasia avec autorité.

Je devinai son état de fatigue, aussi me laissai-je convaincre. Nelson émit un cri de victoire qui me fit anticiper le pire quant à la façon de me débarrasser de lui.

Pendant le trajet, je lui répétai une bonne dizaine de fois que la soirée était terminée, qu'il n'avait plus rien à espérer. Il acquiesçait docilement, et cette attitude m'inquiéta davantage que toutes les remarques salaces qu'il avait proférées jusque-là… Je sentais qu'il avait quelque chose en tête, et que cela impliquerait de me montrer ferme, et de le renvoyer chez lui sans négociation.

Je n'accordai aucune foi à ses grands aveux passionnés. Il me déclarait son amour à chacune de nos rencontres, mais tout dans son comportement démentait ses mots. Il s'amusait, je ne comprenais pas ce qu'il retirait de ce petit jeu, mais je m'étais rendu compte qu'il n'y renoncerait pas…

Devant la porte, il hésita un instant puis me fit la bise. Je n'y étais plus habituée, mais sans doute était-ce aussi une tradition congolaise ? Il fit mine de partir et se ravisa.

— Je peux juste te demander à boire ?

— OK, conclut fermement Anastasia, vous faites ce que vous voulez, moi je vais me coucher. Demain, je dois me lever tôt, je travaille à l'hôtel. Bonne nuit.

Elle prit la direction de sa chambre d'un pas décidé. Perplexe, je la regardai sans esquisser un mouvement. Nelson en profita pour rentrer s'asseoir dans la cuisine.

— Je rêve d'un soda bien frais…

— Je n'en ai pas, répondis-je, mais j'ai du jus de fruits…

— S'il y a du rhum dedans, ça me va.

Amusée, je décidai de le prendre au mot et servis deux verres aux doses généreuses. J'avais compris qu'il serait difficile de le chasser maintenant qu'il s'était installé. Je pouvais au moins me divertir : je rentrai dans son jeu. Le premier cocktail fut suivi d'un deuxième et mes jambes mollirent, je migrai vers un fauteuil. Nelson se posta derrière moi, ses mains se posèrent sur mes épaules.

— Tu es tendue, déclara-t-il, je vais te masser et tu te sentiras mieux.

Cette affirmation me semblait du plus grand comique, je gloussai. Il ne se découragea pas et entama un massage des trapèzes avec une douceur insoupçonnée. J'abaissai les paupières, s'il continuait ainsi, j'allais m'endormir…

Mais il s'enhardit à dénouer mes cheveux, caresser ma nuque et emprisonner mon visage. J'ouvris les yeux pour voir en gros plan ses lèvres s'approcher. Peut-être aurais-je dû tourner la tête, le repousser ? Je me laissai embrasser, sans doute par curiosité. Je n'avais pas pris ses déclarations au sérieux, mais peut-être m'étais-je trompée ?

Son baiser me désarçonna : il était à la fois doux et passionné, et surtout très agréable ! Je me surpris à y répondre, et à en espérer un autre… Il repoussa mes cheveux et ses lèvres effleurèrent ma nuque. Mon regard tomba sur les affaires de Jared et je l'arrêtai brusquement : n'importe quelle fille ou Jared pouvait entrer, et je n'avais aucune envie de me donner en spectacle !

Je l'entraînai hors de la pièce, en souhaitant ne croiser personne. Je fus exaucée. Une fois dans la chambre, j'avais l'intention de mettre de l'ordre dans cette situation qui commençait à m'échapper. Avant toute chose, je devais comprendre mes émotions ! Nelson ne m'en laissa pas l'opportunité, il verrouilla la porte et se montra plus entreprenant. Il m'entraîna vers le lit, et dans l'ivresse du moment, je m'abandonnai. Il me fit oublier Stefan.

Les premiers rayons de soleil apparaissaient quand je renonçai à dormir, je m'en voulais d'avoir cédé, Nelson aurait matière à se faire des idées. Il clamait depuis des mois qu'il était fou de moi, alors que de mon côté, je ne comprenais pas ce qu'il venait de se passer… Rongée par la culpabilité, je me levai. Je fus la première à utiliser la douche, et me trouvai nez à nez avec Anastasia en sortant.

— Alors, me demanda-t-elle avec malice, comment as-tu fait pour te débarrasser de Nelson ?

— Je ne m'en suis pas débarrassée…

— Dans ce cas, où est-il ?

— Dans ma chambre.

— Ce n'est pas grave, affirma-t-elle, tu le mettras dehors quand il se réveillera. Tu es vraiment gentille de lui avoir prêté ta chauffeuse.

— C'est Jared qui a la chauffeuse…
— Oh le pauvre ! Il a dormi par terre !

Soit elle ne comprenait rien, soit elle se payait ma tête ! Excédée, je dus lui expliquer les événements de la nuit, et elle ponctuait chacune de mes phrases d'un « non ! » retentissant. Elle me regardait avec une incrédulité grandissante, qui augmenta ma culpabilité. Nelson n'avait que vingt ans et je ne voulais pas lui briser le cœur…

— Ne te rends pas malade, me conseilla-t-elle, il savait ce qu'il faisait, il en acceptera les conséquences.

Elle se hâta d'aller à la salle de bains, tandis que je retournai vers ma chambre. Nelson était réveillé et me lança une œillade langoureuse. Hors de question de le laisser se bercer d'illusions ! Je m'assis près de lui et lui expliquai que cela ne se reproduirait pas.

— Ce qui doit arriver arrivera ! répondit-il avec son arrogance coutumière.

Un mouvement dans la pièce voisine m'indiqua que Lindsey n'allait pas tarder à répéter ses chansons d'église avec Katie. Je voulais à tout prix éviter que mes colocataires croisent Nelson ! Il comprit qu'il devait rentrer, et s'éclipsa discrètement, par la porte avant. Contrairement aux autres fois, aucune silhouette n'apparut derrière le rideau de Poppy. Elle, au moins, ne l'aurait pas remarqué. Puis, je me rappelai que la veille non plus, nous n'avions eu aucun signe d'elle. Je restai en silence devant sa chambre, les sens en alerte, puis je dus me rendre à l'évidence : il n'y avait pas de bruit !

Anastasia se préparait le petit déjeuner, je lui fis part de mon inquiétude. Le concert avait eu lieu mercredi, le lendemain, Phedra avait remarqué son absence, et Poppy n'avait plus été vue depuis. J'énumérai les détails alarmants et terminai à voix haute :

— Je pense qu'elle a disparu.

Cette phrase, avec son caractère définitif, me provoqua des frissons. Inconsciemment, j'étais déjà arrivée à cette conclusion et je la repoussais de toutes mes forces, car elle me renvoyait à quelque chose de terrible : nous avions mis plusieurs jours à nous en inquiéter !

— Qui ? demanda Katie qui descendait prendre son petit déjeuner avec Lindsey.
— Poppy.
— Qu'est-ce qui te fait croire ça ?
C'était Lindsey, la note soucieuse dans son intonation m'indiqua qu'elle entretenait des pensées similaires.
— Je ne l'ai pas vue depuis le concert, et après Phedra m'a dit qu'elle n'était pas rentrée. On est dimanche matin, ça fait trois jours entiers, ce n'est pas normal.
— Elle est peut-être retournée plus tôt dans sa famille pour les vacances, hasarda Katie.
— Ses parents sont morts…
— Il lui reste peut-être des cousins ?
Je ne pouvais bien sûr pas exclure cette hypothèse, mais une intuition me certifiait que j'étais sur la bonne voie.
Et si Poppy avait disparu, que lui était-il arrivé ?
Cette question allait me hanter, et ma culpabilité changea d'objet. Je me reprochai de ne pas avoir fait assez attention à elle lors du fameux concert. Je décidai de mener l'enquête et de la retrouver.
Deux heures plus tard, j'avais parlé à toutes les colocataires encore présentes et mes conclusions s'étalaient en notes griffonnées sur un feuillet qui traînait sur mon bureau.

- Poppy : aperçue pour la dernière fois lors du concert de Jason Astley.
- Phedra : partie vendredi soir dans sa famille. De retour samedi prochain.
- Jared : travaillait ce soir-là.
- Mei : n'a plus de nouvelles depuis le spectacle.
- Ana-Luisa : a quitté le Dallas *avec des amis espagnols chez qui elle a dormi. A vu Poppy pour la dernière fois au moment où elle se préparait.*
- Cate : partie hier pour la totalité des vacances, elle a passé toute la soirée en compagnie d'Abi.

- Abi : n'a pas revu Poppy depuis le concert, est rentrée avec Cate vers minuit et demi.
- Lindsey et Katie : déjà interrogées, ne savent rien de plus.
- Anastasia est restée avec moi tout le temps. Lui demander si elle a remarqué quelque chose pendant le spectacle.
- Lauren : partie hier, revient samedi prochain. Vérifier si elle a noté quelque chose de suspect plus tôt.
- Emma : idem que Lauren. Elle draguait au bar, peut-être a-t-elle observé quelque chose ? Elle est partie jeudi dans sa famille, mais elle n'est qu'à une demi-heure de Chelmsford.
- Travis : travaillait au pub mercredi, n'est pas venu avec nous. Lui demander s'il a vu Poppy rentrer.
- Action Man ???

Je m'étais efforcée d'être méthodique, mais ces notes démontraient un grand manque d'informations. Je devais à tout prix combler ce vide pour retrouver Poppy ! Au plus profond de moi, une voix susurrait qu'il lui était arrivé malheur. Je ne parvenais plus à l'étouffer, car ce que j'avais écrit me révélait une indication capitale : personne n'avait de nouvelles de Poppy depuis le mercredi soir !

J'avais fait le tour de la maison, perçu l'inquiétude chez Abi, qui avait inconsciemment tiré la même conclusion. Je revins la voir avec mes notes, elle fronça les sourcils en les déchiffrant.

— La clé c'est de demander à chacune à quel moment elle est partie, affirma-t-elle.

J'acquiesçai, puis j'eus une idée : nous avions pris des photos de la soirée, un indice se dissimulait peut-être parmi elles ? Abi regarda son appareil : il lui restait quelques clichés, elle mitrailla les abords de la chambre de Poppy, au cas où l'on devrait faire appel à la police. Cette perspective me glaça. Je craignais qu'elle ne devienne inévitable…

J'avais fini ma pellicule pendant le concert. J'avais voulu immortaliser ce moment, et j'avais appuyé sur le déclencheur sans compter. Si un indice existait, il se trouvait sûrement sur les épreuves. J'engageai Abi à venir avec moi en centre-ville, nous allions déposer nos négatifs et faire les boutiques pour nous changer les idées.

Une fois chez *Boots*, j'appris qu'il y avait un délai incompressible de quarante-huit heures pour récupérer les photos. Je plaçai mon ticket de retrait en évidence dans mon portefeuille, enroulé autour de la carte bancaire. Abi constata mon impatience et me consola :

— Peut-être qu'au moment où on passera chercher ces clichés, Poppy sera revenue avec son nouveau mec…

— Tu crois que c'est juste ça ?

— Je ne sais pas, mais on ne peut pas faire développer les photos plus vite. Inutile de se rendre malade !

En sortant de la galerie marchande, je vis Mathilde déboucher de la rue adjacente. Elle m'adressa un grand signe et je me remémorai mon malaise du matin : qu'avait pu lui raconter Nelson ? Et soudain, je me rendis compte que je m'en moquais éperdument, ma priorité était de retrouver Poppy. J'évoquai le sujet avec Mathilde, presque sans préambule, je venais de penser que Poppy avait peut-être été aperçue à l'université. Mathilde me confirma qu'elle n'avait croisé aucune de mes colocataires. Par acquit de conscience, je lui demandai si elle se souvenait de la dernière fois qu'elle l'avait rencontrée. Sans surprise, cela datait de plusieurs semaines. D'ailleurs, elle doutait d'identifier Poppy parmi les habitantes de Courtman House…

— Il ne faudrait pas plutôt prévenir la police ?

— En fait, l'informa Abi, on ne pourra le faire que quand on aura la certitude que c'est une disparition inquiétante. Peut-être qu'elle a juste décidé de passer quelques jours chez des amis ? Elle est majeure, elle peut agir à sa guise.

— Quelle situation bizarre ! Tiens, à propos de bizarre, ajouta Mathilde, Nelson est revenu vers sept heures et demie ce matin. Et quand on lui a demandé où il était toute la nuit, il a dit qu'il était parti à la recherche du père Noël…

— N'importe quoi ! s'écria Abi.
— Tu sais où il est allé après t'avoir raccompagnée ?

J'étais sidérée : pas plus qu'Anastasia, Mathilde n'envisageait qu'il ait pu passer la nuit avec moi. Cela me convenait parfaitement, mais je me sentis mal à l'aise de mentir.
— À la recherche du père Noël ! m'écriai-je pour éluder la question. Qu'est-ce qu'il est allé inventer ?

Mais le bobard de Nelson fut tel un rayon de soleil après un orage : il détourna mon attention de la disparition de Poppy, et fit naître un sourire attendri sur mes lèvres…

Chapitre 19 : Emma

Ce concert, quelle tuerie ! Jason Astley avait presque l'âge de mon père, et la coiffure la plus démodée qui soit, mais il avait su mettre l'ambiance. Avec Lauren, j'avais dansé jusqu'à la fermeture. C'est à ce moment-là que j'avisai Amélie et Anastasia. Elles manifestaient un certain mécontentement à voir la soirée s'achever si vite. Je les rejoignis et nous décidâmes de rentrer ensemble. J'espérais trouver quelque chose d'ouvert, peut-être le kebab en face de la gare ? C'est sur cette simple idée que nous inaugurâmes notre traque du chanteur.

Je révisai mon opinion sur les Françaises. Elles étaient cinglées, mais dans le bon sens du terme : elles savaient s'amuser et délirer sans avoir recours à l'alcool. Je les admirais presque… Presque ! Parce qu'encore une fois, leurs tenues laissaient à désirer…

En partant voir ce ringard des années 1980, je n'attendais pas grand-chose, sinon de danser après son tour de chant. Et cette soirée fut la meilleure de l'année !

Une fois rentrées, Amélie et Anastasia nous faussèrent compagnie. Seule Lauren m'accompagna pour un dernier verre. Puis un autre. Puis dix autres…

Le lendemain, fatiguée par la nuit blanche, et à la limite de la nausée, je décidai de sécher les cours pour rester dormir. Je me levai en milieu d'après-midi, le teint livide et les traits fripés. J'allais me faire enguirlander, car mes parents comprendraient que j'avais trop bu…

Je pris la direction de la gare, d'un pas traînant. Cette fois aussi, la famille au grand complet m'avait accueillie. Ils agissaient comme si j'habitais à l'étranger. Je ne cessais de leur répéter qu'ils pouvaient me rendre visite de temps en temps. Mon frère Adam venait de décrocher son permis de conduire, ce qui aurait pu lui donner envie de me voir. Mais non, comme les autres, il préférait se terrer à Ipswich, dans son cocon…

En entretenant ce genre de pensées, je compris que j'avais franchi un cap décisif : je ne me considérais plus comme chez moi dans le pavillon familial. J'aurais beaucoup de difficultés à y revenir durant l'été…

Les deux premiers jours passèrent à toute vitesse, et le dimanche, mon grand-père fut invité au repas de midi. Dès qu'il m'aperçut, il m'agrippa le bras et agita un journal jauni sous mon nez.

— Il faut que tu voies ça, déclara-t-il, ça va t'intéresser.

C'était sans doute une vieillerie sur des sportifs morts, dont je n'avais jamais entendu parler. Sa grande passion. Je saisis la gazette et la posai sur le buffet, en lui ordonnant de se mettre à table. Ma mère approuva d'un sourire ravi : pour une fois, ce ne serait pas à elle de lui rappeler les bonnes manières. Il protesta en insistant sur l'importance de cet article.

— Je vais m'asseoir à côté de toi, lançai-je pour couper court, tu n'auras qu'à m'en parler pendant le repas.

— Parfait. Et je te garantis que tu ne t'attends pas à ça !

Une fois à table, je lui décrivis le menu. Je le savais gourmand, et la perspective de bons plats faits maison pouvait détourner son attention. J'y réussis si bien qu'il repartit sans aborder le sujet soi-disant important…

Le lendemain, en rentrant du travail, ma mère se plaignit du désordre dans la salle à manger. Elle me donna le vieux journal au papier jauni, qui avait dû passer des décennies dans le grenier, au fond d'un carton. Je jetai un coup d'œil rapide à la première page, et je découvris le gros titre : la mort de John Fitzgerald Kennedy ! La date indiquée sous le nom du quotidien était celle du 23 novembre 1963, soit le lendemain des faits. C'était certes un document historique, mais je m'apprêtais à devenir institutrice, pas professeur d'histoire ! Je n'étais qu'en première année, en phase d'observation, et surtout, les événements contemporains de ce style ne figuraient pas au programme de primaire. Je ne comprenais pas ce qu'il y avait de si passionnant là-dedans…

Intriguée malgré moi, j'épluchai les autres titres, mais rien n'attirait particulièrement mon attention. Mon grand-père était affublé de cette lubie des collectionneurs : il classait tout ! Je n'étais pas étonnée qu'il ait gardé cet exemplaire, en l'achetant, il avait dû se rendre compte de sa valeur historique…

Mais quel rapport cela avait-il avec moi ?

J'allais abandonner quand je repérai une page cornée, dans la rubrique des faits divers régionaux. Je parcourus les sections, et soudain, dans l'encart central, je vis ce qu'il tenait à me montrer : un article sur Courtman House ! Interloquée, je commençai ma lecture.

Deux corps découverts après l'incendie de Courtman House

Dans la nuit de mercredi à jeudi, à Chelmsford, un incendie s'est déclaré dans la cuisine de Courtman House, une maison victorienne proche de Rainsford Road, suite à une importante fuite de gaz. Un unique résident se trouvait sur les lieux au moment des faits. La police soupçonne que l'utilisation du four aurait causé l'accident. Une explosion a soufflé les vitres de la pièce, créant un appel d'air. Les pompiers sont intervenus après l'alerte d'un voisin, vers six heures trente. Au lever du jour, les habitants de Chelmsford ont remarqué le nuage de fumée généré par l'incendie, qui a été circonscrit vers huit heures.

En inspectant les lieux, les soldats du feu ont fait une découverte macabre : un corps masculin carbonisé dans la cuisine. Interrogé, le propriétaire déclare qu'il doit s'agir d'un des occupants du premier étage, George Curtis. L'enquête devra déterminer avec certitude l'identité de la victime et les causes de l'accident, mais il est le seul locataire à ne pas avoir été retrouvé au lendemain des faits.

Un autre corps a été découvert dans le sous-sol, sous un tas de briques écroulées, celui d'une femme. Les inspecteurs n'excluent pas la possibilité d'une intoxication au gaz, mais la dépouille présente des signes de décomposition, qui laissent penser que cette personne était déjà morte au moment de l'incendie. La police a confié le cadavre à un médecin légiste pour tenter de comprendre les causes du décès.

Un appel à témoins a été lancé ce matin afin d'identifier cette mystérieuse victime. Il s'agit d'une femme de 5 pieds 8 pouces[11]*, brune aux cheveux longs. L'état du corps ne permet pas de donner davantage de détails. Cependant, les enquêteurs ont retrouvé un pendentif porte-photo autour de son cou, gravé aux initiales P. W. La photo à l'intérieur, en noir et blanc, représente un homme brun moustachu. Quiconque aurait des informations susceptibles de permettre l'identification de la personne est prié de rentrer en contact avec le commissariat de Chelmsford.*

Cette demeure, construite par l'avocat John Courtman en 1885, est l'une des plus anciennes de sa rue. Elle se distingue par sa hauteur et son architecture caractéristique de l'époque victorienne. Depuis le décès du dernier héritier de la famille Courtman, elle a été vendue à deux reprises. Le propriétaire actuel l'a divisée en plusieurs appartements, et les locataires interrogés l'accusent de ne pas avoir réalisé des travaux de première nécessité, ce qui expliquerait l'état déplorable de la conduite de gaz. Les services sanitaires de la ville ont également lancé une enquête à ce sujet et les résidents ont été relogés provisoirement.

L'intégrité de la charpente n'a pas été mise en péril, et les dégâts, bien que spectaculaires à cause des traces noires sur la façade, sont mineurs. Cependant, pour être à nouveau habitable, Courtman House devra être entièrement rénovée.

---

[11] *5 pieds 8 pouces* correspondent environ à 1,77 m.

Je bondis vers mon téléphone portable pour envoyer un message à Cate, elle devait voir cet article ! Elle cherchait à démontrer l'existence d'un revenant dans la maison, et j'avais acquis la certitude qu'il s'agissait de cette fameuse P. W. ! Si elle était morte à la cave, et que son corps y avait été abandonné assez longtemps pour s'y décomposer, il n'était pas étonnant que toutes les manifestations surnaturelles se concentrent en ce lieu…

La limitation de caractères ne me permettait pas d'envoyer un texte cohérent, je décidai d'appeler. Cate répondit à la troisième sonnerie, alors que je croyais devoir laisser un message vocal. J'étais surexcitée, je parlais à toute vitesse. Elle m'interrompit pour clarifier.

— Si je comprends bien, tu as trouvé notre fantôme ?

— Pas tout à fait, mais je pense que c'est cette P. W. En allant à la mairie, on pourra sans doute en apprendre davantage puisqu'il y avait deux corps dans l'incendie. Ils ont probablement constitué un dossier sur l'accident.

— C'est génial ! Je vais essayer de rentrer plus tôt, j'aimerais profiter des vacances pour effectuer ces recherches, parce qu'avec la reprise des cours, ce sera plus compliqué.

— Bonne idée, je viendrai avec toi… Et si mes parents veulent me voir, ils savent où me trouver !

En revenant, je n'avais pas envisagé d'écourter mon séjour et pourtant, dès que Cate y fit référence, cette idée s'imposa comme une évidence. J'en avais déjà marre de me comporter en collégienne qui doit justifier ses absences.

Je décidai de rentrer le mercredi en fin d'après-midi, ce qui me donnerait l'occasion de sortir au *Dallas*. Certes, le concert de cette semaine n'accueillait qu'un obscur groupe local, mais après leur prestation j'aurais l'opportunité de danser sur de la musique correcte jusqu'à la fermeture.

Dans la journée, Cate me confirma qu'elle serait de retour le jeudi soir. Ainsi nous pourrions aller à la mairie le lendemain.

Mon retour à Courtman House me permettrait de bénéficier de tranquillité. C'est d'ailleurs la première impression que j'eus en passant la porte : un silence profond doublé d'une sensation de plénitude libératrice. Cela venait sans doute de l'absence d'une partie des locataires. Si je me souvenais bien, seules Poppy, Mei, Anastasia, Amélie et Abi n'étaient pas parties. Arrivée au deuxième étage, je constatai qu'en l'absence de Lauren, cet espace m'appartiendrait pendant quelques jours !

Je redescendis me préparer une tasse de thé et je croisai Amélie en grande conversation avec Anastasia. Mon français scolaire ne me permettait pas de comprendre, elles parlaient trop vite. Elles revinrent à l'anglais en s'adressant à moi. Amélie prenait des notes sur un carnet et des feuilles volantes. Elle m'annonça qu'elle voulait m'interroger. Je la trouvais comique dans son imitation d'inspecteur de police.

— OK, dis-je, envoie !

— Est-ce que tu as revu Poppy après le concert ?

— Non, on a fait une nuit blanche avec Lauren et jeudi j'ai dormi pratiquement jusqu'à mon départ.

— OK, enchaîna-t-elle, donc la dernière fois que tu l'as vue c'était pendant le spectacle, c'est bien ça ?

— Oui, sans doute.

— C'est sûr ou pas ?

— Mais je n'en sais rien, me révoltai-je, je m'amusais, je ne suis pas sa baby-sitter ! Elle devait danser !

— C'est oui ou c'est non ? insista encore Amélie.

J'allais m'énerver quand je remarquai le pli soucieux qui barrait son front. Elle n'avait pas conscience de son obstination déplacée. Anastasia intervint :

— Tu n'es peut-être pas au courant, mais depuis le concert, Poppy n'est pas rentrée, personne ne l'a vue…

— Tu ne le savais pas ? s'étonna Amélie.

— Non, je suis partie le lendemain…

Amélie se lança dans un récit circonstancié des démarches qu'elle avait entreprises pour retracer les allées et venues de Poppy. Ses notes, qui n'étaient au départ qu'un ramassis de phrases sans contexte sur une feuille volante, s'étalaient maintenant sur plusieurs pages du carnet. Elle avait établi une chronologie en interrogeant les filles présentes pendant les vacances. Tout semblait pointer dans la même direction : après le concert, Poppy s'était volatilisée…

Abasourdie, je l'écoutai débiter les informations glanées auprès des différents témoins. Elle avait aussi questionné Travis en se rendant au pub. De service ce soir-là, il n'avait rien vu… Je n'avais plus aucune envie de me moquer de son enquête : Poppy courait peut-être un grave danger !

Elle m'avoua sa frustration quand elle avait récupéré ses dernières photos : sur les vingt-quatre pauses, aucune ne montrait Poppy, et pourtant les trois quarts avaient été prises au milieu de la foule ! L'unique cliché de début de soirée représentait Abi et Katie discutant sur le palier du premier étage, en tenue de soirée. Aucune trace de Poppy.

Les autres étaient des images du concert, ou des moments festifs : Anastasia trinquant au jus d'orange avec une fille de sa promotion, Abi et Cate en pleine chorégraphie, Abi et Amélie tirant la langue face à l'objectif, Mei et Anastasia, etc.

— J'ai une idée, m'écriai-je, il faut aller voir le bureau administratif de la fac, ils doivent avoir répertorié un numéro de contact en cas d'urgence ! Si ce n'est pas quelqu'un de sa famille, ce sera quelqu'un d'assez proche pour nous donner des nouvelles.

— Tu es un génie ! s'écria Amélie avec enthousiasme. Je n'ai cours qu'à dix heures, je partirai plus tôt pour leur poser la question.

Le lendemain, j'accompagnai Cate à la mairie. En chemin, je songeai que nous aurions plus de chance d'accéder aux dossiers si nous expliquions que cette recherche était liée à nos études. Cette idée nous évitait de révéler à l'hôtesse d'accueil que nous recherchions l'identité éventuelle d'un fantôme, qui pouvait être la femme trouvée après l'incendie de 1963. Aucun employé sain d'esprit n'accorderait foi à notre récit…

Je forgeai le bobard pendant le trajet, puis, une fois devant le bâtiment en pierres blanches, je demandai à Cate de me laisser parler et d'acquiescer à chacune de mes affirmations. Elle sourit et me dit :

— Tu vas leur sortir le mensonge du siècle ou quoi ?

— Non, juste de quoi obtenir gain de cause, sans se faire remarquer. Prends ton cahier et un stylo, ordonnai-je.

À l'accueil, j'expliquai en substance que nous étions étudiantes, Cate en droit et moi en histoire. Nous devions préparer un exposé en commun, qui devait toucher un événement passé, et que j'avais entendu parler de l'incendie de Courtman House par hasard. Nous avions besoin d'accéder aux informations à ce sujet : nom des victimes, suites judiciaires.

— Mais pourquoi cet incendie ? demanda l'hôtesse, une femme de l'âge et de la corpulence de ma mère.

— Il a eu lieu presque en même temps que l'assassinat de Kennedy, improvisai-je en prenant une intonation passionnée, et nous voulons opposer un drame quotidien, et local, à un fait majeur de l'histoire contemporaine.

— Tout à fait, renchérit Cate.

Impressionnée, l'employée nous indiqua le service des archives, situé dans un bâtiment moins prestigieux, plus loin dans la rue. Nous nous y rendîmes avec le formulaire qu'elle nous avait confié rempli et tamponné.

Nous apprîmes que la numérisation des documents tardait un peu, mais nous allions pouvoir consulter des microfilms. Je n'avais pas la moindre idée de ce que cela signifiait jusqu'à ce que l'on nous installe devant un écran, large comme la main, doté d'un seul interrupteur. Un autre employé arriva bientôt avec un carton estampillé 1963. Nous allions devoir en vérifier tout le contenu. Les microfilms étaient des feuilles de plastique souple, et le bouton servait à générer une lumière, qui révélait la teneur des microfiches. Il était possible d'en obtenir une copie en identifiant précisément la référence. Le fonctionnaire nous montra comment manipuler cette machine qui, à l'heure d'internet et des téléphones portables, paraissait rétrograde. Cependant, c'était sans doute la source de documents la plus fiable à notre disposition.

Les dossiers dans le carton avaient été classés par mois, ce qui allait nous faciliter la tâche. Nous avions demandé à consulter 1963 pour les informations sur l'incendie et les certificats de décès, 1964 pour d'éventuelles suites. Cate avait expliqué qu'il était rare de voir une enquête commencée fin novembre aboutir la même année, je l'avais félicitée de son inspiration.

Le travail se révéla fastidieux, car chaque dossier indiquait le mois, mais là s'arrêtait le classement. Tout avait été jeté pêle-mêle dans une chemise cartonnée. Nous trouvâmes le certificat de décès de l'homme de la cuisine : un certain George Curtis, âgé de 52 ans, qui avait loué l'appartement après la disparition de son épouse, un an auparavant. Le propriétaire, à cette époque-là, se nommait Richard Miller et avait été poursuivi pour négligence.

Mais rien sur la femme de la cave.

Au bout de presque trois heures de recherches, nous étions affamées et découragées : ce que nous avions appris ne nous aidait pas à identifier notre fantôme ! L'employé dut nous prendre en pitié, car avant notre départ, il nous révéla que la bibliothèque municipale possédait aussi sa propre section d'archives dotée d'un important fonds d'ouvrages sur l'histoire du comté. Cette maison avait sûrement été classée au patrimoine local, vu son architecture et son âge, il serait possible de retrouver la trace de ces informations.

Nous le remerciâmes et allâmes manger un sandwich à quelques rues de là, avant de décider de notre stratégie. Une fois assise, je sortis mon téléphone afin de vérifier si de son côté Amélie avait pu contacter des proches de Poppy. J'étais encore sous le choc de sa disparition.

L'intonation d'Amélie, plus que son hésitation, m'indiqua qu'elle allait annoncer quelque chose d'anormal…

— Qu'est-ce que tu as trouvé ?

— Rien, répondit-elle, atterrée.
— Comment ça, rien ?
— Il n'y a pas de dossier au nom de Poppy, déclara-t-elle, ni au bureau des inscriptions ni au service logement…
— Qu'est-ce que ça signifie ?
— Je n'en ai aucune idée…

Chapitre 20 : Anastasia

Courtman House s'était transformée en une cellule d'investigation. D'un côté, Amélie menait l'enquête sur la disparition de Poppy et de l'autre, Cate et Emma épluchaient tous les documents à leur portée pour rassembler des informations sur l'incendie de 1963. J'essayais d'aider Amélie pendant mon temps libre, parce que rechercher l'une de nos colocataires m'apparaissait d'un niveau d'urgence supérieur que de prouver l'existence d'un spectre.

Je m'étais moquée des scrupules d'Amélie après sa nuit torride avec Nelson, mais des doutes similaires m'amenèrent à rompre avec Tom. Je ne parvenais pas à l'envisager dans une relation plus sérieuse que celle de *sex friend*, selon l'expression anglaise. Je m'entendais bien avec lui, je passais de bons moments en sa compagnie, mais quand nous étions séparés, il ne me manquait pas…

Je fis cette constatation la veille de la reprise des cours : je rentrais de mon service à l'hôtel quand je remarquai sa voiture, garée dans la rue. Il m'attendait. Je me hâtai de le rejoindre et je fus accueillie par un visage crispé, un regard qui n'exprimait que de la rancune et de la tristesse. Je pris conscience que je ne l'avais pas vu de toutes les vacances et que je n'avais pas rappelé suite à son dernier message, inscrit sur le tableau en début de semaine. Il me soupçonnait de le tromper. Je tentai de le convaincre qu'il faisait fausse route, sans succès. Il démarra en trombe et me laissa sur le trottoir, hébétée.

Deux jours plus tard, quand je répondis au téléphone, il reprit la discussion où nous l'avions interrompue :
— Je préfère que tu me dises la vérité plutôt que de la découvrir par d'autres moyens.
— C'est la vérité !
Je soupirai, persuadée qu'il insisterait tant qu'il n'aurait pas obtenu de justification satisfaisante. Je me trouvai lâche de garder mes raisons pour moi, mais je redoutais de le peiner. Je n'étais pas éprise de lui. J'aurais tellement voulu que les sentiments naissent au fil des mois ! Tom était attentionné et respectueux, je lui devais une explication, même déplaisante.
— Je ne t'ai pas trompé, mais je ne suis pas amoureuse, confessai-je enfin.
Cette phrase était de nature à conclure notre histoire prématurément, mais j'espérais un dialogue… Tom devint fou de rage, il me somma à nouveau d'avouer que j'avais rencontré quelqu'un d'autre, que je mentais. Je mis fin à cette situation désagréable avec des mots aussi blessants que les précédents, et qui revêtaient un caractère définitif :
— Si tu ne me crois pas, c'est que tu n'as aucune confiance en moi ! Et je ne peux pas continuer comme ça. Restons-en là.
Tout en sachant qu'il n'était pas l'homme de ma vie, je l'avais apprécié et je n'éprouvais pour l'heure que de la honte et de la tristesse. Le soulagement viendrait peut-être par la suite, mais pour cela il me faudrait d'abord admettre que c'était une bonne décision. Je ne pouvais pas continuer à lui laisser croire que notre liaison deviendrait davantage que ce qu'elle avait été : une succession de moments partagés, sans réel engagement de ma part.
La reprise des cours m'offrit une diversion. Je me sentais coupable de ne pas l'avoir détrompé quand j'avais constaté qu'il considérait mon emménagement comme acquis. Si je ne l'avais pas envisagé, c'était bien que je n'étais pas aussi impliquée que lui. Qui étais-je pour dire à Amélie de quelle manière mener une relation sans

amour ? Je n'y étais pas parvenue, parce que l'un des deux se leurrait…

Elle ne m'avait pas reparlé de Nelson et baissait la tête si j'essayais d'aborder le sujet. Et ces derniers temps, elle était consumée par son obsession de retrouver Poppy. J'avais pensé que le retour en cours détournerait son attention, surtout parce qu'elle devait revenir dans le premier établissement qu'elle avait connu cette année. C'était un collège dans une zone sensible, à la limite d'un immense complexe industriel. La majorité des élèves étaient issus de familles n'ayant pas les moyens de s'offrir autre chose qu'un appartement à loyer modéré. Et en banlieue de Londres, ce genre de logement était souvent insalubre. Ses étudiants étaient des durs, rodés à la bagarre depuis leur plus tendre enfance. Ils l'avaient poussée à bout lors de son premier stage, je ne voyais pas de raison que leur comportement change…

Elle ne parlait plus de sa journée en rentrant, elle essayait de trouver du temps pour continuer son enquête. Ainsi, le samedi, elle s'arrogea l'utilisation exclusive de la grande cuisine qu'elle transforma en son quartier général. Je m'étais installée avec elle tandis qu'elle résumait les renseignements à notre disposition. Elle arpentait la pièce, en reprenant les faits.

Les notes d'Amélie s'étalaient sur la table et les fauteuils, classés par types : dans le carnet, les témoignages, sur les feuilles blanches, les informations récupérées auprès de l'université et sur des feuilles bleues l'arbre généalogique de Poppy. Nous avions été stupéfaites de nous rendre compte que nous ne pouvions écrire que les prénoms de ses parents, Mary et Jonathan. Elle évoquait son frère, sans en révéler davantage… Et nous n'avions rencontré aucun de ses amis, aucun camarade de son groupe.

Amélie espérait remédier à cette situation en interrogeant les étudiantes suivant la formation d'infirmière. Puisque nous n'avions pu déterminer si Poppy était partie seule après le concert, elle prévoyait d'aller supplier le manager du *Dallas* pour qu'il lui laisse voir la vidéosurveillance. Elle avait en effet remarqué qu'une caméra était braquée sur la porte d'entrée, ce qui signifiait qu'il y avait soit une personne en poste devant un écran, soit un enregistrement. Elle penchait pour la deuxième solution étant donné qu'il devait être onéreux d'employer un agent pour visionner les bandes. Le *Dallas* était un pub prospère, mais pas Fort Knox !

Amélie établissait une liste de pistes pour la suite de ses recherches. En haut de la page, elle avait écrit en grosses lettres : appeler la police. Jusque-là, nous n'en étions pas arrivées à cette situation, car Abi avait souvent objecté qu'étant majeure, Poppy avait le droit de disparaître sans nous laisser d'adresse…

En bonne cartésienne, Amélie s'était inclinée devant le bien-fondé de cet argument, mais ne renonçait pas à retrouver Poppy, à recouper les indices pour démêler les événements de ce soir-là. Elle avait parfaitement compris que pour ouvrir une enquête de police, elle devrait trouver des preuves matérielles, et démontrer le côté alarmant.

— Le fait qu'une personne, qui n'a *jamais* passé une seule nuit ailleurs qu'ici depuis septembre, ne se soit pas montrée depuis plus de deux semaines *est* inquiétant, affirma-t-elle. Qu'est-ce qu'il faut de plus ?

— Des menaces, du sang, une demande de rançon, quelque chose dans le genre… énumérai-je.

— Ne parle pas de malheur !

— Ne me dis pas que tu n'y as pas pensé !

— Bien sûr que si, concéda-t-elle, mais je préfère ne pas envisager le pire, puisque je n'ai pas de preuve…

Mei entra à ce moment-là et se joignit naturellement à notre réflexion. Elle n'acceptait pas non plus l'idée que Poppy avait fait une fugue amoureuse. Je fus ravie de sa présence, elle nous aiderait sans doute à nous distancier des hypothèses que nous avions déjà émises. Quand elle comprit que nous nous trouvions dans une impasse, elle proposa d'aller le lendemain après-midi au *Dallas*. Les samedis constituaient les principaux pics d'affluence. Ainsi, en nous présentant à un moment plus calme, nous aurions davantage de chances de parvenir à nos fins. Son raisonnement plut à Amélie, qui avait plutôt imaginé y arriver le soir même malgré la foule, quitte à faire un scandale pour obtenir le visionnage de la vidéo.

Mei, elle, suggérait une touche de délicatesse et la garantie de ne pas être bannies de l'établissement ! Après avoir écouté nos conclusions, elle proposa :

— Puisque vous avez interrogé tout le monde, peut-être qu'il faudrait changer les questions…

— Qu'est-ce que tu veux dire ?

— Essayer de demander si les filles n'ont pas vu ou entendu des choses bizarres concernant Poppy. Peut-être que de cette façon, on pourrait au moins comprendre pourquoi.

Et ce fut ce qui relança notre enquête. Puisque nous étions déjà trois dans la pièce, nous allions noter ce que nous avions remarqué de notre côté. Il en ressortit qu'Amélie percevait régulièrement des bruits provenant de l'étage inférieur. Il s'agissait de gémissements, de cris étouffés, de sons métalliques, comme si quelqu'un tapait avec une tige sur la tuyauterie. Elle ajouta qu'elle n'avait jamais vu Poppy participer à un autre événement que le concert de Jason Astley.

De son côté, Mei avait constaté que Poppy n'évoquait ni ses cours ni leur contenu, n'avait pas donné de détails sur ses origines, ne ramenait pas d'amis à la maison, elle ne semblait fréquenter que nous. À chacune de ses observations, j'opinai : en étant aussi proches de la petite cuisine, nous croisions toutes ses utilisatrices, et Poppy n'était accompagnée que des habitantes de Courtman House. Amélie ajoutait des notes à son carnet.

— Et toi, me demanda-t-elle en relevant son stylo, est-ce que tu as remarqué quelque chose d'inhabituel ?

— Ce que vous venez de dire…

— Rien d'autre ? insista Amélie.

— Même un détail peut avoir son importance, renchérit Mei.

Tout à coup, une impression fugitive me revint ; je songeai à la visite de Chandra avant Noël. En entrant, elle avait complètement ignoré Poppy et s'était comportée comme si elle n'était pas là. Poppy s'était immédiatement retirée, sans un mot. Cette scène n'avait duré que quelques secondes, mais j'avais ressenti un certain malaise. Je m'étais interrogée sur les raisons de Chandra d'agir ainsi : peut-être connaissait-elle Poppy ? Et peut-être ne l'appréciait-elle pas ?

Amélie ajouta à sa liste de parler à Chandra. Après sa visite de décembre, j'avais découvert que nous avions des cours en commun, et je m'étais rapprochée d'elle. Je n'aurais aucune difficulté à lui poser quelques questions. D'ailleurs, Cate souhaitait que je lui demande le nom de la fille qui s'était enfuie après avoir vu le fantôme… C'était moins important, mais je pourrais sans doute récupérer l'information.

Des voix se firent entendre sous le porche et la cloche retentit. Mei alla ouvrir et revint accompagnée de Mathilde, Samuel et Nelson. Ils nous proposaient d'aller jouer au billard dans un pub à mi-chemin entre nos logements. Je craignais un refus de la part d'Amélie, mais elle mit une condition à son accord : elle voulait les interroger aussi. Je doutais qu'ils détiennent la moindre information, mais Mei avait insisté sur le fait que certains détails, à première vue insignifiants, pouvaient nous mener à une piste.

Bien entendu, aucun des trois n'avait croisé Poppy depuis le concert, et, vu le nombre d'habitantes de cette maison, Samuel la confondait avec Ana-Luisa… Nelson était le seul à être revenu à Courtman House depuis la disparition, pour sa fameuse nuit avec Amélie. Il affirma n'avoir rien remarqué d'anormal en rentrant, mais omettait de préciser que son départ avait eu lieu le lendemain matin… Il mentait avec aplomb, et si Amélie ne m'avait pas tout raconté, il m'aurait fait douter de ce que je savais. Cependant, il n'avait aucun intérêt à mentir au sujet d'une personne qu'il n'avait dû croiser que trois ou quatre fois.

L'enquête piétinait, nous décidâmes d'aller jouer au billard en leur compagnie, sauf Mei qui déclara :

— Vous voulez sans doute rester entre Français…

— Moi, je suis belge, répondit Mathilde. Et eux, congolais…

— Oui, mais vous parlez tous la même langue, conclut-elle dans une logique qu'Ophélie aurait approuvée. Par moments, c'est agréable de discuter avec des compatriotes. C'est gentil de m'inviter, mais je vais aller retrouver une amie chinoise.

Avant de nous quitter, elle nous rappela notre rendez-vous du lendemain pour aller au *Dallas*, tenter de visionner la vidéo de surveillance. Nous devions obtenir cette autorisation, ce serait le meilleur moyen de comprendre. Nous pourrions ainsi voir avec qui Poppy était rentrée, ce qui permettrait de savoir si notre inquiétude était justifiée ou non.

Pendant notre soirée au pub, je remarquai que Nelson et Amélie s'éloignèrent du groupe et qu'en revenant, ils souriaient. J'ignorais le contenu de leur conversation, mais ils s'étaient mis d'accord. J'avais encouragé Amélie à ne pas se flageller et à profiter du moment présent, je m'attendais donc à la voir repartir avec lui. Ce fut le contraire qui se produisit : elle me prit par le bras et déclara qu'il était temps de rentrer. Nelson surjoua le rôle de l'amant éconduit et Amélie lui tourna le dos, une scène très ordinaire entre eux… Leur histoire devait s'être terminée aussi vite qu'elle avait débuté.

Le lendemain après-midi, nous nous rendîmes au *Dallas,* accompagnées de Mei et d'Abi, qui avait tenu à se greffer à notre équipe. Elle souhaitait constater de ses propres yeux, comme lorsqu'elle avait scruté les photos tirées de sa pellicule. Elle avait travaillé dans une entreprise et parfois utilisé du jargon légal, nous nous accordâmes pour qu'elle émette la requête au nom du groupe.

J'admirai le choix de son vocabulaire, elle insista sur notre inquiétude et sous-entendit, sans le dire pour autant, que la police nous avait éconduites, puisque Poppy était majeure. Elle expliqua que nous craignions le pire, et que la réponse à toutes nos interrogations se trouvait sans doute quelque part sur ces bandes vidéo. Le manager du pub se laissa attendrir et nous mena dans un local étriqué, coincé entre les coulisses et les toilettes. Il renfermait trois écrans de contrôle sur lesquels on distinguait la porte d'entrée, le bar et la scène, les trois lieux clés…

Il chercha sur une étagère et repéra le CD daté du mercredi où Jason Astley avait chanté ici. Il l'inséra dans l'ordinateur. Aucune de nous ne disait mot, dans la crainte de voir Poppy sortir avec un individu effrayant… Trouver le créneau horaire prit du temps, car même si nous pouvions indiquer que nous étions arrivées parmi les premières, l'enregistrement avait commencé dès l'ouverture.

L'homme déplaça le curseur sur la bande d'avancement et au bout de plusieurs tentatives, Ana-Luisa, Lindsey et Katie apparurent, précédant Mei, Amélie et moi. Venaient ensuite Cate, Emma, Phedra puis Abi et Lauren en retrait. Dans la queue, Lauren ne passait pas inaperçue malgré sa taille : elle se trémoussait et imitait le chanteur. Je me souvenais de ce moment, elle avait massacré le tube de Jason Astley et nous avions ri. En scrutant l'écran, nous nous vîmes arriver face à la caméra où nos physionomies se distinguaient clairement. Nous examinions les images avec attention et pourtant, nous dûmes nous rendre à l'évidence : Poppy n'apparaissait pas sur la vidéo !

Le manager du *Dallas*, perplexe, accepta d'avancer l'enregistrement jusqu'au moment où les premiers clients avaient quitté le pub. Nous regardâmes défiler des inconnus, des visages familiers de la fac, Ana-Luisa et deux amies espagnoles, suivies de près par Katie et Lindsey, d'autres anonymes, Abi, Mei et Cate, plus tard Phedra, Action Man et une foule compacte. Il fit un arrêt sur image, mais à nous quatre, nous fûmes incapables de repérer Poppy dans la multitude alors que nous distinguâmes Emma et Lauren se rapprocher d'Amélie et moi. Les derniers enregistrements montraient la fermeture et le départ des employés.

D'après la vidéo, Poppy n'était pas arrivée au *Dallas* !

Un silence épouvanté régnait dans la pièce.

Chacune à ses spéculations, nous comprenions que cette révélation augurait de mauvaises nouvelles, car si Poppy n'assistait pas au concert, cela signifiait qu'elle avait disparu en chemin. On pouvait imaginer un enlèvement ou une agression. Quel hasard avait opéré pour que personne n'ait rien remarqué d'anormal pendant le

trajet ? Et surtout, s'il s'agissait d'une agression, pourquoi n'avait-elle pas crié ?
— Les filles, nous devons réunir tout le monde et en discuter, affirmai-je avec une autorité nouvelle. Sans s'en rendre compte, quelqu'un a vu ou entendu quelque chose, ce n'est pas possible autrement !

Nous avions remercié le manager et avions décidé de grignoter une gaufre ou un cheesecake, accompagnés de boissons. Lorsque nous fûmes servies, nous attaquâmes nos assiettes en silence.
— Je ne sais plus quoi penser, déclara Abi après une bouchée de brownie, mais si Poppy n'est pas sur cette vidéo c'est qu'elle n'est jamais arrivée jusqu'ici. Il a dû lui arriver malheur en route. Dans ce cas, je serais tentée d'aller au commissariat.
— Moi je dis ça depuis le début, plaida Amélie avant d'engouffrer une part de gâteau.
— Je sais, mais je n'ai fait que te répondre avec les arguments légaux. Nous manquons de preuves.
— Je pense qu'on vient d'en visionner une !
— Pas forcément, avança Mei. La vidéo ne démontre qu'une chose : la disparition a eu lieu avant notre arrivée ici.
— Je comprends, soupira Amélie, la police pourrait objecter qu'elle a bifurqué volontairement… Donc Anastasia a raison, nous devons organiser une grande réunion et recouper ce que nous avons vu ou entendu sur le trajet jusqu'ici.
— Le rayon de la caméra nous a captées après la traversée du pont, déclarai-je en désignant les environs d'un geste ample, il faut reprendre à partir de là. Je propose qu'on en reparle toutes ensemble, en recréant les groupes que nous formions en quittant la maison.

Ma solution fut adoptée, mais une ambiance triste et songeuse régnait autour de la table. Nous ne tardâmes pas à déserter le *Dallas* pour retrouver nos colocataires. Abi et Amélie s'attardèrent pour remercier à nouveau le manager. Peut-être le privilège qu'il venait de nous accorder pouvait-il le mettre en danger devant un tribunal ? À moins qu'elles n'envisagent de demander une faveur plus importante la prochaine fois ?

Une fois dans la rue, Mei suggéra d'emprunter exactement le même itinéraire que le soir du concert, sans bifurquer ni prendre de raccourci. Nous souhaitions nous rafraîchir la mémoire, mais nous avions toutes en tête la possibilité de trouver des traces d'agression… Notre humeur était maussade, notre rythme lent.

— Vous vous souvenez de ce qu'elle portait ? s'enquit Mei.

— Une robe argentée, brodée avec des perles qui formaient des motifs symétriques, comme dans les années vingt.

— Ah oui, s'écria Amélie, elle était sublime ! J'ai voulu la prendre en photo, mais quand je suis redescendue avec l'appareil, elle était repartie. Puis j'ai pensé que je pourrais le faire plus tard…

Sa voix s'éteignit, gagnée par l'émotion. Nous jetions des regards appuyés sur chaque recoin, ou rue étroite, qui aurait pu constituer la cachette d'un agresseur. Et à notre grand soulagement, nous ne trouvâmes ni perles ni tissu argenté !

Nous rentrâmes au moment où Cate, Lauren et Emma s'apprêtaient à se rendre au pub. Nous leur exposâmes nos découvertes et leur réaction confirma notre inquiétude. C'était un non-dit, mais nous pensions toutes qu'il était arrivé malheur à Poppy. Nous nous installâmes dans la cuisine de devant, Abi était partie chercher les autres. Elles arrivèrent au compte-gouttes : Lindsey, Katie, Ana-Luisa. Je remarquai l'absence de Phedra et allai frapper à sa porte. Quand elle ouvrit, j'aperçus Action Man couché sur le lit défait, des assiettes sales traînaient çà et là. J'exposai la raison qui nous poussait à nous réunir toutes. Phedra hocha la tête en signe d'assentiment et se tourna vers Action Man, sans doute pour obtenir sa bénédiction. Une soudaine colère monta en moi : se sentait-elle si brimée qu'elle ne pouvait plus quitter cette chambre sans demander l'autorisation ? Et surtout, quoi qu'il dise, j'étais prête à riposter !

Mais, à ma grande surprise, il se leva, posa la main sur l'épaule de Phedra, qui semblait chétive à côté de sa carrure impressionnante. Il la poussa vers l'avant et annonça laconiquement :

— J'étais aussi au concert.

Je ne m'étais pas attendue à sa collaboration, mais elle pourrait se révéler utile. Ainsi, je ravalai mon ressentiment et les suivis. La dernière fois que cette pièce avait été si peuplée, nous avions organisé une fête avec de la musique, des boissons, de la danse, de la nourriture, et de la bonne humeur… Quel contraste ! Les traits étaient tirés, les visages fermés, les regards hantés par des images fugitives. Et un nom, que personne ne prononçait plus, nous étourdissait.

Chapitre 21 : Katherine

C'était la première fois que nous convoquions une réunion depuis la formation anti-incendie… à laquelle Poppy n'avait pas assisté non plus, me rappelai-je.

Nous formions un cercle autour de la table. Anastasia, Amélie, Abi et Mei nous exposèrent les découvertes faites grâce à la vidéo du *Dallas* : Poppy avait déjà disparu au moment du concert. À l'énoncé de ce terrible constat, un soupir angoissé échappa à plusieurs personnes. Nous venions de prendre conscience des implications d'une telle découverte : puisque Poppy nous avait suivies de son plein gré, comment concevoir qu'elle nous ait faussé compagnie sans un mot ? Et surtout pourquoi n'était-elle pas rentrée ?

Dès que nous avions admis qu'il s'agissait d'une disparition, j'avais craint le pire. Poppy était casanière, elle aimait son espacc personnel, je ne l'imaginais pas s'enfuir en laissant tout derrière elle. Ce comportement ne lui ressemblait pas…

Pour moi, cette réunion était le moment où nous avions décidé de cesser de nous voiler la face et de tenter de découvrir la vérité. Amélie était déjà passée plusieurs fois nous poser des questions, je savais qu'elle rassemblait une masse d'informations, il était temps de lui prêter main-forte. Elle exposa ce qu'elle avait appris et, avisant des feuilles blanches, je pris mes propres notes que je voulais concises.

Les faits :

- Poppy a quitté la maison, mais n'est pas arrivée au Dallas.

- Son nom n'apparaît ni sur le registre du logement ni dans la liste des étudiants.

Ce qu'on sait d'elle :

- Ses parents sont morts et elle n'avait nulle part où aller pendant les vacances.

- Elle suivait une formation d'infirmière, en deuxième année.

- Elle n'invitait personne.

Mon résumé m'amena à une conclusion que personne d'autre n'avait entrevue. Je l'exprimai dès qu'un silence me le permit.

— Si on ne la trouve sur aucune liste, c'est qu'elle nous a sans doute donné un faux nom. C'est plus facile de mentir à des colocataires qu'à une université. Vous avez remarqué, repris-je après une pause, que c'est la seule qui n'invitait pas d'amis ? Elle cherchait manifestement à faire profil bas.

Un murmure d'assentiment gagna le groupe, certaines allant jusqu'à souligner son obsession de la discrétion. Lauren, véritable antithèse de Poppy, tant dans son comportement que dans son apparence, se plaignit que dès qu'on abordait une question personnelle, Poppy évitait le sujet. Je rebondis à ce moment-là.

— J'ai toujours cru que c'était dans sa nature, mais au vu des derniers événements, je me demande si elle ne cachait pas quelque chose.

— Quelque chose comme quoi ? s'exclama Emma.

— Quelque chose qui justifie d'inventer une nouvelle identité et de se terrer dans sa chambre pendant que les autres vont au pub !

Mon éclat de voix fit taire tout le monde, je savais que je venais de les lancer sur une piste qu'elles n'avaient pas considérée jusque-là. Je croisai le regard de Phedra, et j'y lus un mélange de cette admiration qu'elle manifestait quand je trouvais la réponse à un problème ardu, et une anxiété grandissante.

— Elle a raison, intervint Action Man. Mon père était diplomate, il affirme que les gens qui dissimulent leur identité ou qui falsifient des papiers ont quelque chose de très grave à se reprocher… Vraiment très grave !

Amélie approuva d'un signe de tête, ajouta une ligne à ses notes et pensa à voix haute :

— Ce serait plus logique, ça expliquerait pourquoi on ne la trouve pas sur les registres ! Je vais retourner au bureau du logement pour obtenir le nom de la locataire.

— Je viens avec toi, m'imposai-je.

Amélie avait un esprit rationnel, mais elle avait deux handicaps dont elle n'avait pas conscience : malgré son excellent niveau d'anglais, elle manquait parfois de références culturelles, et d'autre part, ses études n'incluaient pas le droit. Contrairement aux miennes. Et, si Poppy avait un lourd secret, elle avait certainement enfreint la loi. Ce serait plus prudent de savoir à quel moment mettre ce dossier dans les mains de la police. Je n'avais plus de doute quant à la nécessité de l'impliquer dans cette affaire. La seule question demeurant était : quand ?

Mei, qui jusque-là s'était dissimulée derrière Amélie et Anastasia, s'avança et proposa de retracer le trajet en direction du pub. Elle insistait sur l'idée que même un fait mineur pourrait nous donner une piste. Elle souhaitait reformer les groupes et récupérer leurs témoignages. Amélie s'empara de son carnet et de son stylo, s'assit dans un coin de la pièce pour écrire tandis que Mei et Anastasia l'aidaient dans son enquête.

Puisque j'accompagnais celles qui avaient pris la tête du cortège, je me dirigeai vers elles avec Ana-Luisa et Lindsey. J'entamai mon récit des événements : fidèles à nos habitudes pour les sorties tardives, nous avions bifurqué en direction de Rainsford Road. Personnellement, je n'appréciais pas d'emprunter l'autre issue, réservée aux piétons, mais bénéficiant d'un éclairage défaillant. Se cantonner aux grands axes nous avait semblé judicieux, et nous avions pensé que le reste du groupe suivrait.

Nous avions discuté de choses sans aucun rapport avec le spectacle, surtout de ce que nous avions prévu pour la semaine de vacances. Je me souvenais parfaitement qu'Ana-Luisa avait dégoté un vol moins cher que le transfert vers l'aéroport, mais qui atterrissait à presque une heure de route de chez elle. En chemin, nous avions dépassé l'église et Lindsey avait évoqué la chanson qu'elle voulait répéter pour le dimanche. Nous étions ensuite rentrées dans un débat théologique, Ana-Luisa étant catholique, elle n'admettait pas l'idée que de simples croyants puissent décider des chants à interpréter pendant l'office. Notre conversation fut interrompue en passant devant un restaurant thaïlandais, vendant des plats à emporter : deux hommes étaient sortis sans regarder et avaient failli renverser leur commande sur nous. Ils s'étaient excusés, et nous avions saisi l'opportunité pour changer de sujet. Nous avions parlé de choses sans importance.

Je me souviens avoir jeté un coup d'œil par-dessus mon épaule pour m'assurer que les autres nous suivaient. Mei et Anastasia discutaient gaiement, et furent bientôt rattrapées par Amélie qui nous adressa un signe de la main.

Quand nous avions rejoint la zone piétonne, j'avais remarqué l'étudiant qui travaillait en tant que serveur au restaurant indien à côté de la fac. Il était vêtu d'une tenue criarde : pantalon jaune fluo, baskets rouges et tee-shirt blanc et noir à damier. De grosses lunettes de soleil et une casquette à l'envers complétaient son look improbable. Il suivait certains de mes cours et tout le monde connaissait une anecdote comique à son sujet… Je supposai que mon tour était venu. Je demandai aux filles de ralentir pour attendre les autres, mais aussi pour ne pas le voir nous mettre le grappin dessus. Ana-Luisa profita de cette pause pour se rendre au distributeur automatique, devant la galerie marchande. Pendant son absence, je restai seule avec Lindsey, qui m'avoua avoir appris les paroles de la chanson phare de Jason Astley.

Au retour d'Ana-Luisa, le trio formé par Anastasia, Amélie et Mei nous avait rattrapées. Nous entrâmes dans le *Dallas*, à quelques secondes d'intervalle. J'avais exposé ma version des faits avec autant de précision que possible, mais il s'était déjà passé plus de deux semaines, j'avais peut-être omis des éléments. Puis, aussi vite qu'ils étaient arrivés, mes doutes s'envolèrent. Dès que j'avais appris la disparition de Poppy, cette soirée avait revêtu une tout autre importance dans ma mémoire et chaque subtilité était venue s'y graver de façon indélébile. Comme pour le 11 septembre ou le lendemain de l'anniversaire de Phedra. J'étais parfaitement capable de refaire la chronologie de ma journée et de donner des détails insignifiants sur ces deux dates…

Ana-Luisa et Lindsey corroborèrent mon histoire, en y ajoutant les points qu'elles avaient remarqués. Après l'incident du restaurant thaïlandais, nous avions croisé trois voyageurs devant la gare, qui, d'après leur allure, étaient des employés de grandes sociétés londoniennes : deux hommes en costumes gris et une femme en tailleur-pantalon. Lindsey s'était amusée de leurs tenues en spéculant sur le fait qu'ils n'assisteraient pas au concert, alors qu'ils avaient davantage l'âge des fans de Jason Astley que nous. Pendant ce temps, Ana-Luisa avait vu un groupe sortir du pub d'en face et se disputer, elle avait redouté une bagarre, mais un quinquagénaire avait décidé de raccompagner celui qui criait, et les autres s'étaient aussitôt apaisés.

En allant chercher de l'argent, Ana-Luisa s'était postée au distributeur, derrière une blonde exubérante qui portait une jupe si courte qu'elle la qualifia de simple bande de tissu, détail que Lauren trouva hilarant. Nullement troublée, Ana-Luisa poursuivit son récit et ajouta une indication qui nous fit frissonner. Pendant que la fille à la mini-jupe effectuait son retrait, un type se tenait à l'ombre d'un porche et ne la quittait pas des yeux. Il la suivit quand elle empocha ses billets et partit vers une discothèque. Ana-Luisa l'avait trouvé louche et aurait souhaité prévenir la jeune femme, mais un client s'était glissé derrière elle, aussi s'empressa-t-elle de taper son code. Lorsque sa transaction fut achevée, elle vérifia la direction qu'ils avaient prise, mais les deux silhouettes avaient disparu à l'angle de la rue.

Lindsey confirma ce que nous avions déjà noté. Amélie semblait déçue de la teneur de nos témoignages ; Mei la rassura, car elle pressentait que ce serait en recoupant les informations que nous y verrions plus clair.

Je revins dans la cuisine en fin de soirée : des feuilles entières avaient été noircies.

— Alors ? demandai-je.

— On n'aura pas besoin de caméra de surveillance, chacune a vu quelque chose, on sait qui se trouvait dans les rues, mais on ignore où était Poppy…

— C'est à croire qu'elle est restée ici, constata Anastasia, frustrée.

— Et si elle avait profité de notre absence à toutes pour disparaître ?

C'était une hypothèse farfelue, mais elle pouvait parfaitement expliquer ce mystère. Si Poppy avait pris une fausse identité, elle avait de bonnes raisons de vouloir se volatiliser, et le soir du concert représentait une occasion en or de mettre son plan à exécution !

— Abi a frappé à sa porte et l'a vue sortir, me détrompa Amélie.

— Et s'il lui était arrivé malheur dans notre rue ?

C'était sans doute l'idée la plus glaçante de toutes, mais puisque personne n'avait rien noté d'anormal ensuite, elle avait peut-être été enlevée à quelques centaines de mètres d'ici ? Je tressaillis. Nous échangeâmes un regard effrayé, et personne n'osa continuer dans cette voie.

— Mercredi, je finis plus tôt, m'informa Amélie, on pourra aller au bureau du logement, si ta proposition tient toujours.

Nous avions convenu de nous retrouver directement devant l'aile administrative. Les journées d'Amélie étaient très chargées et elle devait y ajouter une heure de route, ce qui nous laissait peu de temps avant l'horaire de fermeture. Elle arriva hors d'haleine, car elle n'avait pu se garer sur le parking de l'université. Je lui proposai de mener l'entretien, ce qu'elle accepta avec reconnaissance. Son visage déconfit, les grands cernes sous les yeux indiquaient que ses élèves s'étaient montrés récalcitrants… Je songeai qu'elle et Abi avaient du mérite de se lancer dans une carrière si ingrate !

En entrant, Amélie me dit qu'elle connaissait la rousse à l'accueil : c'était elle qui lui avait suggéré d'habiter à Courtman House. Enhardies, nous nous avançâmes. L'employée nous reçut avec un sourire, elle aussi avait reconnu Amélie. Pour ma part, j'avais eu affaire à l'une de ses collègues.

— Bonjour, lui dis-je, nous venons parce que l'une de nos colocataires a visiblement déménagé et nous cherchons sa nouvelle adresse pour lui renvoyer son courrier.

— Comme c'est gentil de votre part !

L'employée saisit un classeur qui arborait le nom Courtman House sur la tranche, l'ouvrit et fit défiler les pages.

— Il s'agit sans doute d'Eleanor Gray, c'est la dernière à avoir quitté le logement.

— Ah, méditai-je d'un ton faussement gêné, je suppose qu'elle ne vous a pas prévenus ?

— Aucune autre n'a rendu sa clé, nous certifia la femme rousse.

— C'est bizarre, dis-je en adressant un regard insistant à Amélie, j'avais compris qu'elle devait le faire… Elle voulait changer de logement, il me semble.

— De qui parlez-vous ?

— De Poppy, chambre 1. Enfin Poppy c'est peut-être un surnom…

Sans vérifier dans le classeur, l'employée affirma que personne n'occupait cette pièce, nous devions faire erreur sur le numéro. Amélie lui expliqua qu'il s'agissait de celle du rez-de-chaussée à droite en entrant.

— C'est bien le numéro 1, précisa la femme, mais elle n'est plus louée…

— Pourquoi ? demandai-je, gagnée par la curiosité.

— L'inspecteur sanitaire nous a ordonné de garder la clé tant que des travaux n'ont pas été réalisés et comme nous n'avons pas obtenu le budget, ça attendra l'année prochaine. Mais vous me dites qu'il y avait quelqu'un, c'est bien ça ?

— Oui !

Amélie n'avait pas su se taire... À l'instant où la question était posée, je compris qu'elle allait nous apporter des ennuis. Ce que nous confirma l'employée en extirpant le classeur de Courtman House, elle trouva la répartition par chambres, et en lisant avec elle, je constatai qu'il n'y avait pas eu de locataire depuis plusieurs années...

Poppy avait menti sur son nom et occupé cette chambre illégalement ! Cette affaire devenait de plus en plus compliquée, et ma certitude qu'un malheur lui était arrivé se renforçait. Mais qui était-elle à la fin ?

La secrétaire nous informa que son collègue, Stuart Allen, allait procéder à une inspection des lieux pour vérifier l'état de la pièce. Manifestement, elle était convaincue que l'interdiction de la louer était liée à un problème sanitaire. Elle nous congédia avec une date approximative pour la visite de contrôle : le vendredi ou le lundi...

Abasourdies, nous quittâmes les locaux. Je suivis Amélie vers sa voiture en silence. Celle-ci déversait son incrédulité à grand renfort d'exclamations indignées. Poppy était une menteuse, une usurpatrice, elle nous mettait dans une situation inconfortable et elle n'avait pas tenu compte du souci qu'elle allait nous causer à son départ !

Sur le pare-brise, elle trouva une contravention.

— Ah tiens, soupira-t-elle d'un ton résigné, ça faisait longtemps... Quelle infraction ai-je encore commise ?

— Tu t'es garée sur une double ligne jaune...

— Mais je croyais que c'était seulement les rouges qui posaient problème, et que pour les jaunes, c'était accepté...

— Sauf s'il y en a deux.

Sa méconnaissance du Code de la route britannique me sidérait : cela faisait presque deux ans qu'elle conduisait dans ce pays et elle ne savait pas ça ? Ce genre de bévue était l'illustration des raisons qui m'avaient poussée à l'accompagner. Cependant, je devais admettre qu'avec ou sans moi, les informations qu'elle aurait glanées se seraient révélées tout aussi perturbantes...

Nous allions devoir annoncer au reste de la maisonnée que non seulement Poppy nous avait menti, mais qu'en plus elle avait vécu avec nous dans l'illégalité. Soudain, son absence lors de la formation anti-incendie prenait tout son sens et je me souvins d'avoir prétendu que tout le monde était présent, pour lui éviter des ennuis.

Tandis qu'elle ne s'était pas préoccupée de nous. Son beau vernis de politesse venait de craquer et de révéler son côté sombre.

Chapitre 22 : Catherine

La réunion nous laissa avec un mélange de désarroi, d'inquiétude, et de colère pour certaines. Katie grommela que Poppy nous avait trahies. Tout en trouvant ce terme excessif, je comprenais son sentiment. Combien de mensonges avions-nous entendus ?

Le mercredi soir, le ressentiment de Katie ne connaissait plus de limites. Elle et Amélie venaient de découvrir qu'en plus d'usurper une fausse identité, Poppy avait occupé une chambre sans accord du service logement, sans payer de loyer… Pour elle, le dossier était classé : cette fille n'avait été qu'une manipulatrice, une profiteuse égoïste. Elle éludait tous les moments où notre colocataire avait réconforté ou conseillé l'une d'entre nous… Elle était persuadée que Poppy avait perçu la sortie au concert de Jason Astley comme une opportunité de déménager ses affaires pendant notre absence, et dc disparaître sans laisser de trace.

Son hypothèse perturbante semblait étayée par des faits. Pourquoi Amélie était-elle obnubilée par son enquête ? Puis, aussitôt, je trouvai la réponse à cette interrogation. Elle s'y accrochait, parce que son intuition lui soufflait que les preuves ne garantissaient pas que Poppy était en sécurité…

Quand j'y réfléchissais, je reconnaissais de la logique à chaque théorie : la disparition involontaire me glaçait, car cela signifiait que nous étions toutes passées à quelques pas d'un dangereux prédateur, qui agissait sans bruit… L'idée de la fuite organisée paraissait plus séduisante, puisqu'elle n'impliquait pas qu'un malheur était arrivé à Poppy, et aussi parce que les seuls éléments tangibles nous conduisaient à cette conclusion.

J'en parlai à Travis après son service. Il était épuisé, car il avait accepté un contrat sur un chantier et travaillait mardi, mercredi et jeudi toute la journée et la soirée au pub. Il avait décidé d'adopter ce rythme pour me laisser me concentrer sur mes examens. Il comptait se constituer une réserve d'argent pour nous permettre d'emménager ensemble dans quelques mois. Il avait vu le va-et-vient perpétuel qui régnait dans cette maison et désirait nous offrir un cadre de vie plus propice et plus intime. Il souhaitait que mon environnement ne représente pas un obstacle à la réussite de mes études. Son dynamisme et sa détermination m'allaient droit au cœur, je comprenais que, sans prononcer de grands discours, il avait pris un engagement au-delà de mes espérances. Et je venais de retomber amoureuse…

Quand je lui fis part des dernières découvertes, sa conviction se forgea aussitôt.

— Désolé de te décevoir, mais je crois que le seul mystère dans cette affaire, c'est la raison pour laquelle elle a orchestré toute cette mise en scène. Tu vois, même le fait d'avoir emménagé la première dans cette maison paraît louche. Elle a dû manigancer quelque chose pour récupérer les clés d'une ancienne locataire.

— Sans doute parce qu'elle n'avait nulle part où aller…

— Oublie tout ce qu'elle vous a dit, si elle vous a menti sur son identité, elle n'était probablement pas plus orpheline que toi et moi !

— Ce serait étrange qu'elle soit restée ici tout le temps si elle a une famille…

Les mots de Travis semèrent le doute, puis m'obligèrent à me détacher de ce que je pensais savoir… J'en vins moi aussi à croire que Poppy avait tout orchestré.

Ce qui me laissait avec ma propre enquête… Emma et moi avions passé des heures aux archives de la ville, puis à la bibliothèque municipale, sans grand succès. Nous avions trouvé l'acte de décès de George Curtis, le locataire qui avait déclenché l'incendie, mais rien concernant le deuxième cadavre, celui de la femme. J'étais convaincue que pour obtenir les informations manquantes, nous devrions consulter les fichiers de la police… Autant dire que nous nous retrouvions devant un mur !

Emma suggéra qu'en tant que propriétaire, l'université possédait certainement un dossier de suivi sur Courtman House. Je ne voyais pas comment me procurer un tel document…

J'allais abandonner mes investigations au moment où Abi vint me proposer une virée en ville. Elle avait rendu son rapport de stage et voulait s'aérer avant de devoir impressionner des recruteurs. Nous étions mi-mars, et sa formation s'achèverait fin juin, je trouvai prématuré de se soucier de la recherche d'emploi. Cependant, elle m'informa que, pour les matières en déficit de personnel, les embauches se décidaient des mois avant l'obtention du diplôme.

Le vendredi suivant, elle et Amélie seraient assaillies par des chasseurs de têtes et autres responsables de département, en quête de nouvelles recrues. Selon elle, Amélie n'avait pas conscience de l'importance de cette rencontre, mais elle enseignait l'un des sujets les plus demandés. Elle pourrait trouver un emploi facilement, et négocier quelques avantages, si elle en avait l'audace. Abi avait déjà pris des renseignements sur les établissements représentés et comptait jeter son dévolu sur deux d'entre eux, qui réunissaient tous les critères qu'elle s'était fixés.

Sa stratégie démontrait une maturité exceptionnelle, sûrement acquise grâce aux épreuves traversées, notamment son licenciement… Il lui restait une semaine pour affiner sa préparation et sonder ses collègues de promotion, pour deviner avec qui elle serait en compétition.

Je l'écoutai à la fois fascinée et rebutée par ce qui l'attendait. L'idée de me retrouver dans une position similaire à la fin de mes études me glaçait.

Nous décidâmes de passer par le pub pour voir Travis. Nous commandâmes une demi-pinte, Travis était débordé, mais Jared vola à son secours, ce qui nous permit de gagner quelques instants ensemble. J'adressai un merci muet à Jared. Il était au bar, et servait les boissons à une vitesse vertigineuse, un sourire malicieux aux lèvres. Il avait quitté Courtman House le week-end qui avait suivi la disparition de Poppy, avait récupéré son sac et sa planche de surf, ne laissant aucune trace de son passage. Amélie n'avait pas songé à l'interroger, mais soudain, je fus persuadée qu'il devait savoir quelque chose : pourquoi avait-il déménagé précisément au moment où celle qui l'hébergeait s'était enfuie ? Peut-être l'avait-il aidée dans sa fuite ?

Je n'osai en parler à Travis. Jared était son meilleur ami, ils se connaissaient depuis l'enfance et il serait incapable de l'imaginer mêlé à une telle trahison. Mais moi, j'en étais parfaitement capable et j'allais glisser l'idée à Amélie, car si ma recherche du fantôme se soldait par un échec, nous pouvions au moins comprendre ce qu'il était advenu de notre colocataire…

Nous nous rendîmes au *Dallas*, qui, depuis le spectacle de Jason Astley, était devenu le rappel constant de la disparition que nous n'avions pas remarquée à ce moment-là… Nous allions danser pour exorciser ce malaise. Une fois à l'intérieur, nous retrouvâmes Amélie et Anastasia, dont c'était l'endroit préféré. Anastasia nous avoua que depuis que nous étions venues pour cette vidéo, le personnel avait parlé de nous, et à chacune de leurs visites, elles étaient accueillies avec bienveillance et s'étaient vues offrir des boissons par le barman.

— J'ai l'impression d'être une VIP ! s'écria Anastasia, ravie. Et j'en avais besoin !

— Ah bon, dis-je, ébahie, pourquoi ?

— Je me suis fait virer !

— De la pizzeria ?

— Non, de chez *Royal Mail*…

— Mais pourquoi ? s'étonna Abi. Ton rôle c'était de trier le courrier par code postal, non ?

Nous nous étions réfugiées dans un coin reculé, pour pouvoir parler sans être bousculées par les danseurs. Anastasia dut élever la

voix, car le DJ venait de lancer un tube, qui enthousiasmait les clients qui se mirent à hurler, et aurait eu le même effet sur nous en d'autres circonstances.
— Oui, je triais le courrier et quand je suis tombée sur notre code postal, j'ai voulu voir s'il y avait des lettres pour chez nous.
— Tu n'as pas le droit de les prendre, s'exclama Abi sur un ton de reproche, c'est le travail du facteur.
— Je sais. J'ai expliqué à mon manager que je n'avais aucune intention de les voler, mais il ne m'a pas crue, et m'a virée sur le champ.
— C'est dur, déclarai-je, mais on aurait reçu ces lettres de toute façon, pourquoi fouillais-tu dans le courrier ?
— Je ne fouillais pas, se récria-t-elle, je cherchais à voir s'il y en avait pour Poppy, avant que le groupe de réacheminement ne s'en charge. Enfin, si elle a déclaré un changement d'adresse… J'ai pensé que puisqu'elle se trouvait à côté de la porte d'entrée, elle pouvait se servir en premier et éviter de nous montrer son vrai nom pendant tout ce temps. Et en regardant le courrier à la source, j'aurais pu savoir…
— C'est génial ! Tu as découvert quelque chose ?

Elle avait éveillé ma curiosité. Bien sûr, j'aurais dû compatir à son licenciement, mais l'impatience d'en apprendre davantage devint prioritaire. Elle fit un signe de dénégation.
— Je n'ai pas eu le temps, car le code postal englobe tout un quartier et je venais juste de trouver notre rue quand il m'a surprise. Je n'ai pas pu voir.
— Ce n'est pas grave, trancha Abi, si du courrier arrive pour une inconnue, on le comparera avec le reste.
— Attendez, intervint Amélie, et si on lançait des recherches sur les lettres qu'on met de côté… On s'est toujours dit que c'étaient d'anciennes locataires, mais si l'un de ces noms était celui de Poppy ?

Nous avions migré vers le bar, Abi nous passa les boissons, ce qu'un groupe de copains, célébrant un enterrement de vie de garçon, prit pour une invitation. Je leur expliquai gentiment que ce n'était pas le moment, le futur marié repéra d'autres filles et nous laissa tranquilles, non sans avoir commenté haut et fort sur notre manque d'humour. Anastasia rabroua le type éméché qui voulait l'obliger à danser avec lui. Quand il revint à la charge, Amélie joua les cerbères et refroidit ses ardeurs d'un regard cinglant. À la voir faire, je compris qu'elle avait développé cette technique d'intimidation auprès de ses élèves de l'East End…

Anastasia nous rejoignit et annonça :

— Je connais Chandra, l'une des locataires de l'année dernière, je pourrais lui demander si elle reconnaît ces noms, ça nous évitera de chercher au mauvais endroit.

Je me rappelai que Chandra avait déjà été citée, et qu'Anastasia avait émis la même proposition… J'en déduisis qu'elle avait négligé sa mission. Puis, je me souvins que je la croisais souvent à proximité de la cafétéria le lundi, il me suffirait de lui demander qui était cette fameuse Chandra. Et si je m'en occupais, il n'y avait aucun risque d'oubli !

Abi nous suggéra de nous rendre dans un endroit plus calme : puisque nous ne dansions pas, autant être confortablement installées, et ne pas devoir nous égosiller pour avoir une conversation. Notre choix se porta sur un fast-food voisin. Je n'avais pas vraiment faim, mais la perspective d'un milk-shake à la fraise acheva de me convaincre. Nos tenues apprêtées détonnaient dans cet établissement accueillant des familles ou des lycéens, tous en vêtements décontractés. Nos paillettes, décolletés et autres talons indiquaient à coup sûr nos intentions pour cette soirée. Nous nous installâmes dans une alcôve, sur des banquettes en simili cuir rouge.

Chacune décida de consommer, et nos goûts étaient éclectiques : mon milk-shake côtoyait un énorme hamburger, des frites, un muffin à la myrtille, et un gobelet de soda qui aurait pu étancher la soif d'un géant ! Abi proposa des pailles pour partager sa boisson et Anastasia s'empressa d'accepter. À cette heure tardive, les autres clients étaient peu nombreux, et une relative tranquillité régnait. Nous poursuivîmes notre conversation, la disparition de Poppy était maintenant requalifiée en mise en scène, et nous allions tout entreprendre pour comprendre.

J'éprouvais des réticences à accoler des mots aussi forts que menteuse ou traîtresse au prénom de notre colocataire disparue. Dès que je pensais à elle, je revoyais son inimitable délicatesse, et j'étais convaincue que si ses manières étaient trop parfaites pour être honnêtes, sa gentillesse, elle, était tout à fait réelle. Nous n'avions plus le goût de nous amuser, mais ce moment nous apaisa, car il nous aida à évaluer la situation. Je compris qu'aucune des filles présentes ce soir-là ne considérait les preuves de façon aussi manichéenne que Katie.

Sur le chemin du retour, comme nous le faisions depuis la conclusion que Poppy n'était pas arrivée au *Dallas*, nous inspections tous les recoins d'un regard acéré, toujours en quête d'un éventuel indice. Abi et Anastasia initièrent une conversation légère qui déclenchait leurs rires. Amélie semblait préoccupée. Je m'approchai d'elle pour lui parler du rôle ambigu de Jared dans cette affaire. Je captai aussitôt son intérêt et j'eus la conviction qu'elle allait s'en occuper. Moi aussi, je voulais au moins comprendre si je n'obtenais rien d'autre…

J'aurais préféré voir Poppy revenir, l'écouter discourir sur les bonnes manières avec son accent distingué, rire avec elle ou la laisser me réconforter en cas de coup dur. Mais chaque jour qui passait sans elle rajoutait une incertitude supplémentaire qui nous rongeait. Sans pour autant se mêler à nos soirées en ville, Poppy avait instauré un lien entre nous qui transformait notre colocation en une communauté. Même son absence créait une cohésion qui n'aurait peut-être pas existé autrement…

Le lundi, en fin de matinée, je m'assurai de quitter le cours aussi vite que possible afin de me poster devant la cafétéria. Je n'eus pas longtemps à attendre : Anastasia arriva peu après, accompagnée d'un groupe de sa promotion. Je m'avançai pour la saluer et elle me présenta les personnes qui l'entouraient avant d'être interpellée par l'une des serveuses. Je fus satisfaite de constater que Chandra était

parmi eux. C'était une petite brune, sans doute d'origine indienne ou pakistanaise, ses magnifiques cheveux lisses étaient retenus par une barrette en bois. Je décidai de lui annoncer le but de ma visite.
— C'est à toi que je suis venue parler.

Étonnée, elle me dévisagea, mais ses traits n'affichaient que perplexité.
— Non, tu ne me connais pas, mais Anastasia nous a dit que tu étais passée à Courtman House avant Noël pour récupérer ton courrier.
— Tu y habites aussi ?
— Oui, et c'est pour te poser des questions à ce sujet que je voulais te voir.
— Laisse-moi deviner, l'alarme incendie se déclenche sans raison…

À sa moue sarcastique, je comprenais que ce désagrément avait dû faire partie de son quotidien, comme il faisait partie du nôtre. Soudain, je marquai un temps d'arrêt. Ce n'était sans doute qu'une coïncidence, mais je venais de me rappeler que la sirène ne s'était plus fait entendre ces dernières semaines. *Depuis le départ de Poppy.*
— Je ne vais pas le dire trop fort, mais elle nous laisse tranquilles depuis un moment, lui dis-je en souriant.
— Méfie-toi, le fantôme de la maison va sortir !

Désarçonnée, j'oubliai les questions que je voulais lui poser, la curiosité me gagna. Anastasia nous rejoignit en silence.
— Tu as vu un fantôme ?
— Mais non ! s'amusa-t-elle. Un jour, l'alarme était déchaînée, nous l'avions éteinte une bonne dizaine de fois et Jane, l'une des colocataires, s'est rendue à la cave pour désactiver le système une bonne fois pour toutes. Quand elle a fini, elle est remontée en courant, terrifiée. Elle prétendait avoir été attaquée par un spectre ! Je lui ai ri au nez : nous étions toutes descendues ce jour-là et elle seule relatait ce genre d'anecdotes. Dès qu'elle devait y aller, elle en faisait toute une histoire, elle restait à hésiter devant la porte ou à dire qu'elle ressentait des choses, mais cette fois-là c'était différent.
— Pourquoi ?

— Elle nous a raconté qu'un souffle glacé avait effleuré sa peau, le froid était si puissant que ses membres étaient engourdis. Et quand elle s'est baissée pour vérifier qu'il n'y avait pas d'autre interrupteur, elle avait commencé à suffoquer, avec la sensation que ses poumons ne recevaient plus assez d'air. Elle est remontée en galopant comme un lapin, elle hurlait. Je l'ai rattrapée pour la rassurer. J'ai bien tenté de lui expliquer qu'elle faisait une crise de panique, mais elle ne cessait de répéter qu'elle allait mourir si elle restait là. Dans la soirée, elle a dit avoir vu une femme en robe blanche disparaître sous ses yeux. Puis, elle a mis toutes ses affaires dans une valise et s'est réfugiée chez une amie. Je l'ai recroisée à la fac quelques jours plus tard, elle avait trouvé un autre logement, mais elle avait peur pour nous. C'était ridicule, il ne nous est rien arrivé !

Anastasia me jeta un regard entendu, elle abondait dans le sens d'Amélie, qui refusait catégoriquement l'existence des fantômes, et surtout pas à Courtman House…

— Drôle d'histoire, commentai-je, déboussolée. Elle est encore à l'université, cette fille ?

— Oui, en deuxième année de droit international.

Je me promis de la retrouver pour l'interroger sur ce qu'elle avait observé à la cave. Je voulais aussi confronter sa version à celle de Lauren, la seule d'entre nous à avoir distingué une silhouette et à oser en parler puisque Katie se fermait dès qu'on abordait la question. Mais avant cela, je devais récupérer les informations au sujet des anciennes occupantes.

— J'avais d'autres questions… Est-ce que tu te souviens des noms des locataires de l'an dernier ?

— Oui, pourquoi ?

— Juste pour savoir si on garde ou si on jette le courrier adressé à des inconnues, intervint Anastasia pour ne pas éveiller ses soupçons.

— Ah oui, je comprends. On avait fait pareil : on mettait tout dans un coin, et de temps en temps on recevait une visiteuse qui venait récupérer ses lettres. J'ai eu une drôle d'impression quand ça a été mon tour.

— Ça m'a étonnée aussi, mais pour moi c'était la première fois, observa Anastasia. Tu te souviens d'un truc bizarre quand tu es arrivée ?
— Non, pourquoi ?
— Quand tu es entrée, tu es passée à seulement quelques centimètres de Poppy et tu l'as complètement snobée. Tu la connaissais avant ?

Le visage de Chandra exprima la confusion, elle ne comprenait pas de quoi parlait Anastasia. Je volai à son secours.
— Poppy c'est une de nos colocataires, tu ne l'as pas vue ?
— Non, il n'y avait qu'Anastasia…
— Mais, insista Anastasia, pourtant elle se trouvait là, derrière la porte.

Chandra éclata de rire, et se moqua gentiment d'Anastasia. Elle se défendit en arguant que ses yeux n'étaient pas des rayons X, et qu'ils ne traversaient pas le bois. Je visualisai la configuration du couloir et j'expliquai :
— Si elle est tout de suite entrée dans sa chambre, c'est normal que tu n'aies rien remarqué. Tu sais, Anastasia, depuis le seuil, la porte entrouverte créée un angle mort, et celle de Poppy disparaît.
— Je ne suis pas impolie à ce point, s'indigna Chandra, j'aurais au moins dit bonjour si j'avais vu qu'elle se trouvait là !
— C'est ce que j'ai pensé…
— Et au fait, dis-je pour changer de sujet, tu peux nous donner les noms, je vais les noter.

Je sortis une feuille et un stylo de mon sac, je poussai mon plateau et j'écrivis sous sa dictée : Jane Anderson, celle qui avait décampé, Ruth Harrington, Leslie Brown et elle-même, Chandra Mahal. Je relevai la tête, incrédule.
— C'est tout ? Tu ne te souviens que de trois noms à part le tien ?
— Nous n'étions que quatre à habiter Courtman House…
— Et quand Jane est partie, vous pouviez utiliser une salle de bains chacune, m'écriai-je avec une note d'envie.

J'avais obtenu la liste que j'étais venue chercher y compris l'identité de la fille qui prétendait avoir vu le fantôme. Notre entrevue se soldait par un succès retentissant !

Je les quittai peu après avoir fini mon repas, j'avais un cours dans l'après-midi. En fin de journée, je me rendis au bureau des étudiants afin d'en apprendre davantage sur cette Jane Anderson…

Une fois sur place, je regrettai aussitôt cette impulsion : je croisai Stuart Allen, monsieur Incendie. J'allais encore avoir droit à un sermon… Au lieu de cela, il m'informa :

— Je devais passer à Courtman House ce matin, mais j'ai dû gérer une urgence sur le campus.

Je fis de mon mieux pour masquer mon sourire : j'avais entendu parler de la fête organisée samedi soir par le nouveau copain d'Ophélie. Il adorait s'amuser et boire, il avait invité tout le complexe universitaire dans son appartement, sans l'accord des autres occupants. Devant l'afflux de convives, ses colocataires avaient tenté d'endiguer le flot, ce qui avait dégénéré en une bagarre générale, un départ de feu dans la cuisine et une vitre cassée… Monsieur Incendie avait dû avoir du travail !

— J'aimerais passer tout à l'heure, reprit-il. Il y aura quelqu'un ?

— Ça dépend de l'heure. Si vous voulez, vous pouvez venir avec moi, proposai-je, saisie d'une inspiration subite. Je dois finir une recherche à la bibliothèque, mais je ne devrais pas en avoir pour plus d'une demi-heure. C'est bon pour vous ?

— Si c'est sur internet, tu peux la faire ici, me suggéra l'une de ses collègues, j'allais rentrer.

Je lançai un regard interrogateur en direction de Stuart Allen, qui approuva d'un signe de tête. Je contournai le pupitre d'accueil et découvris l'envers du décor. Il ne restait que lui et moi dans la pièce, ce qui signifiait que s'il s'absentait, je pourrais jeter un coup d'œil au classeur sur Courtman House, rangé sur une étagère de l'armoire métallique derrière le bureau. Je m'assis face à l'écran et tapai une recherche sur un texte de loi, j'ouvris plusieurs fenêtres et trouvai de quoi étayer mon prochain devoir.

— Désolée, dis-je d'une petite voix, je peux imprimer ?

Il s'était plongé dans l'étude d'un dossier et sembla contrarié par ma question.

— Sinon, ce n'est pas grave, j'irai à la bibliothèque…

— C'est bon, tu peux y aller.

Quand je cliquai, j'entendis aussitôt le bruit caractéristique de l'imprimante, à ma gauche, entre les deux bureaux. Je récupérai ma feuille et renonçai à essayer de lui faire quitter la pièce. Je l'informai que j'avais fini. Il ferma le local et m'accompagna vers la sortie, je remarquai le précieux classeur dans ses bras…

Il se dirigea vers le parking, et me fit signe de le suivre. Le ciel était menaçant, ce serait agréable d'échapper à la pluie. Une fois installée dans sa voiture, je décidai de l'interroger franchement sur l'incendie. Puisque c'était lui qui m'en avait informée, il pouvait peut-être me donner davantage de détails ? J'évoquai notre dernière rencontre et, pour désamorcer son sempiternel discours sécuritaire, je dis :

— Vous m'avez parlé d'un feu dans les années soixante, j'ai lu un article à ce sujet.

— Tu ne me croyais pas ?

— Au contraire ! Je voulais en savoir plus puisque j'habite dans cette maison, j'aimerais connaître son histoire.

— Et qu'as-tu appris ? me provoqua-t-il.

— C'était en 1963, il y a eu deux morts : un homme et une femme. L'homme s'appelait George Curtis, il a apparemment mis le feu en allumant le four. La femme a été découverte dans la cave. C'est tout ce que j'ai trouvé.

— C'est normal, l'enquête de police a dû rester confidentielle…

— Pourquoi ?

— Parce que tout démontrait qu'elle n'était pas morte dans l'incendie. J'étais gamin à ce moment-là. Cette histoire a fait grand bruit, car les indices prouvaient qu'elle avait été emmurée et que le feu, en endommageant le plancher de la cuisine, a provoqué l'effondrement de la cloison qui la dissimulait…

— C'est horrible ! Qui a fait ça ?
— On n'a jamais su, à l'époque, on n'avait pas tous les moyens scientifiques de maintenant. Le médecin légiste n'a pu donner qu'une approximation de l'âge de la victime et une estimation du temps que le corps avait passé là.
— Vous vous souvenez de ces chiffres ?
— Elle avait entre vingt-cinq et trente ans et son cadavre était resté emmuré entre trente et quarante ans.

J'étais abasourdie par toutes ces révélations. Que s'était-il passé dans cette maison ? Je n'osai poser aucune autre question, mais après un long silence, il me confia :
— George Curtis était mon oncle… Tu comprends pourquoi ça me rend dingue quand je vous vois jouer avec le matériel de sécurité ?

J'acquiesçai, et le reste du trajet me servit à digérer le choc.

Courtman House bruissait d'agitation à notre arrivée, Phedra avait laissé sa porte ouverte, et elle avait eu la présence d'esprit de ne pas la bloquer avec un extincteur ! Une musique entraînante parvenait du premier étage, sans doute Ana-Luisa ou Abi…

Stuart pénétra dans la grande cuisine, je notai que son regard devint appréciateur : les surfaces venaient d'être nettoyées et une bonne odeur de citron imprégnait les lieux. Premier test, passé ! Amélie entra à ce moment-là, un chiffon et une assiette humide en main.
— Bonjour, dit-elle, vous venez pour l'inspection de la chambre de Poppy ?
— Exactement. C'est toi qui étais au bureau l'autre jour ?
— Oui, avec Katie…
— Donc tu maintiens que cette chambre était occupée ?
— Oui.
— Moi aussi, intervins-je. Jusqu'au départ de Poppy.
— La fameuse fraudeuse…

Une fois de plus, le terme péjoratif accolé à l'image de Poppy me dérangeait. Pour lui, elle se réduisait à cela : une profiteuse, une usurpatrice, une voleuse… Il sortit une pochette de son sac, elle contenait un nombre de clés impressionnant. Quand il trouva le trousseau correspondant à notre domicile, il se dirigea vers la chambre 1. Je restai en arrière : c'était l'occasion que j'avais espérée, j'allais pouvoir consulter le classeur ! Amélie n'avait ni demandé ni attendu son accord, elle l'avait suivi, comme si elle pouvait s'immiscer dans les affaires du service logement.

Soudain, j'entendis des exclamations de stupéfaction : l'une en français, l'autre en anglais. La curiosité prit le dessus, je quittai la cuisine à mon tour pour découvrir ce qui avait déclenché autant de remue-ménage. Mei et Anastasia accoururent également. Devant la porte grande ouverte se tenaient Stuart, la clé à la main, Amélie et Phedra, bouche bée.

— La porte n'était pas verrouillée, m'informa Phedra.

Nous échangeâmes un regard stupéfait : cette éventualité nous avait paru si inconcevable que personne n'avait songé à essayer d'ouvrir cette porte.

Ce que nous découvrîmes à l'intérieur nous laissa muettes de stupeur.

La pièce contenait des meubles identiques à ceux des autres, qui n'occupaient qu'une infime partie de ce vaste espace. Aucun signe de vie, aucun objet personnel. Tout avait disparu : les voilages en mousseline, le fauteuil à bascule, les fleurs… Tout ce qui faisait de ce lieu la chambre de Poppy. Envolé !

Stuart parcourut la pièce des yeux, et nous toisa avec sévérité.

— Vous vous fichez de moi ?

— Non, hasardai-je, pourquoi vous dites ça ?

— Regardez, ça saute aux yeux ! Cette couche de poussière, s'écria-t-il en passant un doigt qui laissa un sillon sur la surface de la commode. Il est évident que personne n'est venu ici depuis des années ! Allez, dehors ! J'ai assez perdu mon temps !

Dans sa hâte à rassembler ses affaires, il oublia de reverrouiller la porte…

Chapitre 23 : Amélie

Après le départ de Stuart Allen, toutes les filles avaient défilé dans la chambre de Poppy, incrédules. Et pourtant, tout démontrait l'abandon de longue date : une odeur d'air stagnant, l'épaisse couche de poussière sur la moquette et sur les meubles, et cette impression que les objets étaient figés dans un présent infini. Cate remarqua des traces de doigts sur le rebord de la fenêtre, indiquant qu'un réveil s'y trouvait peu de temps auparavant. C'était le seul indice qui révélait la récente occupation de la pièce, mais il nous plongeait dans une perplexité plus profonde encore. Ces traces donnaient l'impression que la dernière habitante s'était contentée d'utiliser le lit, et avait marché sur la pointe des pieds.

Or, nous avions toutes vu ce que renfermait cette pièce avant la disparition de Poppy : une décoration douillette avec des rideaux par-dessus les voilages blancs, un petit sofa convertible beige, couvert de coussins brodés. À côté de l'alcôve formée par la fenêtre en arc de cercle, les bougeoirs en verre, le tapis multicolore et les bijoux exposés près du miroir étaient autant de touches personnelles qui avaient donné vie à cette chambre. Cette impression d'abandon, ou plutôt d'oubli, laissait croire que personne n'avait vécu ici depuis des années.

Mei évoqua le vase en cloisonné au bleu profond que Poppy avait placé sur sa table basse, cette touche de Chine l'avait émue quand elle l'avait remarqué. Anastasia et Phedra échangèrent un regard d'incompréhension.

— Quel vase en cloisonné ?

C'était Abi. Elle prétendit que si un tel objet s'était trouvé chez Poppy, elle l'aurait forcément vu puisque c'était un sujet qui l'avait passionnée lors de ses études d'art. Cette technique particulière consistait à emprisonner de l'émail dans un carcan de métal pour former des motifs décoratifs. Elle avait appliqué ce concept à certaines des créations textiles qu'elle m'avait montrées.

— Peut-être que tu n'as pas fait attention, mais il était là, sur la table basse, insista Mei.

— Quelle table basse ? s'étonna Katie. Dans ce coin, elle avait installé son bureau.

— Pas du tout, intervint Lauren, elle avait mis des coussins ici et face à la télé.

Médusée, j'assistai à une scène surréaliste : chacune dépeignait un emménagement différent de la pièce, avec des meubles et des accessoires hétéroclites. Et aucune de leurs descriptions ne correspondait à celle que j'aurais donnée… Quelque chose clochait.

— Et si ce qu'on avait vu n'était qu'une hallucination ? s'interrogea Abi.

— Une hallucination, ça ne dure pas des mois, putain ! protesta Lauren. Et puis si c'était ça, on aurait toutes eu la même, non ? On dirait que quelqu'un s'amusait à nous prendre pour des connes…

— C'est peut-être pour ça que j'entendais des bruits, médita Phedra, quelqu'un bougeait les meubles.

— C'était le son du métal contre les tuyaux, rectifiai-je, pas des mouvements de mobilier. Et ils se sont arrêtés dès la disparition de Poppy.

— Son départ, corrigea amèrement Katie.

Nous nous étions retranchées dans la grande cuisine, face à la chambre 1. Au lieu de nous apporter des réponses, l'intervention de Stuart Allen avait contribué à épaissir le mystère. Et cette porte, qui pendant tout ce temps, n'avait pas été verrouillée…

Jared !

Je devais lui parler. Cate m'avait laissé entendre qu'il entretenait une relation avec Poppy, mais il avait lui aussi déserté les lieux dans les jours suivants. Il ne s'était pas volatilisé, je savais où le trouver !

Cate me confirma ses horaires, et par chance, il travaillait ce soir-là. J'allais le faire parler sans attendre, Anastasia et Abi décidèrent de m'accompagner. Je me sentais rassurée par leur présence, j'avais l'impression de baigner dans une histoire de fous, à laquelle je n'aurais accordé aucun crédit si on me l'avait racontée. Mais j'avais vu de mes propres yeux la chambre de Poppy confortablement meublée, puis vide et délaissée, et j'avais entendu mes colocataires donner chacune une description différente de cette pièce. Je partageais l'avis d'Abi, cela ressemblait à une hallucination. Mais pourquoi était-elle à la fois collective et divergente ?

Je baignais dans la confusion et plus nous approchions du pub, plus j'étais persuadée que Jared avait quelque chose à se reprocher. Cette incompréhension se muait peu à peu en exaspération et je me sentais prête à en découdre pour avoir le fin mot de ce mystère. Anastasia qui me voyait m'échauffer me retint par le bras avant d'entrer.

— Avant de le condamner, écoute ce qu'il a à dire. La réalité des faits, c'est que nous ignorons quel rôle il a joué dans le départ de Poppy.

— Disparition, corrigeai-je aussi mécaniquement que Katie, plus tôt.

— Elle a raison, il sait sans doute des choses, mais ça ne veut pas dire qu'il a enlevé Poppy ou qu'il l'a aidée. Je te rappelle qu'il travaillait pendant le concert.

C'était avéré, Travis nous avait confirmé sa présence au pub, dès que j'avais commencé à poser des questions au sujet de cette soirée. Je devais m'en tenir aux faits, eux seuls détenaient la vérité, même si elle ne correspondait pas à ce que j'en attendais.

— OK, je ne passerai pas mes nerfs sur lui, je vais l'écouter.

Je poussai la porte d'un geste déterminé. C'était le début de semaine, le calme régnait dans le pub, le patron s'était posté derrière le bar, en grande conversation avec Travis et Jared.

— On mange ici ? proposa Abi.

— Si on peut trouver pour pas cher, ça me va, répondit Anastasia. Je viens de me faire renvoyer, je ne peux pas me permettre trop de fantaisie.

Abi et moi souhaitions lui offrir son plat, car nous disposions de revenus stables grâce à notre apprentissage tandis qu'Anastasia devait constamment jongler entre plusieurs petits boulots et se restreindre quand elle en perdait un. Elle nous remercia, mais refusa poliment : elle ajusterait ses dépenses en fonction de la carte.

— D'accord, tu paies, mais si la réunion de vendredi se passe bien, je t'invite à l'indien !

Le restaurant indien, entre la gare et l'université, était devenu l'un de nos incontournables, sa cuisine savoureuse et ses prix adaptés à des portefeuilles modestes le rendaient d'autant plus attractif. C'était au détriment de la décoration et du dressage des plats, mais qu'importait !

— C'est quoi cette réunion ?

— Nous allons rencontrer les représentants d'écoles du comté qui cherchent des profs.

J'avais posé ma main sur l'épaule d'Abi, car cela concernait toute notre promotion. J'avais conscience qu'il y aurait une rude compétition pour les autres matières. En revanche, les langues étrangères faisaient figure de parents pauvres de l'éducation depuis plusieurs années consécutives, la concurrence se situerait plutôt au niveau des recruteurs… Pour la première fois depuis que j'avais entrepris mes études supérieures, je me retrouvais en position de force. La question ne serait pas de savoir *si* je trouverais un emploi, mais *où*…

— Tu veux dire que vous allez décrocher un poste avant d'être diplômées ?

— En effet, ça se pourrait bien.

Nous nous approchâmes pour consulter le menu sur le tableau. Les plats de pub ne m'attiraient guère, mais l'opportunité d'éviter la corvée de cuisine ne se refusait pas. Jared était occupé avec une jolie brune, à l'autre extrémité du bar. Travis prit la commande et nous promit un supplément de frites.

Nous nous installâmes du côté de Jared. D'après son comportement, je comprenais que la fille lui plaisait, il déployait beaucoup d'efforts pour la charmer. Abi parvint à la même conclusion que moi : il n'était pas arrivé à ses fins…

Ce fut Travis qui nous apporta les assiettes. Impatiente, je lui demandai :

— Tu pourrais dire à Jared que je dois absolument lui parler, s'il te plaît ?

— À quel sujet ?

— S'il veut le découvrir, il devra venir lui-même. Et ce n'est pas bien qu'il te prenne pour son secrétaire !

Travis émit un gloussement amusé en se dirigeant vers son collègue. J'ignore ce qu'il lui dit, mais aussitôt qu'il s'éloigna, Jared accourut en déclarant d'un ton théâtral :

— Vos désirs sont des ordres, ma lady, me voici !

Ce fut à mon tour de rire. Il arborait son adorable moue de gamin turbulent. Je lui proposai de s'asseoir avec nous, il jeta un coup d'œil inquiet vers le bar. Le patron ne s'y trouvait plus, sans doute avait-il décidé de vérifier les cuisines.

— Tu voulais me parler ?

— *Nous* voulons te parler, rectifiai-je. À propos de Poppy.

— Pourquoi ?

— Ce n'est peut-être pas nos oignons, mais il paraît que vous étiez ensemble, c'est fini entre vous ?

— Quoi ? Qui a dit ça ? C'est ridicule, je ne l'ai jamais rencontrée !

— Comment ça, jamais rencontrée ? s'indigna Anastasia.

— Elle n'était pas là quand je rentrais à la maison, tout simplement.

Sa déclaration avait un accent de sincérité, mais allait à l'encontre des informations fournies par Cate.

— Cate est convaincue qu'il se passait quelque chose entre vous, argumentai-je, elle t'a vu entrer dans sa chambre un soir, et ensuite tu n'as plus dormi sur la chauffeuse…
— Ce n'était la chambre de personne, j'en suis sûr ! Je ne sais rien à propos de Poppy… Cette pièce était vide et couverte de poussière quand je suis rentré. Je n'avais nulle part où aller, et je gênais dans la cuisine, alors je me suis installé là. Je n'ai touché à rien d'autre que le lit, je vous jure !
— Et pourquoi es-tu parti ? l'interrogea Abi.
— Croyez-le ou non, pendant tout ce temps, je cherchais un logement et je venais de trouver. Je t'en ai parlé quand je t'ai rendu la chauffeuse.
— Je me souviens, répondis-je. Si je comprends bien, pendant plusieurs semaines, tu as dormi dans une chambre déserte ? Comment as-tu eu la clé ?
— Pas besoin : elle n'était pas verrouillée. Un soir, au tout début, en voulant aller aux toilettes, j'ai ouvert cette porte. Je l'ai refermée aussitôt parce que je pensais que quelqu'un y vivait. J'ai observé pendant plusieurs jours et comme personne n'y entrait, j'ai décidé de m'y installer.

Jared ne montrait aucun signe de nervosité, il répondait à nos questions sans détour ; il ne mentait pas. Et pour la deuxième fois de la soirée, je ressentis l'immense frustration de voir le brouillard s'épaissir sur cette affaire au lieu de se dissiper.
— Je n'y comprends plus rien, avouai-je après le départ de Jared. S'il dit qu'il n'a jamais rencontré Poppy, je le crois, mais comment a-t-il fait pour ne pas la croiser alors qu'ils partageaient la même pièce ?
— C'est simple, expliqua Anastasia, il rentrait tard, après l'heure de coucher de Poppy.
— Et où était Poppy sinon dans sa chambre ?
— Dans celle de Chloe, répondit Abi. J'ai toujours eu des doutes sur son somnambulisme, et la nuit où Ana-Luisa l'a trouvée chez elle, elle l'a vue partir vers le dernier étage…
— Chloe serait complice ?

J'en avais le tournis. Des éléments troubles se rappelaient à moi comme l'absence de Poppy pour cette formation de sécurité alors qu'elle était présente lorsque nous avions reçu la convocation. L'épisode du somnambulisme me revint clairement : quand je l'avais guidée vers le rez-de-chaussée, elle s'était arrêtée face à la porte de la chambre de Chloe…

Et surtout, pourquoi Chloe avait-elle eu besoin de sonner lors de ses rares visites ici ? Si elle était locataire de plein droit, elle devait avoir ses clés… Sauf si elle les avait confiées à une autre personne. Je vis sur les traits de mes amies qu'elles se livraient à des conjectures similaires. Le reste de notre repas se déroula dans un silence songeur.

Je tournai la tête pour tenter d'apercevoir Jared, mais j'avisai une silhouette familière au bar : Nelson ! Il se dirigeait vers une table avec plusieurs verres en équilibre précaire entre ses doigts. Il était installé avec Samuel, Mathilde et Ophélie. Sans plus y réfléchir, je leur adressai un salut de la main.

Ils nous firent signe d'approcher et nous invitèrent à nous asseoir. Anastasia et Abi récupérèrent des chaises çà et là. Nelson ménagea un espace pour moi, en poussant Ophélie. Celle-ci protesta et m'informa sur un ton de reproche qu'ils m'avaient cherchée sans succès à la fin des cours. Je m'étais en effet précipitée pour rentrer puisque je savais que Stuart Allen devait contrôler la chambre de Poppy. Je ne m'attendais pas à le voir arriver en compagnie de Cate, et encore moins à ce que nous avions découvert…

Anastasia expliqua l'épisode avec l'inspecteur, et le moment où Jared nous avait dit qu'il n'avait jamais rencontré Poppy…

— Moi aussi j'aimerais faire sa connaissance un jour, intervint Nelson, il paraît que c'est une vraie lady !

— Qu'est-ce que tu racontes, m'irritai-je, tu l'as déjà vue !

— Si c'était le cas, je m'en souviendrais.

— Elle était là pour la soirée crêpes, comme tout le monde ici…

Nelson leva un sourcil dubitatif. Il interpella Samuel et Mathilde pour leur demander de confirmer qu'ils savaient qui était Poppy. Un sourire incontrôlable apparut sur mes lèvres : il allait passer pour un idiot ! Mais la stupéfaction fut de mon côté : ils nièrent tous avoir rencontré Poppy. Même Ophélie, qui avait pourtant utilisé ma chauffeuse plusieurs fois, et croisé mes colocataires à de nombreuses reprises. J'eus l'impression d'être victime d'un complot. S'étaient-ils tous ligués contre moi pour mentir ?

Anastasia et Abi étaient aussi effarées que moi. Nous n'osions plus rien dire, cela faisait cinq personnes qui niaient connaître Poppy.

— Je vais vous laisser parler français, annonça Abi, je ne veux pas me coucher tard.

Elle nous souhaita une bonne fin de soirée et prit la direction de la sortie. Elle avait pâli, sans doute ébranlée par ce que nous venions d'entendre. J'eus l'impression d'assister au reste de la conversation en spectatrice isolée. La confusion s'était emparée de moi et j'étais gagnée par le découragement. Plus j'essayais de démêler la situation et de rendre justice à Poppy, plus je découvrais des faits troublants ou inexplicables. Je savais qu'il existait une raison à cette énigme, mais je la sentais s'éloigner de moi à chacune de mes recherches. Cette sortie au pub ne m'avait apporté que des témoignages incompréhensibles et qui contredisaient ce que j'avais vu.

Ils pouvaient nier autant qu'ils voulaient, mais lors de la soirée crêpes, Poppy était restée avec nous. Et Nelson, Mathilde, Ophélie et Samuel avaient dansé à quelques mètres d'elle. S'imaginaient-ils que j'allais les croire ?

Je ruminais ces pensées stériles quand Anastasia décida de rentrer, je la suivis malgré l'insistance de Nelson pour m'offrir un autre verre. Il exigea une bise *à la française*, ce qui exaspéra à nouveau Mathilde. Elle fit remarquer que cette pratique n'était pas l'apanage des Français, pas plus que le fait de parler cette langue. Au moment où je m'approchai, Nelson en profita pour m'attirer à lui et me chuchoter à l'oreille :

— Je sais que vous avez une réunion importante vendredi, viens me voir après, juste quelques minutes si tu n'as pas le temps.

Sans me laisser l'opportunité de répondre, il posa ses lèvres à la commissure des miennes tandis que sa main glissait de ma taille à ma hanche. Son parfum fit remonter à la surface des instants précis de notre nuit ensemble. Le souffle coupé, je délogeai sa main, puis j'acquiesçai et reculai d'un pas. Je suivis Anastasia sans oser croiser son regard.

À peine dehors, elle s'écria :

— Tu le crois ça ? Ils se sont mis d'accord, ce n'est pas possible autrement ! Tu as raison : ils ont tous déjà vu Poppy ! Ce serait plus honnête qu'ils admettent ne pas savoir qui est qui, que de nous raconter un bobard pareil !

— C'est ça : ils n'ont aucune idée de qui est Poppy, tout simplement… Un instant, je me suis crue dans la quatrième dimension, c'était effrayant !

— Carrément ! Par contre, l'histoire de Jared me semble plus difficile à avaler puisqu'il a habité avec nous toutes ces semaines…

— Il travaille en horaires décalés, et il ne rentrait que pour dormir, ça se tient.

En arrivant en vue de la maison, j'observai que la fenêtre de Poppy était éclairée et qu'une silhouette passait devant. Un espoir fou me gagna et je partis en courant. Sous le porche, je glissai la clé dans la serrure et j'ouvris. Parvenue à ma hauteur, Anastasia remarqua :

— Tiens, c'est vrai que d'ici on ne distingue pas la porte de la chambre de Poppy…

Je me précipitai dans la pièce, sans songer à frapper. J'y trouvai la désolation et la poussière que nous avions découvertes quelques heures plus tôt. Lauren errait au centre, l'air hagard.

— Qu'est-ce que tu fais là ?

— J'essaie de comprendre… Quand je pense que cette putain de piaule était vide tout ce temps, je me demande comment on a pu y voir autre chose. On dirait qu'on a toutes perdu la boule !

— Ne reste pas ici, lui conseillai-je, tu ne fais que respirer de la poussière…

— Oh merde, je n'y avais pas réfléchi !

Nous nous séparâmes et je me réfugiai dans ma chambre. Je me glissai dans les draps et j'écoutai les bruits environnants : Lindsey qui tapait sur son ordinateur, le craquement caractéristique du bois de charpente, les pas de Lauren ou d'Emma, à l'étage supérieur… Tout cela était familier, normal, rassurant.

Le vendredi, l'effervescence régnait dans notre promotion. Nous avions été réunis dans une vaste salle qui comprenait au centre des rangées de chaises face à un pupitre et autour des tables avaient été disposées pour une exposition, arborant flyers, kakemonos et brochures. Les recruteurs présentèrent leurs établissements et les profils qu'ils recherchaient en quelques mots, nous fûmes ensuite invités à visiter les stands.

C'était digne d'un marché : chaque école vantait ses mérites et tentait de nous retenir par tous les moyens. Au lieu de me trouver en position de force ainsi que l'avait suggéré notre formatrice, je me sentais agressée… J'aperçus Abi, en grande conversation avec un homme d'une cinquantaine d'années. Rien dans ses gestes ou ses traits ne laissait transparaître une once de nervosité.

Je m'inspirai d'elle et localisai le stand du collège qui m'avait intéressée. Il était situé à distance raisonnable de Chelmsford, dans une petite ville paisible, et mettait un point d'honneur à ne pas constituer des classes de plus de vingt-huit élèves. Leur représentante était une femme d'une trentaine d'années aux cheveux courts, vêtue d'un tailleur strict qui rappelait la princesse Diana. Elle me présenta la brochure, me donna des renseignements complémentaires qui m'enthousiasmèrent, et à la fin de l'entretien, elle m'invita à une visite de l'établissement le jeudi suivant. Je pris la documentation de deux autres écoles, au cas où mon rendez-vous se solderait par un échec.

Forte de ce succès, je me dirigeai vers l'appartement de Nelson, Samuel et Mathilde pour tenir ma promesse. Nelson m'ouvrit et m'annonça qu'il était seul. Je lui rappelai que nous avions décidé que notre nuit resterait unique.

— *Tu* as décidé, rectifia-t-il.
— Mais quand on en a discuté, tu semblais d'accord !
— J'ai juste dit ce que tu voulais entendre.

Il me poussa dans sa chambre, verrouilla la porte et m'embrassa avec fougue. Une petite voix me prévenait que si je ne l'arrêtais pas tout de suite, j'en serais incapable. Il ne me laissa pas le temps de réfléchir et me fit oublier toutes mes bonnes résolutions. Je lui cédai à nouveau, et je constatai que je ne le regrettai pas. J'éprouvais une culpabilité tenace à cause de notre différence d'âge : j'avais cinq ans de plus que lui et je ne voulais pas qu'il se méprenne. J'optai pour la franchise : je ne pouvais pas lui promettre d'engagement, je préférais que nos rendez-vous restent notre secret. Il acquiesça très vite, ce qui me fit redouter un autre moment où il allait dans mon sens pour étouffer mes doutes…

Je me sentais si bien dans ses bras que j'ignorai ce pressentiment. Pour la première fois depuis longtemps, j'avais fait abstraction de mes soucis. Je glissai ma main sur son corps à la peau sombre, ses muscles fins tressaillaient sous mes caresses et bientôt, j'oubliai à nouveau mes inquiétudes…

Nous fûmes réveillés par des coups insistants à sa porte. C'était Mathilde qui lui rappelait qu'ils partaient dans dix minutes. La nuit était tombée, il était vingt heures ! Nelson me dissimula dans la salle de bains exiguë, vaporisa du déodorant et lança des vêtements en vrac sur son lit défait. Il ouvrit à Mathilde qui s'offusqua de le voir en caleçon et tee-shirt.
— Je n'ai pas décidé ce que j'allais porter !
— On s'en fout, rétorqua-t-elle, on va juste jouer au billard…
— Oui, mais la dernière fois, Amélie était là, je veux me faire beau au cas où elle reviendrait.

Mathilde laissa échapper un soupir exaspéré et avant de quitter la pièce, elle affirma d'un ton dédaigneux :
— Même si elle vient, je peux te garantir que ce que tu porteras n'a aucune importance : tu la colles trop et ton numéro de charme ne marchera jamais !

— Tu as entendu ça, lança-t-il après avoir fermé la porte, il paraît que je n'ai aucune chance avec toi !
— Aucune !

Je ponctuai ma phrase d'un baiser. Nous attendîmes que Mathilde regagne l'étage, puis je me faufilai à l'extérieur, tout en appréciant cette délicieuse sensation de risque. Ce secret pimenterait mes prochaines rencontres avec Nelson.

Chapitre 24 : Abigail

Je décrochai deux entretiens lors de la réunion avec les écoles. J'étais satisfaite de ma prestation puisque c'étaient exactement les établissements que j'avais ciblés. Je vis Amélie s'échapper avant la fin, l'air triomphant. Je retrouvai Ashley, une étudiante de ma promotion qui avait enseigné dans le collège où j'avais effectué mon deuxième stage. Ce point commun nous avait rapprochées. Elle vint s'enquérir du résultat de mes démarches et se réjouit d'entendre que j'avais obtenu ce que je souhaitais. De son côté, elle avait décidé de rentrer dans son Devon natal, mais considérait cet événement comme une opportunité de glaner des informations pour sa future recherche d'emploi, une fois l'examen en poche.

Je lui proposai d'aller prendre un verre au pub le plus proche. En sortant de la salle, je vis Mathilde et Ophélie en pleine conversation.

— Que c'est joli, s'émerveilla Ashley en entendant du français.

— Ce que dit celle-là n'est pas toujours très joli, répliquai-je en désignant Ophélie.

J'avais compris aux remarques d'Amélie et d'Anastasia qu'elle était une version française de Lauren : sans cesse à ponctuer ses phrases de grossièretés inutiles ! Néanmoins, elle était amusante et sympathique, je m'arrêtai pour savoir si elle était satisfaite.

— Pour moi, tout va bien : l'école qui m'a prise en stage m'a proposé un poste. Je suis venue décrocher un entretien pour négocier mon salaire.

— C'était pour ça ? s'offusqua Mathilde. Tu n'as pas honte ?

Je trouvais au contraire qu'Ophélie avait tout compris de la situation et qu'elle en profitait à son avantage. C'était une philosophie de vie qui la mènerait loin, car personne ne prendrait soin de sa carrière pour elle. J'étais bien placée pour savoir que les circonstances les plus favorables peuvent changer du jour au lendemain.

Ashley s'émerveilla de leur niveau d'anglais et répéta ce qu'elle m'avait dit en aparté :

— Parlée par des vraies Françaises, cette langue ressemble à de la poésie !

— Oui, mais moi je suis belge, rectifia Mathilde.

Je ne comptais plus le nombre de fois où elle avait ajouté cette précision, réduite à néant l'instant suivant par Ophélie, qui, dans sa veine habituelle, s'empressa d'ironiser :

— C'est pareil : tu parles français !

J'échangeai un regard complice avec Ophélie et décidai de rentrer dans son jeu :

— Surtout que moi, vu mon niveau, je n'entends pas la différence.

— On allait prendre un verre, ça vous tente de venir ? proposa Ashley.

— OK, mais je ne pourrais pas rester longtemps, j'ai prévu quelque chose ce soir.

— Moi aussi, renchérit Ophélie. Pour une fois que ma coloc veut sortir avec moi, je ne vais pas rater ça !

Nous retrouvâmes plusieurs étudiants de notre promotion qui avaient eu la même idée. Après avoir échangé les banalités d'usage, nous trouvâmes une table, à côté d'un groupe de businessmen, qui fêtaient une transaction fructueuse. En voyant quatre jeunes filles, ils nous offrirent un verre et une conversation anodine s'engagea. Ils revenaient à leurs préoccupations professionnelles, quand j'avisai une silhouette familière accoudée au bar : Poppy ! Ses cheveux lâchés balayaient ses épaules, elle portait une robe noire dans le style rétro qu'elle affectionnait.

Mon corps réagit immédiatement, je me levai et me précipitai dans sa direction, laissant les autres perplexes. J'allais enfin savoir ce qui se cachait derrière sa disparition… Un immense soulagement s'empara de moi en couvrant la courte distance qui nous séparait : au moins, elle était sauve. Arrivée à sa hauteur, je posai la main sur son épaule. Elle sursauta et se retourna.

Ce n'était pas Poppy !

Une femme plus âgée, dont les seuls points communs avec elle étaient la taille et la couleur de cheveux, me dévisageait avec perplexité. Je me confondis en excuses, ce qui la fit sourire. Et, découvrant ma déception, elle me proposa un verre. Je refusai poliment pour retrouver mes compagnes. Celles-ci me fixaient avec curiosité. Ophélie me demanda :

— Tu la connais ?

— J'ai cru que c'était Poppy…

— La fameuse Poppy, ironisa-t-elle. Celle que l'on ne verra jamais.

— Ne parle pas de malheur ! J'espère qu'elle va bien.

— Qui ? se renseigna Ashley.

Je lui résumai l'histoire en quelques phrases, en passant sous silence l'enquête que menaient certaines locataires de Courtman House. Puis Mathilde et Ophélie réitérèrent l'affirmation aberrante qu'elles nous avaient servie au pub. Elles prétendaient ne pas connaître Poppy. Pourtant, je me souvenais les avoir côtoyées à la soirée crêpes. Elles avaient parlé et plaisanté avec elle, dansé à ses côtés… Et elles devaient l'avoir rencontrée ensuite plusieurs fois. Amélie pensait que leur déclaration venait du fait que nous étions nombreuses à habiter Courtman House, et que Mathilde et Ophélie confondaient les prénoms de nos colocataires. Sans doute n'avaient-elles pas conscience de *qui* était Poppy parmi nous, mais elles l'avaient vue à plusieurs reprises en ma présence.

Je me promis de mettre de l'ordre dans les photos prises depuis septembre. J'en dénicherais au moins une pour leur rafraîchir la mémoire, la prochaine fois que je les croiserais.

Au moment de se séparer, je reçus un message de Pete, mon voisin et ami d'enfance. Il m'annonçait que sa société l'envoyait pour une mission de deux jours à Chelmsford et m'invitait pour un dîner au restaurant. Je lui répondis, le sourire aux lèvres, que je me chargerais de la réservation et lui donnai rendez-vous devant la gare. Nul doute qu'en déplacement professionnel, il serait logé à proximité.

Les filles se méprirent sur la nature de ma relation avec lui et enchaînèrent les allusions salaces. Cette conversation, tellement plus normale que la précédente, me réconforta et j'acceptai la proposition d'Ashley de me joindre à la soirée que préparaient certains de nos collègues. En règle générale, j'évitais de me mêler aux activités sociales de ma promotion, car j'avais vite compris qu'il y régnait une compétition malsaine. Ashley me rassura en me certifiant que seuls les gens fréquentables s'y trouveraient.

— Il ne manquait que toi, conclut-elle.

C'était une soirée à Londres, Ashley comptait en profiter pour aller voir une exposition dans l'après-midi. Cette perspective m'enthousiasma davantage.

Le lendemain fut une journée exceptionnelle : je retrouvai Ashley directement à Piccadilly Circus. De là, nous prîmes la direction des grands magasins, puis nos pas nous menèrent jusque dans la boutique d'un disquaire, où je dénichai un album rare, que je cherchais depuis des mois. L'exposition se révéla riche, j'y puisai de l'inspiration pour le projet artistique que nous devions rendre pour valider notre diplôme. J'échangeai des impressions avec Ashley tout en crayonnant sur mon petit carnet. Je remarquai qu'elle dessinait aussi. Nous débattîmes sur nos idées et je constatai que, tout en ayant sélectionné des sujets très différents, nous pouvions tirer parti de cette exposition.

La soirée s'avéra également une bonne surprise, au lieu de la discothèque assourdissante à laquelle je m'étais attendue, ils avaient choisi un restaurant cubain et avaient résolu de conclure le repas sur une dégustation de rhum. Personne ne conduisait, et Ashley avait prévu de m'héberger, j'acceptai sa proposition pour ne pas me soucier constamment de l'heure.

Sachant que cette soirée serait le moment de détente avant les entretiens, nous avions décidé de goûter tous les cocktails sur la carte. Quand je vis arriver de minuscules verres, je m'esclaffai :

— Ils servent à la petite cuillère ici ?

— Ce sont des rhums arrangés, m'informa Norman, l'artiste tourmenté de notre promotion. Un dé à coudre contient plus d'alcool qu'une pinte.

— Je m'en doute, mais ça fait peu…

— Ça se boit cul sec, me provoqua-t-il.

Je relevai son défi et avalai tous les cocktails que l'on mit devant moi. La brûlure de l'alcool me fit bientôt oublier toute prudence, et en quittant le restaurant, je savais que j'allais regretter ce pari stupide. Je ne parvenais plus à marcher droit, je devais me cramponner aux murs ou à Ashley en couvrant la distance jusqu'à son appartement. Peu avant d'y arriver, mon estomac se révolta et je vomis dans le caniveau.

— Oh, je suis désolée, dis-je, je ne pensais pas me retrouver en si piteux état.

— Ne t'inquiète pas, je te laisserai une bassine et une bouteille d'eau.

Cette nuit-là, je me promis de bannir le rhum de mes futurs apéritifs. Cet alcool, quelle malédiction ! J'oscillai entre les vomissements et l'impression tenace de me tenir sur le pont d'un bateau, perdu sur une mer déchaînée… Aux premières heures du jour, je pris une douche qui ne parvint pas à me remettre sur pieds. Dans le miroir, mon visage présentait une couleur indistincte entre le gris et le vert sous une pâleur de cadavre. Je ne rêvais que de dormir. Je remerciai Ashley pour son hospitalité en laissant un mot sur la table de son salon, et je sortis attraper le premier train.

J'arrivai à Chelmsford encore nauséeuse. Les dix minutes de marche vers la maison drainèrent mes dernières forces, je m'écroulai sur le lit, tout habillée, ramenai le duvet sur moi et lançai mes chaussures au loin. Je dormis à poings fermés jusqu'au retour de

Katie, qui fredonnait la chanson qu'elle et Lindsey avaient dû chanter à l'église. J'avais envie de lui hurler de se taire, mais je devinais qu'il devait être plus de midi. Je ne pouvais me plaindre du bruit sans passer pour une rabat-joie…

Je sortis de ma chambre dans l'après-midi, au moment où Amélie raccompagnait Nelson. Quel pot de colle celui-là ! Je descendis dans la cuisine me préparer une tasse de thé, je savais que ce serait le seul breuvage que supporterait mon estomac. Au retour d'Amélie, je lui proposai :

— Si tu veux, la prochaine fois, je te débarrasse de lui…

— Non, c'est bon. Il joue au dur, mais au fond, c'est un gentil.

— Comme tu veux.

— Dis donc tu as l'air crevée, s'inquiéta-t-elle, ça va ?

— C'est la pire gueule de bois de ma vie, j'ai été malade toute la nuit et j'ai l'impression que le sol tangue. C'est fini, je ne boirai plus jamais de rhum !

— Dommage, c'est bon pourtant.

— Rien que l'idée me donne la nausée… Et je redoute demain matin devant les élèves.

Amélie compatit, elle savait que chaque faiblesse devant une classe se payait au centuple… Je me promis de retourner me coucher au plus vite.

Dans cet état, je ne pouvais ni étudier ni préparer des cours. Je me rabattis sur l'activité que j'avais envisagée le vendredi : trier mes photos. J'avais rangé les enveloppes cartonnées dans le premier tiroir de mon bureau. Je les extirpai et fus surprise d'en trouver autant ; j'avais pris douze pellicules complètes depuis septembre, soit presque deux par mois.

Je les classai en fonction de la date de développement inscrite sur le ticket, que je glissais systématiquement dans la pochette des négatifs, pour m'y retrouver par la suite. J'ouvris la première enveloppe et découvris les débuts à Courtman House : des vues de la maison, devant, derrière, le grand vitrail, chaque pièce, puis ma chambre vide et avec ma décoration. Des photos de Cate, Phedra et Mei savourant une boisson chaude…

La deuxième pochette était consacrée à la soirée *Back to school* avec Cate et Amélie. Les premières images montraient les préparatifs, l'uniforme sage d'Amélie, puis les retouches apportées par Cate. Nous trois dans l'escalier affectant une posture d'élèves modèles, une série de clichés avec des poses amusantes ou provocantes suivaient. Les autres avaient été prises dans la discothèque sous une lumière trop faible pour obtenir un rendu net.

J'ouvris encore trois enveloppes pour trouver les photos de la soirée crêpes. Et à ma grande satisfaction, il y en avait une bonne vingtaine. Je les regardai une à une et ma consternation arriva à son comble à la dernière : Poppy ne figurait sur aucune d'entre elles ! En revanche, elle avait dû en prendre plusieurs parce qu'on me voyait danser, ignorant de toute évidence que quelqu'un utilisait mon appareil…

Agacée, je remis le reste du tri au lendemain, je préférai me détendre dans un bain chaud. Je faillis m'endormir dans la mousse parfumée. Un son strident et continu me tira brutalement de ma rêverie : l'alarme venait de se déclencher. Je sortis de l'eau et m'enroulai dans mon peignoir en éponge aussi vite que ma gueule de bois le permettait. Je titubai hors de la salle de bains au moment où l'infernal vacarme arrêta de me vriller les tympans. En prenant la direction de ma chambre, je vis Amélie, Emma et Katie converser sur le palier.

Un rapide coup d'œil m'indiqua que Katie n'avait pas allumé de bougie et n'était pas responsable du déclenchement de l'alarme. Emma, seule au second, était venue confirmer l'absence de fumée ou de départ de feu. Nous entendîmes bientôt Lauren remonter les escaliers, en jurant plus fort que d'habitude.

— Ne vous inquiétez pas, clama-t-elle, ce putain de grille-pain a cramé ma dernière tranche de pain. On dirait un morceau de charbon !

— Si tu veux, proposai-je, il m'en reste un paquet neuf, sers-toi.

— Oh, c'est cool, merci !

Elle dégringola l'escalier pour retourner à la cuisine.

— Tiens, constata Katie, ça faisait longtemps qu'on n'avait pas entendu l'alarme…

Lors du dernier déclenchement, Poppy était encore là…

J'échangeai des regards avec Amélie et Katie, et sans un mot, je devinai que nous partagions cette réflexion. Katie pensait avoir résolu l'énigme : Poppy nous avait menti depuis le début, s'était servie de nous, elle s'était donc désintéressée de son sort… Je brûlais de lui rétorquer que son comportement n'était pas chrétien, mais je m'abstins, car elle devait en souffrir malgré tous ses discours moralisateurs… Katie, par bien des aspects, m'exaspérait, mais je lui reconnaissais une empathie et une générosité sincères.

Ma première partie de semaine fut un calvaire : le lundi, je pus reprendre un semblant d'alimentation sans avoir la nausée, mais j'avais un mal de tête persistant qui m'épuisa. Ce ne fut que le mercredi que je recouvrai la forme. Je devais retrouver Pete vers dix-neuf heures, et je me promis de ne pas ingurgiter une goutte d'alcool.

Fidèle à sa parole, il m'attendait devant l'entrée de la gare, vêtu de son costume de travail. Il avait insisté pour m'offrir le repas en indiquant que c'était en réalité sa carte bancaire professionnelle qui allait m'inviter. J'avais réservé dans un restaurant que je rêvais d'essayer depuis des mois, mais que mes maigres revenus d'apprentie ne me permettaient pas.

Pete était venu pour conclure un important contrat avec un nouveau client. Il en était ravi, car cela impliquait de futurs déplacements qui nous donneraient autant d'occasions de nous voir. Il se mit en devoir de me raccompagner jusque chez moi. Je le laissai entrer, et il s'émerveilla du cadre exceptionnel dans lequel je vivais. Je lui proposai une tasse de thé, ce qu'il accepta en plaisantant :

— Tu sais me faire rêver ! Allez, une tasse de thé et je rentre !

Des éclats de voix nous parvinrent de chez Phedra, et je fus satisfaite de découvrir qu'elle tenait tête à Action Man. Cette fois-ci, il n'était pas en train de lui imposer une liste d'interdits ou de la

réprimander pour sa conduite soi-disant indécente. Depuis la cuisine, avec la bouilloire, je ne comprenais pas leurs propos, mais j'entendais que Phedra criait aussi.
— Dis donc, il y a une sacrée ambiance chez toi !
— Ce n'est pas toujours le cas, mais c'est plutôt une bonne nouvelle : il semblerait que Phedra en ait assez de jouer les femmes soumises…

La porte s'ouvrit à la volée et Action Man surgit dans la pièce, sans tenir compte de notre présence. Il posa deux assiettes dans l'évier et fit la vaisselle en un éclair. Il les laissa sur l'égouttoir et repartit comme il était venu : écumant de rage.

Effaré, Pete mit quelques instants pour demander :
— C'est normal ça ?
— La dispute, non c'est la première fois…
— Mais non, le fait qu'il se trimbale en slip devant tout le monde !
— Ah, ça, raillai-je, il fait ça depuis qu'il s'est imposé ici…
— Tu ne dois pas t'ennuyer !

La porte arrière s'ouvrit sur Anastasia qui portait sa tenue de travail : casquette et tablier aux couleurs de l'Italie. Elle nous salua laconiquement et s'enferma. Peu après, Lauren et Cate rentrèrent du pub en riant. Ce va-et-vient permanent constituait mon quotidien, alors que pour Pete, c'était une source d'étonnement devant le nombre de personnes qui vivaient ici.

Il repartit après une deuxième tasse de thé et me demanda :
— Et pour ton logement l'année prochaine, qu'est-ce que tu as prévu ?
— Je n'y ai pas pensé, ça dépendra de mon boulot.
— Oui, et en attendant, tu peux revenir chez tes parents…
— Je ne compte pas rentrer à Warrington, je vais rester dans le sud. J'ai d'ailleurs des entretiens vendredi et la semaine suivante.
— J'imagine que c'est le temps de te forger une expérience…
— Peut-être, mais j'envisage mon avenir ici, dans l'Essex.

Ma réponse n'était pas préméditée, et m'étonna autant que lui, même si en les prononçant, je pris conscience que ces mots reflétaient exactement mes aspirations.

Les jours suivants, je consultai les annonces immobilières, mais je me rendis compte que les loyers étaient plus onéreux que ceux de ma ville natale. Le meilleur moyen de dénicher un logement décent était d'accepter de le partager. Je songeai à mes colocataires actuelles et décidai de préparer deux listes : l'une des personnes avec qui je me voyais continuer à habiter et l'autre pour celles que j'excluais.

Je commençai par la deuxième, qui serait plus facile à établir. J'inscrivis les noms de Katie, Ana-Luisa et Phedra, qui représentaient celles avec qui je pourrais éprouver des difficultés relationnelles, j'ajoutai Lauren et Cate, puisqu'elles allaient emménager avec leurs copains.

Dans l'autre colonne, je notai Amélie, Emma, Lindsey, Anastasia et Mei. Je rayai les trois derniers noms : j'avais trop peu échangé avec elles pour me sentir à l'aise dans une colocation. Ma liste des possibles se limitait ainsi à Amélie et Emma. Et pourquoi pas les deux ? Nous pourrions trouver une maison spacieuse avec un jardin…

Le lendemain, je décidai d'aborder le sujet avec les principales intéressées. Emma fut la première à rentrer, elle fut flattée de ma suggestion, mais la refusa, car il lui restait une année d'études et les logements universitaires demeuraient la solution la plus économique. Elle envisageait de continuer à habiter à Courtman House, à condition de garder sa chambre mansardée.

Amélie arriva plus tard, elle avait été retardée par les embouteillages, mais revenait avec une excellente nouvelle : son entretien avait débouché sur une offre d'emploi ! Je lui fis ma proposition, qui la soulagea d'un grand poids :

— Quand j'ai regardé le prix des appartements, j'ai eu peur. Pourtant mon salaire sera confortable, mais il ne me permettrait pas de m'offrir mieux qu'un studio en mauvais état. J'envisageais d'éplucher les annonces pour les colocations.

— On va plutôt chercher une maison.
— Tu crois qu'on peut ?
— Si on ne reste pas dans la même gamme que celle-ci, on devrait y arriver, ironisai-je.

Elle était enchantée, les jours suivants, elle accumula toutes les brochures d'agences immobilières disponibles en libre-service. De mon côté, j'obtins aussi une belle offre d'emploi pour l'école que j'avais sélectionnée en premier, à une vingtaine de minutes de route de Chelmsford. J'avais repéré nos lieux de travail sur la carte, et constaté qu'ils se situaient à égale distance de la ville, mais dans des directions opposées. Ainsi, le matin nous emprunterions la même route, l'une vers le sud et l'autre vers le nord. J'avais une idée des quartiers à la fois proches de cette route et du centre-ville. Notre location à Courtman House finirait fin juin, il nous restait presque trois mois pour trouver.

Après mon entretien d'embauche, je sentis un regain d'énergie, et, en constatant l'état de désordre dans ma chambre, je repoussai toutes mes tâches pour ranger les papiers. Mon bureau disparaissait sous des piles de brochures, de dessins et d'aquarelles pour mon projet, de livres de pédagogie, de plans de cours et de photos. Je constituai trois tas : l'artistique, l'universitaire et l'immobilier. Restaient les photos. Je les rassemblai pour les replacer dans leurs étuis respectifs. Je les rangerais dans un album plus tard.

Je mis d'abord celles de la soirée crêpes dans la pochette du dessus : je me souvenais que c'était celles que j'avais consultées en dernier. J'avais ouvert quatre enveloppes. Soudain, une impulsion me poussa à regarder les autres. Je souris en redécouvrant les images de nos fêtes, puis le doute s'insinua dans mon esprit. Avais-je une photo de Poppy pour la montrer à Ophélie et Mathilde, ainsi que j'en avais eu l'intention après la réunion de recrutement ?

Cliché après cliché, je constatai que Poppy n'apparaissait nulle part. Je scrutai les arrière-plans, surtout quand nous étions nombreux. Mais je dus admettre que Poppy avait su se dérober à l'objectif, comme elle avait su disparaître sans laisser de trace…

Chapitre 25 : Phedra

La disparition de Poppy avait rendu Matt de plus en plus suspicieux. Il pensait qu'elle avait un complice, et selon lui, chaque habitant de la maison avait quelque chose à se reprocher. Apprendre qu'elle utilisait une fausse identité avait achevé de le convaincre. Il était persuadé que pour devoir se cacher, et falsifier son nom, elle avait dû tremper dans des affaires louches, un meurtre ou un trafic de drogue par exemple…

J'étais tout aussi choquée des dernières découvertes. Mais j'avais vu Poppy évoluer sous mes yeux pendant des mois, et j'en avais conclu qu'à moins d'être la reine des menteuses, on ne peut pas jouer si parfaitement un rôle. Surtout sur une si longue période. Je ne parvenais pas à l'imaginer comme la femme machiavélique que Matt et Katie dépeignaient.

J'étais amusée de constater que pour deux personnes qui s'entendaient comme chien et chat, ils avaient su mettre de côté leurs différends, dès qu'ils étaient arrivés à la même conclusion concernant Poppy. Katie qui, depuis qu'elle avait rencontré Matt, ne faisait pas mystère de son inimitié abondait désormais dans son sens. J'aurais dû me réjouir de voir ma meilleure amie et mon copain se rapprocher, mais je n'approuvais pas leurs opinions radicales.

J'essayai d'en parler à Matt, mais la discussion se mua en une violente dispute. Il partit à la cuisine pour se calmer, mais en constatant que je ne cautionnais pas ses positions sans appel, sa colère redoubla d'intensité. Il me traita de naïve, puis il m'ordonna de ne plus sortir sans lui, le soir. Depuis qu'il habitait ici, il affirmait me protéger, faire attention à moi, ce qui m'avait peut-être caché une réalité qui m'apparut brutalement : Matt voulait en réalité contrôler tous les aspects de ma vie. Y compris les moments où il ne pouvait être à mes côtés.

— Je t'interdis de sortir avec les filles de la maison, ce sont de mauvaises influences, ajouta-t-il pour enfoncer le clou.

— Ah bon ? Pourtant tu semblais bien content qu'elles me chaperonnent le soir du concert. Tu pouvais rester avec tes copains…

— Ce n'est pas pareil, s'emporta-t-il, j'étais là, et je te surveillais.

Il *surveillait…*

Dire que j'étais tombée dans un piège aussi grossier… Il me voyait comme l'une de ses possessions, et voulait s'assurer que personne ne mettrait la main dessus. Homme ou femme. Je pris conscience en revenant sur les moments, de plus en plus rares, passés avec les filles, qu'il m'isolait de tout le monde.

Je vivais recluse, attendant son retour, pour avoir enfin de la compagnie. En réalité, il avait manœuvré pour que je me retrouve à sa disposition. Ce qui me plaisait ou m'arrangeait ne faisait pas partie de l'équation.

Je devais le quitter, sinon il m'étoufferait.

Je le compris lors de notre dispute. Cette découverte avait un goût amer, je me traitai d'idiote. Et surtout, je ne savais pas de quelle manière éviter l'explosion que son caractère dominateur laissait présager. Pendant quelques jours, j'essayai de me persuader que je me trompais, et je multipliai les remarques sur mon sentiment d'enfermement, de manque de liberté. Sans surprise, il se mettait en colère, m'expliquait avec une exaspération grandissante que je ne saisissais pas la situation, qu'il voulait seulement me protéger.

Comment avais-je pu être aussi aveugle ?

Pourtant, chacune de mes colocataires avait tenté de m'ouvrir les yeux au cours des mois… Je compris que la rupture virerait à l'épreuve. Les vacances de Pâques approchaient à grands pas, et j'espérais que Matt déménage pour ne pas le retrouver là, à mon retour.

Je décidai de me confier à Katie. Elle me connaissait mieux que quiconque dans cette ville, et subtilement, elle avait essayé de me protéger de moi-même. Quelle ingrate j'avais été le jour de son arrivée, alors qu'elle venait de sacrifier son plus grand rêve, pour prendre soin de moi !

J'allais la voir un soir où Matt assurait un cours de fitness, je savais qu'il ne rentrerait qu'après la fermeture de la salle. Parfois, il allait manger avec ses collègues ou des membres du club, et revenait au moment où je m'endormais. J'avais le champ libre.

Katie révisait, je me sentis coupable de l'interrompre, mais je n'aurais pas de meilleure opportunité avant plusieurs jours. Et la situation devenait insupportable. Je ne voulais plus qu'il me touche… Chaque renoncement me laissait aigrie.

Elle m'écouta sans me couper, et surtout, sans triompher, ce dont je lui fus reconnaissante. Elle aussi craignait la réaction de Matt, et m'exprima sans détour son inquiétude quant à ma sécurité. Elle le croyait capable de violence ! Une fois de plus, je me maudis de ma stupidité, car j'entretenais des doutes similaires…

— Quand tu lui parleras, tu devras t'assurer de deux choses, déclara-t-elle tel un général qui informe ses troupes. Premièrement : tu laisseras la porte entrouverte pour que l'on puisse intervenir. Deuxièmement, nous aurons besoin de personnes qui pourraient l'intimider, pour éviter qu'il ne se montre violent.

— Tu as une idée ?

— Un type de l'église, c'est une vraie armoire à glace.

— On pourrait demander aux amis d'Amélie, tu sais les deux Noirs. Matt m'a interdit de leur parler…

— C'est une bonne idée. Le copain d'Anastasia aussi est baraqué, ajouta-t-elle.

— Oui, mais ils se sont séparés…

— Ah bon ? Je les ai vus ensemble la semaine dernière, ils se sont certainement réconciliés.

Je dus lui expliquer qu'ils s'étaient disputés, à quelques mètres de ma fenêtre, me donnant malgré moi le rôle de témoin de leur deuxième rupture. J'avais compris que Tom voulait pousser Anastasia à vivre avec lui, qu'il avait pris un appartement pour la placer devant le fait accompli. Elle était rentrée dans une colère froide, qui détonnait avec son caractère enjoué, et l'avait chassé avec des mots définitifs.

Et à ce moment-là, malgré toutes les mises en garde de Matt contre les Noirs en général et Anastasia en particulier, je l'avais admirée. J'avais envié sa capacité à défendre son point de vue, à ne pas se laisser dicter sa conduite par un homme, quel qu'il soit. La vérité c'était qu'Anastasia incarnait tout ce que je souhaitais être : indépendante, confiante et sûre de ses choix. Malheureusement, ma passivité face aux attaques de Matt à son encontre avait gâché toute possibilité d'amitié entre nous. Il était exclu de demander de l'aide, surtout s'il s'agissait de faire revenir quelqu'un qu'elle venait de chasser avec des mots sans équivoque.

Je préférais m'en tenir à l'ami de Katie et à ceux d'Amélie… J'étais cependant gênée d'exposer ainsi ma vie privée devant de quasi-inconnus.

— Ne t'inquiète pas, me rassura Katie, leur présence devrait suffire pour intimider Act… Matt ! Et surtout, demande-lui de te rendre la clé !

Katie faisait encore preuve de plus de jugeote que moi ! Je n'avais pas songé à réclamer cette clé, ce qui lui aurait donné accès à la maison n'importe quand. Je proposai le vendredi à Katie, pour permettre à Matt de récupérer ses affaires dans le week-end. Organiser une rupture avec des complices était la dernière chose que j'avais envisagée… Mais j'étais terrifiée. J'ignorais si cette peur provenait du fait qu'un soir, je m'étais retrouvée à la merci d'un pervers qui avait abusé de son pouvoir, me faisant ainsi perdre toute confiance en moi, ou envers les hommes.

Je laissai Katie à ses révisions et redescendis en direction de la cuisine. Je croisai Mei, qui finissait un bol de soupe chinoise. Ses

plats dégageaient souvent un fumet appétissant. Curieusement, Matt ne médisait pas d'elle, il agissait comme si elle était transparente. Je voulus m'intéresser à elle, dans un premier acte de reprise de liberté.
— Tu vas continuer tes études ici l'année prochaine ?
— Non, je vais rentrer en Chine. Je finirai mon diplôme et ensuite je me marierai.
— Tu as un petit-ami ?
— Pas exactement, me répondit-elle en baissant les yeux. Mes parents m'ont trouvé un bon parti.

La stupéfaction me laissa sans voix. Je la dévisageai à la recherche d'un signe qu'elle plaisantait, je vis au contraire qu'elle était sérieuse, et que le fait de confier à ses proches le choix de son futur époux ne la dérangeait nullement ! Elle remarqua mon effarement et ses lèvres dessinèrent un sourire indulgent, qui adoucit ses traits et réduisit ses yeux à deux fentes.
— Tu as l'air choquée, constata-t-elle.
— Oui. C'est toi qui vas te marier, tu ne devrais pas laisser une décision aussi importante à une tierce personne !

Sans m'en rendre compte, je pris le ton paternaliste qu'adoptait Matt dès qu'il parlait des Africains ; le ton de celui qui met sa culture au-dessus de celle des autres, sans même se renseigner… Mei se chargea de m'expliquer avec sa douceur caractéristique.
— Je suis le seul enfant de mes parents, ils m'ont tout donné et ont payé très cher pour que j'étudie à l'étranger. Ils veulent mon bien, pourquoi irais-je imaginer qu'ils choisiraient la mauvaise personne ?
— Ça ne te fait pas peur ? Et s'il ne te plaît pas ?

Elle sourit à nouveau, avala le reste de bouillon au fond du bol et me confia :
— J'ai fait sa connaissance quand je suis rentrée en Chine en décembre. Il a étudié aux États-Unis ! Je me suis sentie à l'aise avec lui.

Elle me décrivit la rencontre dans un grand restaurant, autour de mets variés. Elle m'expliqua que dans son pays, les occasions importantes avaient souvent lieu au moment des repas. Leurs parents les avaient accompagnés, et j'en déduisis que ce genre de rendez-vous restait assez courant, même à notre époque. Ils obéissaient à une sorte de protocole bien établi. Son fiancé n'était pas venu sous la contrainte et ils avaient eu l'opportunité de se promener ensemble, quelques mètres devant leurs chaperons. Mei avait décelé chez lui une soif de découverte identique à celle qui l'avait poussée à suivre des études si loin de sa famille. Il était héritier d'une usine de textile, qui fournissait de grandes marques européennes, ce qui lui garantirait de confortables rentes. Elle s'était sentie à l'aise avec ce jeune homme et elle était revenue en Angleterre, convaincue que ses proches avaient fait un choix éclairé.

J'étais fascinée par son histoire. Je parvins à faire un parallèle avec ce que je vivais actuellement : elle avait une foi inébranlable dans le jugement de ses parents, tout comme je faisais confiance à Katie pour m'extirper de ma relation nocive avec Matt…

En retournant vers ma chambre, je croisai Anastasia, sa trousse de toilette en main. Un bouchon orné d'un coquelicot en dépassait. Mon parfum ! Comment l'avait-elle pris ? J'ouvris la porte à la volée et constatai que le flacon se trouvait à sa place habituelle. Anastasia n'avait jamais été une voleuse ! Nous aimions les mêmes fragrances, tout simplement ! Mais Matt avait répandu son venin et je l'avais cru… Ce détail renforça ma détermination.

J'aurais dû prévoir que notre plan était loin d'être parfait !

Le vendredi, je quittai l'université, tout de suite après les cours. Je rencontrai Jacob, non loin de l'entrée principale. Cela faisait des mois que je ne sortais plus que pour me rendre en cours et je ne l'avais pas croisé depuis le concert de Jason Astley. Il faisait partie du groupe d'amis avec lequel Matt avait passé la soirée.

Je ne savais pas si je devais me réjouir ou me méfier. Tout ce qui touchait à Matt aiguisait mes soupçons désormais.

— On ne te voit plus depuis un moment, lança-t-il gaiement, Daphne se demandait si tu étais entrée au couvent…

— Comment va-t-elle ?

— Très bien. Et toi ?

— Ça va.

Ma réponse était sortie du tac au tac, sur un ton à la limite de l'agressivité, à mes propres oreilles aussi, elle s'apparentait à un aveu du contraire. Jacob ne fut pas dupe. Il me suivit quelques instants, sans doute en attente de plus d'informations. Matt les lui donnerait assez tôt. Je quittai Jacob, une boule à l'estomac…

En rentrant, j'entendis quelqu'un fredonner, à l'avant de la maison. Poppy ! C'était toujours elle que je croisais à mon retour, et cette façon de chanter sans complexe, c'était elle ! Je me précipitai vers sa chambre, mais je la trouvai aussi poussiéreuse, nue et vide que tous les jours depuis qu'elle avait été ouverte par l'inspecteur de l'université. Un bruit de pas et l'arrêt de la chanson me signalèrent l'arrivée d'une visiteuse. Je fis volte-face et découvris Ana-Luisa. Elle utilisait la grande cuisine. C'était elle et non Poppy, que je venais d'entendre chanter. Nous nous dévisageâmes sans un mot, puis elle retourna à ses activités, en silence, comme si elle avait deviné ma déception. Je refermai la porte de cette pièce, à l'aspect lugubre sans son occupante.

Mon espace personnel ressemblait à un taudis comparé au nid douillet qu'avait symbolisé la chambre de ma voisine. Ici, le désordre régnait. Matt avait apporté toutes ses affaires y compris un ensemble d'haltères, qui me servait parfois d'étendoir à linge… Des vêtements en boule et des chaussures jonchaient la moquette brune, des assiettes sales étaient empilées avec autant de fourchettes sur les rebords de fenêtre, le lit n'était qu'un amas de tissus crasseux.

Submergée par la honte, je pris les draps et me dirigeai vers la machine à laver. Je me rendis compte avec horreur que depuis l'arrivée de Matt, je ne les avais pas lessivés ! Et je vivais dans des conditions sordides, enfermée dans une pièce malpropre et désordonnée. Je m'activai à séparer mes affaires de celles de Matt, pour faciliter son départ.

Je perçus plusieurs voix, dont certaines masculines, et je sortis m'attendant à découvrir Amélie et ses amis. Je me retrouvai face à

Cate, Jared et Travis, les bras chargés de courses. Je fus soulagée de ne plus être seule !

Je repris mon rangement et passai l'aspirateur. Je ne remarquai pas Katie et sursautai quand elle me tapa sur l'épaule.

— Ce n'est que moi, annonça-t-elle, j'ai frappé plusieurs fois, mais tu ne m'entendais pas. Je suis désolée, mon ami de l'église ne peut pas venir… À quelle heure doit-il rentrer ?

— Vers sept heures.

Nous consultâmes nos montres simultanément. Il n'allait pas tarder !

— Tu sais où sont Amélie et ses copains ?

— Non, répondit-elle, je l'ai pourtant entendue dire qu'elle mangerait ici avec eux, Mathilde et Ophélie.

— Ils seront bientôt là, annonçai-je en désirant dire vrai.

Mais notre plan fut chamboulé ! Matt arriva le premier, d'une humeur massacrante. Quand il trouva la chambre propre, au lieu de s'en réjouir, il hurla qu'il ne retrouverait rien maintenant que j'avais déplacé ses affaires. À son habitude, il passait sa colère sur moi. Le courage faillit me manquer, mais la présence de Jared et de Travis à proximité me rassurait.

Je décidai de me lancer : je lui expliquai que je n'étais plus heureuse ainsi, ce qui eut pour effet de le faire soupirer et lever les yeux au ciel. Il ne me laissa pas finir et me coupa pour me rabaisser une nouvelle fois :

— J'oubliais, se moqua-t-il méchamment, tu es à plaindre. Je ne suis pas là pour m'occuper de toi dès ton retour de cours… Je bosse moi ! Je ne passe pas mon temps à faire semblant d'étudier !

— Je ne fais pas semblant, me défendis-je.

— Et pourtant, tes notes ne sont pas terribles…

Sa cruauté me prit par surprise et me blessa. Il connaissait mes points faibles ! Je sentis les larmes me monter aux yeux, j'inspirai profondément pour les faire disparaître. Je devais me montrer forte !

— On ne peut pas continuer comme ça…

— Et qu'est-ce que tu proposes ?

Son ton sarcastique, sa moue exaspérée, ses poings sur les hanches, tout m'indiquait qu'il s'attendait à une gaminerie quelconque. J'étais sidérée ; n'importe qui d'autre aurait compris avec ma dernière phrase…

— On devrait se séparer, déclarai-je dans un filet de voix qui n'était guère plus qu'un murmure.

— Quoi ?

— Je veux rompre, dis-je plus fort.

Il avait entendu, j'en étais persuadée. Il me fixait avec des yeux implacables et froids, il tentait de m'intimider. Et sa méthode fonctionnait ! Je sentais ma confiance s'évaporer et faire place à une nervosité incontrôlable. En deux enjambées, il s'approcha, me dominant de toute sa taille. Je devais lever la tête pour croiser son regard. Il me saisit par le bras et me secoua.

— Qu'est-ce que tu as dit ? hurla-t-il à mon oreille. Tu peux répéter ce que tu as dit ?

C'était le moment de vérité, s'il devait me frapper, ce serait maintenant… Je compris que si je souhaitais que d'autres personnes interviennent, il me fallait faire assez de bruit pour les alerter. Je rassemblai tout mon courage et criai :

— Je veux qu'on se sépare et que tu t'en ailles !

— Et on peut savoir quelle mouche t'a piquée tout d'un coup ?

Sa main serrait mon bras comme un étau. Ses traits étaient figés dans une expression condescendante démontrant qu'il ne me prenait pas au sérieux. Les larmes échappèrent à tout contrôle et déversèrent mon impuissance sur mon visage.

— Je veux que tu partes, répétai-je. Je ne supporte plus ces disputes.

— Arrête tes caprices, et il n'y aura plus de problème !

Il me secoua plus fort et me jeta sur le lit. Persuadée qu'il allait me frapper, je hurlai de toutes mes forces tout en me débattant. Je poussai le cri de terreur et d'impuissance que la drogue avait étouffé le soir de mon anniversaire… Ce fut libérateur. Interdit, Matt resta figé sur place et la porte s'ouvrit à la volée. Katie, armée d'un balai, entra la première, suivie par Jared, Travis et Cate dont les traits exprimaient l'incompréhension.

Je me faufilai derrière eux, essuyai mes yeux d'un revers de la manche.

— Va-t'en, j'en ai assez de tout ça.

— Mais tu m'aimes, argumenta-t-il, tu me le dis toujours !

— Non, je ne t'aime plus. C'est fini.

— Mais qu'est-ce que je vais faire ? s'écria-t-il avec un sanglot dans la voix.

— Tu lui rends ta clé, et tu déguerpis ! répondit Katie.

Il tourna vers elle un regard haineux, mais garda le silence. Il ramassa quelques affaires qu'il jeta dans un sac de sport.

— N'oublie pas la clé, insista Katie.

Vaincu, il la déposa sur mon bureau. Cate et Travis quittèrent la pièce, mais Jared et Katie, telles deux sentinelles, veillèrent jusqu'à son départ. Il avait pris tout ce qui pouvait contenir dans le coffre de sa voiture, et je lui proposai de repasser le lendemain pour récupérer le reste. Il démarra sans un mot de plus.

Au moment où mes émotions me submergèrent, la porte de devant laissa place à Amélie, Nelson, Samuel, Ophélie et Mathilde qui riaient fort. Ils nous adressèrent un signe de la main et s'installèrent dans la grande cuisine pour leur repas, ignorant tout de ce qui venait de se jouer.

Chapitre 26 : Anastasia

Lorsque je rentrai ce soir-là, Mei frappa à ma porte sans attendre. Intriguée, je la laissai entrer. Elle me raconta que Phedra avait demandé à Action Man de déguerpir ! Il y avait eu une grosse dispute, Travis et Jared étaient intervenus, mais la bonne nouvelle était officielle : nous étions bel et bien débarrassées de ce raciste macho et vantard !

Ce n'était pas le style de Mei de médire ; elle avait assisté au départ d'Action Man, qui garait sa voiture sous ses fenêtres. J'avais d'excellentes raisons de lui en vouloir, mais je ne pensais pas que Mei entretenait une telle rancœur.

— Il n'a rien contre toi, dis-je.

— Tu plaisantes, s'offusqua-t-elle, ce type déteste tous ceux qui sont différents de lui. S'il n'a rien dit contre moi, c'est parce qu'il n'a pas trouvé, mais je te garantis qu'il cherchait ! Plusieurs fois, il m'a regardée avec un air mauvais, c'est pour ça que je venais me réfugier dans ma chambre dès qu'il était seul dans la cuisine. J'avais peur de me retrouver en tête-à-tête avec lui !

— Je suis sans doute inconsciente, mais j'étais si en colère que je n'ai pas pensé à m'en méfier… Et Phedra, ça va ?

— Elle est choquée, parce qu'il lui a tellement serré le bras qu'elle a des bleus.

— Il est fou ce mec !

— Katie l'a obligé à rendre sa clé, il ne pourra plus entrer ici librement.

Je ressentis un soulagement physique, comme si on m'avait ôté un poids des épaules. L'idée que ce type autoritaire se promenait à sa guise chez nous me faisait frissonner, et j'appréciais de savoir que je n'allais plus le croiser, à demi nu, dans les couloirs.

Je me rendis dans la grande cuisine en espérant y trouver Amélie, car j'avais entendu du bruit en rentrant. En ouvrant, en plus d'Amélie, j'aperçus Ophélie, Mathilde, Nelson et Samuel. Avec mon arrivée, le groupe, que nos colocataires appelaient affectueusement le gang des Français, était au complet. Ils m'invitèrent pour un repas, qui se composait de restes divers. J'en profitai pour y ajouter les parts de pizza que j'avais pu ramener la veille.

Marco m'avait demandé de changer mes horaires de cette semaine, je travaillerais aussi le lendemain. Les rares fois où j'avais assuré le service du samedi, j'étais rentrée épuisée, mais ravie, car les clients se montraient plus généreux en pourboires. Depuis que j'avais été licenciée de *Royal Mail*, j'avais obtenu des missions ponctuelles à la cafétéria de l'université et des heures supplémentaires à l'hôtel, mais rien de régulier. Mes revenus couvraient le minimum, mais je voulais me constituer une réserve pour finir mes études à Chelmsford. Il me restait une année, et je souhaitais pouvoir avancer le premier trimestre de loyer, et ainsi éviter le stress de l'incertitude.

J'avais appris qu'Abi et Amélie avaient décidé de prendre une location ensemble, et je m'y serais volontiers greffée si les tarifs avaient été à ma portée. Elles venaient toutes les deux de décrocher un poste au salaire confortable, et leur budget correspondrait au double du mien ! Je n'avais pas d'autre choix que de rester en logement universitaire. En revanche, je souhaitais trouver quelque chose de plus petit, j'étais fatiguée du passage constant dans la cuisine, juste à côté de ma chambre. Je ne comptais plus le nombre de réveils que je devais à la finesse des murs…

Les vacances de Pâques approchaient, la majorité des filles retourneraient dans leur famille. J'allais bientôt bénéficier d'une tranquillité relative. Abi et Amélie partiraient aussi, puisque pour la première fois depuis Noël, on leur accorderait quelques jours. Je risquais de me retrouver avec Mei, si discrète que parfois je ne l'entendais pas, alors que seule une mince cloison nous séparait ! Sa présence ne me gênerait pas, au contraire !

Mes pensées cessèrent de vagabonder et je pris part à cette soirée improvisée. Ce petit repas représentait sans doute mes derniers moments entre amis avant qu'ils ne disparaissent tous pour les vacances. Nelson et Samuel resteraient en Angleterre puisque le billet d'avion pour le Congo était très onéreux. Je me promis de passer les voir, et peut-être pourrions-nous aussi regarder un film ?

Ophélie venait de trouver un nouveau copain, un Français, et déclarait qu'elle en avait assez des Anglais. Mathilde lui fit remarquer d'un ton égal qu'elle avait mal choisi son pays, si elle n'aimait pas les Anglais… Mais Ophélie voulait se plaindre de ses ex et surtout exprimer son soulagement d'être enfin comprise quand elle plaisantait sur des émissions françaises. Je voyais très bien ce qu'elle évoquait, j'avais vécu des expériences comparables avec Tom. Pour l'instant, j'étais satisfaite de mon célibat, je n'aurais pas dû lui laisser de deuxième chance.

J'avais eu de la peine pour Tom, qui avait semblé désemparé. Dans un moment d'inconscience, je ne l'avais pas arrêté quand il m'avait embrassée, lors d'une soirée sur le campus. Je lui avais expliqué que ce n'était que temporaire, que je ne pouvais rien lui promettre, puisque j'allais partir dans deux mois. Il avait haussé les épaules et m'avait enlacée.

Et trois semaines plus tard, quand j'avais appris que je pouvais rester un an de plus, il avait pris cette découverte pour un engagement. Il recherchait un studio pour nous deux, et j'avais explosé lorsqu'il avait fait mine de me donner la clé. Il avait agi sans mon consentement, m'avait placée devant le fait accompli et espérait que je m'en réjouirais. Au lieu de cela, la superficialité de mes sentiments s'était muée en profond agacement, les raisons qui m'avaient incitée à le quitter une première fois me poussèrent pour la seconde. Depuis, dès que nos chemins se croisaient, je me répétais comme une litanie que je ne devais pas l'approcher. La conclusion serait identique, puisque je ne l'aimais pas. Je préférais garder ma liberté…

Je me concentrai sur les paroles d'Ophélie, elle racontait une anecdote de cours. Dès que j'entendais les apprentis professeurs discuter, je m'offusquais du comportement de leurs élèves, et je me demandais s'ils réservaient ce traitement uniquement aux stagiaires. Amélie et Abi m'avaient déjà expliqué qu'au bout de quelques années passées dans un établissement, la réputation d'un enseignant se forgeait et l'attitude des élèves s'améliorait. Je suppose qu'elles se disaient cela pour se donner du courage… Ophélie, elle, avait l'air indestructible, elle parlait avec aplomb, s'affirmait et ne tolérait aucun manquement. Elle devait être dure avec ses collégiens, mais elle racontait ses histoires avec un humour unique !

Nelson riait en se frappant la cuisse, il était son meilleur public, même s'ils se lançaient des défis stupides à chaque rencontre. La soirée fut un agréable moment de détente jusqu'à l'arrivée de Samuel, qui demanda en toute innocence :

— Vous avez retrouvé Poppy finalement ?

— Ah oui, j'aimerais bien voir à quoi elle ressemble, renchérit Nelson.

— Non, répondit Amélie, toujours aucune nouvelle.

Elle se tourna vers moi et m'indiqua :

— L'autre jour, avec Cate, nous avons trié le courrier que l'on met de côté, mais il y avait surtout des lettres pour les occupantes de l'an dernier. Le reste doit dater de plusieurs années…

Elle faisait allusion à une piste que nous avions envisagée : celle de trouver l'identité de Poppy en épluchant les enveloppes qui ne nous étaient pas adressées. Nul doute que si l'une d'entre elles était pour Poppy, nous l'aurions reçue après son départ.

— Cate, c'est la petite avec un drôle d'accent ? demanda Nelson.

— Non, elle c'est Lauren, corrigeai-je.

J'étais amusée qu'il fasse référence à son accent, parce que c'était le trait que j'avais associé à son prénom pour le retenir : pour moi, Lauren était celle qui parlait bizarrement. J'avais mis longtemps à la comprendre et j'éprouvais des difficultés quand elle s'énervait au téléphone avec son copain. Nelson venait de confirmer ce que je pensais : il ne connaissait pas assez nos colocataires pour les distinguer. Dans ce cas, il n'était pas étonnant qu'il prétende ignorer qui était Poppy !

Amélie n'avait pas pu consacrer autant de temps qu'elle l'aurait souhaité à son enquête, mais elle s'entêtait à chercher. Elle avait l'intention de mettre à profit sa période à l'université pour identifier des étudiants de la promotion de Poppy, afin de les interroger. Peut-être que l'un d'entre eux aurait des renseignements ?

Avant de rentrer dans sa famille, elle me laissa son numéro de téléphone en France, au cas où un fait nouveau se produirait. Je m'abstins d'épiloguer, mais à l'instar de la majorité de nos colocataires, j'étais maintenant persuadée que nous ne reverrions pas Poppy. Néanmoins, je lui promis de l'appeler si je trouvais une information quelconque. Je posai le bout de papier qu'elle m'avait donné sur le rebord de la cheminée, en évidence.

Quelques jours plus tard, Courtman House s'était vidée, j'étais seule avec Mei. J'avais prévenu Marco que je serais disponible plus facilement pendant cette période, et il m'attribua deux services supplémentaires, le midi, pour pallier l'absence d'une autre étudiante. L'hôtel me proposa aussi trois créneaux, ce qui augmenterait mes revenus. Malgré cela, je disposais de temps libre que j'utilisai tout d'abord pour me reposer. En effet, en l'absence des filles, la maison était plongée dans un silence apaisant, elle paraissait mise sous cloche, les sons extérieurs étaient étouffés. J'avançais également mon dossier de fin d'année à une vitesse qui m'impressionna. Quel bonheur de ne pas être sans cesse dérangée !

Mei était aussi absorbée par l'approche des examens et partagea quelques repas avec moi, puisqu'ils lui donnaient l'occasion de se changer les idées. Vers le milieu des vacances, quelqu'un sonna à la

porte. Comme Mei révisait à la bibliothèque, j'allai ouvrir. Je découvris Eleanor, l'ancienne locataire voisine d'Amélie. Elle portait sa tenue d'infirmière, elle sortait de sa garde.
— Salut, lança-t-elle, je viens chercher mon courrier. J'attends une lettre des services sociaux et je pense qu'ils l'ont envoyée ici.

Je la laissai entrer et me dirigeai vers la niche dans laquelle nous stockions le courrier. J'avais remarqué une enveloppe à son nom et Cate l'avait placée au-dessus de la pile, dans l'intention de la contacter, après les vacances. En la découvrant, Eleanor l'ouvrit avidement et un sourire de soulagement adoucit les traces de fatigue sur son visage.
— Merci, c'est bien ça ! Ils ne sont pas très malins : puisqu'ils m'ont aidée à trouver un logement, ils pourraient au moins m'écrire à cette adresse, mais non, un abruti a oublié de mettre mon dossier à jour.
— Le principal c'est qu'elle n'était pas perdue, pondérai-je.
— Tu as raison. Bon, je vais rentrer, j'ai bossé toute la nuit et je suis restée donner un coup de main, je suis crevée.
— Je peux te demander quelque chose avant ?
— Vas-y…
— Poppy est bien dans ta promo ?
— Poppy ?

Je sentis l'aiguillon de l'agacement : ça n'allait pas recommencer, elle n'allait pas prétendre ignorer qui était Poppy. Elle avait vécu ici ! Moins de deux mois, si j'avais bien compté, mais elle devait savoir qui était Poppy.
— Oui, la fille qui occupait cette chambre, précisai-je en désignant la porte d'un geste ample.
— Ah oui, la jolie brune qui parlait comme la Reine ! Non, elle n'est pas dans ma promo.
— Pourtant tu es en deuxième année ?

Elle opina de la tête, mais répéta ce qu'elle venait de me dire. J'étais abasourdie, mais je ne voulais pas laisser Eleanor partir si vite : elle constituait ma meilleure source d'information concernant les apprenties infirmières. Elle me confirma qu'il n'y avait que deux promotions : la sienne et celle de Lauren… J'en déduisis aussitôt que Poppy avait menti sur un autre sujet. Peut-être n'était-elle pas étudiante du tout, ainsi que l'avait insinué Action Man, le soir de la réunion de toute la maison…

Après le départ d'Eleanor, je retournai dans ma chambre, je m'emparai du papier avec les coordonnées d'Amélie et de ma carte pour les appels internationaux. Je m'installai devant le téléphone du premier étage, composai le numéro et tombai sur son frère, qui interpella Amélie à pleins poumons.

J'entendis bientôt mon amie, elle était ravie de me parler et oubliait qu'elle m'avait donné ce numéro pour lui communiquer des informations, et non pour papoter. Je lui révélai ce que j'avais appris d'Eleanor et je perçus dans son intonation une consternation similaire à la mienne.

— Alors Katie avait raison, conclut-elle sans cacher son amertume. Je crois qu'on ne saura jamais ni où elle est partie ni pourquoi…

— Je ne peux pas m'empêcher de trouver le décalage trop important entre ce qu'on découvre et la personne qu'on avait en face… J'ai l'impression de parler de quelqu'un d'autre…

— J'en ai discuté avec des amis ici, me révéla-t-elle, et ils sont tous convaincus que quelqu'un d'aussi soucieux des convenances et de la politesse cache quelque chose. Ils partagent l'opinion de Katie : c'est une manipulatrice. Mais moi, je suis d'accord avec toi… Je compte continuer à chercher des réponses.

— Tu as des pistes ?

— Franchement, non. On a vu qu'avec la fac et le service logement, ça n'a rien donné, avec le courrier non plus… Si seulement on pouvait connaître son vrai nom…

— Et si c'était bien celui qu'elle nous a annoncé ? suggérai-je soudain. On a pensé qu'elle avait menti pour occuper la chambre, mais on a découvert que personne ne devait l'habiter. Il est probable qu'elle ait dit la vérité, au moins sur son identité…

— Et ça nous apporte quoi de plus ?

— Une possibilité de recouper avec les notes dans ton carnet. On peut tenter de retrouver les membres de sa famille.
— Mais ses parents sont morts, contra-t-elle.
— Oui, mais si on déniche des informations sur eux, on pourra peut-être contacter un cousin, un voisin, un ami ?
— En effet, ça vaut le coup d'essayer !

J'entendis dans sa voix le regain d'espoir que je venais de lui insuffler. Je raccrochai bientôt pour ne pas utiliser tout mon crédit. Je regagnai ma chambre, à la fois excitée par ce nouvel axe de recherche et déçue parce que je n'avais pas retenu les noms notés dans le cahier d'Amélie… qui se trouvait sur son bureau, à seulement quelques mètres, enfermé à double tour !

Je gardais le souvenir que les parents de Poppy avaient des prénoms d'une banalité digne de celle de leur patronyme. Les retrouver serait une vraie gageure ! Sur une feuille blanche, j'inscrivis :

Mary (ou Marie) et John Williams

Après Smith, Williams était le patronyme le plus fréquent en Angleterre. Quant aux prénoms, c'étaient les plus usités dans les pays anglophones ! Je me rappelais que Poppy avait mentionné le décès de son père, en indiquant qu'elle était âgée de seize ans à ce moment-là, sa mère était morte plus tard. Je ne me souvenais pas de l'année, mais j'étais persuadée qu'au moins l'une des filles aurait retenu cette information.

Je décidai de concentrer mes recherches sur le père, puisque je pouvais me baser sur une date approximative. Poppy ayant presque vingt-sept ans, il était décédé soit en 1990, soit en 1991. D'autre part, je savais qu'à part Emma, elle était la seule habitante de Courtman House à être originaire de l'Essex. Elle avait affirmé être née à l'hôpital dont revenait Eleanor… Sans doute n'y avait-elle jamais occupé le moindre poste, mais on pouvait espérer que si elle y avait vu le jour, il serait facile de récupérer des informations sur ses parents.

Quand Mei me rejoignit à la cuisine, j'évoquai ma nouvelle piste et mon intention d'aller à la mairie pour retrouver la trace des proches de Poppy. Elle me regarda avec un mélange d'étonnement et d'admiration.

— Vous n'abandonnez pas !

— Cette histoire nous hantera tant qu'on n'aura pas appris au moins une partie de la vérité…

— Tu sais, dit-elle avec douceur, c'est difficile à entendre, mais je pense que Katie a raison, cette fille n'a fait que mentir… Il paraît que beaucoup d'arnaqueurs se donnent des airs gentils et attachants, c'est ce qui rend leurs mensonges efficaces. Les gens ont envie de les croire…

J'étais déçue de ses paroles, mais je percevais dans sa voix et ses hésitations, une blessure. Elle aussi avait été trompée…

— Tu abandonnes ? lui demandai-je.

— Je préfère tourner la page. Et puis, Abi est persuadée qu'elle a bénéficié de la complicité de Chloe pour occuper la chambre du haut.

— Moi je n'y crois pas vraiment, déclarai-je avant d'énumérer mes raisons de douter. Si elle avait dormi tout ce temps au dernier étage, Lauren et Emma s'en seraient rendu compte, et elle n'aurait eu aucun intérêt à utiliser la salle de bains du premier. Sans compter que nous l'avons toutes vue dans la chambre de l'entrée ! Je pense que quelque chose l'a *obligée* à partir, et je crains que ce ne soit quelque chose de dangereux…

Mei baissa les yeux, mais je pus y lire de la tristesse et du doute. Peut-être que la théorie de Katie la rassurait parce qu'elle préférait s'être fait berner, plutôt que d'imaginer Poppy victime d'un enlèvement, ou pire ?

Tout en menant une vie en apparence normale, nous étions toutes rongées par cette incertitude et nous ne pourrions être sereines que le jour où elle serait enfin levée… Nos études, nos soirées, nos amis, nos retours en famille ne représentaient qu'une façon de masquer cette terreur tapie en nous. Et comme Amélie, je n'avais aucune intention de fermer les yeux et prétendre qu'elle n'existait pas !

Chapitre 27 : Catherine

À force d'insistance, j'avais convaincu Travis de m'accompagner chez mes parents. C'était une étape qui le rendait nerveux, et il n'avait pas idée à quel point je stressais aussi ! J'avais annoncé à tous mes proches que j'étais tombée amoureuse. À part mes flirts insignifiants du lycée, c'était la première fois que je souhaitais leur présenter quelqu'un et je me tracassais au sujet de cette rencontre. Je voulais que ma famille apprécie Travis, voie en lui les qualités qui m'avaient charmée.

J'étais sûre de mon choix, mais l'approbation de mes parents comptait, celle de mon frère aussi…

Nous prîmes le train au début des vacances, et pendant tout le trajet, Travis me récitait ce qu'il avait retenu au sujet de mes proches. Son application et son désir de plaire me faisaient fondre. Je m'endormis sur son épaule et en me réveillant à destination, je me sentis gagnée par une vague de nervosité. Je repérai la haute silhouette de mon père sur le quai de la gare.

Le moment crucial était venu. Avant de descendre, j'embrassai Travis, en lui répétant que tout irait pour le mieux. Nous retrouvâmes mon père, quelques mètres plus loin. Une maladresse générale s'empara de nous dans les premiers instants, chacun redoublait de politesse pour ne pas froisser l'autre. Je me sentais tiraillée entre le désir de ne pas déplaire à mes parents et celui de voir Travis accepté.

Ma mère détendit l'atmosphère en quelques plaisanteries à notre arrivée, elle nous proposa de prendre un verre avant de passer à table.

— Tu es majeure maintenant, déclara-t-elle, tu peux boire de l'alcool.

Elle m'adressa un clin d'œil, car elle savait que j'avais rencontré Travis dans un pub. Celui-ci saisit l'humour discret de ma mère et un sourire amusé illumina son visage. Nous fûmes bientôt rejoints par mon frère et sa copine. L'ambiance devint plus décontractée petit à petit, et au dessert, tout le monde riait sans complexe. Je me sentis rassurée par la tournure que prenaient les événements.

J'avais redouté de devoir m'opposer à mes parents, ce qui m'avait angoissée la nuit précédente. Mais après ce premier repas, j'étais soulagée : ma famille comprenait mes sentiments et acceptait Travis sans réserve.

Les jours suivants passèrent à toute allure, je rendis visite à mes amis et à mes cousins et là encore, Travis remportait tous les suffrages. Il se fondait dans les groupes comme s'il en avait toujours fait partie. Mon entourage se fascina pour son histoire ; particulièrement le fait qu'il avait pris toutes ses économies pour venir dans un pays aux antipodes du sien, où il n'avait pas d'attache. Son père possédait une entreprise de transport, dans laquelle il aurait sa place s'il le souhaitait, mais Travis désirait découvrir autre chose et surtout financer seul son aventure. Cela dénotait une force de caractère que j'admirais et qui impressionna ma famille. C'est cette qualité qui lui valut le respect de mon père, car lui aussi s'était affranchi de l'autorité parentale pour se construire un destin.

Je fus bouleversée d'apprendre que Travis élaborait des projets très sérieux nous concernant. Il m'avait confié son désir d'emménager ensemble dès le mois de septembre, mais je l'entendis avouer qu'il avait l'intention de m'épouser à la fin de mes études. Il avait gardé le secret, mais quand j'envisageais l'avenir, je ne parvenais pas à m'imaginer ailleurs qu'à ses côtés. Je fus transportée de bonheur : Travis partageait mes sentiments et leur intensité !

Je repartis vers Chelmsford le cœur léger, plus amoureuse qu'à notre arrivée. Travis était de service au pub, et je lui promis de venir l'y rejoindre. Le silence régnait dans la maison, seules Mei et Anastasia étaient restées, les autres ne rentreraient pas avant plusieurs jours. Je voulus mettre cette période à profit pour me plonger dans les révisions et le lendemain, tandis que Travis travaillait sur un chantier, je me rendis à la bibliothèque.

Là aussi, le calme dominait. Aux horaires habituels d'affluence, les lieux étaient occupés par une dizaine de personnes seulement. Je passai des heures, penchée sur des livres de droit, sans être interrompue. Le deuxième jour, je retrouvai Steve, un camarade de promotion. Nous décidâmes de réviser ensemble certains sujets délicats. C'est tout naturellement que nous nous rendîmes à la cafétéria le midi. À ma grande surprise, je reconnus Chandra, l'ancienne habitante de Courtman House. Je lui fis signe et elle s'approcha, en compagnie d'une blonde aux cheveux fins, qui portait de grosses lunettes. Elles posèrent leurs plateaux, je présentai Steve, et Chandra dit :

— Je m'appelle Chandra et voici Jane, nous étions colocataires l'an dernier.

Elle s'était tournée vers moi pour la fin de phrase. C'était la jeune fille qui avait fui Courtman House, suite à une expérience traumatisante. Précisément la personne que j'avais souhaité rencontrer pour comprendre les phénomènes étranges auxquels nous avions été exposées. À part elle, Katie et Lauren, personne n'avait vu ce fantôme clairement. J'étais ravie de pouvoir lui parler.

Steve leur posa les questions traditionnelles sur leurs études, ce qui permit de mieux nous connaître. Je brûlais de lancer le sujet qui m'intéressait, mais je craignais de mettre tout le monde mal à l'aise. Nous étions là pour préparer les examens, aussi cette pause inattendue fut-elle ponctuée de rires qui détournèrent notre attention. Nous étions détendus et pouvions reprendre notre travail.

Avant de pénétrer dans la bibliothèque où le silence était exigé, je dis à Jane que je souhaitais lui parler après les révisions. J'ignorais si Chandra l'avait informée que j'habitais à Courtman House, mais elle fut aussitôt sur la défensive. Je la rassurai en prétextant que je ne voulais pas la déconcentrer, que notre conversation pouvait attendre quelques heures. Elle sourit, puis accepta de me retrouver devant l'entrée en fin d'après-midi. Elle monta au premier étage, où se trouvaient les livres consacrés à la finance.

Je rejoignis Steve, dans un coin réservé aux groupes. À côté de mon ancien lycée, la bibliothèque à elle seule faisait figure de palace avec sa moquette neuve, ses larges fenêtres, ses ordinateurs en libre-service et tout ce mobilier moderne ! Ce lieu offrait trois niveaux de rayonnages garnis de milliers d'ouvrages. Nous n'avions aucune excuse pour ne pas étudier !

La collaboration avec Steve m'apporta un point de vue que je n'avais pas envisagé, et qui remettait en question la structure de mon dossier de fin d'année. J'en fus à la fois contrariée, car cela signifiait que je devais réécrire une part importante de mon travail, et soulagée, parce que celui-ci serait plus approfondi. Quand Steve déclara qu'il devait partir, je fus étonnée de voir que nous venions de passer plus de trois heures sans nous déconcentrer. À Courtman House, dans le même laps de temps, nous aurions entendu les portes claquer une dizaine de fois, des pas dans les escaliers, des rires, des voitures se garer ou quitter le parking, l'antique chasse d'eau actionnée par une chaîne, le téléphone et peut-être l'horrible sirène…

Soudain, je me rendis compte que l'alarme ne se déclenchait plus sans raison, que l'on ne ressentait plus ce froid cinglant venir de la cave… Personne n'avait évoqué de mouvements suspects ou de silhouette devinée dans les couloirs, notre spectre avait peut-être décidé d'aller voir ailleurs ? Je secouai la tête, j'étais persuadée que nous étions toutes si affectées par la disparition – ou le départ – de Poppy que nous ne faisions plus attention aux bruits étranges de la maison. Je me promis de tendre l'oreille…

Jane m'attendait dans le hall, une pile de livres dans les bras.

— Je préférerais qu'on aille chez moi, annonça-t-elle, je pourrais déposer toute cette lecture.

— OK !

Elle serait sans doute moins embarrassée de parler dans un lieu familier. Je la suivis vers le campus. Elle vivait dans un appartement de l'aile nord, la plus éloignée et la plus préservée des regards. Son logement était équivalent aux autres, j'avais eu l'occasion de passer quelques soirées dans des endroits presque identiques, les différences résidaient dans la décoration ou le niveau de rangement qu'y maintenaient les habitants.

Jane posa ses livres sur son bureau et m'invita à la cuisine, où elle me proposa une boisson. Nous nous installâmes autour de la table.

— Tu veux que je te parle de Courtman House…

— Tu le savais ?

— Non, j'ai demandé à Chandra cet après-midi. Je n'arrêtais pas d'y penser et tu avais l'air trop sérieuse pour une simple conversation. Qu'est-ce que tu veux savoir ?

— J'aimerais que tu me racontes ce que tu as vu exactement.

— Pourquoi ? s'écria-t-elle d'un ton incisif.

— Plusieurs filles ont ressenti des choses, et une prétend avoir observé une apparition… Quand Chandra nous a parlé de toi, j'ai souhaité connaître ton histoire.

— Ça t'amuse, les fantômes ?

Elle s'était murée dans une agressivité qu'elle brandissait comme un bouclier. J'imaginais sans peine qu'elle avait dû faire l'objet de nombreux commentaires méprisants ou de blagues cruelles. Peut-être aurais-je ri, moi aussi ? Mais c'était avant d'avoir lu la terreur primitive dans les regards de mes colocataires, avant d'avoir senti ce froid, et surtout avant d'avoir entendu une alarme désactivée se mettre à sonner… Je ne pouvais pas me vanter d'avoir discerné une apparition, mais je la percevais, dans les recoins obscurs.

Je levai les yeux vers Jane et en la fixant, je dis :

— Non. Je suis convaincue qu'il y a quelque chose d'anormal dans cette cave, et j'essaie de comprendre.

— Il n'y a rien à comprendre. Cette maison est hantée et certaines personnes ne le voient pas, voilà tout ! Chandra par exemple, elle n'a rien remarqué, et je suis sûre qu'elle doit se payer ma tête !
— Je ne la connais pas très bien, avançai-je, mais je ne crois pas que ce soit son genre. Elle m'a juste dit que tu avais l'air terrifiée et que tu es partie un soir, pour ne plus revenir.
— J'étais obligée. Je l'ai rencontrée la première fois dans un coin de la cave, à côté du panneau électrique. Elle était si pâle que je pouvais presque voir à travers son corps. Son regard semblait à la fois vide et insondable… Ça n'a duré qu'un instant, et pourtant, je ne l'oublierai jamais ! Elle m'a fixée et j'ai compris qu'elle lisait en moi. Et à ce moment-là, elle s'est matérialisée de façon tangible. Je savais que personne ne m'avait suivie. Ses yeux… Ils n'étaient pas normaux ! J'ai commencé à suffoquer, avec l'impression qu'on avait expulsé tout l'air de mes poumons. Je suis remontée en courant, et j'ai senti un souffle froid envelopper ma cheville en franchissant la dernière marche. Sa main glacée essayait de m'emprisonner avec elle !

Son intonation devenait hystérique à mesure qu'elle revivait ces scènes traumatisantes. Vraies ou pas, ces manifestations l'avaient marquée…
— C'est à ce moment-là que tu as décidé de partir ?
— Non, parce qu'en refermant la porte, tout s'est arrêté. Je pense que c'est pour ça que les filles ne voulaient pas me croire. J'ai imaginé que dans le reste de la maison j'étais en sécurité…

Cette phrase me rappelait celle qu'avait prononcée Abi, le jour où l'alarme s'était déclenchée tout en étant désactivée. Je frissonnai. Jane avait pâli.
— Je me trompais, reprit-elle d'une voix désincarnée. Dans la soirée, je l'ai vue se promener dans les couloirs… Elle portait une robe blanche, très longue, avec de la dentelle, une chemise de nuit de film d'époque. Elle est passée devant la porte arrière, et malgré la lumière qui venait de l'extérieur, elle paraissait floue, faite de fumée… J'ai dû faire du bruit, elle a levé la tête et s'est approchée d'une démarche flottante. J'étais pétrifiée, mais j'ai réussi à crier. Même à mes

propres oreilles, ce hurlement semblait horrible, on aurait dit celui d'un animal qui va mourir. Et là, je l'ai vue disparaître, juste au bas de l'escalier. Elle s'est dissoute dans l'air… Ensuite, quelqu'un a allumé, les filles ont cherché partout sans trouver personne. Elles m'ont crue folle. Moi, je ne voulais pas passer une nuit de plus dans cette maison !

Elle avait prononcé le dernier mot avec un dégoût manifeste. Sa voix tremblait, elle revivait la peur de sa vie. Je posai la main sur son épaule.

— Désolée de te rappeler tout ça…

— Il y a des moments où j'arrive presque à me persuader que ce sont les autres qui ont raison, que les fantômes n'existent pas… Dès que je me remémore ces images, je sais que ce que j'ai vu était vrai. Mais je ne comprends pas pourquoi personne d'autre que moi n'a rien remarqué d'anormal. Quand j'ai déménagé, je redoutais l'instant où j'apprendrais qu'il était arrivé malheur à l'une de mes colocataires. L'année s'est finie sans incident, j'en ai été soulagée, mais je suis restée avec mes doutes…

— Tu devrais peut-être parler à Lauren. Elle l'a vue, elle nous a décrit une brune avec une robe blanche qui lui arrivait au bas des chevilles… Ce n'est pas une coïncidence !

— Qu'est-ce que ça changera ?

— Peut-être qu'elle n'est pas méchante, il ne s'est rien passé… Chez ma grand-mère, il y a un esprit, on l'entend chanter ou gémir la nuit, mais elle ne nous veut pas de mal. Pourquoi es-tu aussi persuadée qu'elle allait s'en prendre à toi ?

Elle vida le reste de son jus de fruits en une longue gorgée. Son regard se perdit au loin tandis qu'elle acheva de me glacer :

— J'ai vu ses yeux ! C'était comme contempler la mort en face… J'avais l'impression que ce regard n'était plus habité, et qu'il m'aspirait dans un abîme. La chose que nous avons et que les esprits n'ont plus, c'est la vie… J'ai eu peur qu'elle me la prenne ! Je sais, soupira-t-elle en levant une main pour interrompre mes protestations, j'ai l'air d'une cinglée quand je parle ainsi, mais tu as posé la question… Voilà ce que j'ai vu et ressenti. Si je me trompe, tant mieux, ça signifie que personne n'est en danger.

— Je ne me sens pas menacée dans cette maison, déclarai-je. Pourtant, je suis convaincue que quelque chose cloche dans la cave…

Ma dernière phrase installa un malaise entre nous. Jane désirait me mettre en garde ou hurler que si je percevais l'anormalité du lieu, le péril me guettait. Elle était terrifiée, plus d'un an après.

— Si tu cherches tant à savoir, c'est que tu as une idée en tête…

— C'est vrai, concédai-je, je veux savoir *qui* était cette femme, et peut-être qu'ainsi, on pourra la convaincre de partir. Elle n'a rien à faire dans un logement étudiant.

— À moins que ce ne soit l'inverse… C'est plutôt nous qui n'avons rien à faire dans cette baraque lugubre !

— Courtman House n'est pas lugubre ! Elle est à l'image de son époque : austère, mais grandiose !

La porte de l'appartement grinça, et nous entendîmes des voix ; les colocataires de Jane rentraient. Je saisis ce prétexte pour écourter ma visite : j'avais obtenu ce que je désirais.

— Tu sais, j'ai effectué des recherches, continua-t-elle sans tenir compte de l'interruption, je voulais comprendre ce que j'avais vu. Pendant un moment, cet esprit, cette apparition a hanté mes nuits. J'ai posé des questions, j'ai retrouvé d'anciennes occupantes… Je te préviens, ça ne vaut pas la peine ! Ce que tu découvriras ne la fera pas partir !

— Qu'as-tu appris ? demandai-je en ignorant ses conseils.

— Tu devrais parler au type qui inspecte les logements, il en sait plus que tu ne crois…

Au moment où elle prononçait ces mots, une image très nette s'imposa à mon esprit : le classeur portant la mention *Courtman House* que j'avais eu en main lors de la mémorable visite de Stuart Allen… J'avais eu le temps d'apercevoir la première page, elle ne contenait que la liste des occupantes actuelles et une indication mystérieuse en face de la chambre 1 : *ne jamais louer*.

Pourquoi ?

Chapitre 28 : Amélie

Mon séjour en France sembla filer à toute allure et m'apporta une diversion bénéfique. J'oubliai le stage, les élèves, les dossiers à rendre dans moins d'un mois, l'inspection prévue mi-mai, et par moments, l'énigme Poppy également. Je ne souhaitais pas abandonner mes recherches, car je ressentais une culpabilité aussi infondée qu'irrépressible. J'étais persuadée que nous avions manqué de loyauté en mettant plusieurs jours à nous inquiéter de son absence… Une petite voix me susurrait qu'en nous impliquant plus tôt, nous aurions peut-être trouvé des indices, qui avaient certainement été éparpillés par la suite. Je ne disposais d'aucune preuve, mais le doute était suffisant pour me faire redoubler d'efforts dans mon investigation.

J'en parlai à des amis, pour recueillir des avis, des idées ou des pistes pour continuer mon enquête. Nombreux étaient ceux qui abondaient dans le sens d'Abi : sans indication de violence, cette disparition serait considérée comme volontaire, d'autant plus que Poppy n'avait plus d'attaches familiales dans la région… Ils pensaient que Katie avait tiré les conclusions logiques de ce que nous avions appris, et que je devrais cesser de me torturer ainsi.

Le sujet fut clos. Aussi, quand Anastasia m'appela pour me suggérer que Poppy avait peut-être menti sur tout sauf sur son nom, j'y vis un nouvel angle pour résoudre ce mystère. Sans oser l'avouer, j'étais persuadée que je ne trouverais de repos qu'en ayant découvert la vérité. Quelle qu'elle soit. Si Katie avait vu juste, et si Poppy n'avait été qu'une manipulatrice, je voulais également le savoir.

Je rentrai le dimanche dans l'après-midi, avant une séquence de séminaires à l'université ; nos stages reprendraient la semaine suivante. J'appréciai la pause, car même si les élèves montraient davantage de respect qu'à mes débuts, ils n'en restaient pas moins des adolescents imprévisibles et à fleur de peau. Ce qui m'aidait à trouver la force de m'affirmer face à eux était la certitude que mon prochain emploi me placerait dans une école plus représentative de la société, où toutes les classes sociales se côtoyaient. Un collège similaire à celui que j'avais fréquenté lors de mon année d'assistanat. Le lieu où j'avais connu Max…

Depuis quelques mois, son visage ne s'imposait plus constamment à mon esprit, j'avais appris à découdre le lien que nous avions tissé… Je ne l'aimais plus. Cette idée m'aurait transportée de joie à mon arrivée à Courtman House, mais loin de ce quotidien, je dressai un bilan sans appel : je fuyais. Depuis qu'il m'avait brisé le cœur, j'avais quitté l'école, je m'étais distanciée de son groupe d'amis, j'avais œuvré pour combler le vide qu'il avait laissé… Et, je le compris tout à coup, Stefan, si attirant soit-il, n'avait été qu'un substitut, un moyen de rediriger mes pensées. Finalement, le hasard m'avait épargné une désillusion en ne lui permettant pas de revenir en Angleterre. Je réfléchis qu'en cherchant à fuir Max, j'avais trouvé un autre Allemand. Quelle ironie !

Et soudain, je songeai à Nelson.

Lui aussi représentait un dérivatif, mais au moins, dès le début, je ne m'étais pas leurrée et j'avais soigneusement évité les grandes déclarations. Il était spontané, me faisait rire et m'offrait la tendresse dont j'avais besoin. Je me sentais égoïste de l'utiliser ainsi, mais il agissait avec légèreté et désinvolture, sans donner l'impression d'être impliqué. Notre relation était une première pour moi, car elle se vivait dans un présent figé. À chaque rencontre amoureuse, j'avais imaginé l'avenir, projeté l'image de conte de fées : le mari, les enfants, la belle maison…

Avec Nelson, chaque rendez-vous se transformait en redécouverte : dès qu'il arrivait, il inventait un moyen différent de m'exaspérer et, dans les secondes qui suivaient, il se démenait pour me reconquérir. Mais je gardais à l'esprit que ce n'était qu'une passade, avec une date de péremption : la fin de l'année scolaire et de mes études. Il retournerait au Congo pour l'été, et de mon côté, j'écrirais un tout nouveau chapitre de ma vie, celui de l'indépendance, de la maison confortable qu'Abi et moi allions trouver. Le reste m'apparaissait comme secondaire…

La semaine à l'université m'offrit la possibilité de journées moins chargées. Assister à des cours était plus reposant que d'en donner ! Le jeudi, Mathilde, Ophélie et moi décidâmes de prendre notre déjeuner sur les berges de la *Chelmer*, à quelques minutes de marche du campus. Le temps se montrait clément, et en semaine, les promeneurs se raréfiaient. Nous trouvâmes un banc facilement, et nous sortîmes nos victuailles – des sandwiches, surtout. Nous disposions de deux heures jusqu'au prochain cours et cette pause champêtre offrait une illusion de vacances. Nous avions proposé au reste de notre groupe de nous accompagner, mais tout le monde avait décliné, et une fois de plus, le club des Françaises s'était retrouvé isolé.

Après avoir englouti son repas, Ophélie alluma une cigarette, et inhala comme s'il s'agissait d'un puissant narcotique. Elle se détendait à vue d'œil tandis que Mathilde et moi nous ingéniions à éviter le nuage de fumée qui l'enveloppait. Je décidai de reprendre une conversation commencée le matin avant les cours.

— Ophélie, qu'est-ce que tu as négocié auprès de ton école ?

— Tu vas être jalouse, annonça-t-elle de façon théâtrale, je vais débuter à l'échelon 3 !

Si j'avais bien compris le fonctionnement des grilles de salaire, elle venait de conclure un accord qui lui donnait les revenus d'une personne ayant plus de cinq ans d'expérience ! J'étais bluffée par son audace. Je savais, à l'instar de tous nos camarades de promotion, que le pays manquait cruellement de professeurs de langues étrangères,

mais l'idée d'utiliser cet argument pour négocier ne m'avait pas effleurée. J'étais partagée entre l'admiration et le dédain devant son opportunisme. Mathilde, elle, ne mâcha pas ses mots.
— Tu as un culot incroyable ! Tu profites du système.
— Et toi, rétorqua Ophélie en lui soufflant la fumée au visage, tu n'en profites pas peut-être ?
— Ce n'est pas pareil…

Nous avions découvert quelques jours auparavant que Mathilde allait retourner en Belgique, car son copain avait trouvé un emploi prestigieux qui le bloquerait à Bruxelles pendant plusieurs années. Mathilde avait renoncé au poste offert par son école et décidé de rentrer une fois sa formation achevée, ce qui avait agacé Ophélie. Elle jugeait que notre amie avait abusé du système pour se faire financer l'apprentissage, puis tourner le dos à l'institution à qui elle devrait sa qualification…

J'étais plus modérée, car je comprenais qu'en empruntant cette voie, Mathilde imaginait que son copain la rejoindrait à la fin de ses études. Elle n'avait pas « profité », et se trouverait plutôt dans une situation délicate, puisque son diplôme britannique ne serait peut-être pas apprécié à sa juste valeur en Belgique…
— Tu sais que ce n'était pas son intention, lançai-je pour couper court.

Un silence pesant s'installa. Ophélie écrasa sa cigarette sous sa semelle avant de jeter le mégot dans une poubelle quelques mètres plus loin. Elle revint vers nous à pas lents, le regard perdu au loin. Soudain, elle s'écria :
— C'est pas le maniaque des extincteurs qui arrive ?

Sans aucune discrétion, elle désignait la silhouette de Stuart Allen, et je constatai que tout le campus le connaissait. Il regagnait l'université, quelques dossiers sous le bras. Je ne l'avais pas recroisé depuis le soir où il était venu contrôler la chambre de Poppy. La visite l'avait excédé, il était parti dans une telle précipitation qu'il n'avait pas refermé la porte derrière lui. Et depuis, chacune à notre tour, nous avions défilé dans cette pièce désolée, qui ne gardait aucune trace du passage de Poppy…

Mue par une soudaine impulsion, je m'élançai à sa rencontre. L'agacement se peignit sur ses traits dès qu'il me reconnut.

— Bonjour ! Je sais que vous ne nous croyez pas, lui dis-je en guise d'introduction, mais il y avait réellement quelqu'un dans cette chambre… Et elle a disparu.

— Vous m'avez déjà raconté cette fable, mais je n'ai pas le temps pour vos divagations. J'ai eu ma dose de mélodrames l'an dernier : une locataire s'est enfuie au beau milieu de la nuit à cause d'un soi-disant fantôme…

— Oui, raillai-je, c'est vraiment n'importe quoi !

— Tu sais, en plus ce n'était pas la première fois ! Je crois qu'on ferait mieux de vendre cette baraque, elle va me rendre dingue.

Il fit mine de reprendre la route, je le retins par la manche.

— Attendez, qu'est-ce qui n'était pas la première fois ?

— Il y a une dizaine d'années, nous avions loué la chambre 1 à une étudiante, et elle a fait une véritable crise d'hystérie. Elle est sortie en plein milieu de la nuit en criant, des voisins l'ont trouvée en pyjama, pieds nus, tremblante, en train de hurler à la mort.

Cette histoire de spectre m'avait agacée dès le début, mais entendre dire que deux anciennes occupantes étaient parties sous un coup de frayeur, c'était différent ! Peut-être y avait-il un point commun avec la disparition de Poppy ? Peut-être avait-elle assisté à quelque chose de traumatisant ?

Là où mes colocataires imagineraient systématiquement une intervention surnaturelle, j'envisageais plutôt la piste d'un dangereux malfaiteur. Et si le quartier que nous trouvions si paisible abritait en réalité un tueur ?

— Vous vous souvenez du nom de cette personne ?

— Évidemment ! Après son départ, on n'a jamais pu relouer cette pièce, il y a toujours quelque chose qui se détraque… Crois-moi, elle était vraiment dérangée, celle-là !

Il avait accompagné sa tirade d'un geste significatif en direction de sa tempe. Cate m'avait révélé que la victime de l'incendie des années soixante était quelqu'un de la famille de Stuart, je décidai d'utiliser cette information à mon avantage.
— Il paraît que vous aussi, vous avez perdu quelqu'un dans cette maison, c'est une tragédie, mais au moins vous savez ce qui lui est arrivé. Moi, je cherche quelqu'un qui s'est volatilisé.
— Qu'est-ce que je peux y faire ? demanda-t-il.
— Vous pouvez m'aider à retrouver cette ancienne étudiante…

Je me tus, il ne répondit pas. Ophélie et Mathilde se tenaient en retrait, elles restaient muettes. Abi aurait sans doute manœuvré avec plus de délicatesse, mais ce n'était pas mon style. Si j'avais une question à poser, je ne m'embarrassais pas de préambules ! Le silence se prolongea entre nous, et je crus qu'il allait passer son chemin. Il soupira bruyamment et me demanda :
— En quoi cette personne t'aidera à retrouver ton amie ?
— Je ne sais pas si ça m'aidera, c'est juste une idée… Si elle aussi a été effrayée, je veux connaître la nature du danger.
— Il n'y en a pas ! affirma-t-il avec autorité. J'ai fait vérifier tous les recoins de cette baraque, plusieurs fois, il n'y a rien d'anormal à part la remontée d'égouts dans le lavabo de la chambre 1. C'est pour ça qu'on ne la loue pas, le plombier dit qu'il faudrait changer toute la tuyauterie. Ça coûterait une vraie fortune, et ça nous obligerait à reloger tout le monde… Honnêtement, je ne sais pas ce qui a déclenché les crises de ces deux personnes, mais elles ont évoqué une histoire de fantôme…
— Ce n'est pas ça, contrai-je, les fantômes n'existent pas !
— Je suis d'accord…
— Je voudrais essayer de lui poser des questions pour comprendre, plaidai-je.

Sa physionomie exprimait moins de rejet qu'à mon arrivée, j'étais convaincue qu'en trouvant le bon argument, il me donnerait ce que je demandais. Mathilde intervint avec douceur et eut gain de cause. Elle expliqua que cette personne avait sans doute été

traumatisée, et que parler à quelqu'un qui connaissait les lieux et qui vivait aussi une situation stressante pourrait l'aider.
— De toute façon, si elle ne veut pas nous répondre, elle pourra raccrocher…

C'était le genre de phrase qu'aurait pu prononcer Abi… Je fus stupéfaite de la finesse dont elle faisait preuve.
— Elle s'appelait Elizabeth Carlisle, elle s'est mariée par la suite, elle a changé de nom… Elle a épousé un Irlandais… un certain O'Brien, je crois.
— Vous n'êtes pas sûr ?
— Viens au bureau, je pourrais te dire ça, c'est noté dans le registre des anciens étudiants. Et après, menaça-t-il, je ne veux plus entendre parler de cette histoire, j'ai perdu assez de temps…

Il se remit en marche et nous lui emboîtâmes le pas, dans un silence religieux. Pour une raison qui m'échappait, ce nom ne m'était pas inconnu, je l'avais déjà entendu… Mais où ? Le bureau ne devait ouvrir au public qu'une demi-heure plus tard. Stuart nous ordonna de l'attendre dehors, il revint quelques minutes après, un post-it rose en main. Il me tendit le papier et me répéta :
— C'est la dernière fois que vous me parlez de ça, c'est bien clair ?
— Oui.

Il referma la porte sans autre explication. Je lus le nom et le numéro de téléphone. Je reconnus l'indicatif local, ce qui signifiait que cette personne n'avait pas quitté Chelmsford ! J'empochai le précieux post-it et pris la direction de la salle de cours. J'étais perturbée par l'impression persistante que j'avais déjà entendu ce nom, et je passai mentalement en revue mes connaissances dans cette ville. Je ne pus me concentrer, jusqu'au moment où notre formatrice nous rappela que nous devions rendre les rapports de stages en école primaire.

Et je me souvins d'Elizabeth O'Brien !

C'était la mère de la petite Lily, qui avait voulu que je rencontre ses parents. Je me remémorai qu'elle avait réagi de manière étrange quand j'avais mentionné Courtman House, un tressaillement de dégoût suivi d'un départ précipité. Si elle avait fui pieds nus en pleine nuit, son comportement le soir de la représentation ne me semblait plus aussi surprenant. Je devais la voir !

Je pourrais le faire aussitôt après les cours si je ne m'attardais pas. J'expédiai les politesses et je quittai les lieux d'une allure pressée. J'arrivai devant l'école primaire, essoufflée de ma course, mais à temps pour assister à la sortie des élèves. Un attroupement s'était formé le long de la grille, les parents attendaient leurs enfants. Je scannai la foule, et repérai la mère de Lily, en retrait, en pleine conversation avec une dame plus âgée. Je la fixais, sans oser m'approcher. Elle croisa enfin mon regard en écartant les bras, comme pour englober tout le quartier. Elle se figea, puis elle me reconnut.

— C'est gentil de revenir de temps en temps, me dit-elle en arrivant près de moi.

— En fait, c'est vous que je suis venue voir.

Ses yeux bleus trahirent sa panique, et je sus que je ne m'étais pas trompée.

— Ah bon ? Qu'est-ce que je peux faire pour vous ?

Elle feignait la légèreté. Ou peut-être essayait-elle de changer de sujet ? Je décidai de m'inspirer de Mathilde et de faire appel à sa sensibilité.

— Il paraît que vous avez habité à Courtman House et que vous avez quitté votre logement du jour au lendemain… Je souhaiterais en parler parce qu'une de mes colocataires a disparu un samedi soir et je m'inquiète. J'ai peur qu'il lui soit arrivé malheur.

— Je passe pour une folle quand je raconte les détails, annonça-t-elle d'une voix cinglante. Je vais aller tout de suite à la conclusion : cette maison est hantée, j'ai vu le spectre et j'ai vu du sang couler dans le lavabo de la chambre. Vous ne me croyez pas… Je vous l'avais dit, on me prend pour une dingue, mais ceux qui ont pu observer l'apparition savent que je ne mens pas…

— Il y en a eu d'autres ?

— Vous ne seriez pas là sinon… Lily arrive, je ne parlerai pas de ça devant elle. Que vous le croyiez ou pas, c'est la vérité. Je suis certaine de ce que j'ai vu.

Elle se tut brusquement, et accueillit sa fille avec un sourire radieux qui éclipsait son inquiétude des instants précédents. Lily babillait sur ses projets scolaires, je l'écoutai poliment jusqu'au moment où sa mère déclara qu'elles devaient partir.

Je repris la direction de Courtman House, frustrée de n'avoir rien appris d'important, et perplexe de constater que quelque chose d'aussi irrationnel que les revenants faisait partie du quotidien…

En rentrant, comme à chacun de mes retours depuis la disparition de Poppy, je scrutai sa porte dans l'espoir d'y déceler un changement. Ce fut une autre déception. Dans la petite cuisine, j'entendais des voix, je m'approchai pour saluer mes colocataires.

Je fus surprise de trouver Nelson attablé avec Cate, Travis et Phedra. Celle-ci s'épanouissait depuis le départ d'Action Man. Nelson racontait des blagues et elle riait à gorge déployée.

— Qu'est-ce que tu fais là ? demandai-je à Nelson avec une feinte sévérité.

Il brandit fièrement le DVD d'un film dont je lui avais parlé, c'était le genre d'attention qui le rendait attachant. Je manifestai ma joie et nous nous installâmes sur mon lit pour le regarder. Après le film, nous restâmes un moment allongés, enlacés. J'écoutais le rythme rassurant de son cœur.

— Qu'est-ce qui ne va pas ? m'interrogea-t-il.

Je lui racontai mes découvertes du jour et exprimai tout haut ma frustration :

— J'en ai marre d'entendre parler de fantômes ! Moi je cherche une vraie personne, et ça ne m'aide pas !

Il garda le silence quelques instants et un sourire malicieux fendit ses lèvres ; je n'allais pas aimer ce qu'il allait dire. Je soupirai. Il gloussa et plaisanta :

— Peut-être que si ! Peut-être que Poppy n'est pas réelle, et que c'est elle le fantôme !

— N'importe quoi ! soufflai-je sans masquer mon agacement.
— Moi je pense que ça se tient, poursuivit-il en ignorant mon regard courroucé. Tu me parles tout le temps de Poppy, mais les seules personnes à l'avoir vue sont les habitantes de cette maison, et elle a disparu, sans laisser de trace. C'est typique des esprits, non ?

Je soupirai d'exaspération, mais ne pris pas la peine de relever…

Chapitre 29 : Emma

Le mois de mai nous apporta de belles journées et la promesse de moments joyeux. Après avoir enchaîné les aventures malheureuses, je venais de faire la connaissance de Kyle, un séduisant Jamaïcain. Notre première rencontre me le fit considérer comme un chevalier servant. J'étais allée à la salle de sport, mais suite à un changement d'animateur, ce fut Action Man qui assura le cours de fitness. Persuadée qu'il ne m'avait pas remarquée, je me tins derrière la silhouette athlétique de Kyle, afin de me dissimuler. À la fin de la séance, je pensais m'éclipser discrètement, mais avant le départ de tous les autres participants, Action Man vint vers moi en quelques enjambées décidées. Il resta trop près et faisait en sorte de me couper toute retraite.

— C'est qui ? lança-t-il sur un ton belliqueux.

— De quoi tu parles ?

— Tu as très bien compris ! Je te demande qui est le type pour qui Phedra m'a quitté.

Je n'en croyais pas mes oreilles : en plus de se montrer déplaisant, ce type souffrait de délire paranoïaque ! Qu'était-il allé imaginer ? J'esquissai un pas de côté, pour préparer ma fuite, et je répondis :

— Personne.

Il me saisit par le bras, sa poigne m'empêchait de bouger, je grimaçai. Autour de nous, les abonnés quittaient la salle, certains s'attardaient pour ranger les tapis de sol. Aucun d'eux ne soupçonnait leur professeur, au corps de champion de bodybuilding, d'intimider l'une de ses élèves… Avec mon autre main, je tentai de desserrer cet étau, il augmenta la pression et me plaqua contre lui.

— OK, tu as été une bonne copine, maintenant dis-moi la vérité avant que je m'énerve ! C'est qui ?

Il avait haussé le ton et je perçus un mouvement, sur ma gauche. Une puissante main couleur ébène saisit le poignet d'Action Man.

— Lâche-la ! ordonna Kyle.

Sa voix était restée égale, mais sa phrase était péremptoire, il ne tolérerait aucun refus. L'effet fut immédiat, Action Man dut comprendre qu'il n'obtiendrait rien dans une confrontation directe. Mon bras était endolori, et, avec ma peau de rousse, je garderais sans nul doute des marques de cet incident plusieurs jours. Je levai les yeux vers lui et le foudroyai du regard.

— Elle t'a quitté parce qu'elle en avait marre de ton comportement de tyran. Oui, m'écriai-je avec perfidie, elle préfère être seule qu'avec toi ! Je ne peux pas te donner de nom, car il n'y a personne d'autre !

Kyle m'accompagna jusqu'aux vestiaires, je le remerciai de son intervention. Je n'osais pas songer à l'issue de ma discussion houleuse, sans lui. Sans doute aurais-je eu à le regretter ? Il m'annonça qu'il m'attendrait dans l'entrée, et je lui promis un verre, pour lui exprimer ma gratitude. Je désirais lui montrer un autre aspect que celui d'une fille fragile, harcelée par le premier tas de muscles venu !

Arès la douche, je pris soin d'appliquer une touche de gloss tout en me félicitant d'avoir toujours un nécessaire de maquillage dans mon sac de sport. C'était ma devise : on doit pouvoir être belle en toute circonstance !

Dès mon arrivée dans le hall d'entrée, j'acquis la certitude qu'il n'était pas indifférent. Du pub, nous bifurquâmes vers un restaurant, puis il me raccompagna et je ne voulus pas le laisser s'envoler ! Ce fut une nuit merveilleuse, où nous fîmes intimement connaissance, nos corps exprimant leur passion. Lorsqu'il partit, au lever du jour, je compris qu'il aurait une importance particulière dans ma vie. Jusque-là, j'avais su m'y prendre pour plaire, et quand je croisais un Apollon, je l'attirais dans mon lit. J'avais confondu satisfaction du désir et amour… Je n'avais pas souhaité tout partager avec mes conquêtes précédentes, je me contentais d'une sorte d'amitié à caractère sexuel, qui prenait fin aussi rapidement qu'elle était née.

Je songeais que, parfois, en rencontrant des gens amenés à devenir des piliers de notre existence, nous ne mesurons pas leur importance sur le moment ; et ce n'est que le recul, qui permet d'apprécier leur valeur. Pour Kyle, sans savoir d'où me venait cette certitude, je n'éprouvai pas le moindre doute : il ferait partie de mon futur, et y jouerait un rôle essentiel ! Cette pensée, si éloignée de mon comportement habituel, me pétrifiait, je pris soin de la garder pour moi.

À son départ, je commençai à me morfondre, à compter les minutes, puis les heures, qui me séparaient du moment où j'allais le revoir. Je compris ce que ressentait Cate, en l'absence de Travis, son désir d'aller au pub pour se contenter de le dévisager.

À mon grand étonnement, j'avais surtout parlé avec Kyle, et, après l'amour, j'avais continué à le bombarder de questions : je voulais tout savoir ! La journée me parut interminable, non seulement à cause de mon manque de sommeil, mais aussi parce que mes pensées tournaient autour du même sujet, comme un carrousel obsessionnel. Je ressentais physiquement son absence ; je réclamais son odeur, sa voix grave, sa main sur ma taille, son rire sonore…

Je décidai de sécher les cours ; j'avais le niveau d'attention d'un nouveau-né, inutile de prétendre que j'étais intéressée. J'indiquai à mon voisin que je me sentais mal, et je quittai l'université en fin de matinée. Je rentrai me coucher, et, épuisée, je m'endormis profondément. Je fus réveillée par le son de cloche de mon téléphone portable. Kyle m'avait écrit un message pour me demander s'il pouvait passer me voir ! L'émotion déborda et je poussai un cri de victoire.

Je mis des heures à me préparer, j'optai finalement pour une robe printanière, aux couleurs claires, et un maquillage léger. En descendant, je croisai Abi et Amélie, de retour d'un rendez-vous avec l'agent immobilier. Elles riaient. Je devinai qu'elles avaient trouvé leur futur logement.

— Oh non, me détrompa Abi, on n'habitera pas là !

— Qu'est-ce qui n'allait pas ? demandai-je, étonnée.

Je me souvenais qu'elles attendaient cette visite avec impatience, car la villa se situait dans l'une des rues voisines de Courtman House, leur quartier de prédilection. Que s'était-il passé ?

— La maison, me répondit Amélie en contenant difficilement son hilarité, elle puait le chien et le tabac froid !

— C'est pour ça que vous riez ?

— Et aussi à cause de l'agent immobilier : il essayait de cacher les taches sur les murs et la moquette…

— Il tentait de faire barrière avec son corps, renchérit Abi, mais il est chétif, et de toute façon pour dissimuler autant de saleté, il aurait fallu qu'ils viennent à dix !

— La bonne nouvelle, conclut Amélie, c'est qu'on a un autre rendez-vous demain…

Kyle m'emmena au cinéma. Avec son bras passé autour de mes épaules, je ne pus me concentrer sur le film. J'étais heureuse qu'il prenne le temps de me courtiser, d'essayer de me plaire… Dès qu'il s'était interposé pour calmer Action Man, j'avais eu la certitude qu'il deviendrait quelqu'un d'important dans ma vie. C'était difficile à admettre, et je n'étais pas du genre à croire au destin, mais chaque cellule de mon corps savait que cette sensation avait un fondement solide…

Les premières semaines représentèrent une lune de miel mémorable : malgré mes révisions et ses horaires de travail, nous trouvions toutes les excuses pour passer du temps ensemble. Parfois, ce n'était qu'une demi-heure, pour manger sur le pouce, et le simple fait d'entendre sa voix ou de sentir son regard me caresser me procurait une euphorie digne des meilleures liqueurs ! Tout en ayant conscience que le début d'une relation était paré d'un filtre de bonheur, je mesurais l'écart entre mes sentiments présents et ceux, plus fades, de mes précédentes histoires. J'étais déterminée à savourer chaque instant, chaque petit rien qui, plus tard, me ferait sourire avec nostalgie.

Ainsi, quelques jours avant le Jubilé d'or de la Reine[12] – qui coïncidait avec le démarrage de la Coupe du Monde de football – quand je vis Chloe sous le porche, je décidai de me montrer plus accueillante. Fidèle à ses habitudes, au lieu d'ouvrir avec sa clé, elle avait sonné. Contrairement aux fois précédentes, je pris cela pour une forme de délicatesse : elle n'habitait pas ici et, plutôt que d'imposer sa présence, elle se comportait en invitée. Lauren écoutait de la musique, qui malgré la porte fermée, se diffusait sur le palier et animait notre étage. Chloe n'émit aucun commentaire déplaisant.

— Je viens vider ma chambre et la nettoyer, car je n'en ai plus besoin.

— Ah bon ?

— Oui, expliqua-t-elle, mes parents sont d'accord pour que j'emménage avec Kevin ! Je suis soulagée, je n'aimais pas leur mentir…

Elle ouvrit la porte, et je vis qu'elle avait laissé un carton lors de sa dernière visite. Quand elle le sortit, je constatai qu'il contenait plusieurs paires de bottes. Quelques livres et brochures traînaient sur le bureau, mais pour le reste, rien ne témoignait de sa présence.

— Je vais passer l'aspirateur, annonça-t-elle, je ne veux pas que le ménage soit déduit de la caution !

Elle se mit au travail consciencieusement, et alla jusqu'à insister dans les coins. Soudain, j'entendis un fracas suivi d'une imprécation, et de l'arrêt de l'appareil. Peu après, Chloe vint frapper à ma porte.

— Tu sais où je peux trouver un marteau ? me demanda-t-elle. La plinthe devait être mal fixée, elle s'est détachée…

---

[12] Le Jubilé d'or de la Reine *(Golden Jubilee Weekend)* : entre le 1er et le 4 juin 2002 se sont tenues les festivités marquant le cinquantième anniversaire de règne d'Elizabeth II. Pour l'occasion, la population a bénéficié d'un jour férié exceptionnel.

Je me précipitai dans la pièce, et constatai les dégâts. La plinthe gisait à plat sur la moquette. Au mur, trois trous indiquaient la position initiale des pointes rouillées qui dépassaient du bois.

— Je pense qu'on peut y arriver autrement. C'est dans l'angle, ça pourra passer à l'inspection, ils ne vont pas vérifier ce genre de chose. Je vais emprunter son cric à Abi, ça devrait suffire.

Abi n'était pas rentrée, mais je tombai sur Amélie, son trousseau de clés en main. Je lui expliquai la situation et elle accepta de nous aider. Nous nous dirigeâmes vers sa voiture. Son cric ferait tout à fait l'affaire. Elle me le donna en me demandant de le lui redescendre ensuite. Je retrouvai Chloe en train de feuilleter un vieux calepin à la lumière de la fenêtre. À mon arrivée, elle se retourna et me montra le carnet.

— Regarde ce que je viens de trouver. Il était là, précisa-t-elle en désignant un creux dans le mur, et il m'empêchait de replacer la plinthe. C'est un agenda de 1928 !

Je pris l'objet, couvert de poussière de plâtre, mais intact. Je l'ouvris au hasard et le feuilletai distraitement. Il ne contenait pas de rendez-vous, mais des notes rédigées à l'encre, dans une écriture penchée, dont les jambages empiétaient sur la ligne inférieure. Je déchiffrai quelques phrases et constatai que c'était un journal intime !

— Sacrée trouvaille, m'écriai-je, sans cacher mon intérêt. Il n'a pas dû bouger depuis soixante-dix ans !

— Garde-le, me répondit Chloe, moi je m'en fiche.

Elle me prit le cric des mains et entreprit de replacer la plinthe. En quelques coups, elle s'estima satisfaite.

— En n'y regardant pas de trop près, ça devrait passer, affirma-t-elle.

J'étais persuadée que ce serait amplement suffisant puisque c'était dans un angle, et que la prochaine occupante pourrait souhaiter y installer la commode par exemple. Elle retira ses quelques affaires et ne s'attarda pas. Je descendis au premier étage, le cric et l'agenda en main. Je frappai à la porte d'Amélie, je constatai qu'elle avait passé des vêtements plus confortables et avait recouvré le sourire.

— Alors, s'enquit-elle, vous avez pu réparer ?
— Oui. Et regarde ce que Chloe a trouvé dans le mur, derrière la plinthe !

Je lui tendis le petit carnet bordeaux. Elle souffla dessus pour chasser un maximum de poussière, jeta un rapide coup d'œil, s'étonna de la date et déchiffra quelques mots.
— Tu vas le lire ?
— Sans doute, répondis-je, je voudrais savoir quel genre de personne a habité ici ! Et surtout qui a eu l'idée de cacher son journal dans un creux du mur.
— Bonne lecture, me dit-elle, moi je vais me plonger dans mon rapport de stage !
— Bon courage !

Je remontai dans ma chambre et ouvris l'agenda. Sur le verso de la couverture, était noté le nom de la personne qui écrivait : P. Williams. Aussitôt, je repensais à l'article sur l'incendie, c'étaient les mêmes initiales : P. W. était P. Williams ! Je tenais entre mes mains le journal du spectre de Courtman House !

Les premiers jours de janvier avaient été laissés vierges, et la première entrée apparaissait sous la date du vendredi 6. Il y avait des semaines plus remplies que d'autres, mais je repérai du texte jusqu'au mois d'août. Je m'attaquai à la lecture :

vendredi 6 janvier

Le docteur a confirmé nos craintes : Mme Victoria souffre d'une pneumonie. Mes compétences d'infirmière vont encore servir cette famille. Depuis le décès de M. John, je pensais ne plus avoir de malade à ma charge...

mercredi 11 janvier

Les enfants ont compris que l'affection dont souffre leur mère pourrait être fatale. Elle ne quitte plus le lit, et la pâleur de sa peau met en évidence ses cernes. Je fais de mon mieux pour les rassurer.

dimanche 15 janvier

J'ai passé l'après-midi avec Meredith, la pauvre enfant se plaignait de maux de ventre et personne ne paraissait s'en soucier. J'ai tout de suite vu qu'il s'agissait d'une manifestation d'inquiétude. Je l'ai gardée auprès de moi, jusqu'à l'arrivée de son père, qui semblait furieux.

mercredi 18 janvier

Mme Victoria ressemble à un cadavre, Meredith est inconsolable dès qu'elle lui rend visite. Les aînés ont été réprimandés par M. Spencer et retiennent leurs larmes. Ils sont jeunes, mais ils ont compris que nous ne parviendrons peut-être pas à sauver leur mère.

dimanche 22 janvier

Cette situation me rappelle les cruels souvenirs d'après-guerre quand Maman a été emportée par la grippe espagnole. Je prends soin de Mme Victoria, plusieurs fois par jour, la cheminée maintient la pièce dans une température reposante pour une malade. J'en profite également, car ma chambre sous les toits est glaciale ces derniers temps !

Je déduisis de ces courtes remarques que les personnes auxquelles l'auteur du texte faisait référence étaient les membres de la famille Courtman. Je me souvenais que Cate avait trouvé leurs noms dans un des registres de la bibliothèque : John Courtman avait fait édifier la maison en 1885 et était décédé en 1924, dix ans après son épouse. Son fils Spencer et sa femme Victoria en avaient hérité, deux de leurs enfants étaient morts de maladie, peu après leur mère, ne laissant que la benjamine, Meredith, et son père…

La personne qui avait rédigé ces lignes était une femme, manifestement plus jeune que le couple Courtman, elle évoquait ses fiançailles avortées avec un commerçant qu'elle avait rencontré au marché. Elle avait été engagée pour assister John Courtman, après une première attaque. En effet, cette P. Williams avait servi dans des hôpitaux militaires pendant la Première Guerre mondiale, entre 1917 et 1918. À cette époque, elle n'était âgée que de quinze ans, mais venait de perdre son père, tué au front. Sa mère, une infirmière, lui avait appris quelques rudiments et elle avait fini par travailler à ses côtés. À la fin du conflit, la grippe espagnole avait frappé durement l'Angleterre et avait emporté la mère de la propriétaire du journal en 1919. Seule au monde à dix-sept ans, elle avait voulu pratiquer dans une clinique, mais ne possédait aucune qualification officielle. Contrainte de trouver un autre emploi, elle avait occupé pendant deux ans un poste de gouvernante pour une famille bourgeoise. Elle s'était ensuite fait embaucher chez les Courtman en 1922. Elle espérait constituer un pécule pour payer sa formation d'infirmière, et ainsi exercer son métier à l'hôpital.

Mon téléphone sonna et absorbée par le récit, je sursautai violemment. C'était Kyle qui me demandait s'il pouvait me rendre visite. Je lui racontai notre découverte et il proposa de venir me rejoindre avec des plats à emporter. J'acceptai, enthousiaste à cette idée, qui me permettrait de continuer ma lecture. Je raccrochai et repris le journal.

J'appris qu'en février, Adam et Lydia, les enfants de onze et dix ans avaient contracté la même maladie que Victoria. Malgré des soins constants, leur état s'était très vite dégradé et Lydia était morte quelques jours après sa mère, tandis qu'Adam avait encore lutté un mois. Plongé dans le désespoir par cette terrible succession de deuils, Spencer, le père, avait accablé P. Williams de reproches. Celle-ci avait montré des signes d'infection et avait dû être alitée pendant plusieurs jours. Elle s'était peu à peu rétablie, mais toussait beaucoup, et avait dû se remettre au travail en dépit de sa fragilité.

Spencer Courtman, rendu irascible par cette suite de tragédies, déversait sa colère sur son employée et bascula dans la violence : dès qu'il n'était pas satisfait, il la battait. Plusieurs extraits suggéraient même qu'il abusait sexuellement d'elle. Parfois, la graphie était moins assurée, comme si ses doigts avaient été endoloris au moment d'écrire. Je fus bouleversée par le passage que je lisais à l'arrivée de Kyle :

mercredi 11 juillet

Ce soir, il m'en a tellement fait endurer que pendant qu'il abattait sa canne sur mon dos, j'ai souhaité que Dieu me permette de rejoindre mes chers parents. Même quand je côtoyais la mort pendant la guerre, je n'ai jamais ressenti de désespoir aussi profond...

samedi 14 juillet

J'ai le corps douloureux et marqué, le facteur s'en est ému en me remettant le courrier aujourd'hui. Je sais que je ne peux pas le dénoncer, car personne n'accorderait foi à de tels propos et je serais sans doute rayée des listes d'employées honnêtes dans cette ville. Il ne m'a plus versé mes gages depuis le début de la maladie de Mme Victoria, je suis démunie...

Venait ensuite un décompte en pence et shillings de ses maigres économies, je ne me souvenais plus des conversions, mais je compris qu'elle se trouvait à la merci de cet homme cruel. Sans argent, elle ne pouvait se loger et fuir cet enfer ! Kyle me tira de ce passage particulièrement sombre. J'étais choquée par ce que je découvrais, et je n'avais plus de doute : il s'agissait de notre fantôme. Elle avait dû périr sous les coups de son bourreau...

Je voulus en arriver à la fin avant de manger, et ce que me révéla la suite m'ébranla tant que je restai sans voix. Des larmes incontrôlables sillonnaient mes joues.

— Qu'y a-t-il ? s'inquiéta Kyle.

Il me prit dans ses bras, je me coulai contre lui, mais je ne pus lui répondre. Je lui tendis le carnet, le doigt pointé sur l'une des dernières dates.

mardi 3 août

Maintenant, à sa façon de prononcer mon prénom, je sais à quel moment il va frapper. Je me recroqueville dans des coins de pièce, près des meubles, pour atténuer la violence de ses gestes et ma douleur. Et je l'entends vociférer : « Poppy ! Poppy, viens ici ! ». Ses cris me suivent jusque dans mes rêves. Je ne me sens plus en sécurité nulle part.

Sans pouvoir lui justifier ma précipitation, je laissai Kyle pour me ruer vers la chambre de Lauren. Je la trouvai vide et décidai de descendre voir Abi. Une fois devant elle, je me ressaisis et lui tendis le carnet. Je lui expliquai où il avait été dissimulé, et son contenu.
— Là, désignai-je, regarde ce qu'il y a écrit !
— Poppy, lut-elle, c'est une drôle de coïncidence…
— Je pense que ce n'est pas une coïncidence, et que notre fantôme, c'est Poppy Williams !

Les yeux gris d'Abi se voilèrent un instant, elle réfléchissait, et je compris qu'elle était arrivée aux mêmes conclusions que moi. Nous ne trouvions nulle trace de Poppy à notre époque, elle s'était volatilisée, comme si elle n'avait jamais existé. Au contraire, ce témoignage glaçant, resté intact pendant des décennies, nous était parvenu pour nous révéler un secret. J'en déduisis qu'il n'y avait qu'une seule Poppy Williams : celle du journal ! Notre colocataire n'avait été que son esprit, prisonnier de cette maison.

Poppy était notre fantôme.

Et elle était morte depuis plus de soixante-dix ans !

Chapitre 30 : Abigail

La maison que nous avions vue ne correspondait pas à ce que nous avions demandé : il manquait une chambre. Cet agent immobilier multipliait les gaffes, et celle-ci fut celle de trop pour Amélie. Elle décida de se rendre dans des agences concurrentes, dès le terme de nos stages, fin mai.

Elle était prête à écumer la ville à chaque heure libre, ce qui me rassurait sur le fait qu'elle ne se contenterait pas d'un choix par défaut. Moi aussi, je voulais me sentir chez moi, et non plus en intérim, comme à Courtman House. Bien sûr, cette demeure avait du cachet, une âme et un emplacement idéal, mais de nombreux détails nous rappelaient que nous ne faisions que passer : l'impossibilité d'installer nos affaires de toilette dans une salle de bains, les casiers dans les frigos et le partage des placards de cuisine… Amélie et moi aspirions à davantage d'intimité.

Tandis qu'elle était rentrée directement après notre infructueuse visite, j'avais circulé dans le quartier, afin de repérer les panneaux indiquant des locations libres. J'aimais ce quartier, et je voulais y trouver notre prochain logement. J'arrivai plus tard qu'elle, au moment où Emma dévala l'escalier, une expression bouleversée crispant ses traits. Ses yeux agrandis, et les signes évidents qu'elle venait de pleurer, me stoppèrent net. Elle me relata la découverte du journal et m'expliqua la raison de son chamboulement, et à mon tour je fus ébranlée.

Il n'y avait qu'une conclusion à tirer de tout cela : Poppy, celle que nous avions côtoyée pendant des mois, était une revenante ! C'était tellement ahurissant que ni Emma ni moi n'avions osé le formuler à haute voix, mais nous avions échangé des regards qui avaient valeur de validation. Emma m'avait laissé le carnet, afin de constater par moi-même.

La curiosité me dévorait, je désirais lire les mots de Poppy. Une fois accoutumée à l'écriture penchée, mon rythme s'accéléra. Je trouvais la confirmation de l'histoire que m'avait racontée Emma, et quelques détails supplémentaires, je découvrais une jeune femme bafouée, seule. Le propriétaire de la maison s'était transformé en tortionnaire après le triple deuil que sa famille avait subi. C'était un témoignage poignant qui me glaça davantage à chaque page. La dernière, celle du 21 août, consistait en une prière désespérée, la malheureuse implorait Dieu de la sauver. Et plus un mot n'était écrit… Cela signifiait sans doute qu'elle était morte ou s'était enfuie, mais je penchais plutôt pour la première option.

Comme Emma, je ressentis le besoin de partager ma lecture. Je frappai à la porte de Cate, car je savais que Travis travaillait, et qu'elle serait probablement seule. Je lui exposai le contexte : la visite de Chloe, la plinthe cassée et la découverte du carnet dans un creux du mur, où une briquette avait été enlevée. Puis je lui dévoilai le contenu du journal intime, et l'identité de son auteure… Je vis ma colocataire pâlir et ouvrir de grands yeux effarés.

— Ce n'est pas possible, s'écria-t-elle, Poppy n'est pas un fantôme !

Elle exprimait son incrédulité face à cette situation dérangeante. J'avais eu un instant de déni, avant de me rendre à l'évidence. Depuis que j'avais compris, de nombreux éléments corroborant cette hypothèse me revenaient en mémoire. À part le soir du concert, personne n'avait vu Poppy quitter la maison, personne n'avait entendu parler d'elle à l'université, et j'étais persuadée que si on interrogeait le personnel de l'hôpital, elle y serait tout aussi inconnue…

Je ne me souvenais pas de l'avoir un jour *touchée*… Cette pensée s'avérait la plus perturbante parce que nous avions interagi avec elle, et confié nos histoires à un esprit mort depuis plus d'un demi-siècle ! Je me demandai soudain : ma main serait-elle passée à travers son corps si j'avais voulu la poser sur son épaule par exemple ? Je frissonnai de terreur rétrospective. J'avais beau admettre l'existence des spectres, je n'en étais pas moins effrayée. Puis, une idée saugrenue me fit sourire, je la partageai avec Cate :

— Tu imagines la tête d'Amélie si elle avait essayé de toucher Poppy ?

— Ou la mienne… Oh, mon Dieu ! C'est vrai, je ne l'ai jamais touchée !

— Personne n'a dû le faire, sinon nous aurions su…

Je voyais le visage de Cate prendre une expression soucieuse au fur et à mesure qu'elle se remémorait des détails incongrus qui prenaient maintenant tout leur sens. Nous passâmes la soirée à échanger des indices qui entérinaient notre conclusion.

Quand Amélie avait recueilli les témoignages de tout le monde, elle avait noté tout ce qui nous était revenu dans un cahier. Je voulus lire ce qu'elle avait appris puis répéter l'exercice avec des questions d'une autre nature cette fois. Cate avait l'intention de retourner à la bibliothèque et peut-être à la mairie : maintenant qu'elle disposait d'une date approximative de décès, elle retrouverait sans doute la trace de Poppy. Cette information représenterait la dernière confirmation.

— N'en parlons à personne tant que je n'ai pas vérifié.

J'acquiesçai, car je devinais qu'une telle nouvelle était de nature à terrifier tout le monde, y compris Amélie. À nouveau, j'eus un sourire ironique en songeant à elle. Quelle serait sa réaction quand nous lui apporterions la preuve de ce que nous avancions ?

— Tu sais, ajouta Cate après un long silence, je pense que si l'alarme ne se déclenche plus, c'est parce qu'elle est partie… Cette disparition, c'est plutôt une délivrance pour elle.

— Tu crois ? Mais comment l'avons-nous relâchée ?

— C'est un truc que tu as dit qui m'a mise sur la piste : avant la soirée du concert, elle ne sortait pas. Et en l'invitant, nous l'avons libérée. Je suis persuadée que son esprit était enfermé depuis sa mort.
— Elle est décédée quelque part dans cette maison, déduisis-je avec dégoût.
— Oui, et je crois savoir où…

Elle avait un air concentré, indiquant que ce qu'elle s'apprêtait à me révéler était le fruit d'une intense réflexion. J'entendis des pas dans le grand escalier, et je m'interrogeai sur l'identité de la personne qui rentrait à cette heure.
— Elle a dû être tuée dans la chambre 1, annonça-t-elle avec emphase. C'est sans doute la raison de sa « présence » dans cette pièce.

Elle avait mimé les guillemets avec ses doigts, probablement pour suggérer que Poppy hantait les lieux. Cette seule perspective me plongeait dans une confusion d'émotions qui me déroutait.
— Peut-être, répondis-je d'un ton dubitatif, mais d'après l'article du grand-père d'Emma, son cadavre a été trouvé dans la cave. Et c'est là que nous avons été témoins de manifestations étranges…

Au bout d'un moment passé à échafauder des hypothèses sur la mort de cette pauvre jeune fille, nous nous rendîmes compte qu'elle avait probablement succombé aux coups de son agresseur. Cate afficha une moue de dégoût qui ne la quitta plus. Elle déclara que c'était assez pour cette soirée et refusa de lire le journal. Elle souhaitait éviter de se mettre des images plus précises en tête.

Je comprenais sa réaction, car j'avais déchiffré ce document en visualisant le visage de porcelaine de Poppy, ses manières attentionnées, ses beaux yeux bleus, ses mains délicates… J'avais souffert avec autant d'intensité que si j'avais assisté à son supplice. Je quittai Cate, le carnet en ma possession. Je le posai sur mon bureau et décidai de ne plus en parler jusqu'à ce qu'on ait obtenu la certitude qu'elle avait été répertoriée dans le registre de la mairie. J'allais me laisser glisser dans le sommeil quand j'eus une révélation.

L'article de 1963 mentionnait un détail sordide : le corps avait été emmuré dans la cave, il ne devait pas y avoir eu de déclaration de décès en 1928 ! Et celle de 1963 devait être au nom de Jane Doe[13] puisque personne n'avait pu l'identifier !

Je me levai précipitamment pour revenir aux côtés de Cate. Un rai de lumière sous sa porte indiquait qu'elle ne dormait pas, sans doute attendait-elle le retour de Travis. Je frappai. Elle fut étonnée de me voir, mais m'écouta avec attention. Elle était parvenue à la même conclusion pour 1928, mais avait espéré que l'enquête de police liée à l'incendie avait pu déterminer son identité.

— Personne n'a dû signaler sa disparition, déclarai-je, et surtout pas Spencer Courtman. Personne ne devait soupçonner la vérité…

— C'est tellement triste…

— Je pense que tu peux quand même chercher ses parents. Je me souviens de leurs prénoms : quand Amélie listait tout ce qu'on savait sur elle, je m'étais dit que des noms aussi communs ne nous faciliteraient pas la tâche.

— C'étaient Mary et John, je crois.

— Jonathan, corrigeai-je. D'après le journal, il est mort au front, peu avant la fin de la guerre, en 1918. Sa mère est décédée l'année suivante de la grippe espagnole.

Elle avait noté ces informations dans son agenda. Je repris la direction de ma chambre, car il était tard et je craignais de ne pouvoir trouver le sommeil si nous continuions à évoquer les circonstances de la disparition de cette jeune fille, qui à travers les âges, avait été notre amie.

Le lendemain, je me levai plus tard qu'Amélie et arrivai à l'école après la sonnerie. Je n'assurais pas le premier cours, aussi mon retard passa-t-il inaperçu. C'était le dernier jour de stage, puisque nous finirions l'année à l'université. Je saluai mes élèves et les autres professeurs. Je fus touchée par le cadeau d'une classe qui s'était

---

13 *Jane Doe* (*John Doe* pour un homme) est la dénomination employée par les administrations anglo-saxonnes pour désigner une personne inconnue ou que l'on ne peut pas identifier formellement.

entendue afin de réaliser un tableau en commun. Les collègues m'invitèrent au pub local pour un moment convivial, mais je dus écourter l'apéritif, car Amélie m'avait envoyé un message m'annonçant que notre visite du samedi avait été avancée d'une journée.

Comme la veille, qui pourtant me semblait appartenir à une autre vie, je me précipitai directement à l'adresse indiquée. L'agent immobilier nous attendait devant une maison mitoyenne d'un côté, au fond d'une rue qui donnait sur les parcelles de jardins bordant la *Chelmer*. Le quartier était l'un de nos préférés, et malgré le manque d'entretien du carré de pelouse à l'avant, j'aimais ce que je découvrais. La porte d'entrée, toute neuve, était située à droite de la large fenêtre qui occupait toute la largeur d'une grande pièce, sans doute le salon. Une allée permettait de stationner nos deux véhicules et promettait un coin de verdure à l'arrière du bâtiment. La voiture d'Amélie apparut dans la rue, elle se gara rapidement et nous rejoignit.

— Désolée, s'excusa-t-elle, je viens de rester bloquée presque deux heures dans les embouteillages…

— Deux heures, s'apitoya l'agent immobilier, que s'est-il passé ?

— Rien de nouveau, dit-elle d'un ton blasé, un camion a mal pris la bretelle et s'est renversé, et tout son chargement aussi. Pourquoi c'est toujours le vendredi ?

— La bonne nouvelle, c'est que c'était le dernier !

Elle retrouva le sourire à cette perspective. Elle avait choisi son futur poste en fonction du temps de trajet, qui s'en trouverait divisé par trois. Elle lança un regard appréciateur autour d'elle et m'adressa un clin d'œil. L'agent immobilier nous annonça que nous ne pourrions pas emménager avant fin juin, car des travaux de rénovation avaient été entrepris. Nous lui assurâmes que nous allions nous montrer compréhensives pendant la visite.

Les moquettes avaient été remplacées par un modèle dans des tons beiges, les murs repeints d'un blanc éclatant. Nantie d'une belle fenêtre, la cuisine au un sol vieillot, était dotée de tous les équipements souhaités et paraissait fonctionnelle. Quelques fils électriques pendaient du plafond indiquant la nature des travaux restants. Je tombai sous le charme de l'espace de vie qui, à une autre époque, avait dû être salon et salle à manger séparés par une cloison. Une large baie vitrée assurait une luminosité qui enchanta Amélie. Le jardin en longueur promettait des barbecues avec des amis. À l'étage, deux vastes chambres, une petite pièce qui pouvait accueillir des visiteurs occasionnels et une grande salle de bains venaient compléter le tableau. Cette maison offrait davantage que ce que nous avions demandé, je voyais qu'Amélie exprimait autant d'enthousiasme que moi.

— C'est parfait, déclarai-je, quand pouvons-nous signer ?

— Tout de suite, si vous voulez.

Il sortit un dossier de son attaché-case et se dirigea vers la cuisine, dont le plan de travail nous servit de bureau. Sans hésitation, Amélie apposa sa signature et me tendit le document.

— Félicitations, vous voilà locataires. Le contrat démarre le 21 juin, je vous préviendrai dès que la rénovation sera terminée. Vous pourrez peut-être avoir la clé en avance.

— Mais nous ne pourrons pas emménager avant le 21, si j'ai bien compris.

— Oui, concéda-t-il, mais vous pourrez commencer à déménager vos affaires.

— C'est parfait, conclut Amélie avec entrain.

Nous restâmes dans la rue, à admirer la maison et suivre le sentier qui longeait les parcelles cultivées, en bord de rivière. Au bout de quelques minutes, nous débouchâmes sur le campus. C'était un cadre de vie idéal : au calme, mais proche du centre. Mon téléphone sonna. C'était Cate. J'avais attendu de ses nouvelles toute la journée, je décrochai fébrilement.

— Salut, me dit-elle, une note de triomphe dans la voix, j'ai eu du mal, mais j'ai trouvé !

— Qu'est-ce que tu as découvert ?

— Mary Grace Williams, née Clifford le 24 avril 1879 à Little Waltham, est décédée le 11 mars 1919 à Chelmsford. Elle a épousé Jonathan Edward Williams le 13 juin 1898 à l'église Baptiste, a eu un premier enfant, James Michael Williams, né le 30 septembre 1899, puis Poppy Grace Williams, le 11 décembre 1902 et deux bébés mort-nés en 1904 et 1906. Son mari, Jonathan Edward Williams est né le 4 janvier 1877, à Ingatestone, et a péri à Amiens, en France, en 1918. Sur Poppy, je n'ai trouvé que la trace de son acte de naissance…

Elle avait débité toutes ces informations d'une traite. Sans doute les avait-elle notées et lisait-elle le texte directement ? Cette description était plutôt une confirmation qu'une surprise, mais elle provoqua une émotion si violente que je sentis une pression soudaine sur mes entrailles, ma gorge. Incapable de parler, je restai sans bouger, statufiée devant le mur de clôture de ma future maison…

— Tu es toujours là ? me demanda Cate avec inquiétude.

Amélie, face à moi, articulait des mots pressants pour s'enquérir de ma santé. Je hochai la tête pour la rassurer et prononçai faiblement :

— Oui…

— C'est incroyable cette histoire ! se désolait Cate.

— Pauvre Poppy… C'est si horrible !

Je fus submergée par l'émotion, un sanglot m'échappa. J'éloignai le téléphone de mon oreille et le tendis à Amélie. Je ne pouvais plus parler, je pleurais. Éberluée, Amélie prit l'appareil et reconnut bientôt Cate.

— Poppy est morte, c'est ça ? demanda-t-elle à Cate, avec la même urgence dans la voix que quand elle avait cherché des indices pour retrouver sa trace.

La tristesse se peignit sur ses traits, ses yeux aussi s'embuèrent, mais elle lutta et d'une voix étranglée je l'entendis formuler la question fatidique.

— Comment ? Très bien, on arrive tout de suite, ajouta-t-elle après une très longue pause.

Elle me tendit le téléphone que j'empochai. D'un revers de la main, je fis disparaître mes larmes tandis qu'elle me dévisageait avec incompréhension.
— Tu le savais ? m'interrogea-t-elle sur un ton accusateur. Je la cherche depuis plus de deux mois et tu ne m'as rien dit !
— C'est plus compliqué que tu n'imagines.

Je l'entraînai vers le petit mur de clôture qui nous servit de banc improvisé. Elle devait être assise pour entendre ce que j'avais à lui apprendre. De toutes les habitantes de Courtman House, c'était sans doute celle qui risquait le plus de rejeter en bloc ce que nous avions trouvé, grâce au carnet. J'inspirai profondément, car je la sentais s'impatienter. Je décidai de m'en tenir à un rapport factuel.

Je commençai mon récit par la découverte de Chloe, la lecture du journal, la révélation du prénom après le nom inscrit sur le carton intérieur. C'était exactement l'identité que nous avait donnée notre colocataire : Poppy Williams.
— Mais tu m'as dit que ce carnet date de 1928, s'insurgea-t-elle, il ne pouvait pas lui appartenir sinon elle serait une mamie !
— Tu ne vas certainement pas accepter la suite, mais je vais te raconter ce que je sais et ce que vient de m'apprendre Cate.
— Qu'est-ce que ça veut dire « ne pas accepter » ? Qu'est-ce qui peut être pire que la mort ? Tu m'as déjà confirmé le scénario le plus sinistre que j'avais envisagé…
— Nous pensons que Poppy était le fantôme de Courtman House.

Elle ne dit rien, mais me lança un regard dubitatif. Je repris mes explications, j'indiquai que puisque personne n'avait trouvé de trace d'elle à notre époque, nous avions cherché Poppy dans les registres des naissances en retrouvant tout d'abord ses parents. Puis, pour la convaincre, je lui dis :
— Tu étais là quand on a découvert la chambre vide, et qu'on s'est aperçues que chaque personne en avait eu une vision différente. Comment serait-ce possible autrement que par une hallucination ? Nous avons la preuve que cette pièce n'a pas été habitée pendant des années. Et Poppy restait cloîtrée. Cate pense que c'est en l'invitant à

sortir pour le concert de Jason Astley que nous l'avons libérée. N'as-tu pas remarqué que, depuis, l'alarme ne se déclenche plus sans raison ?

Les yeux noisette d'Amélie exprimaient non plus le rejet, mais le doute. Cette situation allait à l'encontre de tout ce qu'elle avait considéré comme acquis jusque-là. Il lui serait difficile d'admettre l'existence des esprits, mais je voyais son comportement changer. Elle écoutait et se livrait sans doute au même exercice que Cate et moi la veille. Elle comparait les informations recueillies au moment de la disparition, les petits instants insignifiants qui lui montraient qu'elle n'avait jamais vu Poppy sortir, ni toucher qui que ce soit, ni être perçue par les personnes extérieures à la maison. Elle se souviendrait peut-être d'autres anecdotes avec Poppy qui lui démontreraient que quelque chose était anormal depuis le début, et que nous ne l'avions pas remarqué…

Nous avions trouvé un logement, mais c'est le cœur gros que nous reprîmes la direction de Courtman House.

Chapitre 31 : Katherine

Depuis le départ d'Action Man, Phedra sortait de sa coquille, et nous retrouvions notre complicité. Elle apprit à apprécier Lindsey qui, d'après elle, avait été la cible privilégiée des moqueries d'Action Man, en raison de sa silhouette ronde. Il passait ses journées à entretenir sa musculature, et la considérait avec le plus grand mépris, car selon lui, les personnes en surpoids se négligeaient, faisant preuve de faiblesse d'esprit. Je fus révoltée par un jugement aussi catégorique que réducteur, d'autant plus qu'il n'avait pas cherché à la connaître. Il l'avait condamnée de façon péremptoire et hypocrite. Phedra se rendit compte qu'il avait influencé ses pensées et pesé sur ses rapports avec ses colocataires.

Ainsi, elle se rendit à l'évidence : il avait fait preuve d'un racisme crasse à l'égard d'Anastasia. Elle ne savait plus quel comportement adopter en sa présence, honteuse d'avoir participé à cette injustice. Je lui suggérai d'aller présenter des excuses, car si elles ne changeaient rien au passé, elles seraient néanmoins une manière de se démarquer des idées de son ex-copain. Anastasia était mesurée, et j'espérais qu'elle pourrait la pardonner de sa conduite peu courageuse.

— Je crois qu'à l'avenir, il faudra que j'évite de me précipiter, conclut Phedra avec tristesse. J'ai l'impression d'avoir perdu pied, je ne sais plus ce qui est bien ou mal…

— Ne t'inquiète pas, la rassurai-je, ça passera.

Je parlais d'expérience : lors de ma dernière année de lycée, j'étais tombée amoureuse d'un garçon malsain, qui avait vite compris quel parti il pourrait tirer de m'avoir comme petite-amie. Ses résultats scolaires étaient médiocres et il m'avait utilisée pour rédiger ses devoirs pour le contrôle continu. Ses notes lui avaient assuré l'obtention des *A Levels* sans effort. Quand il avait été sûr de ne plus avoir besoin de mon aide, il m'avait humiliée pour me pousser à bout avant de me briser le cœur. J'avais perdu mes repères, douté de moi, de mes émotions.

Je sentais encore la brûlure de son mépris, je n'avais pas oublié cette impression de me laisser engloutir par une peine inimaginable… Seule l'amitié indéfectible de Phedra et de Gemma m'avait permis de me relever. Je m'étais ensuite investie dans les révisions pour atteindre l'objectif que j'avais presque perdu de vue à cause de lui : entrer à Oxford.

Et un an plus tard, j'étais repartie d'Oxford, soulagée, et j'avais joué mon rôle auprès de Phedra. Mais contrairement à elle, j'avais pris conscience qu'il me faudrait du temps pour me remettre. J'avais été ébranlée dans mes sentiments les plus profonds et j'avais perdu confiance… Ainsi, cette année, j'avais été ravie de côtoyer des filles dans mon quotidien ; je n'aurais pas eu le courage de subir des regards lubriques ou des réflexions obscènes… J'avais gardé mes distances, et l'amitié de Lindsey, sa calme assurance, m'avait permis d'aller de l'avant.

Il était prématuré de l'évoquer, mais j'avais rencontré un jeune homme qui revenait d'un voyage autour du monde auprès d'une association humanitaire. Nous avions beaucoup discuté, je me sentais à l'aise en sa présence, en sécurité. Il était d'une franchise qui confinait à la candeur, ce qui me mettait à l'abri de l'hypocrisie dont avait fait preuve mon ex. Je lui avais confié mes craintes, et il ne manifestait aucune impatience. J'envisageais la possibilité d'une relation sérieuse.

Dès le départ d'Action Man, je pris l'habitude de passer voir Phedra avant de remonter au premier étage. Nous rattrapions le temps perdu. En ma présence, elle ignorait les appels répétitifs d'Action Man. Je l'incitai à couper toute communication, puisqu'elle lui avait clairement exposé ses raisons et son désir de séparation. Il revint pendant le dernier week-end du mois de mai, écumant de rage, l'amour propre encore à vif. Personne ne souhaita le laisser entrer, il cria donc ses invectives depuis l'allée, à quelques mètres seulement de Phedra qui tremblait de peur. Je tirai les rideaux pour dissimuler ses traits déformés par l'orgueil blessé. Il resta pendant une demi-heure, à hurler, supplier puis insulter à nouveau.

Je pensais devoir intervenir lorsqu'une fenêtre s'ouvrit au premier étage et qu'Amélie le somma de partir, sinon elle appellerait la police. Elle termina par quelques imprécations en français qui se passaient de traduction : elle était excédée !

Nous entendîmes Action Man l'insulter à son tour, et retourner sa colère contre elle. Puis, Abi, Emma et Lauren sortirent en groupe compact, devant l'entrée. Le niveau sonore augmenta sensiblement et le langage ordurier de Lauren prit le dessus, ce qui ne manqua pas d'attirer l'attention de quelques habitants du quartier. Elles menacèrent aussi de prévenir la police et le grand musclé opta pour une prudente retraite.

J'entendis Lauren fanfaronner avec son accent du nord. Nous les rejoignîmes à la cuisine peu après. Phedra était pâle et choquée par l'altercation, mais rassurée par le soutien de nos colocataires.

— C'est normal, s'écria Lauren, on est les filles de Courtman House, on ne va pas se laisser pourrir la vie par un connard pareil !

— Et puis, il y en a marre des machos, renchérit Emma.

Depuis qu'elle était tombée amoureuse, elle tempérait son comportement : plus de tenues aguicheuses, plus de réflexions outrancières devant les hommes ! Elle avait trouvé un équilibre qui révélait les meilleurs aspects de sa personnalité. Elle se montrait plus gentille, plus joyeuse et je prenais plaisir à la croiser et à échanger quelques mots.

Ce jour-là, elle nous raconta la découverte de Chloe, le contenu du carnet et les conclusions qu'elle et Abi en avaient tiré. Lauren avait déjà entendu cette histoire, mais pour Phedra et moi, c'était inédit. Lorsqu'elles nous révélèrent que la propriétaire de ce document n'était autre que Poppy Williams, je laissai échapper une exclamation de surprise horrifiée. J'avais condamné Poppy, car en analysant les preuves que nous avions réunies, la duplicité m'était apparue comme seule explication rationnelle. Et cette histoire tragique de violence domestique, qui avait sans doute donné naissance à un fantôme, me glaçait.

Et surtout, je ne parvenais pas à imaginer que nous avions vécu avec une morte sans nous en rendre compte ! Comment avions-nous pu être aussi aveugles ?

Elles nous livrèrent tous les détails qui, insignifiants sur le moment, prenaient tout leur sens quand on les recoupait. Poppy ne quittait pas la maison, ne nous touchait pas, ne mangeait pas ! Cette dernière constatation me fit frissonner : nous étions cinq à échanger des souvenirs et aucune de nous ne pouvait affirmer avoir vu Poppy prendre un seul repas ! Elle se joignait à nous dans la cuisine, mais passait son temps à déambuler parmi nous et à parler, sans s'alimenter.

Abi évoqua le jour où, pour la première fois, l'alarme anti-incendie s'était déclenchée, et qu'elle s'était rendue à la cave, en compagnie de Poppy. C'était Abi qui avait ouvert la porte, appuyé sur les boutons, tourné la clé. Poppy lui avait donné les instructions, sans toucher à rien… Et elle avait sans doute revécu une scène traumatisante de son passé, car elle était remontée avec une telle expression d'épouvante qu'Abi avait imaginé qu'elle avait croisé un fantôme !

— Je crois que si nous avons toutes vu quelque chose de différent dans sa chambre, c'est parce que nous avons projeté ce que nous souhaitions y découvrir, annonça soudain Abi.

Je ne savais que penser de cette explication, mais le jour où nous avions confronté nos témoignages et constaté qu'ils divergeaient avait été trop perturbant pour rejeter l'argument. J'avais éprouvé un tel choc que j'étais restée muette.

— Peut-être que c'est Poppy qui nous a laissé imaginer notre décoration rêvée, ce serait bien son genre, ajouta Phedra, une note de nostalgie dans la voix.

Nos regards se croisèrent dans un échange silencieux, et je lus dans les yeux des autres le reflet de ma tristesse. D'une façon que je ne parvenais pas à expliquer, nous avions cohabité et étions devenues amies avec une revenante. Nous avions souvent constaté sa diction distinguée, sa politesse excessive, qui parfois nous faisait rire, mais nous l'avions appréciée, parce qu'elle désamorçait les conflits, disait un mot gentil ou relevait le positif dans nos paroles.

En moi, l'incrédulité face à cette situation, qui allait à l'encontre de mes croyances, faisait place à une tristesse profonde. Poppy, même décédée depuis plusieurs décennies, avait su nous regrouper et nous protéger.

À l'église, on évoquait l'âme immortelle, et les revenants ne faisaient pas partie des sujets envisagés. Se pouvait-il que l'âme de Poppy ait été tellement emprisonnée qu'elle ait eu besoin d'une permission pour enfin quitter ce lieu, témoin de son agonie ?

Nous restâmes un long moment sans échanger un mot, assommées par le poids de la preuve que représentait ce carnet. Nous ne pouvions pas écarter cette possibilité, trop de concordances existaient pour conclure à une coïncidence. Je comprenais mieux l'atmosphère morose que j'avais ressentie au dernier étage récemment : Lauren et Emma savaient depuis la découverte du journal.

Je songeai à la sévérité avec laquelle je l'avais condamnée sans envisager de circonstances atténuantes, tout paraissait désigner le mensonge et la fraude, je n'avais pas mis en doute ce que nous avions trouvé. Sans accorder la moindre confiance à Poppy, malgré sa douceur et sa gentillesse… Je fus submergée par une vague de honte et de culpabilité qui fut suivie par du chagrin. J'avais de la peine pour cette jeune fille, dont la vie avait été fauchée par un tortionnaire, et qui, pendant plus de soixante-dix ans, avait hanté ces lieux en cherchant une échappatoire.

Abi était la dernière personne à lui avoir parlé, je voulus soudain savoir ce qu'elle avait dit avant de sortir. Je posai avidement la question.

— Tu peux me répéter ce qu'elle a dit avant de quitter la maison ?

— « Avec plaisir ».

Abi se tut. Perplexe j'attendis, puis devant son mutisme, j'insistai :

— Alors, vas-y !

— Je viens de le faire : ses derniers mots ont été « avec plaisir ». Elle avait l'air heureuse, je crois que je ne l'avais jamais vue aussi rayonnante…

Les yeux d'Abi se voilèrent, elle revivait sans doute la scène. Il y avait fort à parier que depuis l'annonce de la disparition de Poppy, elle avait dû se remémorer chaque minute de cette soirée fatidique. Et se rendre compte bien avant nous que ces deux mots étaient les derniers qu'elle avait entendus en provenance de Poppy.

Puis je songeai aux circonstances qui nous avaient amenées à la conclusion de notre enquête : tout d'abord, l'article de journal, puis le carnet. En comparant les informations glanées, je compris que Poppy n'avait pas dû être identifiée en 1963 puisque sa mort avait été dissimulée de manière abjecte. Elle était certainement enterrée dans une fosse commune, ou sous le nom de Jane Doe. Après toutes ses souffrances, elle n'avait pas même bénéficié d'obsèques correctes.

Nous ne pourrions pas nous recueillir sur sa tombe. Une larme m'échappa, je la chassai d'un mouvement nerveux.

— Il faudrait réunir tout le monde et en parler, déclarai-je sous le coup d'une soudaine inspiration. Ce sera une sorte de veillée funèbre, et nous pourrons lui dire au revoir.

— C'est triste, se désola Phedra. Mais ça nous aiderait peut-être.

— En tout cas, tu as raison, toutes les filles ont le droit de savoir, affirma Emma. Si elles refusent d'y croire, ce sera leur problème, mais on ne devrait rien leur cacher.

Entre nous flottait ce malaise diffus, ce sentiment que nous nous étions montrées négligentes, et le souvenir que le seul moment où nous avions été réunies, l'une d'entre nous avait disparu. Lauren annonça que nous pouvions au contraire organiser une fête puisque nous avions retrouvé Poppy, et que nous l'avions aidée ! La décision fut prise, nous allions regrouper toutes les colocataires et leur apprendre la vérité, puis fixer une date pour une soirée, toutes ensemble.

Je proposai d'aller au premier étage tandis qu'Abi prévenait Mei. Je commençai par Cate : elle révisait, mais connaissait déjà toute l'histoire. Elle interrompit sa lecture et me suivit. Elle frappa chez Ana-Luisa et entra sans attendre sa réponse. Nous la trouvâmes allongée, dans les bras de son amie Maribel. Embarrassée, Cate referma aussitôt. Je ne pus m'empêcher d'éprouver de la gêne, et une répulsion incontrôlable. La sexualité de ma colocataire ne me concernait pas, mais elle allait à l'encontre de mes croyances. Et de celles d'Ana-Luisa, qui était issue d'un milieu catholique conservateur ! Puis, je songeai à la raison de notre visite et je rouvris la porte, m'excusai et expliquai notre intrusion en quelques phrases. Ana-Luisa se leva sans hésitation, donna quelques indications à Maribel en espagnol avant de déclarer :

— Je viens avec vous !

Nous trouvâmes Amélie et Lindsey, dans leurs chambres et nous redescendîmes dans une grande cavalcade. Les locataires de Courtman House étaient au complet ! Je constatai que seules Anastasia, Ana-Luisa et Mei ignoraient l'existence du carnet. Amélie l'avait appris en allant visiter une maison avec Abi, plus tôt dans la journée. Elle aussi était ébranlée par la révélation. Lorsque nous eûmes terminé d'expliquer nos découvertes, Ana-Luisa se signa, et Emma leva ostensiblement les yeux au ciel, pour signifier sa réprobation.

Un lourd silence s'installa, nous échangeâmes des regards consternés. Le sort de Poppy nous révoltait et le fait qu'elle demeurait une oubliée de l'histoire, que son nom ne serait pas inscrit sur une pierre tombale, apparaissait comme l'injustice suprême. Nous voulions lui rendre hommage. Amélie quitta le groupe sans explication, nous entendîmes ses pas dans les escaliers, elle revint les bras chargés de ses notes. Elle s'installa à la table, comme lorsqu'elle avait espéré retracer les moindres détails de la funeste soirée qui nous avait séparées de Poppy.

Elle relut quelques lignes, prit une feuille vierge et nous annonça qu'elle allait consigner nos souvenirs avec la disparue. Elle ne pouvait se résigner à la désigner autrement que par son prénom. L'existence des fantômes représentait pour elle une hérésie, et elle voulait redonner un peu de vie à cette jeune fille oubliée depuis si longtemps. À l'invitation d'Amélie, je racontai mon arrivée à Courtman House. Après deux heures de train, la sueur roulait le long de ma nuque et imbibait mes vêtements. Même si Mei avait ouvert la porte, Poppy avait été la première colocataire que j'avais rencontrée. À ce moment-là, j'entendis plusieurs personnes s'écrier :

— Moi aussi !

J'avais reconnu les voix d'Abi, Phedra, Amélie et Lauren. Je balayai la pièce du regard et constatai que toutes les autres approuvaient d'un signe de tête.

— C'est comme si elle nous avait envoûtées, dit Mei. Et nous sommes restées dans l'illusion jusqu'à son départ…

Chacune y alla de son histoire, des moments privilégiés avec Poppy qui nous rendirent le sourire. Amélie écrivait consciencieusement. Abi alla chercher ses photos et les fit passer dans le groupe. Il y avait une bonne douzaine d'enveloppes cartonnées, contenant chacune vingt-quatre ou trente-six poses. Ces images racontaient notre année à Courtman House à travers le prisme des soirées et sorties. Des visages heureux, des tenues extravagantes peuplaient la majorité de ces clichés. Lorsqu'elle arriva à la quatrième pochette, elle déclara :

— Je ne comprends pas, depuis que je les ai fait développer, je pensais que Poppy avait pris ces photos.

Elles représentaient Abi en train de danser avec Emma et Lauren, devant les fenêtres. Lorsque Cate les découvrit, elle la détrompa :

— Non, c'est Ophélie, je l'ai vue. Elle venait de boire une bière et elle a remarqué l'appareil sur la table. Elle souhaitait qu'il y ait des photos de toi.

Elle s'adressait à Abi. Elle ajouta ensuite que normalement, Poppy aurait dû se trouver à sa gauche puisqu'elle dansait aussi quand Ophélie avait appuyé sur le déclencheur. Soudain, Amélie et Abi déclarèrent que Poppy aurait dû figurer sur plusieurs autres clichés pris dans la maison. Ce détail supplémentaire venait grossir le nombre de signes qui pointaient dans la direction indiquée par Emma et Abi, et qui s'avérait de plus en plus irréfutable.

— Qu'est-ce que tu vas faire de ces notes ? demanda Emma.

— Je ne sais pas, répondit Amélie, j'ai l'impression qu'elles sont importantes.

— Tu devrais écrire un livre, suggéra Abi.

Plusieurs voix abondèrent dans son sens, la conversation perdit son côté tragique, quelques rires fusèrent et je compris que ce rassemblement nous avait permis de dire au revoir à Poppy, sans sombrer dans le désespoir.

Cate demanda à Abi et Amélie si elles avaient signé le bail pour leur futur logement, puis nous voulûmes toutes savoir ce qu'il adviendrait de celles qui poursuivraient leurs études l'année suivante. Cate avoua qu'elle projetait d'emménager avec Travis, dès septembre. Mei retournerait en Chine, et se marierait dans un an. Ana-Luisa comptait rentrer en Espagne, car elle ne parvenait pas à s'adapter à la grisaille britannique. J'eus un petit rire involontaire en songeant qu'elle ne pourrait pas supporter l'Écosse ou le Pays de Galles !

Emma et Lauren avaient projeté de demeurer à Courtman House, mais à la lumière de ce que nous avions appris, elles ne voulaient plus vivre entre ces murs qui avaient enseveli une jeune fille victime des pires sévices. Chaque bruit de charpente, chaque alarme leur apparaîtraient comme autant d'appels au secours restés sans effet… Elles en avaient conclu qu'elles se rabattraient sur les logements du campus, où la multitude de voisins garantissait de nombreuses invitations.

Emma rougit, et laissa entendre qu'en fonction de l'évolution de sa relation avec Kyle, elle pourrait prendre le même genre de décision que Cate. Son aveu fut salué par des exclamations réjouies, Abi se montrait fière d'elle comme une grande sœur. J'étais rassurée de voir qu'elle était tombée amoureuse, car sa façon de collectionner les histoires sans lendemain m'avait persuadée qu'elle était malheureuse, et s'évertuait à l'oublier.

— J'irai ailleurs, déclara Anastasia. Moi non plus, je ne veux pas rester ici. Mais sur le campus, c'est trop cher, je dois trouver quelque chose de plus raisonnable.

Depuis son arrivée dans ce pays, elle avait cumulé les emplois afin de financer ses études et ses besoins essentiels, ce qui lui avait valu notre admiration. Cate avait évoqué l'idée de prendre un service dans un restaurant pour aider Travis pour le loyer. Elle savait que ses parents avaient prévu un budget, mais elle voulait devenir indépendante et Anastasia lui avait montré que c'était possible.

De mon côté, je me retrouvais dans le même cas que Phedra, Lindsey, Emma et Lauren : j'allais adresser une demande au bureau logement et préciser que je souhaitais habiter sur le campus. Soudain, l'une d'entre nous suggéra que les appartements disposaient de cinq chambres, ce qui nous permettrait de rester ensemble. La décision fut aussitôt entérinée. Cette soirée finissait mieux qu'elle n'avait débuté !

Le week-end du Jubilé d'or de la Reine donna lieu à de nombreuses célébrations. Pour nous, il signifiait simplement que nous bénéficiions de quatre jours chômés, ce qui encouragea celles originaires d'Angleterre à rentrer dans leurs familles. Je pris le train avec Phedra, et pendant le trajet, nous fîmes des projets sur nos distractions à venir. Nous comptions en profiter, car les deux semaines suivantes seraient consacrées aux révisions en vue des examens.

Mes notes en cours d'année me laissaient entrevoir un succès retentissant, ce qui avait achevé de rassurer mes parents. Malgré cela, je savais qu'ils continueraient à me reprocher d'avoir quitté Oxford. Lorsque j'avais pris cette décision, j'avais naïvement pensé qu'ils auraient oublié en quelques mois. Nous étions presque en fin d'année universitaire et je déduisis de leur conduite qu'ils en parleraient des années durant.

Peu importait, j'avais agi pour le mieux, autant pour Phedra que pour moi.

Nous retrouvâmes Dave et Gemma le lendemain pour une sortie au cours de laquelle Phedra évita de boire et de s'éloigner de nous. Par égard pour elle, Dave avait prétendu préférer Worthing à Brighton, et nous nous étions empressées d'acquiescer. Ce fut le moment de bonheur insouciant dont Phedra avait rêvé pour son anniversaire…

Elle me proposa de rester dormir chez ses parents, et à peine à l'intérieur, elle tourna vers moi un visage grave. Ses traits exprimaient une détermination que je ne lui avais pas vue depuis des mois.

— J'ai bien réfléchi depuis que j'ai appris la vérité au sujet de Poppy. Et j'ai pris la décision d'aller porter plainte.

J'avais désespéré d'entendre ces mots ! Je me morfondais de son silence, je trouvais inacceptable que son violeur ne soit pas inquiété tandis qu'elle avait connu l'enfer. Un calme profond et bienfaisant s'empara de moi : tout se mettait en place pour que justice soit rendue !

— J'ai pensé que Poppy était morte sous les coups de son agresseur, poursuivit-elle d'une voix tremblante, moi j'ai eu la chance d'en sortir vivante. Et il pourrait très bien recommencer, personne ne devrait endurer ça. Je suis prête. Tu as toujours les photos ?

— Oui, répondis-je, elles sont à Chelmsford.

— Ce n'est pas grave, je porterai plainte à mon prochain voyage. Je ne peux pas éviter Brighton éternellement, j'adore cette ville et je ne veux pas que ce pervers m'empêche d'en profiter !

Soudain, un flot de larmes s'échappa de ses yeux, mais elle était déterminée. Et j'allais l'aider !

— C'est à lui d'être enfermé, affirmai-je avec fermeté, pas à toi !

Chapitre 32 : Amélie

Depuis les découvertes au sujet de Poppy, j'étais dans un état de sidération horrifiée. Les filles s'accordaient pour dire que nous avions cohabité avec un fantôme, et pire : qu'elle était morte assassinée, quelque part entre ces murs !

Mon cerveau fonctionnait à toute allure, mais en vain, je ne parvins pas à imaginer d'argument logique plus satisfaisant que leur théorie. Et toutes les preuves dont nous disposions pointaient dans cette unique direction ! Je luttai de toutes mes forces contre cette idée, parce qu'elle me donnait l'impression de perdre Poppy à nouveau, et parce qu'elle m'obligeait à admettre l'existence de quelque chose que j'avais toujours classé dans l'irrationnel…

Je dormis très peu, à la fois en alerte au moindre bruit de craquement du plancher ou d'une poutre, et tourmentée par les implications de ce que je venais d'apprendre.

Le lendemain, Anastasia et moi avions prévu d'assister au match d'ouverture de la Coupe du Monde avec la communauté française, dans un pub que les Anglais avaient dédaigné pour l'occasion. Nous endossâmes des vêtements bleus tandis que les supporters les plus acharnés s'enroulaient dans d'immenses drapeaux français en guise de cape. Je me fichais complètement du résultat, mais je puisais un certain réconfort à me retrouver parmi des compatriotes. Entendre ma langue maternelle me donnait l'impression d'avoir franchi la Manche en poussant la porte de l'établissement. Ophélie et son copain avaient peint leurs visages en bleu, blanc, rouge et hurlaient des encouragements entre deux gorgées de bière. Anastasia semblait aussi sonnée que moi, elle applaudissait et souriait sur commande, mais le cœur n'y était pas. Elle m'avoua plus tard qu'elle ne connaissait rien aux règles du football…

L'équipe de France était tenante du titre et nous n'envisagions pas moins qu'un triomphe. Mais le jeu s'enlisait et l'impensable se produisit : le Sénégal l'emporta. Quelques clients du pub riaient d'une telle déconvenue. Les drapeaux furent prestement rangés, et la déception noyée dans l'alcool.

Les Français n'avaient plus envie de s'amuser. Le groupe se disloqua et je décidai de rendre visite à Nelson avant de rentrer. Il avait plaisanté sur le fait que Poppy était celle qui hantait la maison et je voulais le confronter à nos découvertes. Peut-être avait-il vu juste avant tout le monde ? À mon arrivée, je remarquai que seule la lumière de l'étage était allumée, dans la chambre de leur colocataire gothique. Je fis demi-tour et regagnai Courtman House en traînant les pieds.

Mes notes trônaient sur la commode, je m'en saisis et la relecture me procura un soulagement inattendu. Dans les mots que j'avais retranscrits, je retrouvais Poppy telle que je l'avais vue à ma première visite, une jeune fille rayonnante, joyeuse et douce. Ces histoires regroupées sur des feuilles volantes prouvaient que, fantôme ou pas, elle avait représenté un élément essentiel de notre petite communauté. Comme souvent depuis sa disparition, je descendis dans sa chambre pour m'imprégner de son atmosphère, et y puiser une forme de consolation. Dans ma tête, la phrase d'Abi tournait en boucle : tu devrais écrire un livre… L'idée me séduisait, mais le courage me manquait, j'étais désemparée.

La pièce, vidée des belles illusions dont nous l'avions parée, laissait voir un dépouillement déchirant. J'avisai le carnet, abandonné sur le rebord de la fenêtre côté porche. Je m'approchai et le pris, le retournai entre mes mains. C'était un objet insignifiant, et pourtant, il avait bouleversé toute une maisonnée ! Je le feuilletai et découvris le sort de Poppy à travers ses propres mots. Je compris que personne ne voulait garder un tel témoignage, c'était un crève-cœur.

Mais l'abandonner à la prochaine locataire ou aux employés du service logement me révoltait. Ces gens ne connaissaient pas Poppy, n'y étaient pas attachés ! Nous seules pouvions apprécier la valeur de ce texte. Je m'emparai du journal et le posai sur mes feuillets. Soudain, en discernant l'ébauche d'arbre généalogique que j'avais dessinée, je me souvins que Poppy avait un frère ! Peut-être avait-il eu des enfants, et peut-être pourrions-nous leur léguer ce carnet ?

Et d'une manière indirecte, avec cet hommage posthume, nous lui rendrions sa juste place dans la mémoire de sa famille. Il leur revenait !

Je me ruai vers la chambre d'Abi, j'étais persuadée que de toutes mes colocataires, ce serait elle qui comprendrait le mieux ma démarche et saurait convaincre les autres de nous aider. Avant de frapper, je me souvins qu'elle était partie : nous disposions de quatre jours libres, celles qui le pouvaient avaient prévu de passer ce temps en famille. Restaient les étrangères, pour qui quatre jours ne justifiaient pas l'achat d'un billet d'avion… Je rongeai mon frein en déduisant que je devrais patienter.

Je me réveillai avec un sentiment d'urgence, je devais absolument contacter les descendants du frère de Poppy. Je refusais l'éventualité qu'il soit demeuré sans enfant. Je devais m'occuper l'esprit le temps du week-end, je songeai à rendre visite à Nelson, mais il était du genre à dormir jusqu'à midi. Je renonçai, et fus entraînée malgré moi dans une séance d'introspection. Ce que je partageais avec Nelson était agréable, mais superficiel et je comprenais désormais ce qu'Anastasia sous-entendait quand elle évoquait ses raisons de quitter Tom.

Avec Nelson, nous avions passé un accord simple : tant que la situation nous satisferait, elle durerait. Ce n'était plus le cas. Les révélations de ces derniers jours me poussèrent à observer mon comportement sous l'angle neutre et analytique qu'aurait pu adopter un scientifique. Mes réflexions me ramenaient sans cesse à mon arrivée à Courtman House. J'avais eu le cœur brisé, et je m'étais évertuée à oublier Max, à réussir mes études et à nouer des contacts en dehors de son cercle. Si je dressais le bilan, c'était un succès. Max n'envahissait plus mes moindres pensées, j'avais de nouvelles amies dans cette maison et sur le campus, et mon année universitaire se concluait par une belle offre d'emploi !

Mais un détail clochait : en cherchant à tout prix à me remettre de ma déception amoureuse, je m'étais précipitée vers Stefan, qui, le premier, avait détourné mon attention. J'appréciais sa compagnie et j'avais été flattée de son intérêt, mais il n'avait pas déclenché les émotions intenses que j'avais connues dans les bras de Max. Quant à Nelson, je n'avais pas envisagé de relation avant qu'il ne force le destin, aidé de quelques verres. Son visage m'apparaissait systématiquement lorsque je pensais à mon cercle d'amis. Là se trouvait sa juste place.

Je m'étais lancée dans une fuite éperdue, pour oublier Max, effacer la douleur et me sentir exister… Mais j'avais perdu de vue l'essentiel : ces pis-aller ne me rendraient pas heureuse. Je devais plutôt cesser d'esquiver, et regarder la situation en face, sans peur ni honte.

Je devais tout avouer à Nelson, et limiter les dégâts, s'il était amoureux…

Dans l'après-midi, je pris la direction de son appartement d'un pas décidé. Nelson paraissait d'une humeur mitigée, peut-être l'avais-je dérangé ? C'était la première fois qu'il n'affichait pas son sourire conquérant en me voyant. Désarçonnée, je le suivis dans sa minuscule chambre. Un désordre inédit y régnait, je poussai un amas de vêtements pour m'asseoir sur le lit. Il s'installa face à moi, à califourchon sur sa chaise. Je n'aimais pas cette atmosphère étrange, et je m'apprêtais à la rendre désagréable…

— Je dois te parler, lui dis-je vaillamment. Tu te souviens de ce qu'on a dit dès le début ?

— Oui.

— La situation ne me convient plus, je voudrais qu'on reste amis.

— Amis ? s'étonna-t-il. Tu me vois comme un ami ?

J'étais stupéfaite, j'avais anticipé de la tension, du chagrin, mais pas cette surprise distante. Une petite voix me soufflait de ne pas m'inquiéter puisque la nouvelle ne le tourmentait pas.

— Oui, répondis-je enfin, j'aime bien discuter avec toi quand tu ne te donnes pas en spectacle.

— Tu ne me considères plus comme un gamin ?

— Non, me récriai-je, il y a un moment que ce n'est plus le cas.

Il paraissait soulagé et flatté, c'était déconcertant.

— Et c'est tout l'effet que ça te fait ?

— En fait, j'espérais aussi qu'on arrête, avoua-t-il, j'ai compris que ce n'est pas de l'amour… Et je suis un grand romantique, je veux tout !

J'éclatai de rire, il était incapable de parler gravement, il tournait tout en dérision ! Je lui étais reconnaissante d'accepter ma décision et si elle coïncidait avec la sienne, nous pourrions effectivement rester amis, sans ambiguïté.

Je me trouvais à un moment important : dans trois semaines, je serais diplômée, j'allais commencer ma carrière d'enseignante, emménager dans une nouvelle maison et cesser de compter sur un homme pour effacer mes peines…

Avant de le quitter, je lui racontai nos découvertes concernant Poppy. Il ouvrit des yeux ébahis.

— Sans déconner, s'écria-t-il, c'était elle le fantôme ?

— Il semblerait… Et l'existence d'une revenante ne te surprend pas plus que ça ?

— Dans mon pays, il y a de nombreuses superstitions bizarres, alors pourquoi pas un fantôme ?

Je n'insistai pas, car il ne saisissait pas l'essence du problème : pour moi, ce simple fait remettait en cause le monde tel que je l'envisageais !

Le lundi, je ne quittai pas Courtman House, j'avais évoqué mon projet avec Anastasia. Elle avait approuvé l'idée, mais ne souhaitait pas rencontrer la famille de Poppy. Elle était persuadée que cette expérience s'avérerait traumatisante, et elle préférait se préserver. Elle m'indiqua que les descendants de son frère, s'ils existaient, ne voudraient peut-être pas voir des inconnues leur apporter une tragédie dont ils ignoraient tout…

Mais j'entreprenais cette démarche pour Poppy, pas pour ces inconnus. Je désirais lui rendre justice, et l'unique moyen que j'avais identifié était de la rapprocher de sa famille.

Cate arriva en début d'après-midi, je fus ravie de sa présence : elle et Abi étaient les seules à avoir consigné les informations sur les parents et le frère de Poppy. Je lui exposai mon projet, et, comme Anastasia, elle exprima ses réticences : nous allions rendre ces gens malheureux et les obliger à lire ce texte éprouvant. J'argumentai avec elle, en insistant sur mes motivations et le fait qu'ainsi Poppy ne serait pas oubliée…

Elle me donna ses notes, et m'indiqua où trouver les renseignements pour me faciliter la tâche. Plus tard, j'en parlai à Abi qui, comme je l'espérais, comprit parfaitement. Elle proposa de m'accompagner. J'acceptai son aide avec reconnaissance, j'appréciais de ne pas être seule dans cette épreuve.

J'avais ajouté à l'amorce d'arbre généalogique les informations relatives au frère de Poppy : James Michael Williams, né le 30 septembre 1899 à Chelmsford. Peut-être était-il resté dans les environs ? Une intuition me soufflait le contraire, car le journal n'y faisait pas référence.

Le mercredi, nous finissions les cours en début d'après-midi. Nous allâmes consulter le registre d'état civil afin de répondre à nos interrogations. Avec la filiation et la date de naissance, il nous fut aisé de retrouver sa trace, et j'appris bientôt que James avait eu des enfants ! Il était décédé pendant la Seconde Guerre mondiale lors d'un bombardement, à Londres. Mais il laissait derrière lui un fils, Andrew, et deux filles, Victoria et Louise. Je fis rapidement les calculs : Andrew devait avoir quatre-vingt-un ans, Victoria, soixante-dix-huit, et Louise, soixante-seize. Les deux sœurs vivaient en Irlande tandis que le frère habitait à Exeter.

Abi m'indiqua qu'il y avait quatre heures de route pour s'y rendre, mais ce serait de toute façon plus simple que l'Irlande. Nous écrivîmes tous les détails rapportés dans les registres pour nous faciliter la tâche. En ressortant, une bouffée d'optimisme nous porta. Nous revînmes à l'université pour utiliser les ordinateurs et chercher Andrew Williams. C'était un nom répandu, mais nous espérions qu'il n'y en aurait pas un trop grand nombre à Exeter.

Le site des pages jaunes nous donna trois références sous ce nom-là, à des adresses différentes. Nous étions tellement impatientes que nous décidâmes d'essayer les numéros dès notre sortie de la bibliothèque. Nous nous installâmes sur un banc, dans le hall d'entrée. Nous appelâmes simultanément. La voix m'indiqua que mon interlocuteur était trop jeune pour correspondre à celui que nous recherchions. J'écourtai la conversation en prétextant une erreur.

De son côté, Abi fut plus chanceuse. En raccrochant, je la vis s'enthousiasmer.

— Ça va vous paraître étrange, disait-elle, mais j'habite Courtman House à Chelmsford, et j'ai trouvé un carnet qui appartenait à Poppy Williams. Vous êtes bien son neveu ?

Elle se tut et écouta son interlocuteur un moment. Je regrettai de ne pouvoir l'entendre.

— En fait, nous sommes plusieurs, la maison dépend de l'université, reprit-elle, et nous avons découvert ce carnet par hasard. Nous avons cherché la famille de sa propriétaire parce que nous pensons que cet objet lui revient. Nous pourrions venir vous le rendre. Je vous assure, cela ne nous dérange pas du tout ! Et je préférerais vous en parler en direct. Oui, je l'ai lu… Je suis désolée, nous avons de bonnes raisons de croire qu'elle est décédée…

Le reste de la conversation se limita à un échange poli pour se mettre d'accord sur la date de notre visite. Abi laissa ses coordonnées et les miennes au vieil homme avant de raccrocher.

— Il m'a dit qu'il se souvenait d'elle ! Il avait huit ans quand ils ont perdu sa trace.

— Et qu'en pensait son père ?

— Spencer Courtman leur avait fait croire qu'elle s'était enfuie en compagnie d'un Français, et qu'ils avaient sans doute quitté le pays.
— Quelle ordure ! lâchai-je avec une véhémence qui me laissa pantelante.
— Il m'a proposé de venir le 22… C'est le lendemain de notre déménagement.

De retour à Courtman House, nous partageâmes le fruit de nos recherches avec les filles, mais seule Emma voulut se joindre à nous pour rencontrer le neveu de Poppy. La nouvelle apaisa les esprits : chacune y voyait une conclusion à cette malheureuse histoire.

Phedra et Katie étaient inséparables depuis leur retour de week-end et affichaient un air déterminé, qui montrait qu'elles avaient pris une importante décision. Elles s'étaient sans doute organisées pour rester ensemble dans leur prochain logement.

Depuis qu'Abi et moi avions trouvé notre maison, je me sentais rassurée. Dans les jours qui suivirent, l'agent immobilier nous confia une clé, pour nous faciliter le déménagement. Nous fîmes de nombreux voyages, les voitures chargées de nos affaires, et nous constatâmes que l'agence avait tenu parole : l'intérieur avait été terminé et meublé. La nouvelle page de mon existence débuterait sous les meilleurs auspices.

À l'approche de notre rendez-vous, Abi, Emma et moi fûmes gagnées par la nervosité. Nous ne connaissions pas cet homme, nous ne savions pas si ses sœurs feraient le déplacement, nous craignions leurs réactions. L'histoire que nous allions leur confier était de nature à générer plus de chagrin que de soulagement…

La veille du départ, Abi l'appela pour confirmer. Elle apprit que ses enfants seraient présents ainsi que sa sœur Victoria et sa petite-fille. Nous prîmes la route assez tôt afin d'arriver en début d'après-midi. Nous avions réservé dans un *bed and breakfast*, pour ne pas conduire en pleine nuit. Je pense que c'était une sage précaution, car une telle entrevue risquait de s'avérer éprouvante. Emma avait préparé un CD de musique de relaxation pour l'occasion.
— Ça m'étonnerait qu'on ait envie de faire la fête, précisa-t-elle.

Je ne connaissais pas cette région de l'Angleterre, et ce que je découvrais depuis la route me ravissait. L'adresse menait à une belle bâtisse traditionnelle en pierre, parée de lierre, le jardin était scrupuleusement entretenu, et en cette saison, une profusion de fleurs l'égayait. Dans l'allée de gravier blanc, trois véhicules stationnaient déjà.

Abi se gara derrière la dernière voiture et nous nous dirigeâmes vers la porte en chêne munie d'un heurtoir en forme de main. Nous n'eûmes pas besoin de frapper, une femme d'une cinquantaine d'années apparut dans l'entrebâillement. Elle nous toisa d'un regard méfiant, se présenta et nous laissa entrer de mauvaise grâce.

— Je suis Sally Peebles, la fille aînée d'Andrew Williams. Je vous préviens, il est gravement malade, et je vous interdis de lui mettre de fausses idées en tête.

— Nous sommes venues lui raconter l'histoire de sa tante, mais nous ne lui avons pas caché qu'elle est décédée. Il n'attend pas de miracle à ma connaissance, répondit froidement Abi.

Nous la suivîmes et découvrîmes une ambiance rustique, typique des demeures de campagne. Les fenêtres étaient constituées de petits losanges cerclés de plomb, les poutres laissaient apparaître leurs imperfections, les meubles et la décoration d'un autre âge donnaient un caractère ancestral à l'ensemble. Après un long couloir, nous débouchâmes sur une pièce au charme désuet, qui s'articulait autour d'une belle cheminée. J'imaginais sans peine lire ici, un soir d'hiver, lovée dans l'un des fauteuils fleuris, avec pour seule compagnie le craquement du bois dans l'âtre. Ce décor me détendit et je contemplai les occupants de ce salon.

Andrew était un vieil homme dont les rides suggéraient une propension au rire, ses yeux délavés se cachaient derrière d'antiques lunettes à double foyer. Il portait des vêtements de campagnard : un pantalon kaki et une chemise à carreaux. Il était installé dans le vaste canapé qui trônait au centre de la pièce. À sa gauche, une vieille dame, aux cheveux courts, sèche et voûtée, lui tenait la main. Ses iris étaient de la même nuance de bleu, je devinais qu'il s'agissait de sa sœur cadette Victoria. Derrière eux, un homme d'une trentaine d'années et une femme plus jeune s'accoudaient au dossier. Je ne m'étais pas attendue à trouver trois générations, mais l'état de santé d'Andrew était préoccupant, ils avaient sans doute souhaité le soutenir.

Nous nous présentâmes et expliquâmes que nous étions les locataires actuelles de Courtman House. Emma entreprit de décrire comment le journal avait été retrouvé, dissimulé par une plinthe. Et sans la maladresse de Chloe avec l'aspirateur, il aurait pu rester là quelques décennies supplémentaires. Je sortis le carnet de mon sac à main, je l'avais enveloppé dans un tissu afin de le préserver. J'avais pris le temps de le découvrir, et, comme l'avaient révélé Emma et Abi, son contenu était un rapport minutieux des souffrances endurées par Poppy. Cette lecture m'avait plongée dans une tristesse impuissante. J'espérais que rendre cet objet à ses héritiers légitimes nous délesterait du fardeau que nous portions depuis plusieurs semaines. Nous étions les seules à avoir consulté ce témoignage qui nous unissait par un lien inexplicable.

Abi présenta la teneur du journal en termes choisis et adoucit les détails sordides. Elle insista sur le fait qu'on ne ressortait pas indemne d'un tel récit.

— Vous l'avez toutes lu ? demanda Andrew de sa voix chevrotante.

— Oui, répondis-je, et Abi a raison, c'est une expérience difficile.

— Vous connaissez les causes de sa mort ?

— Nous pensons que les mauvais traitements dont elle fait état dans ces pages sont arrivés à un paroxysme et qu'elle n'y a pas survécu, expliqua Emma.

Elle évoqua ensuite l'article de journal de 1963, le corps découvert derrière un mur écroulé du sous-sol. Un silence tendu s'installa, des larmes débordèrent des yeux rougis du vieil homme.

— Elle était si gentille, si attentionnée, elle ne méritait pas de mourir de cette façon… C'est abominable.

— Pourquoi teniez-vous tant à venir ? demanda Jamie, le petit-fils d'Andrew. Vous auriez pu envoyer ce carnet.

— Nous voulions rendre justice à Poppy, déclarai-je avec ferveur. Le sort s'est montré cruel envers elle, nous désirions lui restituer sa famille.
— Vous en parlez comme si vous la connaissiez, s'étonna le jeune homme.
— C'est le cas, rétorqua Emma. Vous allez croire que nous délirons, mais tout est vrai. À notre arrivée à Courtman House, nous avons été accueillies par Poppy. Nous pensions qu'elle était étudiante… Un soir elle a disparu pour ne jamais revenir. Et nous avons mené notre propre enquête, qui nous a appris qu'il n'y avait pas de Poppy Williams à notre époque. C'est son journal qui nous a conduites à la vérité.
— Qu'est-ce que ça veut dire ? s'exclama Jamie.
— Que Poppy était un fantôme ! répondit sa cousine, interloquée.
— Vous savez, intervins-je, je considérais que toutes ces histoires étaient des foutaises, j'étais la première à me moquer de ceux qui y croient. Mais j'ai vu Poppy, je lui ai parlé, je suis devenue son amie. Nous avons passé six mois en sa présence.
— Avez-vous une photo d'elle ? demanda soudain Abi.

Andrew ouvrit une vieille boîte à chaussures, posée sur le guéridon accolé au canapé. Elle contenait une pile désordonnée de clichés jaunis. Il nous en tendit un. C'était un portrait de Poppy, à l'âge de quinze ou seize ans, en tenue d'infirmière, sans doute pendant la Première Guerre mondiale, quand elle avait prêté main-forte au personnel des hôpitaux. Malgré la détérioration de la photo, ses traits étaient les mêmes, avec les dernières rondeurs de l'adolescence, et une innocence que nous n'avions pas connue. Nous passâmes un moment à examiner des photos d'elle, au milieu de sa famille avant de tomber sur un cliché qui nous tira des larmes. C'était lors d'une festivité importante – Andrew avait oublié l'occasion – Poppy portait la robe que nous lui avions vue le soir de sa disparition, celle avec les perles. Son visage irradiait de joie de vivre, une date était inscrite au verso : 1926, soit deux ans avant sa mort.
— Pouvons-nous en faire une copie ? demanda Abi dans un élan.

— Bien sûr, répondit Andrew. Vous venez de la réhabiliter dans nos mémoires, nous vous devons au moins ça.
— Pourquoi la réhabiliter ? s'indigna Emma. Elle n'a rien fait de mal !
— Cet homme, M. Courtman, dit Victoria d'une voix atone, il avait raconté à notre père qu'elle avait abandonné son poste et apporté la honte sur notre famille en s'enfuyant avec un Français de mauvaise réputation. Il avait aussi sous-entendu qu'elle se prostituait de temps en temps. Et dans ma jeunesse, on me répétait que si je ne me montrais pas vertueuse, j'allais finir comme ma tante Poppy !
— Et ensuite, elle est devenue un sujet tabou, renchérit Andrew. De ses neveux et nièces, je suis le seul à m'en souvenir distinctement, mais je n'ai jamais voulu croire à la version officielle de sa disparition. Cela me peine de découvrir son triste sort, mais je suis heureux de voir que jusqu'au bout elle est demeurée la personne bonne et généreuse que je connaissais. Merci.

Il avait posé sa main noueuse sur celle d'Abi, plongée dans la boîte de photos. Ses yeux exprimaient une plénitude qui réchauffait le cœur. Ce moment resterait gravé dans nos mémoires, et justifiait à lui seul cet étrange voyage.
— Avec nous aussi, elle s'est toujours comportée avec gentillesse et bienveillance, ajoutai-je. Et en ce qui me concerne, je me sens mieux de pouvoir en parler avec quelqu'un qui l'a connue de son vivant. C'était une personne exceptionnelle.
— Et d'après vous, pourquoi est-elle brusquement partie ? questionna Victoria.

Nous échangeâmes des regards gênés, puis Emma se lança dans l'explication de la conclusion que nous avions tirée.
— Nous pensons qu'elle était retenue à Courtman House et qu'il lui fallait une sorte d'autorisation… Le soir où elle a disparu, nous sortions toutes ensemble pour la première fois. Abi est allée l'inviter à nous suivre. Et je crois que c'est ce qui l'a libérée.
— Elle paraissait ravie, ajouta Abi, et à la fin, ses derniers mots ont été « avec plaisir ». Je m'en souviens, car sur le moment, je me suis

dit qu'elle était d'une politesse exagérée, même pour de petites choses. Maintenant, je me demande si ce n'était pas une façon de nous remercier pour sa liberté.

Ils nous offrirent la traditionnelle tasse de thé, accompagnée de biscuits secs, que je dégustai tout en gravant dans ma mémoire le souvenir de cette rencontre unique. La conversation glissa vers des sujets plus conventionnels tels que nos études, nos projets pour l'avenir.

Nous les quittâmes au crépuscule, après un très long échange de politesses, comme si en prolongeant ces instants, nous prolongions aussi l'existence de Poppy. Avant de nous laisser partir, Jamie nous tendit une enveloppe contenant la copie de la photo de Poppy en robe de soirée.

À notre retour à Chelmsford, le lendemain en milieu d'après-midi, toutes les filles nous rejoignirent. Elles avaient préparé un goûter à notre intention. Nous allions nous éloigner dans quelques jours, rendre les clés de nos chambres, et déserter Courtman House. Cette dernière fête avant la séparation représentait aussi une commémoration. Nous partageâmes les informations glanées auprès de la famille Williams, la photo de Poppy circula et provoqua des exclamations, tantôt émerveillées, tantôt nostalgiques.

Bientôt, nous emprunterions toutes des chemins différents, qui se recroiseraient peut-être. Nous nous apprêtions à dire adieu à ce foyer exceptionnel, qui avait été le nôtre pendant une année universitaire inoubliable, et celui d'un fantôme pendant soixante-quatorze ans. En partant, nous allions faire disparaître les traces visibles de notre séjour dans ce lieu, lui rendre l'aspect impersonnel souhaité par les gérants, et le livrer aux prochaines occupantes.

Mais en dehors de nous, aucune des locataires, passées ou futures, n'aurait une expérience aussi marquante. Personne avant nous n'avait eu connaissance de l'histoire de Poppy. Et nous ferions en sorte que personne après nous n'apprendrait cette tragique histoire.

Sans l'énoncer clairement, nous savions que, dans nos cœurs, nous resterions « les filles de Courtman House »…

REMERCIEMENTS

Je tiens à adresser un grand MERCI aux proches qui m'ont épaulée pendant la rédaction de ce roman :

Merci, Natacha, pour ton écoute, ta disponibilité et tes conseils avisés. À tous les niveaux, j'ai pu compter sur ton avis et ton optimisme à toute épreuve.

Merci, Nathalie, pour la réalisation de la couverture. J'ai été bluffée : cette fois encore tu as su capturer l'âme du roman en une image !

Merci, Éric, pour ta relecture et tes corrections pertinentes qui m'ont permis d'enrichir le texte. Je t'en suis extrêmement reconnaissante.

Merci, Papa, pour ta confiance, ton soutien sans faille et tes encouragements. Merci, Maman, pour les mêmes raisons, mais aussi pour ton assistance à la correction orthographique et tes précieux conseils.

Merci, Liz, d'avoir toujours eu foi en ma capacité à donner vie à ce roman, et à m'avoir donné l'impulsion finale.

C'est grâce à votre aide que j'ai pu mener à bien ce projet. Je ne le dirai jamais trop : MERCI, MERCI, MERCI !

Je voudrais également exprimer ma gratitude aux lecteurs qui ont pris le temps de m'envoyer leur ressenti, ou de le poster en ligne après avoir découvert mon premier roman. J'ai été à la fois touchée et encouragée par ces messages, et j’y ai puisé une énergie qui a largement contribué à la naissance des *Filles de Courtman House*. C’est d’autant plus précieux que je suis autoéditée et ne bénéficie d’aucune autre publicité. MERCI.

Et enfin, MERCI à vous, lecteurs qui finissez ce livre. Il vous aura peut-être permis de découvrir ma plume ? J’espère que vous avez passé un agréable moment dans cette colocation très particulière, et que vous aurez envie de vous plonger dans mes prochains romans.

À bientôt pour de nouvelles aventures.

TABLE DES MATIÈRES

DU MÊME AUTEUR

Pour un oui, pour un nom

Un trio d'amies trentenaires se réunit autour d'un verre tous les vendredis soir : Julie veut convaincre son petit-ami d'emménager avec elle, mais un imprévu pourrait gâcher ses plans. Valérie, qui avait du mal à oublier son ex, se sent prête à tourner la page après l'avoir revu. Enfin, Ambre confie son plus grand secret à un inconnu… tout en se faisant passer pour Valérie !

Disponible sur : *www.milyroquefort.fr*

★★★★★ **Une belle surprise**
Commenté en France le 5 septembre 2019

★★★★★ **Un bon moment de détente**
Commenté en France le 1 septembre 2019

★★★★★ **une magnifique comedie romantique**
Commenté en France le 22 avril 2020

★★★★★ **Coup de coeur**
Commenté en France le 7 septembre 2019

★★★★★ **Une bonne comédie romantique**
Commenté en France le 24 février 2020

Vous avez aimé ce roman ? N'hésitez pas à le faire savoir, cela l'aidera à atteindre son public.

Si vous souhaitez en savoir plus sur les séances de dédicaces, les salons du livre et mes romans, vous pouvez visiter mon site :

www.milyroquefort.fr

Vous pouvez aussi me retrouver sur les réseaux sociaux :

Mily-Roquefort-auteure-indépendante

milyroquefort_auteure

Groupe CCEE,
Les Tuileries
49 rue Jeu de ballon
13 400 Aubagne
https://autres-talents.fr

Achevé d'imprimer en février 2021

ISBN : 978-2-9576626-0-9

Dépôt légal : Février 2021

Imprimé en U.E.